# PENDRAGON

## 3

## *La guerre qui n'existait pas*

DANS LA MÊME SÉRIE
DÉJÀ PARUS

Pendragon n° 1, *Le Marchand de peur*
Pendragon n° 2, *La Cité perdue de Faar*

D. J. MACHALE

# BOBBY PENDRAGON

## 3

## *La guerre qui n'existait pas*

*Traduit de l'américain par Thomas Bauduret*



*Jeunesse*

ÉDITIONS DU ROCHER
Jean-Paul Bertrand

Titre original : *Pendragon 3. The Never War.*
La présente édition est publiée en accord avec l'auteur, représenté par Baror International Inc., Armonk, New York, USA.

ISBN 2 268 05203 6.

*Celui-ci est pour mon père.*

REMERCIEMENTS

Bonjour à tous mes lecteurs du Halla. Bienvenue dans ce nouveau chapitre de la saga de Bobby Pendragon et ses amis Voyageurs. Avant de prendre le flume vers des territoires inconnus, j'aimerais remercier une partie de ceux qui m'ont aidé à poursuivre les aventures de Bobby Pendragon.

L'écriture de ce volume présenta quelques problèmes inédits (que je ne vous détaillerai pas, puisque vous ne l'avez pas encore lu). Tous mes remerciements vont à Lisa Clacy pour ses conseils avisés. Ses idées m'ont permis d'étoffer le personnage de Bobby et d'obtenir une histoire non seulement distrayante, mais riche en réflexion. Merci, Lisa !

Comme *La guerre qui n'existait pas* se situe sur la Seconde Terre, j'ai dû effectuer des recherches sur certains événements historiques précis. Pour cela, j'ai utilisé des sources trop nombreuses pour être citées ici, et principalement sur le Net. J'envoie donc mes remerciements collectifs aux centaines de sites Web où j'ai puisé des informations (Avez-vous déjà vu quelqu'un remercier Internet ? J'en doute !).

Un grand merci à l'équipe de la division jeunesse de Simon & Schuster pour avoir cru en cette série, avoir travaillé dur pour qu'elle soit le mieux possible, ne pas l'avoir oubliée et avoir répondu à mes questions idiotes.

Comme toujours, toute ma gratitude va à mes hommes d'affaires, Rob Wolken, Michael Prevett, Riochard Curtis, Peter Nelson, Corinne Farley et, maintenant, Danny Baror pour être bien plus malins que moi.

Evangeline, mon épouse, reste ma critique préférée. Chaque soir, elle lit le dernier chapitre, et chaque soir, elle m'enguirlande pour l'avoir laissé en suspens. (Contrairement à vous autres, elle ne peut tourner la page suivante pour voir ce qui va se passer, puisque le chapitre suivant n'est pas encore écrit !)

Enfin, je vous remercie, vous qui avez lu ces livres. Et des remerciements particuliers à tous ceux qui m'ont contacté via mon site Web pour me dire à quel point ils avaient apprécié ma série. C'est très important pour moi.

Bon, trêve de parlote. Il est temps d'ouvrir la porte, entrer dans un flume et découvrir de nouveaux territoires.

Hobie-ho,

D. J. MacHale

## *Journal n° 9*

# PREMIÈRE TERRE

Hé oui, voilà où je me retrouve : sur la Première Terre. Veelox n'était qu'un détour. En y arrivant, Spader et moi avons découvert que ce n'était pas le théâtre des opérations. Celui-ci se trouve là, sur la Première Terre.

Où est cette Première Terre ? Il vaudrait mieux se demander : *quand* est la Première Terre ? Je me trouve à New York, en 1937. En mars 1937, plus précisément. Le 11 mars 1937, pour être *encore* plus précis. Oui, j'écris ceci le jour de mon anniversaire. D'où la question : si je suis en 1937 le jour de mon anniversaire, ai-je bien quinze ans ? Bizarre autant qu'étrange, non ?

Pour inaugurer ce nouveau journal, je vous dirai que je suis fourré dans la situation la plus bizarre, la plus dangereuse, la plus déconcertante que j'ai connue. Mais c'est ce que je dis à chaque fois, non ? Je vais vous donner un aperçu de ce qui m'est tombé dessus durant les premières minutes qui ont suivi mon arrivée...

Spader et moi avons bien failli nous faire tuer. Trois fois. On nous a aussi dévalisés, et nous avons été les témoins d'un meurtre brutal. Joyeux anniversaire ! Au moins, je sais ce que je veux pour mon anniversaire... Survivre jusqu'au prochain.

Lorsque Spader et moi avons pris le flume pour Veelox, je n'avais pas la moindre idée de ce qu'était la « Première Terre ». Comme je viens de Seconde Terre, je présumais qu'elle se trouvait quelque part dans le passé. Mais quand exactement ? Pour autant que je sache, nous pouvions remonter à une époque où les quigs étaient des dinosaures, et il nous faudrait échapper à des prédateurs affamés tout droit sortis de *Jurassic Park*, mais aux yeux jaunes.

À mon grand soulagement, nous avons débarqué dans une caverne que je connais pour y être déjà passé bien des fois. Eh oui, nous étions de retour dans la porte donnant sur le couloir du métro, dans le Bronx. Ouf. Au moins, il n'y avait pas de T-Rex ou de néandertaliens en guise de comité d'accueil.

Ça, c'était la bonne nouvelle. Mais il y en avait une mauvaise : nous n'étions pas seuls. À peine sorti du flume, j'ai tout de suite repéré deux types qui se tenaient devant nous. Ils portaient des costards gris à l'ancienne, comme dans les vieux polars en noir et blanc. Ou plutôt comme des *méchants* de vieux polars, car c'est ce qu'ils étaient. Des méchants. Et ils avaient l'air dangereux. Ils portaient des chapeaux de feutre vissés sur leurs têtes et des mouchoirs blancs noués autour du bas de leur visage comme des bandits de western. En fait, un mot suffisait à les décrire.

Des gangsters.

Ils ouvraient de grands yeux pleins d'effroi. Rien d'étonnant à cela : ils venaient de nous voir jaillir de nulle part dans une explosion de lumière et de musique, Spader et moi. Ils étaient comme pétrifiés, ce qui était plutôt bien, car il y a un détail que j'ai oublié...

Tous deux étaient munis de mitraillettes braquées vers le flume... et nous.

– À terre ! ai-je crié à Spader.

Nous avons tous deux bondi d'un côté du flume, juste au moment où les gangsters ouvraient le feu. Je me suis roulé en boule alors que les rafales mortelles ricochaient sur les parois. J'étais totalement vulnérable et sûr de me prendre une balle, mais quelques secondes plus tard, lorsqu'ils ont cessé de tirer, j'étais indemne. J'avais peur de bouger et encore plus de jeter un œil pour voir si Spader était blessé. Les détonations avaient éveillé mille échos dans la petite salle. Mes oreilles sifflaient et le relent âcre de la poudre me brûlait les narines. Je me suis dit que c'était ce qu'on devait ressentir à la guerre, en plein combat.

– Debout ! a crié l'un des gangsters. Les mains en l'air !

J'ai regardé en direction de Spader pour constater qu'il n'avait rien. Nous nous sommes levés lentement en mettant les mains en l'air. Les gangsters ont braqué leurs mitraillettes sur nous. Pourquoi, ça, je n'en sais rien. Nous n'étions même pas armés. Le second ne cessait de nous tenir en joue alternativement l'un et l'autre. Il avait l'air presque aussi terrifié que nous. Presque.

– Ils... Ils viennent de Mars ? a-t-il demandé à son collègue.

Dans des circonstances moins effrayantes, j'aurais éclaté de rire. Pour eux, nous étions des créatures de l'espace. Non seulement nous venions d'apparaître dans un déluge de lumière, mais nous portions toujours nos combinaisons bleues de Cloral. Un instant, j'ai pensé à bluffer en lançant : « Lâchez vos armes ou nous vous désintégrons par la simple force de notre esprit », ou quelque chose comme ça, mais je n'en ai pas eu l'occasion.

– On s'en fout, aboya l'autre gangster.

Apparemment, c'était lui le chef, mais sa voix tremblait un peu, montrant que lui aussi était ébranlé.

– On fait notre boulot, a-t-il ajouté.

– Et qu... que... que fait-on d'eux ? a demandé le gangster nerveux.

Le chef nous a toisés. Je pouvais presque entendre cliqueter les rouages de son cerveau. Comme il n'avait pas vraiment l'air d'être un pote d'Einstein, ces rouages ne devaient pas être bien grands. Je me suis demandé si cela lui faisait mal.

– Hé, toi ! a-t-il aboyé en regardant dans ma direction. File-moi cet anneau !

Incroyable. Il en avait après mon anneau de Voyageur ! Là, ce n'était pas de la blague. Vous savez à quel point il m'est utile. Il m'indique l'emplacement des flumes et c'est grâce à lui que je peux vous faire parvenir mes journaux. Sans mon anneau, je suis fichu.

– Il n'a aucune valeur, ai-je dit en une bien pâle tentative de l'en dissuader.

– M'en fous, a rétorqué le gangster. J'veux une preuve que vous êtes bien réels tous les deux.

– En ce cas, a repris Spader d'un ton qui se voulait conciliant, vous n'avez qu'à nous emmener avec vous ! Vous aurez votre preuve en chair et en os !

– C'est pas ce qu'on m'a ordonné, a-t-il feulé.

– Vraiment ? Alors quels sont vos ordres ? ai-je demandé.

– Boucle-la et file-nous l'anneau.

Le boss a levé sa mitraillette pour montrer qu'il ne rigolait pas. Qu'est-ce que vous auriez fait à ma place ? J'ai retiré l'anneau et le lui ai jeté. Il l'a attrapé en vol et l'a mis dans sa poche.

– Allez, on sort, et pas de coup fourré !

Ainsi, ils n'allaient pas nous abattre sans autre forme de procès. C'était déjà ça. Peut-être qu'on avait une chance de s'en sortir vivants. Le gangster nerveux a ouvert la porte en grand. Ils l'ont franchie et, du canon de leurs armes, nous ont fait signe de les suivre. J'ai regardé Spader, qui a haussé les épaules. Il faudrait bien jouer le jeu. Les mains en l'air, on a passé la porte pour entrer dans le couloir de métro.

Ce boyau sombre m'était si familier que j'ai viré à droite dans la direction de la station abandonnée. Mais le gangster avait une autre idée.

– Oh, que non, a-t-il ordonné. Allez, en avant, 'arche !

On s'est donc exécutés, et chaque pas nous éloignait de la porte. On a dû enjamber les rails. Zut. J'avais peut-être parlé trop vite.

– Stop ! Retournez-vous !

Hou là, ça commençait à sentir mauvais. On s'est retrouvés plantés entre les deux rails.

– Un geste et z'êtes morts, a dit le premier gangster.

Ben voyons. Et si un train arrivait ? C'est là qu'on serait bien obligés de bouger pour ne *pas* mourir. Et on ne disposait pas de beaucoup de place.

– Où sommes-nous, Pendragon ? m'a chuchoté Spader.

En guise de réponse, nous avons entendu un coup de sifflet dans le lointain. Nous avons tous deux tourné la tête sur la droite pour voir les phares d'une rame de métro qui négociait le tournant. Elle était sur nos rails. Et elle allait nous foncer dessus.

– Qu'est-ce que c'est que ça ? a demandé Spader, soudain nerveux.

Évidemment, comme il était originaire d'un territoire entièrement submergé, il n'avait encore jamais vu de train.

– Ça, ai-je répondu en tentant de masquer ma frayeur, c'est un sacré tourne-boule.

– Hobie, a fait Spader, admiratif. On vient d'arriver et on est déjà fichus.

En effet. Ça faisait deux minutes à peine que nous étions arrivés sur la Première Terre, et déjà, nous regardions la mort en face.

Bienvenue chez toi, Bobby Pendragon.

Voilà un avant-goût du tout début de notre aventure sur la Première Terre. Je ne veux pas prendre trop d'avance, parce qu'il s'est passé beaucoup de choses entre le moment où j'ai terminé mon premier journal et notre arrivée ici. Mais je tenais à vous expliquer comment j'ai perdu mon anneau. Ce n'est pas facile, Mark et Courtney, parce qu'en ce moment, alors même que j'écris ce journal, je ne sais même pas si vous le recevrez un jour. Si je ne récupère pas mon anneau, je ne pourrai jamais vous l'envoyer. Tout ce que je peux faire, c'est tenir mes carnets à jour, m'y accrocher et espérer que je finirai par le retrouver.

Bon, revenons en arrière au moment où j'ai terminé mon dernier journal.

J'ai vécu mes derniers jours sur Cloral dans un épais brouillard. Nous avions vaincu Saint Dane, mais je n'étais pas d'humeur à faire la fête. L'oncle Press était mort, et je ne cessais de revoir ses derniers moments. Saint Dane s'était échappé en prenant un flume. Spader avait tenté de se lancer à sa poursuite, mais une grêle de balles avait jailli de l'ouverture. L'oncle Press avait aussitôt compris ce qui s'était passé, il avait bondi pour écarter Spader de la trajectoire de la rafale... Et c'est lui qui l'avait reçue à sa place [1].

Il est mort dans mes bras. Ç'a été le pire moment de toute ma vie. Si je n'ai pas pété les plombs, c'est parce qu'à l'ultime moment, il m'a promis que nous nous reverrions. Je sais, c'est un peu tiré par les cheveux, mais je le crois. Si j'ai appris quelque chose depuis que je sais que je suis un Voyageur, c'est bien que tout est possible. J'ai découvert tant de niveaux d'existence, tant de mondes nouveaux, que l'idée de revoir mon oncle me semble tout à fait rationnelle.

Bien sûr, je n'ai pas la moindre idée de la façon dont ça se passera. J'ai à peine entrevu une infime partie de ce que ça signifie d'être un Voyageur. J'aimerais bien pouvoir acheter un manuel

1. Voir Pendragon n° 2 : *La Cité perdue de Faar.*

d'instructions sur Amazon.com pour avoir une idée du mode d'emploi. Mais je n'ai pas cette chance. Je dois tout apprendre en cours de route. Et maintenant, je n'aurai même plus l'oncle Press pour me guider.

En avant pour la phase deux de mon existence de Voyageur.

Ces derniers jours sur Cloral, je savais très bien ce que je devais faire, mais n'arrêtais pas de le reporter. À vrai dire, j'avais la frousse. J'étais seul, et je n'étais pas sûr de pouvoir m'en sortir. Maintenant, tout est différent.

Lorsque Saint Dane s'était échappé, il était parti vers un territoire du nom de Veelox. Je savais que je devais l'y suivre, mais redoutais de devoir le faire en solitaire. Autant me tirer une balle tout de suite, le résultat aurait probablement été le même. Du moins c'est ce que je croyais. J'ai donc pris une décision que je ne devais pas regretter.

Celle de demander à Vo Spader de venir avec moi.

Attention : Spader est un type super. Après tout, c'est lui le Voyageur de Cloral. Il m'a sauvé la vie plus d'une fois, c'est un grand athlète, il a du courage à revendre et, plus important encore, c'est mon ami. Alors pourquoi ai-je donc tant hésité avant de lui demander de me suivre ?

Simple : parce que sa haine incontrôlable envers Saint Dane peut être dangereuse. Saint Dane a causé la mort de son père, et son âme crie vengeance. Hé, je ne peux pas lui en vouloir ! Mais en quelques occasions, cette haine l'a aveuglé, et nous avons tous failli y rester. À dire vrai, cette haine inextinguible est une des raisons qui ont provoqué la mort de l'oncle Press.

Depuis, Spader m'a promis de se maîtriser et de ne plus se laisser entraîner par la colère. Je ne peux qu'espérer que, le jour où nous nous retrouverons face à face avec ce démon – ce qui finira forcément par arriver –, il ne fera pas de bêtise. Ce sont toutes ces pensées contradictoires qui s'entrechoquaient dans ma tête au moment où j'ai fini mon précédent journal.

– Hobie-ho, Pendragon, m'a dit Spader en entrant dans mon appartement le jour de notre départ.

Avec ses yeux en amande, Spader pourrait passer pour un Asiatique. L'étincelle qui y pétille donne l'impression qu'il sourit constamment. Et d'ailleurs, il a souvent le sourire... enfin, quand il ne rumine pas de sombres pensées au sujet de Saint Dane. Ses longs cheveux noirs étaient mouillés : il sortait de l'eau. C'est là qu'il passait le plus clair de son temps, à réguler la circulation des bateaux et des barges qui allaient et venaient autour de Grallion. Il aimait son travail et la vie qu'il menait. Du moins avant qu'il ne découvre qu'il était un Voyageur. Depuis, les choses ont changé.

– L'heure est venue, ai-je dit.

– De quoi ? a-t-il répondu du tac au tac.

– Cloral ne risque plus rien. L'oncle Press est mort. Et je suis fin prêt à me lancer à la poursuite de Saint Dane.

Spader m'a décoché un sourire d'ogre.

– Bien dit, vieux frère ! Ça fait des jours que j'attends ça ! Mais il n'est pas un peu tard ?

– Je ne pense pas. D'après l'oncle Press, le temps n'est pas linéaire entre les territoires.

– Là, je ne pige pas, a-t-il répondu en fronçant les sourcils.

Je n'ai pu m'empêcher d'éclater de rire. Moi non plus, je n'y comprenais pas grand-chose, mais il fallait bien faire confiance à l'oncle Press.

– Mettons qu'il y a quelques semaines à peine que Saint Dane est parti pour Veelox, mais depuis, il peut s'être passées des années entières. Ou pas plus d'une minute.

– Alors là, s'écria Spader avec irritation, je n'y comprends plus rien !

– En gros, il n'est pas trop tard pour y aller. Peu importe le moment où nous nous lancerons à sa recherche, le flume nous déposera là où il faudra et *quand* il faudra.

– Bon, a hésité Spader. Je te fais confiance.

J'avais déjà fait mes adieux à nos amis de Grallion et je vous avais envoyé mon dernier journal. J'avais expliqué à Spader l'importance de ces carnets, et il avait commencé à rédiger les siens. Leur gardien, la personne à qui il les enverrait sur Cloral, était Wu Yenza, chef des aquaniers et patronne de Spader. Il ne pouvait faire meilleur choix.

J'ai jeté un dernier coup d'œil à mon appartement. Puis nous sommes descendus sur les quais, avons chargé nos globes respiratoires et nos traîneaux sur un skimmer et sommes partis vers le flume. Spader a pris la barre du bateau : c'était lui l'expert en la matière. J'ai regardé s'éloigner l'immense silhouette de Grallion, un habitat flottant peuplé de fermiers, en me demandant si je la reverrais un jour. J'aimais bien Cloral. En certaines occasions, je m'y étais bien amusé. Peut-être que mon existence de Voyageur ne serait pas une existence de terreur et de confusion. Enfin, pas tout le temps.

Maintenant, la grande question restait : qu'est-ce qui nous attendait à notre destination ? De la peur et de la confusion. Super. C'était reparti pour un tour.

Le voyage jusqu'au flume se déroula sans anicroches. Nous avons ancré le skimmer près du récif, endossé les globes qui nous permettraient de respirer sous l'eau, démarré nos traîneaux et plongé. Nous n'avons pas vu la queue d'un requin quig non plus. Je présume que lorsque Saint Dane en a fini avec un territoire, ils n'ont plus à surveiller les portes. Mais je n'allais pas prendre le moindre risque inutile. Alors que les traîneaux nous tiraient sous l'océan, je n'ai arrêté de regarder autour de moi pour m'assurer qu'une bébête quelconque n'essayait pas de s'approcher en douce pour prendre un morceau au passage.

Une fois sous le rocher qui dissimulait la porte, je me suis détendu. Suivant le signal émis par mon anneau, nous avons vite trouvé le cercle lumineux menant à la caverne qui abritait le flume. Un peu plus tard, nous nous sommes retrouvés à l'intérieur, à regarder le tunnel sombre creusé dans la pierre au-dessus de nos têtes.

Et voilà. Nos dernières secondes de calme.

Spader m'a regardé et a souri :

– Mon cœur bat la chamade.

Le mien aussi. Nous étions sur les starting-blocks et le signal du départ était imminent. Spader était un aventurier-né. Et moi ? J'aurais préféré nettement me trouver chez moi, à regarder des dessins animés. Mais si même Spader était nerveux, ma réaction était peut-être justifiée.

– On est partis pour un sacré tourne-boule, pas vrai ? a-t-il déclaré.

– Oui, c'est sûr.

– Alors ce n'est pas la peine de perdre du temps, hein ? a-t-il ajouté avec bravoure, bien plus que je n'en ressentais moi-même.

– Oui. On n'est pas sur le bon territoire.

Je me suis redressé, ai fait face à la bouche sombre et ai crié :

– *Veelox !*

Le tunnel s'est animé. Des rayons de lumière éblouissante en ont jailli, suivi de l'amas de notes musicales désormais familier. Ils venaient nous chercher.

Spader s'est tourné et m'a souri.

– Hobie-ho, Pendragon.

– Hobie-ho, Spader, ai-je répondu. Allons le chercher.

Une seconde plus tard, la lumière nous entraînait dans le flume.

Prochain arrêt : Veelox.

# Seconde Terre

Mark Dimond et Courtney Chetwynde se tenaient blottis dans le coffre de la Banque nationale de Stony Brook, à lire le journal de Bobby. Celui-ci provenait de Première Terre et ne ressemblait nullement aux précédents qu'il leur avait envoyés.

D'abord, il n'était pas composé de feuilles volantes. Elles étaient reliées sous une belle couverture rouge. Et ce n'était pas un manuscrit, mais il était tapé... sur une machine à écrire démodée. Les lettres n'étaient pas parfaitement alignées et il y avait plein de fautes. De plus, en 1937, il n'y avait ni ordinateurs, ni imprimantes. Ce nouveau journal n'avait rien à voir avec les morceaux de parchemin roulés sur lesquels Bobby avait rédigé ses premiers récits.

L'autre différence, c'est qu'en général ils recevaient ses journaux un par un. Lorsque Bobby en avait terminé un, il leur envoyait le tout grâce à son anneau de Voyageur. Celui de Mark assurait la réception. Mais cette fois, il y avait quatre journaux sous leurs yeux. Après avoir lu sa rencontre avec des gangsters sur la Première Terre, Mark et Courtney savaient pourquoi.

On avait volé l'anneau de Bobby.

L'étrange façon dont ces journaux leur étaient parvenus ne faisait que le confirmer. Ce jour-là, Mark reçut un étrange coup de fil d'une dame de la Banque nationale de Stony Brook. Elle demanda à Mark et Courtney de faire un saut à la banque afin de débattre d'une affaire relative à un nommé M. Robert Pendragon. Inutile d'en dire plus : une demi-heure plus tard, Courtney et lui étaient sur place.

Ils y apprirent que Bobby avait loué un coffre en 1937. Il avait laissé des instructions très claires : la banque devait contacter

Mark Dimond à cette date précise du 21 août, le jour du quinzième anniversaire de Mark.

Mark et Courtney ouvrirent le coffre pour tomber sur les quatre journaux. Ils reposaient là depuis plus de soixante ans.

Ce n'était qu'un épisode de plus de cette drôle d'histoire. Neuf mois plus tôt, Bobby Pendragon avait mystérieusement disparu de sa maison de Stony Brook, dans le Connecticut, en compagnie de son oncle Press. Depuis, sa famille s'était évanouie dans le néant et les journaux avaient fait leur apparition. Seuls ses meilleurs amis, Mark et Courtney, savaient ce qui s'était réellement passé. Bobby leur confiait ses carnets pour le cas où il en ait un jour besoin.

Mais plus important encore, Mark et Courtney avaient l'impression que rédiger ces journaux était pour Bobby un moyen de préserver sa santé mentale. Il se retrouvait embringué dans une aventure fantastique avec pour enjeu l'avenir de l'univers tout entier. Pour Bobby, ces récits semblaient un excellent moyen de garder la tête froide au milieu de tous ces bouleversements. Tous savaient qu'un jour ses aventures ramèneraient Bobby chez lui. En attendant, la seule chose qu'ils pouvaient faire pour l'aider était encore de lire ses journaux, de chercher à comprendre ce qu'il endurait et de les conserver précieusement.

Soudain, une voix les fit sursauter :

– Nous allons bientôt fermer, lança Mlle Jane Jansen, la directrice de la banque.

Elle venait à peine de les rencontrer, mais ne semblait guère les aimer. D'ailleurs, elle ne semblait pas aimer grand-chose. Son visage prenait un air perpétuellement pincé, comme si elle ne cessait de sucer des citrons.

– Oh, pardon, répondit Mark comme s'ils faisaient quelque chose de mal. On était en pleine lecture. On pourra revenir demain ?

– C'est dimanche, rétorqua Mlle Jansen. Et vous êtes dans une banque, pas dans une bibliothèque. Vous y êtes déjà restés bien trop longtemps, les gamins.

Courtney n'aimait pas du tout l'attitude de Mlle Jansen. Et elle n'aimait pas qu'on la traite de gamine, surtout de la bouche d'un épouvantail comme elle.

– Et si nous ne pouvons pas lire là en bas, comment faire ? demanda-t-elle poliment en faisant de son mieux pour masquer son hostilité.

– Le contenu de ce coffre vous appartient, répondit Mlle Jansen. Faites-en ce que bon vous semble.

– Vous voulez dire qu'on peut l'emmener ? demanda Mark.

– Comme je l'ai dit, faites-en ce que bon vous semble, rétorqua Mlle Jansen, excédée.

– Vous auriez dû nous le dire dès le départ ! remarqua Courtney. Enfin, les relations avec vos clients n'ont pas l'air d'être votre fort.

Mark fit la grimace. Il n'aimait pas l'insolence de Courtney.

Mlle Jansen ouvrit de grands yeux :

– Mademoiselle Chetwynde, je suis employée par cette banque depuis plus de vingt ans, et j'ai toujours exercé mes fonctions avec tout le professionnalisme requis.

– Je ne manquerai pas de le mentionner dans le rapport que j'écrirai à votre président, répondit Courtney. Parce que c'est pour ça que nous sommes là, pour tout vous avouer : tester les réactions de nos employés face à des situations inhabituelles. Et jusque-là, vous n'avez pas vraiment coopéré, n'est-ce pas, mademoiselle Jane Jansen ?

Mlle Jansen ouvrit de grands yeux, puis, tout à coup, se montra un peu plus aimable.

– Eh bien, heu... si vous avez des réclamations à faire, je ne demande qu'à m'assurer personnellement que vous obteniez satisfaction.

– En ce cas, répondit Courtney, voulez-vous avoir l'amabilité de ramener notre boîte vide dans son coffre ? Nous emportons ce qu'il y a dedans.

Mlle Jansen serra les dents. Elle n'était pas là pour faire le ménage. Mais elle fit bonne figure.

– Bien sûr, fit-elle avec un grand sourire factice. Avec plaisir.

Mark s'empressa de ramasser les quatre journaux et de les fourrer dans son sac à dos. Il préférait sortir d'ici avant que Courtney ne leur attire encore des ennuis.

– M-m-merci, dit-il avec une courtoisie non feinte. Maintenant, nous allons vous laisser t-t-tranquille.

Et il partit vers la porte en entraînant Courtney.

– Merci de votre aide, mam'zelle, railla Courtney. Maintenant, je comprends pourquoi cet endroit ressemble à une prison.

Mark tira sans douceur Courtney vers la porte, laissant Mlle Jansen avec un sourire torve qui semblait douloureux. Quelques instants plus tard, ils sortaient du bâtiment gris pour emprunter Stony Brook Avenue. Courtney était tout sourire. Mark, lui, était furieux.

– Tu es dingue ? cria-t-il. Et si elle nous avait fichus dehors ? On aurait perdu les journaux !

– Que dalle, affirma Courtney. Tu l'as entendue : ils sont à nous. Et puis elle l'a bien cherché. Tu as vu la façon dont elle nous a traités ?

– Oui, marmonna Mark, mais il y a plus important qu'un ego bafoué.

– Tu as raison, Mark, dit-elle d'un ton sincère. Excuse-moi.

Mark acquiesça, puis regarda Courtney et sourit.

– Cela dit, elle l'avait vraiment cherché.

Tous deux éclatèrent de rire. Maintenant que l'épisode de la banque était terminé, ils avaient plus important à penser. Après tous ces mois d'attente, Bobby leur avait enfin envoyé de ses nouvelles ! Mieux encore, ils avaient *quatre* journaux à lire ! Une aventure complète était là, dans le sac de Mark. Ils n'auraient pas à bouillir d'impatience en attendant les nouveaux carnets. Toute l'histoire était là, à leur disposition.

– Toi, je ne sais pas, dit Mark, mais quand je reprendrai ma lecture, je ne veux plus être interrompu.

– Tout à fait, acquiesça-t-elle.

– Voilà ce que je propose. Il se fait tard. Et si on attendait demain ?

– Tu veux rire ! protesta la jeune fille.

– Non. Demain, c'est dimanche. Je passerai chez toi tôt, mettons vers 8 heures. On ira dans l'atelier de ton père et on n'en sortira que quand on aura fini.

Courtney y réfléchit un instant.

– Tu promets de ne pas les lire ce soir ? demanda-t-elle.

– Promis, répondit Mark en levant la main droite.

– Super. Je préparerai des sandwiches. Toi, apporte des chips. On va se faire un quadruple programme.

– Excellent, répondit Mark, tout aussi enthousiaste. Et j'apporterai une bouteille de soda.

– Si tu veux, fit Courtney qui n'aimait pas trop les boissons gazeuses.

– Ça va être le pied ! cria Mark.

Le lendemain matin, à 8 heures précises, on sonna à la porte de Courtney. Son père alla ouvrir et tomba sur Mark planté sur le seuil, un sac en plastique à la main.

– Bonjour, Mark, dit-il en le regardant de ses yeux encore ensommeillés. Tu vas faire un pique-nique ?

– Euh... non, répondit Mark. Courtney et moi devons préparer un exposé dans votre sous-sol. Et comme on compte y passer la journée, j'ai apporté des provisions.

– Vraiment ? demanda M. Chetwynde. On est en août.

– Tout à fait, répondit Mark en faisant tourner ses méninges. C'est pour les cours de vacances.

– Courtney ne prend pas de cours de vacances.

Mark se serait volontiers botté le derrière pour ce mensonge peu convaincant.

– Je sais. Mais moi si.

M. Chetwynde dévisagea Mark, qui eut un sourire innocent. Puis le père de Courtney haussa les épaules.

– Bon. Allez, entre.

Il s'écarta pour le laisser passer. Mark se précipita dans la maison.

Il savait précisément où il devait se rendre. Courtney et lui se servaient du sous-sol de la maison comme d'une salle de lecture lorsqu'ils recevaient un nouveau journal. M. Chetwynde y avait installé tout un atelier dont il ne se servait jamais. À vrai dire, il n'était pas très doué pour le bricolage. Mark et Courtney pouvaient y passer la journée sans risquer d'être dérangés, même un dimanche.

Mark s'installa dans le grand canapé poussiéreux tandis que Courtney dévalait les marches.

– Les sandwiches sont prêts, annonça-t-elle. Je les ai mis au frigo.

Elle s'assit à côté de Mark, qui tira les quatre livres reliés de son sac à dos pour les poser d'un geste plein de révérence devant lui, sur la table. Tous deux restèrent là, à fixer les précieux volumes. Ils ne firent pas un geste pour en prendre un.

– C'est bizarre, non ? finit par dire Mark.

– Ouais, répondit Courtney. D'un côté, j'ai hâte de m'y mettre, et de l'autre, j'ai peur. Je meurs d'envie de savoir ce qui est arrivé à Bobby, mais... Et s'il lui était arrivé malheur ?

Tous deux se turent en fixant les livres.

– Ce n'est pas tout, reprit Mark, pensif. Cette histoire de « Première Terre » ne me plaît pas.

– Pourquoi ?

– Parce que Saint Dane se rapproche. De nous.

– Tu n'en sais rien, s'empressa d'ajouter Courtney.

– Non, mais la Seconde Terre est un territoire comme les autres. Et Saint Dane finira forcément par y débarquer. Ce jour-là, on ne se contentera pas de lire ce qui s'est passé.

– À moins que Bobby et les Voyageurs ne puissent l'arrêter avant, une bonne fois pour toutes, n'est-ce pas ? dit Courtney, pleine d'espoir.

Mark ne répondit pas. Il regarda les journaux d'un air pensif, puis tendit la main vers le premier :

– Contentons-nous de lire, d'accord ?

Courtney inspira profondément pour se calmer, puis :

– Et si on essayait autre chose ? On va se le lire à voix haute, chacun son tour.

En son for intérieur, Mark se sentit soulagé. Il était bien plus rapide que Courtney et devait toujours attendre qu'elle le rattrape. C'était une solution idéale.

– Oui, c'est bien, dit-il en lui tendant le journal. Tu commences.

Courtney prit le volume et souleva la couverture.

– Nous en étions restés au moment où Bobby et Spader étaient partis pour Veelox, non ?

– Exact. (Mark s'adossa au canapé et croisa ses bras derrière sa tête.) Allez, banzaï !

Courtney tourna les pages pour en arriver là où ils avaient dû interrompre leur lecture et se mit à lire à voix haute :

*Une seconde plus tard, la lumière nous entraînait dans le flume. Prochain arrêt : Veelox.*

*Journal n° 9*
*(suite)*

# PREMIÈRE TERRE

Traverser un tunnel interdimensionnel n'a rien d'habituel, mais le faire en compagnie de quelqu'un d'autre rendait l'expérience encore plus bizarroïde.

En fait, Spader faisait des sauts périlleux et des figures acrobatiques comme un astronaute en apesanteur – il avait l'air de s'amuser comme un petit fou.

– Je ferais bien ça tous les jours ! a-t-il crié.

Décidément, ce type savait s'amuser. Et moi ? Je cherchais surtout à apercevoir les étoiles de l'autre côté de la paroi de cristal. Chacun son truc.

Nous n'étions partis que depuis quelques minutes lorsque le flume nous a recrachés. Spader volait la tête la première et a juste eu le temps de se retourner pour atterrir sur ses pieds. Une fois les lumières aspirées par le tunnel et les notes de musique évanouies, nous nous sommes retrouvés...

Dans le vide. Sérieux. Il faisait noir comme dans un encrier. Impossible de voir le bout de son nez, même en louchant dessus.

– Hou là ! a dit Spader. Qu'est-ce qu'il fait noir sur Veelox !

– C'est rien de le dire ! Attendons un instant, que nos yeux s'habituent.

Raté. Nous sommes restés plantés là deux minutes, mais ces ténèbres impénétrables n'ont pas fait mine de se dissiper.

– Passe derrière moi, a fait Spader, protecteur. Je vais avancer en tendant les mains jusqu'à ce que...

– Ne bougez plus ! a lancé une voix sonore.

Zut. Nous n'étions pas seuls. Ce n'était pas la première fois. Était-ce Saint Dane ? Les quigs de Veelox avaient-ils le don de la parole ? Un danger invisible était-il sur le point de fondre sur nous ?

– En arrière, ai-je murmuré à Spader.

J'ai pris son bras et allais l'entraîner vers le flume pour fiche le camp d'ici lorsque, soudain, une lumière est apparue, planant au-dessus de nos têtes.

– Tu vois ça, vieux frère ? a fait Spader d'une voix tremblante.

– Oui, ai-je répondu, guère plus faraud.

La lumière a grandi. Tout d'abord douce et liquide, elle est soudain devenue très claire pour dévoiler...

Une fille. Enfin, pas entière. La *tête* d'une fille. Sérieux. Juste une tête. Et une grosse. Elle flottait au-dessus de nous comme un dirigeable.

– Qui êtes-vous ? a demandé la tête.

Sa voix résonnait comme si elle était amplifiée. Pourtant, la tête semblait tout ce qu'il y avait de plus normal. Ses longs cheveux noirs étaient ramenés en queue-de-cheval. Ses yeux étaient bleus et elle portait de petites lunettes cerclées de métal avec des verres teintés de jaune. On aurait presque pu la trouver mignonne, du moins pour une tête aussi gigantesque. Elle n'avait pas l'air dangereuse, bien qu'une tête désincarnée puisse difficilement sembler normale.

– Je m'appelle Bobby Pendragon, ai-je répondu d'un ton qui se voulait amical.

– Et moi Vo Spader. Et vous ?

– C'est moi qui pose les questions ! a tonné la tête.

J'avais l'impression de me tenir face au Magicien d'Oz. Avec un peu de chance, un vieil homme se cachait derrière un rideau quelque part et manipulait les leviers qui contrôlaient ce machin.

– D'où venez-vous ? a demandé la tête.

– De Cloral, a répondu Spader, et mon ami ici présent de Seconde Terre. Vous avez un corps pour accompagner cette tête ?

Soudain, elle a fondu sur nous. Nous sommes tombés à terre. Un instant, j'ai cru qu'elle allait nous mordre.

– J'ai dit que c'est moi qui pose les questions !

– Désolé ! a répondu Spader. Doucement, j'ai compris !

La tête est remontée sans nous toucher. Spader et moi avons échangé un regard inquiet.

– Que venez-vous faire ici ? a demandé la tête blonde.

– Spader et moi sommes des Voyageurs. Nous sommes sur la piste de quelqu'un. Il s'appelle...

– Saint Dane n'est pas là, a annoncé la tête.

Allons, bon ! Apparemment, elle avait une longueur d'avance.

– Hem, je regrette de devoir vous contredire, a tenté Spader, mais lorsqu'il a quitté Cloral, il est bien venu ici.

La tête a levé les yeux au ciel.

– Je n'ai pas dit qu'il n'était pas venu ici, juste qu'il n'était pas là en ce moment. Écoutez-moi un peu !

Spader et moi avons échangé un coup d'œil. La situation devenait de plus en plus bizarre. Voilà que nous parlions à une immense tête désincarnée qui, en plus, était assez antipathique.

– Regardez, a-t-elle dit d'un ton impatient, comme si elle s'adressait à deux enfants. Voilà ce qui s'est passé il y a quelques minutes.

Et elle a disparu, comme ça. Comme un fondu au noir de cinéma. Je me suis demandé si elle avait vraiment été là, ou s'il s'agissait d'une sorte de projection. Nous étions à nouveau dans le noir, dans tous les sens du terme. Mais pas pour longtemps.

Une autre lumière s'est mise à grandir. D'abord, j'ai cru que la tête revenait, mais l'image qui s'est dessinée devant nous était totalement différente. On aurait dit l'ouverture du flume ! Un vrai film en 3D projeté dans le vide. Trop cool. Voilà qui expliquait cette tête géante. D'après moi, ces gens de Veelox avaient des gadgets technologiques plutôt avancés.

– Qu'est-ce que c'est, Pendragon ? a demandé Spader en se reculant d'un geste nerveux.

– Ne t'en fais pas. Je pense que c'est une sorte de film.

– Ah. Et c'est quoi, un film ?

L'image du flume s'est animée. À voir ce jeu de lumières et entendre ces notes, il n'y avait pas de doute possible : quelqu'un venait. C'est alors que cette projection a pris un tour intéressant.

Saint Dane est sorti du tube.

– Hobie ! s'est exclamé Spader, surpris.

– Ce n'est rien, me suis-je empressé de lui assurer. C'est juste une image.

Saint Dane se tenait dans l'embouchure de flume. C'était un hologramme ou quelque chose comme ça, mais il faisait vrai, pas de doutes. Les longs cheveux gris du meurtrier cascadaient sur les épaules de son costume gris et ses yeux bleus perçants me dévisageaient : on aurait pu facilement croire qu'il était là, en chair et en os. Il a même agité la main, comme s'il savait que nous le regardions.

Bon, j'essaie toujours de comprendre ce qu'on vient faire dans cette histoire de Voyageurs, mais il y a quelques petites choses que je ne connais que trop. En général, ça concerne notre mission et le type dont l'hologramme se tenait là, devant nous : Saint Dane.

À cause de lui, Halla est en danger. Halla est tout – chaque territoire, chaque individu, chaque chose et chaque *époque* qui aient jamais existé. D'accord, moi non plus, je n'y comprends rien, mais c'est ce qu'on m'a expliqué. Saint Dane est un Voyageur qui veut s'emparer d'Halla. En un mot comme en cent, c'est le Mal incarné. Mais se contenter de dire qu'il est maléfique équivaut à affirmer que Michael Jordan est bon basketteur. Saint Dane est le Michael Jordan du Mal. Il aime tuer et faire souffrir. J'ai pu constater de quoi il était capable, et ce n'est pas beau à voir. S'il réussit à mettre la main sur Halla, eh bien... je préfère ne pas penser à ce qui arrivera ensuite.

Tout ce qui empêche Saint Dane de parvenir à ses fins, c'est nous, les Voyageurs. Chaque territoire va atteindre son moment de vérité. Saint Dane influe sur les événements pour que ces territoires sombrent dans le chaos. Et s'il réussit, Halla tombera.

Et nous devons l'en empêcher.

Jusque-là, le score est de 2 à 0. Sur Denduron et Cloral, nous avons gagné. Mais ce ne sont que deux batailles dans une très longue guerre.

Alors que nous regardions son image, toutes mes peurs me sont revenues. C'était vraiment un danger public. Je l'ai vu se tourner vers le flume.

– *Première Terre*, a-t-il ordonné.

Un instant plus tard, les lumières et la musique l'ont emporté dans le tunnel. L'image s'est affadie avant de disparaître pour de bon. Nous nous sommes retrouvés dans les ténèbres.

– Vous comprenez maintenant ? a fait la voix de la tête dans les ténèbres. Il était là. Il est reparti. Fin de l'histoire. Maintenant, allez-vous-en.

– Qui êtes-vous d'abord ? ai-je rétorqué. Pourquoi devrait-on vous croire ?

Un autre hologramme est apparu devant nous. Il montrait à nouveau l'embouchure du flume, et les lumières et la musique étaient déchaînées. Qui allait en sortir, cette fois-ci ? Une seconde plus tard, nous l'avons su...

Spader et moi avons émergé de l'image du flume !

– Hou là ! a dit l'image de Spader. Qu'est-ce qu'il fait noir sur Veelox !

– C'est rien de le dire ! Attendons un instant, que nos yeux s'habituent.

C'était exactement ce qui s'était passé une minute plus tôt.

– Je m'appelle Aja Killian, fit la voix alors que l'hologramme disparaissait.

Spader et moi nous sommes retournés. La tête était de retour et flottait au-dessus de nous comme un nuage blond.

– Je suis la Voyageuse de Veelox. J'ai installé un système pour surveiller l'entrée du flume et enregistrer tout ce qui s'y passe. Voilà comment je sais que Saint Dane n'est plus là. D'autres questions ?

– Oui, ai-je répondu. Vous ne voulez pas arrêter de jouer à la grosse tête et vous montrer en personne ? Si vous êtes Voyageuse, nous sommes entre amis.

J'avais repris un peu de courage et en avais assez de devoir lever les yeux.

– Pourquoi pas, a répondu Aja, mais je suis trop loin de vous.

– Vous nous dites que Saint Dane a débarqué ici pour repartir aussitôt ? a demandé Spader.

– Je ne le dis pas : je vous l'ai montré. Vous ne croyez pas vos propres yeux ?

Spader s'est tourné vers moi et a demandé doucement :

– Pourquoi a-t-il filé si vite ?

– Parce qu'il perdait son temps ici, a répondu la fille. Veelox est déjà sous contrôle.

J'ai éclaté de rire.

– Oui, c'est ce que je me suis dit de Cloral, enfin jusqu'à ce que les cadavres s'empilent.

– Écoutez, a fait Aja d'un ton de réprimande. Personne ne peut prendre le flume sans que je le sache. Il n'est pas là. Si vous voulez vous rendre utile, rejoignez-le sur la Première Terre.

Spader et moi nous sommes regardés.

– C'est de toi qu'elle parle, je présume, a-t-il fait en levant un sourcil.

Je me suis à nouveau tourné vers la tête.

– Si vous croyez que votre petit cinéma suffit à vous défendre de Saint Dane, vous vous fourrez le doigt dans l'œil !

Là, j'ai touché une corde sensible. La tête se rapprocha pour me fixer droit dans les yeux. J'ai fait un effort pour ne pas reculer.

– Alors tu es un expert en la matière ? a-t-elle fait avec dédain.

– Non, mais je l'ai déjà affronté deux fois et je l'ai battu deux fois. Et vous ?

Aja cligna des yeux. Elle n'avait pas l'air d'aimer qu'on lui tienne tête, si j'ose dire. Elle était un peu remontée.

– Si vous l'affrontez seule, vous ne pouvez l'emporter, ajouta Spader. Il lui faudra plus qu'une tête géante pour lui faire perdre ses moyens... contrairement à nous.

– Je tâcherai de m'en souvenir, a-t-elle dit d'un ton sarcastique.

Aja Killian était la Voyageuse de Veelox et se croyait plus maligne que Saint Dane. Voilà qui était dangereux. Tôt ou tard, il nous faudrait retourner sur ce territoire. Mais lorsque ce moment viendrait, pourvu que nous n'ayons pas à affronter Saint Dane *et* Aja Killian !

– Rendez-vous sur la Première Terre, a-t-elle déclaré. Amusez-vous bien. Et ne vous inquiétez pas pour Veelox.

Sur ce, elle a disparu. Spader et moi nous sommes retrouvés seuls.

– Nous amuser ? a demandé Spader. Il y a bien des façons de désigner le tourne-boule qui nous attend, mais ce n'est certainement pas un jeu.

– Faut-il la croire ? ai-je demandé.

– Je pense qu'on n'a pas vraiment le choix. Apparemment, Saint Dane est venu ici dans l'espoir de nous semer, mais Grosse Tête a percé son jeu.

– Alors nous ne sommes pas sur le bon territoire.

– Il est sur la Première Terre, a acquiescé Spader. Ressemble-t-elle à la Seconde Terre ?

– On va bien voir.

Nous sommes retournés dans l'embouchure du flume.

La Première Terre.

Étant de Seconde Terre, je ne pouvais m'empêcher de penser que je rentrais chez moi. Enfin je l'espérais. Je ne savais pas que nous allions atterrir sur les genoux de deux gangsters armés de mitraillettes.

Ouais, on allait bien s'amuser.

*Journal n° 9*
*(suite)*

# PREMIÈRE TERRE

– Z'avez du bol, a ricané M. Vilain Gangster. Ce sera rapide. Vous sentirez rien.

– Qu'est-ce que *vous* en savez ? a répondu Spader d'une voix mal assurée.

Les deux gangsters nous braquaient de leurs mitraillettes, nous empêchant de quitter le chemin de la rame. Car celle-ci fonçait toujours vers nous.

Vous parlez d'une réception.

– Faites-moi confiance, a répondu le gangster. Il ne restera pas assez de vous pour sentir quelque chose.

Et c'était censé nous rassurer ?

– On devait leur faire peur, a lancé le gangster nerveux. Pas les réduire en bouillie.

Apparemment, il avait des doutes. Il commençait à me plaire. Enfin, plus que celui qui voulait notre mort.

– Oh, ils auront peur ! a gloussé son collègue. Juste avant de prendre le métro.

Ou plutôt que le métro ne nous prenne *nous*.

– Mais..., a protesté le nerveux.

– Hé, maintenant, c'est à nous de décider ce qu'on fait, a rétorqué Sale Type. Et c'est moi qui commande.

Le sol sous nos pieds tremblait de l'arrivée imminente de la rame. Ses phares nous éclairaient. Le conducteur a dû nous apercevoir, car il a fait sonner son klaxon. Il était trop tard pour arrêter le train. L'express continuerait sa course, que nous soyons ou pas sur les rails.

Croyez-le ou non, en dépit de ce que disait M. Sale Type, je n'avais pas peur. Parce que je savais très bien ce que nous allions faire pour nous en tirer. C'était assez simple, en fait. Le plus dur serait encore d'être synchronisé.

– On ferait bien de bouger, m'a chuchoté Spader. Sinon, ça ne va pas être beau à voir.

– Un instant, ai-je dit.

– Adieu, les gars ! a crié le gangster par-dessus le bruit de la rame.

La rame était presque sur nous.

– Euh, Pendragon ? a gémi Spader.

– Allez ! ai-je crié.

J'ai pris son bras et nous avons fait un bond en arrière. Aussitôt, le train est passé devant nous dans un défilé de lumières. Que croyaient ces crétins de gangsters ? Que nous allions nous laisser écrabouiller bien gentiment ?

– Cours ! ai-je crié.

La rame était désormais entre nous et les gangsters. Elle nous offrait une opportunité. Spader m'a suivi vers la station abandonnée, de l'autre côté des gangsters. Avec un peu de chance, la rame serait assez longue pour nous permettre de l'atteindre. Ce n'était pas bien loin, mais comme nous devions la parcourir sur les rails parallèles à ceux de la rame, ce n'était pas le moment de se tordre la cheville.

J'ai jeté un bref coup d'œil par-dessus mon épaule pour estimer la longueur du train. Heureusement, il y avait encore plusieurs wagons. La chance était avec nous. Nous devrions avoir le temps d'arriver à la station. Nous n'aurions plus qu'à sauter sur le quai et filer d'ici. J'ai à nouveau regardé en avant. Le dernier wagon était à notre hauteur.

– Reste avec moi ! ai-je crié à Spader.

L'instant suivant, le train nous dépassait. J'ai ralenti, prêt à sauter sur le quai de la station abandonnée. C'est alors que j'ai vu un spectacle qui m'a fait m'arrêter net. Nous étions bien à hauteur du quai...

Mais la station n'était plus abandonnée !

Incroyable. Jusque-là, tout était exactement comme dans mes souvenirs : le flume, la porte, les rails, même l'emplacement de la station. Tout était pareil, sauf la station elle-même. Elle était illuminée et bondée de monde. Le guichet était ouvert et vendait ses tickets aux passagers qui inondaient les escaliers. Les carreaux normalement brisés et crasseux des murs étaient propres et comme neufs, et un stand vendait des journaux aux badauds. Comment était-ce possible ?

– Ce n'est pas le moment de nous arrêter, m'a averti Spader.

Il avait raison. Nous nous sommes hissés sur le quai. Les gens nous ont jeté des regards stupéfaits. Ils ne devaient pas avoir l'habitude de voir des gens surgir des couloirs de métro, surtout lorsqu'une rame venait de passer. Spader s'est redressé, a cligné de l'œil à une vieille dame qui le dévisageait, et a dit avec un sourire charmeur :

– Ne vous bilez pas, m'dame. Simple inspection de routine. Tout est impec !

La femme l'a regardé d'un air d'incompréhension totale.

Soudain, une idée m'a frappé, et je me suis frayé un chemin dans la foule en direction du kiosque. Il y avait une liasse de journaux juste devant. Si mon idée était bonne, ils me diraient tout ce qu'il y avait à savoir. J'ai ramassé un exemplaire, ai regardé la première page et tout mon corps s'est crispé.

– Qu'est-ce qu'il y a ? a demandé Spader en arrivant derrière moi.

– On est en 1937 ! ai-je dit, même si j'avais du mal à y croire. La Première Terre est en 1937 !

– Bon, a-t-il répondu en cherchant à comprendre. Qu'est-ce que ça veut dire ?

– Que c'est bien mon monde, mais tel qu'il était un demi-siècle avant ma naissance !

Le journal était daté du 10 mars 1937. C'était incroyable, et pourtant c'était inscrit là, noir sur blanc.

– Alors, fiston, tu l'achètes, ce journal ? a grogné le vendeur. C'est pas une bibliothèque, ici !

C'était un type grassouillet et mal embouché qui arborait une barbe de plusieurs jours. Il portait une casquette de laine avec une visière et mâchonnait un cigare qui ressemblait à un bâton pourri. Et son odeur valait bien son apparence. J'ai lentement reposé le journal pour regarder autour de moi. Maintenant, je comprenais tout. Si la station était ouverte, c'était parce qu'elle n'était pas *encore* abandonnée.

C'est alors que j'ai remarqué comment tout le monde était habillé. On se serait cru dans un film rétro où les hommes étaient en costard et chapeau et les femmes toutes en robe. Pas un jean ou une paire de baskets à l'horizon.

Pas de doutes, on était dans le passé.

– Salut, Buck Rogers[1] ! a fait une voix derrière nous. T'as ramené un peu d'monnaie d'l'espace ?

Nous nous sommes retournés pour voir un grand Noir aux cheveux gris, vêtu d'un long manteau de laine, qui se dirigeait vers nous. Buck Rogers ? Ah, oui. Spader et moi portions encore nos vêtements de Cloral. Nous ne devions pas passer inaperçus.

– Désolé, ai-je dit au vieil homme. La prochaine fois.

– C'est pas grave, a-t-il gloussé. Salue les Martiens de ma part.

Soudain, un crépitement de mitraillettes a vrillé l'air.

Tout le monde a plongé au sol en poussant des cris de panique. Incroyable. Ces gangsters avaient décidé de tirer dans le tas ? Spader et moi avons suivi le mouvement. Une fois à terre, on a regardé vers l'autre côté du quai, d'où venaient les tirs. Les deux tueurs étaient bien là, toujours cachés derrière leurs mouchoirs blancs. Le sale type qui avait pris la direction des événements avait ouvert le feu vers le plafond. Le canon de son arme fumait encore.

– On ne bouge plus ! a-t-il crié. On cherche deux gros malins déguisés en cosmonautes !

Ça, c'était nous. Impossible de se fondre dans la foule. J'ai regardé à gauche et à droite dans l'espoir de voir un policier. S'il y en avait un, il devait être aussi terrifié que les autres, parce qu'il ne s'est pas montré. Nous devrions nous débrouiller tout seuls.

Les gangsters ont avancé lentement tout en scrutant la foule. Tout autour de nous, les gens restaient accroupis, trop effrayés pour bouger. J'ai croisé le regard plein de frayeur d'une femme. Elle savait que c'était nous qu'ils cherchaient, mais n'a rien dit. Peut-être redoutait-elle de se ramasser une balle perdue. Spader et moi avons regardé autour de nous, en quête d'une sortie de secours.

– Par là ! Venez ! a crié une voix.

C'était le vendeur de journaux. Il se penchait de son guichet pour nous dénoncer aux gangsters. Sympa.

---

1. Héros de la première bande dessinée de science-fiction, créé en 1929 par Dick Calkins et Phil Nowlan *(N.d.T.)*.

Spader et moi n'avions pas d'autre choix que de nous lever. Tous les autres sont restés à terre. Si les gangsters voulaient vraiment nous descendre, ils pouvaient nous tirer comme des pigeons.

Les deux brutes se sont tournées vers nous et ont levé leurs mitraillettes.

– Qu'est-ce que c'est que ce boucan ?

C'était le Noir qui m'avait appelé Buck Rogers. Il s'est glissé entre Spader et moi et a posé ses mains sur nos épaules.

– Hé, vous pensez pouvoir vous débarrasser de ces astronautes en leur tirant dessus ? a-t-il déclaré. Aucune chance ! J'les ai vus au cinéma ! Ils vont se dupliquer ! C'est ça que vous voulez ? Des astronautes bleus qui courent partout ?

– Laisse-nous, vieux fou, a feulé M. Sale Type. À moins que tu veuilles partir en fumée avec eux ?

– Ça, c'est une idée !

C'est alors qu'une autre rame est entrée dans la station. Mais au lieu de la traverser, elle a ralenti.

– J'ai toujours voulu savoir ce qu'il y avait dans l'espace ! a caqueté le vieil homme. C'est p't'être ma chance !

Le gangster a souri et braqué sa mitraillette vers le ciel, prêt à ouvrir le feu. Le regard du second ne cessait de passer de nous à son chef.

– Comme tu voudras, vieux débris, a fait le sale type.

– Oh, j'crois pas que ça soit une bonne idée, a affirmé le vieil homme d'un ton si assuré que Sale Type a hésité un instant. Regardez autour de vous. Tous ces gens vous zieutent.

Le gangster nerveux lorgnait déjà tous ceux qui les dévisageaient. Sale Type en a fait autant. Il commençait à avoir des doutes.

La rame s'est arrêtée, les portes se sont ouvertes et toute une foule s'est déversée sur le quai. Un ou deux badauds ont vu ce qui se passait et se sont éclipsés. D'autres sont retournés dans leurs wagons. Les mains toujours sur nos épaules, le vieil homme nous a poussés vers la rame. Tout en marchant, il a continué de parler :

– Chacun de ces braves gens ici présents est un témoin, ouaip. Ici, c'est pas une ruelle sombre. Vous pouvez pas vous planquer dans un coin. Si vous voulez faire vot' sale boulot, ça sera au vu et au su de tout le monde, et tous s'en souviendront.

Ce vieil homme les avait fait réfléchir. Même Sale Type n'avait plus l'air si faraud. Entre-temps, nous nous rapprochions de la porte de la rame. Pourvu qu'elle ne se referme pas avant que nous soyons à l'intérieur !

– Z'êtes sans doute assez futés pour comprendre ce que j'veux dire, a continué notre allié.

Je n'en étais pas si sûr. Je pense que le discours du vieil homme les troublait. Mais peu importe ce qui se passait dans le cerveau épais des gangsters, du moment qu'ils nous laissaient fuir. Le vieux Noir s'est retourné, si bien que nous nous sommes retrouvés face aux gangsters. Il nous a alors fait reculer, puis franchir la porte du wagon. À présent, il ne restait plus qu'à espérer que les portes se referment à temps.

– J'suis fier de vous, messieurs, a dit le vieil homme aux gangsters en leur souriant. Z'êtes des citoyens modèles.

Tout le monde a retenu son souffle en attendant de voir ce qui allait se passer. Les gangsters en sont restés bouche bée. Personne n'osait bouger. Spader, le vieil homme et moi avons passé la porte.

Le temps s'est figé.

Puis une sonnerie s'est fait entendre et les portes se sont refermées. Ce qui a paru tirer les gangsters de leur transe. Ils ont bondi et, comme ils étaient plus loin que nous, ils sont entrés par les autres portes de la rame, sur notre gauche. À ce même moment, le vieil homme nous a poussés en avant, Spader et moi. Du coup, nous nous sommes tous les trois retrouvés sur le quai au moment précis où les battants se refermaient... prenant au piège les gangsters !

Aussitôt, la rame a démarré. Nous l'avons regardée partir, emmenant nos tueurs d'opérette. Sale Type s'est précipité vers la porte et a tenté de l'ouvrir, mais c'était trop tard. Prochain arrêt... Dieu sait où. Le vieil homme a souri et leur a fait un signe de la main alors qu'ils disparaissaient dans le tunnel. Tout autour de nous, les gens se sont animés. Tous avaient l'air quelque peu choqués, mais moins que Spader et moi.

– Incroyable ! s'est exclamé Spader. Vous les avez hypnotisés !

– Vous nous avez sauvé la vie ! ai-je renchéri. Comment pouvons-nous vous remercier ?

Le vieil homme a aussitôt perdu son sourire amical. En un clin d'œil, il a abandonné son allure de grand-père chaleureux pour prendre celle d'un homme en mission.

– Suivez-moi, a-t-il ordonné, et il est parti.

Spader et moi sommes restés figés sur place.

– On obéit ? m'a demandé Spader.

Alors les passants se sont massés autour de nous comme si nous étions des animaux évadés du zoo. Nous étions la cause de tout ce désordre, et ils voulaient savoir pourquoi. Il valait mieux ne pas s'incruster ici.

– Tout à fait, ai-je répondu en me mettant à courir derrière le vieil homme.

Ce type était âgé, mais rapide. Il avait déjà gravi la moitié des escaliers menant à la rue. Spader et moi avons passé les tourniquets pour le suivre. Dans la bousculade, je n'ai même pas pris le temps de réfléchir à ce qui nous attendait là-dehors. Mais lorsque je suis arrivé tout en haut des escaliers, j'ai pris la réalité en pleine figure.

Nous étions arrivés dans une époque différente.

Nous étions bien dans cette même section du Bronx où l'oncle Press m'avait amené au tout début de cette aventure, mais soixante années dans le passé. Le quartier avait pourtant des côtés familiers. J'ai reconnu la plupart des bâtiments. Même de mon temps, il n'y avait pas beaucoup de constructions d'acier et de verre dans ce quartier, et la plupart des immeubles seraient encore debout dans soixante ans. La seule différence, c'est qu'en 1937 ils étaient récents et propres.

Ce sont surtout les voitures qui m'ont marqué. Elles étaient si anciennes... Mais pas *vieilles*. C'était même les derniers modèles... de 1937. Ça faisait un drôle d'effet. La circulation était aussi délirante qu'à mon époque et la rue était bondée de ces véhicules antiques. Et il planait une drôle d'odeur évoquant des produits chimiques. J'ai mis un certain temps à réaliser qu'en ce temps-là, on ne se souciait guère de carbone, de carburant sans plomb et de toutes ces mesures pour réduire la pollution. Ces voitures crachaient des gaz d'échappement à l'ancienne, sans aucune restriction, et croyez-moi, ça puait sec.

Une autre chose remarquable était l'abondance de panneaux publicitaires, la plupart pour des produits dont je n'avais jamais entendu parler. L'un montrait une dame arborant un grand sourire, qui utilisait non pas une pâte dentifrice, mais une sorte de poudre. Un type avait l'air tout content de remplir le réservoir de sa voiture avec de l'essence de marque Esso. Un autre encore montrait des quintuplés, toutes des filles, promouvant un savon fait à base d'huile d'olive. Beurk. Autant se laver avec de la sauce spaghetti ! J'étais revenu sur Terre, mais j'avais l'impression de découvrir une autre planète.

Spader était là, sur ma droite, et avait l'air stupéfait. Tout ça devait lui paraître bien étrange, mais d'une façon différente de moi.

– Vous allez rester plantés là toute la journée ?

C'était la voix du vieux Noir. Il avait arrêté un gros taxi jaune et nous tenait la portière.

– Écoutez, ai-je dit, merci de nous avoir tiré d'affaire, mais nous n'allons pas vous suivre...

– Je m'appelle Vincent Van Dyke, a-t-il coupé en souriant. Gunny pour les amis.

– Hem, d'accord, Gunny. Comme je le disais, on a à faire...

– Je sais. Je sais tout de vous.

– Ah ouais ? a dit Spader. Quoi, par exemple ?

Gunny eut un petit rire.

– Que vous êtes à la recherche de Saint Dane, et pour ça, vous aurez besoin de moi.

J'ai eu l'impression que l'univers s'écroulait. J'avais du mal à en croire mes oreilles. Je me suis tourné vers Spader. Il avait l'air aussi choqué que moi.

– Oui, a-t-il dit, j'ai entendu.

Le vieil homme n'a pas bougé d'un poil. Il est resté là, une main sur la portière du taxi, un grand sourire aux lèvres.

– Qui êtes-vous ? ai-je demandé.

– Comme je vous l'ai dit, mes amis m'appellent Gunny. Et je suis sûr que nous allons nous entendre, étant donné que je suis le Voyageur de Seconde Terre.

Il a tendu la main pour nous montrer qu'il portait l'anneau d'argent orné d'une pierre grise qui nous était familier.

Notre voyage sur la Première Terre devenait de plus en plus intéressant.

*Journal n° 9*
*(suite)*

# PREMIÈRE TERRE

– Au croisement de la 59$^{e}$ et de Central Park, mon brave, a dit Gunny au chauffeur du taxi.

C'était une grosse bagnole démodée avec une immense banquette à l'arrière. Quoique, je devrais cesser d'employer le terme « démodé ». Nous étions sur la Première Terre, en 1937. Le passé, et en même temps aujourd'hui. De quoi perdre la boule.

La voiture est partie vers Manhattan. En cours de route, je n'ai pas arrêté de regarder par les vitres pour noter les différences entre la Première et la Seconde Terre. Eh bien, il n'y en avait pas tant que ça. Je ne suis pas vraiment un expert en histoire de New York, mais à mes yeux de gamin du Connecticut qui était quelques rares fois descendu en ville, je n'ai pu que constater, à ma grande surprise, qu'elles étaient plutôt semblables.

Comme je l'ai dit, les voitures faisaient l'essentiel de la différence. J'avais déjà vu ce genre de vieilles bagnoles, mais toujours dans des vieux films en noir et blanc. Quand j'étais petit, je croyais qu'en ce temps-là le passé n'avait pas d'autres couleurs. Mais maintenant, je peux en témoigner : le monde de 1937 n'était pas en noir et blanc, loin de là. Le ciel était tout aussi bleu, le soleil tout aussi doré et l'herbe tout aussi verte que sur la Seconde Terre. Toutefois, les voitures étaient majoritairement noires. Certaines étaient de couleur crème et d'autres grises, mais le noir semblait plus populaire. Et la conduite n'était pas de tout confort. Nous avons plus d'une fois été secoué lorsque notre taxi est passé sur un nid-de-poule. Oui, il y avait déjà des nids-de-poule en 1937.

Si je voulais étudier le passé, le gars assis devant moi était tout aussi important. Il venait de nous dire qu'il était le Voyageur de Première Terre. Je n'avais aucune raison d'en douter, d'autant qu'il portait l'anneau. Et pourtant, il ne ressemblait guère aux autres Voyageurs. D'abord, il était vieux. Impossible de déterminer son âge, mais il devait être avancé. La soixantaine, peut-être. Les autres Voyageurs étaient jeunes. L'oncle Press était plus âgé, tout comme Osa. Mais pas tant que ça. Et puis ils étaient morts tous les deux. Ils avaient passé le flambeau à une nouvelle génération de Voyageurs. Cela voulait-il dire que les jours de celui-ci étaient comptés ? Je n'allais pas lui poser la question. Ça ne se fait pas.

Et puis il avait l'air réglo. La façon dont il avait piégé ces gangsters était incroyable. Sa voix rassurante vous faisait croire que rien n'était impossible. Comme je l'ai appris, les Voyageurs ont la capacité de se montrer extrêmement persuasifs. Une forme d'hypnose. J'ai moi-même essayé de m'en servir. Une ou deux fois, ça a marché, mais je ne suis toujours pas très doué.

– Vous avez le chic pour faire une entrée en fanfare, a-t-il dit avec un petit rire. Vous n'avez pas ménagé mon vieux cœur.

S'il avait eu peur à un moment où à un autre, il n'en avait rien laissé paraître. Une qualité de plus à ajouter sur la liste. On pouvait compter sur lui dans une situation difficile.

– On ne s'attendait pas vraiment à tomber sur un comité d'accueil, ai-je dit. Mais on est contents que vous ayez été là.

Gunny a acquiescé d'un air pensif.

– J'imagine que tu es Pendragon, a-t-il dit, puis il a regardé Spader : et toi ?

– Moi, je suis Vo Spader, a-t-il répondu fièrement, maître aquanier du territoire de Cloral.

Gunny a éclaté de rire.

– Ça me plaît bien ! Je ne sais pas ce qu'est un maître aquanier, mais ça sonne bien !

– Et vous ? ai-je demandé. Qui êtes-vous ?

Je ne savais toujours pas si nous devions vraiment nous fier à ce type.

– Oh, si je vous racontais ma vie, vous mourriez d'ennui.

– On peut toujours essayer, ai-je dit.

– Commencez donc par nous dire d'où vient ce surnom de Gunny, a dit Spader.

– Ça vient de l'armée. C'est une sorte de blague. Je me suis engagé en 1917, lors de la Grande Guerre. Je ne sais pas trop pourquoi on l'appelle comme ça, mais on ne m'a pas demandé mon avis. L'ennui, c'est que je n'ai jamais pu tirer au fusil. Oh, ce n'est pas faute d'avoir essayé ! Mais rien à faire : j'avais beau prendre un fusil et viser, pas moyen d'appuyer sur la détente. Je me suis fait enguirlander à mort, ce qui n'a servi à rien. C'est de là que vient le surnom [1]. Et j'ai passé ce qui restait de la guerre comme cuistot.

– En ce temps-là, a demandé Spader, vous saviez déjà que vous étiez un Voyageur ?

– Non. Je ne l'ai découvert que deux ans plus tard. Toute ma vie, j'ai cru que les choses étaient simples et bien définies. J'ai vite été échaudé. J'avoue que ça ne m'a pas vraiment enchanté, mais ce n'est pas comme si j'avais le choix, non ?

Non, en effet. Et nous non plus. Bienvenue dans le monde merveilleux des Voyageurs. J'ai jeté un bref coup d'œil au chauffeur. Qu'allait-il penser d'une telle conversation ? Mais j'imagine que les taxis new-yorkais en ont entendu d'autres.

– Comment avez-vous découvert la vérité ? a demandé Spader.

– Je travaille dans un hôtel depuis près de vingt ans. J'ai commencé par faire la plonge, puis suis devenu groom. Un jour, j'ai vu débarquer un type, plutôt sympa d'ailleurs. À peine lui avais-je montré la chambre qu'il s'est mis à me raconter de drôles de trucs. Tous me concernaient, et c'était des choses qu'il n'aurait jamais dû savoir.

– Quoi, par exemple ? a insisté Spader.

– Il connaissait ma famille ; il savait où j'avais passé mon enfance, en Virginie ; et il m'a répété des choses que j'avais dites il y a quarante ans et presque oubliées. À vrai dire, il m'a fichu la trouille. Mais il m'a calmé et m'a assuré que tout irait bien. Il a dit qu'il était temps que j'apprenne ma vraie destinée.

– Alors, il vous a balancé toute l'histoire, comme ça ? ai-je demandé.

1. En anglais, *gun* signifie « canon », « fusil » ou « revolver » *(N.d.T.)*.

– Pas tout à fait. Il m'a demandé d'aller faire un tour avec lui. Vers le centre. Si j'avais su où il allait m'emmener, je ne sais pas si je l'aurais suivi.

– Il vous a conduit au flume ? ai-je demandé.

– Exact. Je me suis retrouvé à sillonner l'espace. J'ai eu de la chance que mon cœur ne lâche pas. Nous avons débarqué dans un pays du nom de Ta Da ou quelque chose comme ça.

– Zaada ? ai-je demandé.

– C'est ça. Zaada. Il y avait une magnifique ville en plein désert, avec une rivière souterraine.

Spader et moi nous sommes regardés. Nous y étions allés, nous aussi. C'était le territoire d'où venait Loor.

– Et il m'a présenté la plus belle femme que j'aie jamais vue, a-t-il continué.

– Osa, ai-je dit.

– Oui, c'est elle !

Gunny s'est tu un instant. J'imagine que, dans son esprit, il était de retour sur Zaada, avec Osa. C'était la mère de Loor et, en effet, elle était d'une beauté incroyable. Gunny est revenu à l'instant présent.

– C'est elle qui m'a dit que j'étais un Voyageur et que nous devions arrêter ce type, ce Saint Dane, qui mijotait de sales coups. J'ai voulu savoir pourquoi on m'avait choisi moi, mais ils m'ont répondu que je saurais tout le moment venu.

– Ça me rappelle quelque chose, ai-je dit.

– C'était trop pour que je puisse tout digérer d'un seul coup. Et même maintenant, je ne suis pas sûr d'avoir tout compris. Ce gentleman m'a emmené quelques autres fois afin que je puisse voir d'un peu plus près ce qu'il y avait là-dehors. Je n'aurais jamais cru qu'il existe autant de merveilles en ce bas monde. Puis il m'a ramené chez moi. Je lui ai demandé ce que j'étais censé faire ; il m'a répondu que je n'avais qu'à attendre et rester attentif. Tout ça s'est déroulé il y a deux ans. Au bout d'un moment, j'ai fini par croire que j'avais imaginé toute cette histoire. Je veillais toujours au grain, mais il n'y avait rien à voir. C'est tout, du moins jusqu'à aujourd'hui.

– Comment s'appelait cet homme qui vous a emmené sur Zaada ? ai-je demandé.

– Tilton, Press Tilton. J'imagine que vous le connaissez ?

– C'était mon oncle, ai-je répondu.

– Ton oncle ! a répété Gunny en souriant. Voilà qui explique bien des choses. Il m'a parlé de toi. Il m'a dit qu'un jour, tu débarquerais ici. À l'entendre, tu étais la huitième merveille du monde. Maintenant, je comprends tout !

– La huitième merveille du monde ? a répété Spader en me jetant un regard torve.

– Un instant, a repris Gunny. Tu as bien dit que *c'était* ton oncle ? Au passé ?

– Oui, ai-je répondu d'un ton égal. L'oncle Press est mort. Et je suis désolé de devoir vous l'apprendre, mais Osa aussi.

Gunny en a perdu son sourire. Il a baissé les yeux, le temps de digérer cette information.

– Vous m'en voyez désolé, a-t-il fini par déclarer. C'était quelqu'un de bien. Et c'est aussi valable pour Osa. C'est vraiment une grande perte.

– Merci, ai-je dit, mais il y a autre chose que vous devez savoir.

– Encore des catastrophes ? a répondu Gunny.

Pour la première fois depuis notre rencontre, il semblait nerveux.

– Ces gangsters du métro ont tué l'oncle Press, ai-je dit.

– Quoi ! Press est revenu ?

– Non. Nous nous trouvions face au flume d'un autre territoire. Saint Dane venait de s'enfuir, mais avant que nous ayons pu le poursuivre, une grêle de balles a jailli par l'ouverture.

J'ai senti que Spader se crispait. Pour lui, ce n'était pas un bon souvenir.

– Ce sont ces balles qui ont tué l'oncle Press, ai-je repris. Mais je suis sûr que Saint Dane est responsable. Il est le seul à pouvoir activer le flume pour laisser passer une rafale.

Gunny a détourné le regard. Son visage s'est assombri. Il avait besoin de réfléchir. Il a laissé passer quelques secondes avant de reprendre :

– Ça doit vouloir dire que tout a commencé.

– Quoi ? a demandé Spader. Qu'est-ce qui a commencé ?

Gunny avait l'air inquiet. Son esprit entrait dans des zones qu'il préférait ne pas aborder.

– Vous savez, je garde les yeux grands ouverts. À l'hôtel, je surprends bien des discussions, je vois toutes sortes de choses. Peut-être est-ce pour ça que j'ai été choisi pour être un Voyageur.

– Qu'avez-vous surpris ? ai-je demandé.

– Ces tireurs de la station sont des ordures de première. J'ai entendu dire qu'il y aurait bientôt un assassinat. Quelqu'un va se faire descendre. Ce genre de bruits circule tout le temps. En général, ce ne sont que des rumeurs. Mais cette fois-ci, ce qui m'a fait dresser l'oreille, c'est l'endroit où ça devait se passer. Dans cette station de métro. Celle avec votre flume, là. J'espérais que ça ne soit qu'une coïncidence, mais il fallait que je voie ça de mes yeux. C'est pour ça que j'étais sur les lieux.

– Alors nous avons débarqué, ai-je dit.

– Oui, a répondu Gunny. Et un Voyageur est mort. Malheureusement, ça ne peut avoir qu'une signification.

– Oui, a renchéri Spader. Votre longue attente vient de prendre fin.

– J'ignore ce que Saint Dane mijote sur la Première Terre, ai-je ajouté, mais ça vient de commencer.

La voiture s'est arrêtée. Le taxi a baissé la vitre séparant la banquette avant de l'arrière.

– Vous y êtes, a-t-il dit.

Je me suis demandé s'il avait surpris notre conversation. Quoique, il n'y aurait sans doute pas compris grand-chose.

– Où sommes-nous ? a demandé Spader.

– Chez moi. Le Manhattan Tower Hotel. Tôt ou tard, ils y finissent tous, qu'ils soient vedettes de cinéma, politiciens, chevaliers d'industrie... ou gangsters.

– Gangsters ? ai-je répété, surpris.

– Oui. Après ce que j'ai vu et entendu aujourd'hui, j'ai l'impression que c'est à cause d'eux que nous sommes réunis.

– Bienvenue à la maison, ai-je grommelé en descendant du taxi.

## *Journal n° 9*
## *(suite)*

# PREMIÈRE TERRE

Gunny a payé le taxi pendant que Spader et moi admirions le Manhattan Tower Hotel. C'était un endroit assez extraordinaire. Avec ses trente étages, c'était certainement le plus haut bâtiment du quartier. L'entrée se trouvait en retrait de l'avenue de Central Park pour laisser la place à un jardinet assez sophistiqué, avec des arbres et des fontaines partout. Les jardiniers devaient s'en occuper à plein temps, parce que bien qu'on soit en mars et qu'il fasse plutôt frais, le jardin était verdoyant et piqueté de fleurs multicolores. C'était une vraie jungle colorée au cœur même de la grisaille de la ville.

De plus, cet immeuble se différenciait par sa couleur. Tous les autres étaient faits de différentes nuances de ciment. Le Manhattan Hotel, lui, présentait des touches de rose. Pas le rose criard des chewing-gums à deux balles, non, mais quelque chose de plus doux, de plus chaleureux. Du coup, l'endroit en paraissait plus accueillant. Pas moyen de me souvenir si cet hôtel était toujours là sur la Seconde Terre, mais comme je l'ai déjà dit, je ne suis pas un expert en histoire de New York.

– On va tenter quelque chose, a dit Gunny lorsqu'il nous a rejoints sur le trottoir.

Il a retiré son long manteau de laine, dévoilant son uniforme de groom.

– Hobie ! s'est exclamé Spader en le voyant. La classe !

Gunny venait littéralement de se transformer. Avec son manteau, il passait inaperçu, mais ce qu'il portait en dessous était vraiment spectaculaire. La veste était rouge sombre avec des boutons de bronze montant jusqu'au col. Celui-ci était tout droit avec deux barres dorées, tels des galons, de chaque côté du cou. Il y avait aussi quatre barres dorées sur ses manches, au niveau du poignet. Sur sa poitrine, un monogramme proclamait *MTH*, sans doute pour Manhattan Tower Hotel. De l'autre côté, un badge donnait son nom : Capitaine Vincent Van Dyke. Il portait un pantalon noir avec une ligne dorée le long de chaque jambe. Pour compléter le tableau, ses chaussures bien cirées étincelaient. On aurait dit un uniforme militaire de parade.

Gunny s'est dressé fièrement pendant que nous l'admirions. C'était un grand gaillard qui faisait bien un mètre quatre-vingt-dix, mais avec cet uniforme, il avait l'air d'un géant. Et il devait le savoir, parce qu'il arborait un petit sourire.

– Franchement, Gunny, a dit Spader, vous nous avez raconté n'importe quoi. En fait, vous êtes un prince, n'est-ce pas ?

Gunny a éclaté de rire.

– J'aimerais bien ! Tiens, Pendragon, a-t-il ajouté en me tendant son manteau de laine pour que je le passe. Je ne peux vous laisser entrer dans l'hôtel déguisés en Martiens !

Le manteau était bien trop grand pour moi. Les manches étaient si longues qu'elles couvraient mes mains et le bas traînait sur le trottoir.

– Maintenant, ai-je râlé, j'ai l'air d'un Martien qui porte le manteau de son père !

Gunny l'a repris et passé à Spader. C'était déjà mieux. Le rebord effleurait à peine le trottoir.

– Ça ira, a dit Gunny.

Il s'est tourné vers moi et a cligné de l'œil.

– Il faudra que tu continues de jouer les astronautes, fiston.

– Hé, arrêtez, je n'ai que quatorze ans ! ai-je répondu, sur la défensive.

Mais je savais qu'il se payait ma fiole. Ce Gunny Van Dyke commençait à me plaire.

Avant que nous n'entrions dans l'hôtel, une grande limousine s'est arrêtée contre le trottoir juste devant nous. Je l'ai à peine remarquée, mais Gunny s'est crispé.

– Restez là, a-t-il murmuré.

Les deux portières avant de la voiture se sont ouvertes au même moment, et quatre hommes en costard ont bondi sur le trottoir. Tout s'est passé si vite que c'en était presque comique : on aurait dit des clowns qui surgissaient comme des diables d'une boîte. Je me suis demandé s'il y avait d'autres costards à l'intérieur. L'un d'entre eux a couru ouvrir la portière arrière. Les autres ont scruté le trottoir et les alentours comme des agents secrets. Un peu plus tard, un nouveau venu s'est extrait de la banquette arrière.

J'ai tout de suite su que c'était le « caïd ».

Il portait un costard-cravate, lui aussi, mais là s'arrêtait toute ressemblance, parce qu'il était grand et baraqué. Je veux dire, une vraie armoire à glace. Tout en lui était démesuré. Ses mains, sa tête, ses pieds, son corps. Il n'était pas gros, mais massif. Son costume était gris clair, et j'ai vu une grosse pierre plantée dans sa cravate bleu nuit. J'aurais parié que c'était un diamant. Un mouchoir parfaitement replié, assorti à sa cravate, dépassait de sa poche. Et les chevalières ornant ses doigts semblaient plutôt coûteuses, elles aussi.

Visiblement, c'était quelqu'un qui n'avait aucun problème pour obtenir ce qu'il désirait. Il s'est levé, a ajusté son costume, puis s'est tourné vers l'hôtel. Les autres se sont massés autour de lui pour le protéger sans cesser d'examiner les alentours, cherchant une éventuelle menace.

Des gardes du corps.

– C'est qui, ai-je demandé, un président étranger ?

– Je préférerais, a-t-il murmuré. Ceux-là ne tuent personne en général.

Hou là. Pas très engageant.

Il a aperçu Gunny et lui a fait un grand sourire.

– Gunny, mon ami ! a-t-il lancé d'une grosse voix.

Il s'est dirigé vers nous. Ce qui veut dire que ses gardes du corps ont dû modifier leur trajectoire. On aurait dit qu'un paquebot venait de virer de bord et que les caboteurs qui l'entouraient s'empressaient de le suivre.

Gunny a fait de son mieux pour avoir l'air naturel. Spader et moi n'avons pas bougé.

– Tu fais la rue maintenant, Gunny ? a demandé le caïd avec un grand sourire.

– Non, m'sieur Rose, a poliment répondu Gunny. C'est ma pause, et j'voulais prendre un bol d'air frais.

– Bien dit ! s'est exclamée l'armoire à glace. (Il a plongé sa main dans sa poche et en a tiré un dollar, qu'il a fourré dans la main de Gunny.) Ne bosse pas trop dur, hein ? a-t-il ajouté en lui donnant une tape amicale sur l'épaule.

– Seulement quand je bosse pour vous, monsieur Rose, a répondu Gunny.

L'autre a éclaté d'un rire un peu trop sonore. Mais ce n'était rien. Si c'était un tueur, je préférais le voir de bonne humeur. Et apparemment, il aimait bien Gunny. Ça aussi je préférais. Puis il m'a regardé et a aussitôt cessé de rire.

Zut. Qu'avais-je fait ? Que devais-je faire ? Soudain, j'eus cette image de King Kong en train de toiser ces malheureux qui couraient dans tous les sens, prêt à en ramasser un pour l'avaler comme un biscuit apéritif.

– Salut, Buck Rogers, a-t-il dit. T'es en retard pour Halloween.

Comme je ne savais trop comment prendre sa remarque, j'ai choisi la blague et ai éclaté d'un rire forcé. Apparemment, c'était la bonne réaction, puisqu'il a fait de même. Il m'a pris la main et y a fourré quelque chose.

– Je plaisantais, mon gars, ne le prends pas mal. Ton costume est super.

Puis il est parti d'un pas conquérant vers l'hôtel pendant que ses hommes de main le suivaient tant bien que mal. J'ai vu qu'à moi aussi, il avait donné un billet d'un dollar.

– J'en ai marre d'entendre dire que j'ai l'air d'un astronaute, ai-je commenté.

– Qui est ce type ? a demandé Spader à Gunny.

– Il s'appelle Maximilian Rose. Un homme d'affaires qui habite un étage ici même, au Manhattan Tower. Il trempe dans tous les bons coups.

– Mais encore ? ai-je ajouté.

Gunny a jeté des coups d'œil autour de lui pour voir si personne ne l'écoutait, puis a continué à voix basse :

– Et il est aussi véreux qu'une pomme abandonnée pendant six mois.

J'ai regardé Spader, qui a haussé les épaules.

– Je ne comprends rien à ce que vous racontez, mais je crois que j'ai pigé l'essentiel.

– Ce que je veux dire, a continué Gunny, c'est qu'il n'a pas fait fortune par des moyens honnêtes. Il a l'air respectable, mais c'est quelqu'un de très dangereux. Croyez-moi.

– Ces gangsters du métro travaillaient-ils pour lui ? ai-je demandé.

– Non, ils appartiennent à une autre bande du centre-ville.

– Y a-t-il dans cette ville quelqu'un qui ne soit pas un gangster ? a demandé Spader.

– Au moins trois. Toi, moi, et Pendragon.

– Super, a répondu Spader d'un ton sarcastique. Tu parles d'un tourne-boule !

– Un quoi ? a demandé Gunny.

– Allons-y, d'accord ? ai-je dit.

Entendre discuter ces deux lascars était tout aussi agaçant que ces remarques sur ma tenue d'astronaute.

Un peu plus tard, un portier vêtu d'un uniforme semblable à celui de Gunny nous a ouvert une lourde porte de verre pour nous laisser entrer dans le salon du Manhattan Tower Hotel. L'intérieur en était encore plus spectaculaire que la façade. J'avais l'impression d'être dans le manoir d'un millionnaire. Le plafond était à des kilomètres et décoré de vitraux représentant des scènes de forêt. Le soleil illuminait le verre et jetait des taches de lumière colorée dignes d'un kaléidoscope.

Nous nous sommes avancés sur d'épais tapis orientaux et sous d'immenses lustres en cristal qui semblaient venir tout droit d'un château d'Europe. Il y avait plusieurs petits salons aux fauteuils de cuir rouge dans lesquels on pouvait discuter tranquillement ou lire le journal. Tout le monde s'exprimait à voix basse. On se serait cru dans une église ou une bibliothèque. Apparemment, ce n'était pas un hôtel fauché comme celui où mes parents m'avaient emmené, près des chutes du Niagara, avec ses chambres piteuses et puantes. Ici, on aurait pu manger à même le sol. Tous ceux que j'ai vus semblaient sortis de la vitrine d'un magasin de vêtements rétros. Les hommes portaient costume et chapeau, les femmes étaient toutes en robe.

Non, les deux seuls qui semblaient déplacés dans ce décor étaient Spader et moi. Je me sentais ridicule dans ma combinaison bleue. Et malgré le manteau de Gunny, Spader ne valait pas mieux.

– On n'est pas vraiment dans notre élément, ai-je chuchoté à Gunny.

– N'importe quoi, a-t-il répondu. Tout ira bien.

Ben voyons. Nous n'avions qu'à passer pour des gens du cirque venus divertir ces braves gens.

– Suivez-moi, a dit Gunny avant de s'en aller.

Nous sommes restés tout près de lui dans l'espoir que personne ne nous remarque. Gunny a traversé le salon d'un pas conquérant, comme si l'hôtel lui appartenait. Sa démarche assurée signifiait : « Je suis ici chez moi et j'en suis fier. » En cours de route, plusieurs personnes l'ont salué en souriant. Il semblait les connaître toutes par leur nom et, à chaque fois, faisait un commentaire plus personnel :

– Bonjour, monsieur Galvao, à dans un mois... Hello, mademoiselle Tavey. Je vois que vous avez profité de notre salon de beauté. Vous êtes ravissante... Monsieur Prevett, j'ai envoyé vos bagages comme vous me l'aviez demandé.

Ce type assurait comme une bête. Il se rappelait de tous les noms des clients. Rien d'étonnant à ce qu'on lui ait confié ce poste.

Nous avons atteint l'autre extrémité du salon pour arriver devant une rangée d'ascenseurs entourés de bronze luisant. Gunny a appuyé sur le bouton.

– Où va-t-on ? a demandé Spader.

D'un air tout naturel, Gunny a regardé autour de lui pour s'assurer que personne ne les écoutait.

– Le sixième étage est en pleine rénovation. Deux cosmonautes peuvent s'y installer sans que personne ne remarque rien.

Voilà qui me plaisait bien. Tout un étage de l'hôtel le plus chicos de tout New York rien que pour nous deux. Pas mal. Les portes de l'ascenseur ont coulissé et Gunny nous a fait signe d'entrer.

Il y avait déjà quelqu'un à l'intérieur. Un petit bonhomme d'environ ma taille, avec des lunettes cerclées de blanc, qui portait le même uniforme que Gunny. Quoique, non : en y regardant de plus près, il n'y avait que deux bandes dorées sur ses manches et il portait une sorte de toque sans visière.

– On monte ! a-t-il annoncé d'un ton très professionnel.

– Sixième étage, s'il te plaît, Dewey.

– Bien, monsieur Van Dyke, a-t-il répondu d'une voix aiguë. Sixième étage.

Ce type était bien le liftier. Il a manipulé les commandes fermant la porte, a baissé le levier, et la cabine est aussitôt partie... vers le bas.

– Oups, désolé ! a-t-il piaillé.

Il a de nouveau appuyé sur le levier ; l'ascenseur s'est arrêté net. Il a lutté avec ses commandes jusqu'à ce qu'enfin la cabine s'élève. Ouf. Le liftier nous a jeté un regard d'excuse. Où était le problème ? En bas, en haut, démarrer, arrêter. Ça faisait quatre possibilités. Ce n'était pas la mer à boire. Je me suis demandé si ce type n'était pas un peu idiot sur les bords.

– Je vous présente Dewey Todd, a dit Gunny. Son père a construit cet hôtel.

Ce qui expliquait bien des choses.

Dewey a jeté un regard mauvais à Gunny.

– Je vous ai déjà demandé de ne pas le crier sur les toits. Je ne veux pas qu'on me traite différemment des autres. Je veux réussir dans l'hôtellerie par mes propres moyens.

– Eh bien, a répondu Spader en dissimulant un sourire, vous avez presque réussi à faire fonctionner cet ascenseur. C'est un bon début.

Dewey eut un sourire satisfait. Il n'avait pas saisi l'ironie.

– Sixième étage ! a-t-il annoncé.

Nous nous sommes bien assurés que la cabine était à l'arrêt et que tout semblait normal avant d'en descendre.

– Profitez bien de votre soirée déguisée ! a dit Dewey. Ces tenues de clowns sont magnifiques.

– D'astronaute, je vous prie, ai-je corrigé.

– Oh, pardon.

Et les portes se sont refermées, nous laissant seuls.

– En fait, c'est un brave gars, a fait Gunny avec un petit rire. Il est parfois un peu lent à la comprenette.

– Je sais ce que c'est, ai-je répondu.

Pas de doutes, le vestibule du sixième était en pleine réfection. Les murs étaient nus et des bâches recouvraient les planchers. En nous menant le long du couloir, Gunny a expliqué :

– Quand on a construit l'hôtel, c'est le premier étage qui a été terminé, c'est donc le premier qu'ils ont choisi de moderniser.

Moderniser. La bonne blague. C'était peut-être valable pour 1937, mais pas selon mes standards.

Nous avons atteint l'extrémité du couloir pour tourner dans un autre tout aussi interminable. Gunny s'est arrêté devant la chambre 615 et a ouvert la porte avec une clé.

– Bienvenue chez vous, messieurs.

Cette chambre était grande. En fait, il y en avait deux. Je crois que c'est ce qu'on appelle une suite. Lorsque les travaux seraient terminés, ce serait le grand luxe. Mais pour l'instant, elle servait d'entrepôt pour les fauteuils et les canapés.

– Tu es sûr que c'est bon, Gunny ? ai-je demandé.

– Tout à fait, a-t-il répondu avec assurance. On viole au bas mot dix-huit règlements intérieurs de l'hôtel, mais je suis là depuis assez longtemps pour connaître les ficelles. N'appelez pas le service de chambre, c'est tout.

Une pile de sofas posés à l'envers sur leurs bras étaient alignés le long d'un mur. Ils atteignaient presque le plafond. Il nous suffisait d'en descendre deux pour disposer de couches confortables. Il y avait aussi des fauteuils à l'air douillet et une pile de tables. Il ne manquait qu'un détail.

– Où est le poste de télé ? ai-je demandé.

Gunny m'a jeté un drôle de regard.

– Le poste de quoi ?

C'est malin ! La télévision n'avait pas encore été inventée.

– Laisse tomber, ai-je répondu en me sentant très bête. Une radio ?

– Oh, il doit bien y en avoir une quelque part par là. Vous avez faim ?

– Oh, oui, ai-je répondu.

– Je n'aurais rien contre un bon kooloo et quelques sniggers, a dit Spader.

Gunny lui a jeté le même regard auquel j'avais eu droit lorsque j'avais parlé de télévision.

– Je vais voir ce que je peux glaner, a-t-il dit. En attendant, faites comme chez vous. Je vais vous trouver des vêtements. Avez-vous besoin d'autre chose ?

– De quoi écrire, ai-je demandé. Nous devons tenir nos journaux à jour.

– D'accord, a répondu Gunny. Je reviens.

Il s'en est allé, nous laissant seuls. Je suis parti vers l'autre côté de la salle, où des portes ornementées s'ouvraient sur un balcon. Je les ai ouvertes et suis sorti. Du haut de notre sixième étage, on avait une vue magnifique vers le sud et l'ouest, où le soleil descendait déjà.

– C'est là que tu as passé ton enfance ? a demandé Spader.

Il se tenait juste derrière moi. Je ne l'avais pas entendu venir.

– Non, à une cinquantaine de kilomètres plus loin. Et plus d'un demi-siècle dans le futur. Bizarre, non ?

C'était vrai. Ce décor ressemblait à chez moi, mais ne l'était pas vraiment. Peut-être que je pouvais chercher mes grands-parents ? En 1937, ils étaient déjà là. Puis je me suis souvenu que ma famille avait disparu. Est-ce que toute la lignée s'était évanouie en même temps ? J'avais cessé de me poser des questions. Ça me donnait le mal du pays.

– C'est un sacré pousse-frousse, a dit Spader en contemplant la ville. Je n'ai jamais vu une ville aussi trépidante. Ces gens n'arrêtent pas de courir !

– Tu t'y feras, lui ai-je assuré.

– Sans doute, a ajouté Spader. Mais je pense à Saint Dane. Dans une ville comme celle-ci, il peut faire pas mal de dégâts. Comment allons-nous le retrouver ?

Bonne question. Imaginer Saint Dane lâché dans New York... C'était assez effrayant.

– Quelque chose me dit que c'est lui qui nous trouvera, ai-je dit. Je vais prendre une douche.

La salle de bains était tout aussi grande que le salon. C'était vraiment une suite pour les grosses légumes. La salle entière était dallée de blanc. La baignoire était immense et montée sur quatre pieds avec un grand pommeau d'argent crachant assez d'eau pour laver un cheval. J'ai mis le jet à fond, attendu qu'il soit bien chaud et me suis mis dessous pour le laisser me masser la tête.

Alors que j'étais là, à tenter de me détruire le cortex, une drôle d'idée m'a traversé l'esprit : je n'irais plus jamais à l'école.

Je sais, c'est curieux d'y penser comme ça, tout d'un coup. Peut-être parce que j'étais un peu plus près de chez moi. Après tout, l'école était une partie importante de ma vie, mais je ne peux pas dire que je l'attendais avec impatience. D'un autre côté, il est important d'avoir une bonne éducation. C'est à l'école qu'on apprend tout ce que vos parents ne vous disent pas. Là, sous la douche, je me suis senti nerveux. Tous les amis allaient me dépasser en apprenant plein de choses que j'ignorais.

Puis j'ai pensé à tous les endroits que j'avais visités. Hmm... Tout compte fait, je me payais une forme d'éducation assez poussée. Je n'allais plus au collège de Stony Brook, mais suivais un cours accéléré de Voyageur. Peut-être était-ce plus important encore. J'ai tourné et retourné ces idées dans ma tête avant de parvenir à une conclusion.

Toutes ces réflexions gâchaient ma douche.

J'y suis resté encore une dizaine de minutes, puis j'ai trouvé un paquet de serviettes blanches, me suis séché et ai laissé la place à Spader.

Quelques minutes plus tard, je me suis retrouvé dans le salon, vautré dans un fauteuil bien confortable, pendant que Spader rassemblait ses propres pensées. J'étais si crevé que mes yeux se fermaient tout seuls. Pour la première fois depuis notre arrivée, je pouvais me détendre, et c'était super.

Puis on a frappé à la porte.

J'ai aussitôt ouvert les yeux. Je ne dormais plus. Je ne sentais même plus la fatigue. Autant pour la relaxation.

Spader a passé la tête par la porte de la salle de bains et m'a jeté un regard interrogateur.

– Qu'est-ce qu'on va faire maintenant ?

Je n'en savais rien. Apparemment, notre séjour à l'hôtel serait bref, quoi qu'il arrive.

## *Journal n° 9*
## *(suite)*

# PREMIÈRE TERRE

Ça s'annonçait mal. Comment pourrait-on expliquer qui on était et ce qu'on faisait dans un étage condamné de l'hôtel ? Et en robe de chambre, pour tout arranger. Je ne voulais pas que Gunny ait des ennuis, mais ça ne me disait rien non plus de me faire arrêter.

Je me suis dirigé vers la porte en cherchant désespérément un bobard qui nous tirerait d'affaire. En vain. J'ai jeté un coup d'œil par l'œilleton...

– Service de chambre ! a crié Gunny avec un grand sourire.

Ouf ! Quel soulagement. J'ai ouvert la porte et Gunny est entré. Il poussait un grand chariot couvert de ces dômes argentés qu'on met sur les plats pour éviter qu'ils ne refroidissent.

– Tu te sens mieux ? m'a-t-il demandé.

– Maintenant oui. On devrait convenir d'un code ou quelque chose qui nous permette de savoir que c'est vous.

– Un code, a répété Gunny avec un sourire étincelant. Ça me plaît. Comme des G-men [1].

– Des quoi ? a renchéri Spader, une serviette nouée autour de la taille.

– On peut passer à table ? ai-je demandé.

– Chaque chose en son temps, messieurs, a répondu Gunny. Il y a plus pressé.

Le chariot était recouvert d'une nappe blanche qui descendait jusqu'au sol. Gunny passa la main dessous et en tira deux paquets enveloppés de papier brun.

1. Surnom donné aux agents du FBI *(N.d.T.)*.

– Tenez, essayez ça, a-t-il dit en nous en jetant un chacun.

Nous les avons ouverts pour découvrir nos vêtements de Première Terre, offerts par une des boutiques de l'hôtel. Nous disposions chacun d'un pantalon de laine et d'une veste. Mon pantalon était gris clair et la veste plus foncée ; la tenue de Spader était d'un brun clair assorti. Plus une chemise blanche très simple pour chacun.

– Qu'est-ce que je fais de ça ? a demandé Spader en levant un long caleçon.

Gunny a éclaté de rire.

– D'où tu viens, on ne porte pas de sous-vêtements ?

– Bien sûr que si, mais ceux-ci sont assez grands pour faire une voile. Ils vont s'emberlificoter.

Les miens m'arrivaient aux genoux, mais, somme toute, je m'en fichais. Ça faisait du bien de porter à nouveau de bons vieux caleçons de coton, même s'ils faisaient grand-père. Il y avait aussi des tee-shirts blancs, des chaussettes et des chaussures noires. Et des bretelles pour le pantalon. Cool ! Je n'en avais encore jamais porté. Et tout était à la bonne taille. Gunny avait le coup d'œil. Une fois habillés, il nous a regardés en souriant.

– Maintenant, vous ressemblez aux gens d'ici, a-t-il dit fièrement.

– Ça veut dire qu'on peut attaquer le repas ? ai-je demandé.

– Patience, fiston, patience.

Gunny a passé une fois de plus la main sous le chariot et a ramené une liasse de papier blanc et une petite machine à écrire.

– Vous pouvez vous en servir pour taper vos journaux, a-t-il dit. Ça ira plus vite qu'à la main.

– Qu'est-ce que c'est ? a demandé Spader.

– Je t'apprendrai, lui ai-je répondu.

J'avais déjà tapé sur un ordinateur, donc je pouvais m'en tirer avec un clavier à l'ancienne.

– Alors, quand est-ce qu'on mange ?

L'odeur des plats me faisait saliver.

– Encore une chose, a dit Gunny. Puisque vous deux allez circuler dans l'hôtel, j'ai trouvé un moyen pour que vous passiez inaperçu.

Il a tiré de son sac à malice deux uniformes semblables à celui de Dewey.

– Vous allez travailler comme grooms.

– C'est quoi, un groom ? a demandé Spader.

– Il faut accueillir les clients, porter leurs bagages et servir de coursier à l'intérieur de l'hôtel, a expliqué Gunny. Ce n'est pas sorcier, et vous aurez un patron en or.

– Qui est-ce ? a demandé Spader.

– Moi.

– C'est bien prometteur, tout ça, mais va-t-on enfin manger ? ai-je demandé, de désespoir.

– Asseyez-vous, messieurs, a-t-il répondu. Le dîner est servi.

Nous nous sommes exécutés pendant que Gunny tirait le chariot devant nous.

– Je ne savais pas trop quoi choisir, a-t-il dit d'un ton railleur. Mais après mûre réflexion, j'ai trouvé le menu idéal.

Et, d'un geste théâtral, il a soulevé deux dômes d'argent.

En voyant ce qu'ils cachaient, j'ai cru pleurer de bonheur.

Depuis mon départ, j'avais mangé bien des nourritures passablement exotiques. Pas forcément mauvaises, mais inhabituelles. Sur Denduron, ç'a été beaucoup de légumes et de temps en temps du lapin. Sur Cloral, des tonnes de poisson et de drôles de fruits et légumes provenant des fermes sous-marines. Sur Zaada, Loor avait confectionné un excellent pain croustillant accompagné de légumes épicés. Tout ça était très bien, mais rien à voir avec ce qui s'étalait devant nous.

Pour chacun, il y avait un bon gros hamburger bien juteux et un amas de frites dorées... Un vrai don du ciel. Gunny tira un seau à champagne rempli de glace et de bouteilles de Coca.

– Qu'en dis-tu ? m'a-t-il demandé.

– Que vous êtes génial.

Spader ne m'a pas paru si enthousiaste.

– Qu'est-ce que c'est ? a-t-il demandé nerveusement.

– Cheeseburger, frites, Coca, ai-je répondu. Le nectar des dieux !

J'ai soulevé mon hamburger, ai inspiré la délicieuse odeur de viande chaude et ai mordu dedans. Oh, j'étais bien de retour chez moi !

Spader a pris une frite et l'a regardé avec curiosité.

– Une frite ? C'est quoi avant d'être frit ?

– C'est un légume qu'on découpe en tranche avant de le jeter dans l'huile bouillante, ai-je répondu. Tais-toi. J'essaie de me concentrer.

Nous avons fini notre repas en silence. Spader a attaqué le sien à contrecœur, mais m'a semblé apprécier. J'ai versé du ketchup sur nos frites et ai rajouté une bonne dose de sel. Un vrai régal. Et Gunny n'a cessé de nous regarder en souriant, comme un chef heureux de nous voir apprécier sa cuisine.

Puis, au moment du dessert, Gunny a soulevé deux autres couvercles, dévoilant... des *banana splits*. Super ! Il y avait même deux verres de lait pour arroser le tout. Le bonheur. C'était fabuleux. La journée avait été longue, mais ce festin en valait la peine. J'aurais voulu qu'il ne cesse jamais, mais mon estomac me hurlait d'arrêter. J'étais gavé comme une oie et nageait dans le bonheur.

– N'allez pas vous imaginer que ce sera votre ordinaire, nous a précisé Gunny. Comme vous venez d'arriver, j'ai tenu à marquer le coup. Mais à partir de maintenant, vous mangerez aux cuisines, avec les autres employés.

– Gunny, ai-je dit, vous ne pouvez pas imaginer à quel point c'est délicieux.

– Oh, j'en ai une petite idée, a-t-il répondu en souriant.

– Mais il y a mieux, ai-je ajouté. Mon anniversaire tombe demain, et c'est le plus beau cadeau qu'on pouvait me faire.

– En ce cas, bon anniversaire, fiston. Santé, prospérité et tout ça.

– Bon anniversaire, vieux frère, a renchéri Spader. J'aimerais pouvoir lever une pinte de snigger à ta santé.

– Oh, je me contenterai de ça, ai-je dit en tendant ma bouteille de Coca.

Gunny a repris le chariot, désormais vide, et l'a déposé près de la porte avant de nous rejoindre. J'avais envie de m'allonger, de roter et de faire comme si tout allait bien, mais ce n'était pas inscrit au programme. Nous étions là pour une bonne raison – pas uniquement pour nous goinfrer de hamburgers.

– Pour moi, c'est tout nouveau, a déclaré Gunny. Chasser Saint Dane, je veux dire. Par quoi on commence ?

Il était temps de passer aux choses sérieuses. La fête était finie.

– Tous les territoires sont sur le point d'atteindre leur moment de vérité, ai-je dit en réprimant un rot. Nous devons définir où il se situe sur la Première Terre et ce que manigance Saint Dane pour l'influencer.

– Ce devrait être super fastoche, Pendragon, a annoncé Spader. Tu viens de ce territoire. Enfin, du *futur* de ce territoire. Réfléchis, et tu trouveras certainement quel événement s'est produit en 1937 qui porte la marque de Saint Dane.

Zut. Je n'étais pas bon en histoire. Apprendre des dates, des endroits et des discours prononcés par des types dont je me fichais éperdument... Rien de plus casse-pieds. Mais malgré mon manque d'entrain, c'était si évident que j'ai vite trouvé la réponse.

– Tu y es, hein, vieux frère ? a demandé Spader avec un léger sourire.

C'était le cas, mais j'aurais préféré ne pas envisager cette possibilité. Et d'ailleurs, plus j'y pensais, plus j'avais la frousse. C'était moche. Vraiment moche. Mon cœur s'est affolé et mes paumes sont devenues moites.

– Tu as trouvé ? a demandé Gunny.

– C'est possible. Je ne me souviens pas des dates exactes, mais il y a quelque chose d'énorme qui se profile à l'horizon.

– Alors dis-le nous ! s'est exclamé Spader.

– Tu sais, Gunny, cette guerre à laquelle tu as pris part ? La Grande Guerre ? On a fini par l'appeler « Première Guerre mondiale ».

Gunny a ouvert de grands yeux choqués.

– Tu veux dire qu'il va y avoir une Seconde Guerre mondiale ? a-t-il demandé, incrédule.

J'ai acquiescé. Gunny a baissé les yeux en secouant tristement la tête.

– Et ils ont dit que c'était la « der des ders ».

– Ils se trompaient.

– Quand a-t-elle éclaté ? a demandé Spader. Qui affrontait qui ?

Soudain, j'ai regretté de n'avoir pas été plus attentif pendant le cours d'histoire de M. Varady.

– Je ne connais pas tous les détails. Ce dictateur allemand, un nommé Hitler, a cherché à conquérir l'Europe. Et le Japon a tenté de conquérir l'Asie.

– Ça fait *deux* guerres, a remarqué Spader.

– C'est pour ça qu'on l'appelle une guerre *mondiale*, ai-je rétorqué. Ils ont combattu la Russie, les États-Unis, l'Angleterre, la Chine, la France et, bon sang de bonsoir, ç'a été un massacre ! Il y a eu des millions de morts. Des millions ! Cette guerre a changé la face du monde.

– Alors on devrait peut-être aller en Allemagne pour avoir un petit entretien avec ton Hitler, là, a suggéré Spader.

J'ai éclaté de rire.

– Tu ne comprends pas. On ne peut pas aller à Berlin, sonner à la porte d'Adolf Hitler et lui dire : « Excusez-moi, monsieur Hitler, on ne se connaît pas, mais vous devriez vraiment oublier cette histoire d'holocauste. Ça baigne ? »

– Pourquoi pas ? a demandé innocemment Spader.

– Crois-moi. On a affaire aux dirigeants d'immenses nations peuplées de millions d'habitants. Ça nous dépasse tellement que ce n'est même pas drôle.

– Et quand tout va commencer ? a-t-il demandé.

Je me suis levé et me suis mis à faire les cent pas dans l'espoir de faire revenir des bribes d'informations que j'aurais pu glaner à droite ou à gauche.

– J'ignore les dates précises. Mais ça n'est pas arrivé tout d'un coup, sans crier gare. C'est l'aboutissement de tout un processus. En 1937, il était déjà bien avancé, mais la guerre totale s'est déclenchée vers 1940. Ça ressemble parfaitement au genre d'histoire que Saint Dane affectionne, et on est complètement largués.

Gunny m'écoutait en silence. Pour lui, ce devait être pénible d'apprendre que le monde allait être bouleversé une seconde fois. Finalement, il a dit :

– N'en sois pas si sûr.

– Vous êtes dingue ? lui ai-je crié.

– Réfléchis un peu, a-t-il répondu innocemment. On sait qu'une guerre va éclater et que Saint Dane est là pour fomenter un sale coup. Ça colle parfaitement. Notre boulot est forcément d'empêcher cette guerre d'éclater.

– C'est impossible ! ai-je crié. À nous trois, on ne peut empêcher un événement d'une telle ampleur !

– Peut-être, a répondu Gunny pensif. Ou peut-être qu'on raisonne de travers.

– Gunny, ai-je expliqué patiemment, je parle d'une *guerre mondiale*. Des avions, des chars, des soldats. Des soldats par *millions*.

Et qui sommes-nous ? Deux gamins dans de drôles de caleçon et un type en uniforme chamarré. Je ne veux pas avoir l'air défaitiste, mais là, je crois que Saint Dane part gagnant.

Gunny a acquiescé, toujours plongé dans ses pensées.

– Je comprends bien. Une fois que la machine sera en marche, nous ne pourrons plus l'arrêter. Mais si le point de départ n'était qu'une petite chose insignifiante ?

– Expliquez-vous, s'il vous plaît, a demandé Spader.

– Je veux dire, on ne sait jamais de quoi découle un événement. Ce peut être un petit rien insignifiant, mais qui mène à autre chose, qui en mène à une autre jusqu'à ce qu'on se retrouve avec une guerre sur les bras.

– Mais...

– Ne me contredis pas d'office, a coupé Gunny. Réfléchis-y un peu avant.

– Bon, d'accord, ai-je convenu en tentant de me calmer. Vous pensez qu'il peut se produire un tout petit fait sans importance, mais qui va déclencher une réaction en chaîne qui débouchera sur la Seconde Guerre mondiale... et qu'on a une chance de l'arrêter ?

– Pourquoi pas ?

– Vous rêvez ! ai-je crié.

– Peut-être, mais je sais que nous sommes là pour une bonne raison. Je sais aussi que Saint Dane est là, quelque part. Et d'après ce que j'ai appris, il ne se contente pas de jouer les touristes.

– Il a raison ! s'est exclamé Spader. Et si Saint Dane est là pour s'assurer qu'il se passe ce quelque chose qui mène à cette guerre ? Ou s'il tente de la rendre encore plus importante qu'elle ne doit l'être ? Hobie, si on trouve ce qu'est cet événement, on peut empêcher que ça se produise.

J'avais envie d'y croire. Mais ça semblait bien peu crédible. Que nous puissions faire quelque chose pour empêcher la plus horrible de toutes les guerres... C'était de la folie.

– Si vous avez raison, ai-je dit, ce dont je suis loin d'être convaincu, il devrait y avoir un rapport avec ces gangsters que Saint Dane a envoyé devant le flume pour tuer l'oncle Press.

– J'aime mieux ça ! s'est exclamé Gunny. Si nous trouvons un lien entre ces deux brutes et ce qui se mijote à l'autre bout du monde, il devrait nous mener tout droit à Saint Dane.

Nous nous sommes regardés, tous les trois. Était-ce vraiment ça ? Notre mission était-elle de découvrir comment Saint Dane comptait employer des gangsters new-yorkais pour déclencher la Seconde Guerre mondiale ?

– Ça a l'air débile, ai-je dit, mais une chose est sûre : quoi que Saint Dane puisse mijoter, c'est forcément en rapport avec ces types de la mafia. Je ne vois pas le rapport avec la guerre, mais c'est là notre point de départ.

– Ouais, a renchéri Spader. Avec ces gens, ces gangsters.

Gunny s'est levé et a rajusté son uniforme.

– Et c'est là que j'interviens. J'ai des amis un peu partout, et tous ne sont pas des plus recommandables. Je peux poser quelques questions qui nous mettront en selle.

Je ne savais pas où ça nous mènerait, mais j'étais sûr qu'en effet, c'était un bon point de départ.

– Reposez-vous, nous a dit Gunny. Je viendrai vous chercher tôt demain matin pour qu'on se mette au boulot. Soyez prêts.

Gunny a pris le chariot et l'a poussé vers la porte.

– Oh, j'oubliais. Avant de nous y mettre, on s'arrêtera au barbier du salon. Vous ne pouvez pas travailler ici si vous ressemblez à des filles.

Quoi qu'il m'en coûte de l'admettre, Gunny avait raison. Mes cheveux étaient longs et hirsutes, tandis que ceux de Spader tombaient sur ses épaules. Pas de doutes, ce n'était pas le meilleur moyen de passer inaperçu en 1937.

– C'est quoi, un barbier ? a demandé Spader.

– Bonne nuit messieurs, a fait Gunny. Dormez bien. (Il a ouvert la porte, puis s'est tourné vers nous.) Pour le code, ça vous va ?

Il a frappé deux fois, puis une, puis trois fois sur le panneau.

– Parfait, ai-je dit.

– J'ai toujours voulu être G-man.

Et il a refermé la porte, nous laissant seuls.

– C'est quoi, un G-man ? a demandé une fois de plus Spader.

– Sans importance, ai-je répondu.

– Alors parle-moi de cette Seconde Guerre mondiale. C'est vraiment un tel tourne-boule ?

– Pire que tout ce que tu peux imaginer, ai-je répondu solennellement. Je n'ai pas de mots pour décrire cette horreur. Si on avait une chance de l'empêcher, ce serait vraiment incroyable.

Spader s'est levé et m'a souri.

– Parfait ! Pour l'instant, excuse-moi, un besoin pressant. Non, non, je ne suis pas nerveux. Juste mort de trouille.

Il est parti vers les toilettes, me laissant seul avec mes idées noires.

Toutes ces notions me dépassaient. Pouvions-nous vraiment découvrir, ici, à New York, le grain de sable qui allait déclencher la Seconde Guerre mondiale ? Un massacre d'une telle ampleur était dans les cordes de Saint Dane. Bien sûr, cela voulait dire qu'il ferait tout pour nous empêcher de remonter à ce grain de sable initial. Comme d'hab'.

Puis on a frappé à la porte. Trois fois.

Je me suis levé pour faire entrer Gunny. Il devait avoir oublié de nous dire quelque chose. Pourvu que ce soit à propos du petit déjeuner ! J'étais explosé, mais je n'aurais rien eu contre des œufs au bacon.

– Vous avez déjà oublié notre signal ? ai-je lancé en me dirigeant vers la porte. Vous parlez d'un G-man !

J'ai ouvert la porte... et me suis vu repoussé vers l'intérieur de la chambre. Je suis tombé sur les fesses. Tout d'abord, je me suis demandé pourquoi Gunny agirait comme ça. Puis lorsque j'ai repris mes esprits et levé les yeux, j'ai compris.

Ce n'était pas Gunny.

Mais les deux gangsters du métro. Le plus teigneux brandissait un revolver noir, et il était braqué sur moi.

– Y a pas de G-men ici, a-t-il feulé. Personne ne te sauvera.

## *Journal n° 9*
## *(suite)*

# PREMIÈRE TERRE

J'étais là, assis par terre, avec devant moi deux types qui avaient déjà essayé de me tuer il y avait quelques heures à peine. Cette fois-ci, ils n'avaient pas pris la peine de se cacher le visage. Et ils n'étaient pas très beaux à voir. Sale Type avait une tronche, ben, de sale type : une trogne grassouillette et des yeux sombres où brillait une vilaine lueur. Un de ces gars qui devaient se raser toutes les heures sous peine de ressembler à un homme des cavernes.

L'autre, le nerveux, avait l'air un peu moins crispé qu'avant. Sans doute parce qu'il n'était pas au milieu d'une foule. Ses traits étaient fins avec un nez pointu, comme un bec de rapace. Néanmoins, il n'avait toujours pas l'air content d'être là. En plongeant dans ses yeux, j'ai même cru voir une lueur de compassion. Mais pas au point de retenir le pit-bull qui lui servait de partenaire. Sale Type me braquait toujours de son revolver, un truc à l'ancienne avec un canon long. Il pouvait certainement remplir son office aussi bien qu'un flingue dernier cri. Pour tuer quelqu'un, nul besoin de sophistication.

– Comment nous avez-vous retrouvés ? ai-je demandé tout en me reculant.

– On a des yeux partout, a répondu Sale Type non sans une pointe de vantardise. Tu peux courir, mais tu ne peux pas te cacher.

– Pourquoi est-ce que vous nous pourchassez ? ai-je demandé.

– J'ai rien contre toi, a ajouté Sale Type. Mais mon associé, ben, c'est autre chose.

Son associé. Qui était-ce ? Saint Dane ? Il fallait les faire parler. Peut-être pouvais-je employer mes dons d'hypnose de Voyageur.

Mais comme j'avais trop peur pour penser correctement, j'aurais du mal à me concentrer pour utiliser des pouvoirs que, de toute façon, je n'étais pas sûr de maîtriser.

– Vous faites erreur sur la personne, ai-je dit, à bout d'argument, bien qu'il sache très bien que c'était faux.

Le gangster s'est penché et a fourré le canon de son revolver contre mon visage :

– Winn Farrow ne se trompe jamais.

Winn Farrow. Qui était-ce ?

Et surtout, pourquoi cet inconnu voulait-il notre peau ? C'est alors que, du coin de l'œil, j'ai surpris un mouvement. Spader. Il passait derrière les gangsters. J'ai fait de mon mieux pour ne pas le regarder afin de ne pas le trahir.

– Je... je ne sais pas qui est ce Winn Farrow, ai-je dit.

Spader est passé derrière un des canapés dressés contre le mur.

– Je ne suis pas là pour discutailler, fiston, a-t-il répondu, mais pour te mettre au parfum. Ne vas pas fourrer ton nez dans les affaires de Winn Farrow. Sinon, tu ne feras pas long feu, si tu vois ce que je veux dire.

Le sofa a oscillé sur ses accoudoirs. Spader cherchait à le faire tomber sur les gangsters. Il fallait que je détourne leur attention.

– D'accord, j'ai compris. Mais je peux vous poser une question ?

– Ouais ?

– Je peux récupérer mon anneau ?

La question a semblé les prendre de court. Ils m'ont regardé comme si j'étais cinglé. Ils faisaient leur grand numéro de durs de durs, et voilà que je m'inquiétais pour un vulgaire anneau de quatre sous. Ils n'y comprenaient rien. Impec. C'était le moment rêvé pour que Spader passe à l'action. Sauf que ça ne s'est pas passé comme ça.

Une lueur malveillante s'est allumée dans l'œil de Sale Type.

– Oh, tant pis pour les ordres. Je vais en finir ici et maintenant.

Ho ho. Il a tiré le percuteur en arrière pour armer son revolver. Pourvu que Spader ne tarde pas !

Il a dû m'entendre, car d'un coup le sofa s'est retourné. Il a d'abord heurté le gars nerveux, puis a continué sa chute vers Sale Type. Les gangsters n'ont même pas vu ce qui leur tombait dessus.

J'ai eu juste le temps de m'écarter avant qu'ils ne s'abattent à terre, tous les deux, et le canapé par-dessus. Je me suis relevé d'un bond pour courir vers Spader, enjambant le tas.

– Pourquoi tu as tant traîné ? lui ai-je crié.

– Hé, ce truc est lourd !

– Suis-moi !

Je suis sorti de la pièce à toute allure, Spader sur mes talons. Ces gangsters ne tarderaient pas à se remettre sur pieds et, à ce moment-là, je voulais être le plus loin possible. Nous avons dévalé le couloir, tourné à droite et foncé vers les ascenseurs. J'ai appuyé sur le bouton et ai levé les yeux pour voir que la flèche indiquait « 1 ». Manque de bol. J'ai regardé le second. L'aiguille était à « 30 ». Pas mieux. On était au sixième.

– Allez, plus vite ! ai-je encouragé les cabines tout en frappant furieusement le bouton, comme si ça pouvait servir à quelque chose.

– Qui est ce Winn Farrow ? a demandé Spader. C'est Saint Dane ?

– Je ne sais pas. Peut-être. Mais ces types étaient censés nous donner un avertissement, et ils ont fini par décider de nous abattre sans autre forme de procès.

– On ne peut se fier à personne.

– Hé !

Nous nous sommes retournés. Les gangsters tournaient déjà l'angle du couloir et se dirigeaient vers nous. Il était temps de filer. Spader et moi sommes repartis le long du couloir opposé. Notre seul espoir était de trouver un escalier ou, au moins, un autre couloir. Heureusement, celui-ci était long et nous étions trop loin des gangsters pour qu'ils puissent nous tirer dessus.

Une fois au bout du couloir, nous sommes tombés sur une porte qui devait mener à un escalier, mais elle était bloquée par des meubles et des pots de peinture.

Nous n'avions pas le temps de nous frayer un passage.

– Par là, a ordonné Spader.

Nous avons tourné à droite et dévalé le couloir suivant. Il était parallèle à celui qui donnait accès à notre chambre. Lui aussi était assez long pour que nous puissions rester hors de portée des balles. Mais nous ne pouvions fuir indéfiniment. Nous devions trouver une porte de sortie.

Nous avions traversé la moitié du couloir lorsque j'ai remarqué un signe EXIT. Sans prendre le temps de réfléchir, j'ai pris cette porte. J'espérais tomber sur un escalier, mais non : c'était un couloir pour le personnel.

– Nous pouvons peut-être regagner les ascenseurs, ai-je dit. Avec un peu de chance, on trouvera une cabine.

– Hobie-ho, a répondu Spader.

Nous avons atteint le bout de ce couloir. J'ai lentement ouvert la porte pour jeter un coup d'œil. Pas de gangsters en vue. Jusque-là, ça allait. Nous avons couru pour emprunter le couloir qui menait à notre chambre. Nous avions décrit un tour complet.

Mais pour autant qu'on sache, un des gangsters pouvait être revenu en arrière et ne tarderait pas à tourner l'angle droit devant nous. Nous sommes passés devant la porte de notre chambre. Plus que quelques mètres avant d'atteindre les ascenseurs... C'est alors que nous avons entendu des pas derrière nous. Zut ! Au moins un des truands avait bien décidé de revenir en arrière. Et il serait bientôt sur nous.

J'ai eu un accès de panique. On était fichus.

Spader, lui, ne s'est pas laissé démonter. Il a saisi ma chemise et m'a entraîné dans la dernière chambre du couloir. Pas une seconde à perdre. J'ai entrevu le gangster qui tournait l'angle.

Nous avons plongé de l'autre côté de la porte. Pourvu que le truand n'ait pas l'idée de vérifier là ! Quelques secondes plus tard, des pas ont résonné. J'ai regardé Spader, qui m'a fait signe de me taire. Nous avons attendu encore quelques secondes, puis avons jeté un coup d'œil prudent. Notre gangster cavalait comme un dératé dans le couloir, s'éloignant de nous à chaque pas. Impec.

Maintenant, à nous de jouer. Nous nous sommes précipités vers les ascenseurs. Nous avons tourné à l'angle pour nous retrouver devant un couloir désert. Et la porte d'une des cabines s'ouvrait ! Nous avons foncé comme jamais.

– Vous descendez ? a lancé une voix à l'intérieur de la cabine.

Nous étions trop loin pour qu'il nous voie. Nous avons continué de courir, alors même que la porte de l'ascenseur se refermait. À ce stade, peu importait si le gangster nous entendait ou pas. J'ai donc crié :

– Dewey !

Trop tard. La porte s'est refermée. Nous avions loupé notre chance. Une seconde plus tard, Sale Type est apparu à l'autre bout du couloir. En fin de compte, il nous avait entendus. Un vrai cauchemar.

C'est alors que les portes de l'ascenseur se sont rouvertes : Dewey aussi m'avait entendu !

– Qu'est-ce que vous faites, les gars ? a-t-il demandé.

Nous avons plongé dans la cabine sans même attendre que les battants soient complètement ouverts.

– Allez-y ! ai-je crié. Fermez ces portes !

Dewey n'y comprenait rien. Spader et moi avons entrepris de fermer les portes manuellement.

– Hé, c'est *mon* boulot ! a gémi le liftier.

Nous l'avons ignoré. Les battants étaient presque clos lorsque Sale Type est arrivé. Il a fourré ses doigts dans l'interstice et a tenté d'ouvrir les portes.

– On descend, Dewey ! Pas par là, ai-je ajouté en désignant le plafond, par *là*.

– Mais il y a un autre passager !

C'est alors que Sale Type a tiré son revolver. Dewey a fini par piger qu'il valait mieux aller voir ailleurs si on y était. Il a bondi pour nous aider à fermer la porte.

– Sortez-nous de là ! ai-je hurlé.

Dewey s'est emparé du levier de commandes. À ma grande surprise, la cabine s'est mise à descendre. Apparemment, Dewey avait de meilleurs réflexes que je ne l'aurais cru. Mais il avait l'air terrifié.

– Qui c'était ? a-t-il crié. Il avait un flingue !

– Où est Gunny ? a répondu Spader, ignorant sa question.

– Je l'ai vu dans le salon. Il est sorti de l'hôtel. Qu'est-ce qui se passe ?

– Rien que Gunny ne puisse arranger, ai-je répondu. Oubliez ce que vous avez vu.

– Mais il faut que j'en parle à mon père ! a-t-il râlé.

– Non ! ai-je crié.

J'ai dû lui faire peur, parce qu'il a reculé jusqu'à la cloison de la cabine. Je me suis repris et ai dit d'un ton plus calme :

– Ce n'était qu'une blague. Pigé ? Un poisson d'avril.

– Mais ce type était armé ! a gémi Dewey.

– Non, sans blague ? ai-je répondu avec un rire feint. Ce n'était pas un vrai revolver. C'était... un déguisement. Pour la soirée costumée. Vous vous souvenez des vêtements qu'on portait avant ? C'était aussi des déguisements. Vous avez vraiment cru que c'était un flingue, pour de bon ?

J'ai éclaté d'un nouveau rire factice tout en jetant un regard à Spader. Celui-ci a vite compris et m'a imité.

– Ouais, c'était un jouet !

Dewey ne savait si nous disions la vérité, mais il était plus facile de croire à une blague que de penser que des types en armes cavalaient dans l'hôtel. Tant mieux. Si la police l'interrogeait, on ne pourrait pas y couper, et ils n'aimeraient certainement pas nos réponses. Mais nous devions trouver Gunny pour lui dire ce qui se passait. Nous sommes enfin arrivés au salon, et Dewey nous a ouvert les portes.

– Merci, Dewey, ai-je dit. Nous vous dirons quand aura lieu la prochaine soirée costumée, d'accord ?

– Super, merci !

Il n'était pas du genre compliqué.

Nous sommes sortis de la cabine et nous sommes mis à la recherche de Gunny. Nous avons couru jusqu'aux portes de l'hôtel. La nuit était tombée et le jardin était illuminé comme un arbre de Noël par de petites ampoules disséminées dans les fougères.

– Là ! s'est écrié Spader en désignant le trottoir droit devant lui.

Gunny était bien devant nous, en train de discuter avec un homme. Nous avons couru vers les portes de l'hôtel, traversé le jardin et abordé la rue. C'est alors que Gunny nous a vus. Il a serré la main de son interlocuteur, qui s'est éloigné alors que nous nous précipitions vers lui. Nous étions tous les deux hors d'haleine et surexcités.

– Qu'y a-t-il ? a-t-il dit d'un ton quelque peu irrité. Je vous ai dit de ne pas bouger.

– On a reçu de la visite, ai-je répondu.

– Ces types du flume, a ajouté Spader. Ils sont venus nous chercher.

Gunny a alors arboré une expression qui ne me plaisait guère. Un mélange de choc et de peur. Pas très encourageant.

– Qui est Winn Farrow ? ai-je demandé.

Un instant, j'ai bien cru que Gunny allait tomber dans les pommes. Ses jambes semblaient avoir du mal à le porter. Qui que soit ce Winn Farrow, la simple mention de son nom terrifiait un homme fort comme Gunny. De mieux en mieux.

– Je n'arrive pas à croire qu'il ait l'audace d'envoyer ses gros bras, a-t-il dit. Là, il dépasse les bornes.

– Pourquoi ? ai-je insisté. Qui est-ce ?

Gunny allait nous répondre lorsqu'un cri a retenti.

C'était un hurlement terrible, désespéré, et il semblait venir de loin. De loin... *au-dessus* de nous. Nous avons levé les yeux, et mon cœur a loupé un battement.

Quelqu'un avait sauté par la fenêtre !

Le bâtiment était tout illuminé, si bien qu'il était facile de distinguer la silhouette, même si j'aurais préféré ne pas la voir. La chute n'a duré que quelques secondes, mais elle me hantera jusqu'à la fin de mes jours. C'était horrible. Ce pauvre bougre a hurlé jusqu'au dernier moment. Heureusement, les grands arbres devant l'hôtel nous ont caché l'impact. Nous sommes restés figés sur place, puis Gunny s'est précipité vers l'hôtel. Spader et moi l'avons suivi. Je ne voulais pas voir ce qui s'était passé, mais il le fallait. Il y avait probablement un rapport avec les gangsters et ce Winn Farrow.

La victime était tombée sur le toit d'une voiture et l'avait enfoncé. Nul n'aurait pu survivre à un tel choc. Je n'avais pas le courage d'y aller voir de plus près. Nous sommes restés à quelques mètres pendant que Gunny allait examiner le cadavre. Ce type était un dur.

Pendant que nous attendions, Spader a remarqué quelque chose et m'a donné un coup de coude. Quelqu'un se tenait sur les marches de l'hôtel. C'était un des gangsters. Le nerveux. Il nous a regardés comme s'il voulait dire quelque chose, puis a préféré s'en aller. Mais où était passé son collègue ?

Gunny est revenu et nous a dit :

– C'est lui. L'affreux du métro. Il est mort.

Voilà qui répondait à ma question. Spader et moi avons échangé un regard incrédule.

– Au moins, il ne tentera plus de nous abattre, a dit Spader d'une voix blanche.

Incroyable. En voyant tomber ce corps, j'avais tout de suite pensé à un suicide. Maintenant que je savais qu'il s'agissait de Sale Type, je n'y comprenais plus rien. Pourquoi ferait-il une chose pareille ? Il avait autre chose en tête. Nous pourchasser pour nous descendre, par exemple.

J'ai regardé Gunny. Il avait l'air nauséeux.

– Vous allez nous dire ce que vous pensez ? lui ai-je demandé.

Gunny a jeté un coup d'œil au cadavre. Des badauds commençaient à se rassembler.

– Je crains que nous n'ayons bientôt notre propre guerre, a-t-il dit. Là, chez nous. Pas aussi importante que celle qui s'annonce en Europe, mais ça ne sera pas beau à voir.

J'ai entendu des sirènes de police dans le lointain. Un gémissement lugubre qui se dirigeait vers nous.

Le spectacle venait de commencer.

Mark, Courtney, je vais terminer ce journal ici. J'aimerais pouvoir vous l'envoyer aussitôt. J'espère bientôt récupérer mon anneau. Mais jusque-là, je garderai soigneusement ces pages et continuerai d'écrire. Je commence à me faire à cette machine.

J'espère que vous allez bien et que vos existences sont moins compliquées que la mienne.

Nous sommes le 11 mars. C'est mon anniversaire. Ai-je quinze ans, bien qu'on soit en 1937 ?

*Fin du journal n° 9*

## *Journal n° 10*

# PREMIÈRE TERRE

Je me prépare à partir pour un autre territoire.

Près de deux mois se sont écoulés depuis la fin de mon dernier journal, et je me fais un sang d'encre. Je n'ai aucune envie d'y aller. Du moins pas maintenant.

Mais je crois avoir identifié le moment de vérité.

Gunny avait raison. Si nous pouvons modifier l'issue de cet événement, nous avons de bonnes chances d'empêcher la Seconde Guerre mondiale. Incroyable, non ? Peut-être qu'on va sauver des millions de vies. C'est presque trop beau pour être vrai. Gunny avait raison : ce moment de vérité ne sera peut-être pas aussi visible qu'une guerre tribale sur Denduron ou que de chercher à empoisonner un territoire entier comme sur Cloral. En fait, c'est un événement distinct. Mais il sera quand même spectaculaire et difficile à empêcher.

Depuis mon dernier journal, j'ai rencontré quelques individus pas recommandables du tout. Il n'est pas toujours évident de distinguer les bons des méchants. Si nous avons une chance d'empêcher cet événement, nous devrons à nouveau affronter ces types, et rien ne dit que nous serons vainqueurs.

C'est pour ça que je pars pour un autre territoire. Nous avons besoin d'informations que nous ne pourrons jamais trouver ici. Mais je n'ai pas envie d'y quitter la Première Terre parce que j'ai peur de rater quelque chose. Au moment où je tape ces lignes, nous sommes dans la nuit du 5 mai. C'est demain que tout va se nouer. Au moins, nous le savons avec certitude. Nous devons absolument revenir à temps, ce qui fait juste. Je compte sur le fait que les flumes nous envoient toujours où et *quand* il le faut. Pas question d'arriver en retard.

Mais c'est un risque que nous devons courir car, comme je l'ai dit, nous avons désespérément besoin d'aide.

La dernière fois que je vous ai écrit, c'était le jour de mon anniversaire, le 11 mars. Spader et moi sommes ici depuis deux mois, et il s'est passé tant de choses entre-temps que j'ai peur d'en oublier.

Lorsque Sale Type a fait son plongeon du haut du Manhattan Tower Hotel, quelque chose s'est retourné en moi. Voir un homme faire une chute mortelle est vraiment horrible. Mais en plus, il restait un mystère à résoudre. Comment était-il tombé ? *Et pourquoi ?* La dernière fois que nous l'avions vu, c'était au sixième étage et il nous courait après. Je doute qu'il ait voulu arriver plus vite que nous en bas. En tout cas, pas de cette manière.

J'ai aussi du mal à croire qu'il ait sauté de son plein gré. Je ne suis pas un spécialiste du suicide, mais il avait autre chose à faire – nous abattre, par exemple. Pourquoi se serait-il soudain dit : « Je les ai laissés filer ! Comme gangster, je ne vaux pas un clou. Adieu, ô monde cruel ! » Ça ne tient pas debout.

Il ne reste plus qu'une seule possibilité : on l'a assassiné.

Ce qui mène à la question suivante : qui a fait le coup ? Ce n'est pas son collègue le gangster nerveux, puisque Spader et moi l'avons vu sortir de l'hôtel quelques secondes à peine après le plongeon. C'est donc quelqu'un d'autre. Un résident de l'hôtel était impliqué dans cette affaire, et j'avais une petite idée de qui il s'agissait.

Oui, bien sûr. Saint Dane.

Il devait être là, quelque part, sous une autre apparence. Mais pourquoi irait-il tuer un type qui cherchait à nous assassiner ? Tant de questions et pas l'ombre d'une réponse en vue. Une seule personne pouvait éclairer notre lanterne, et c'était Gunny. Il était temps qu'il nous dise tout ce qu'il savait sur ces gangsters.

Après que Sale Type a eu fait sa chute mortelle, Gunny nous a demandés de retourner à notre chambre, Spader et moi. Il devait déclarer ce qu'il avait vu à la police. Et, bien sûr, il ne voulait pas que nous fassions de même. Ils pouvaient poser des questions gênantes telles que : « Et où habites-tu, mon garçon ? » ou « Comment s'appellent tes parents, qu'on les prévienne ? ». Ç'aurait été chaud. Spader et moi sommes donc retournés en silence à notre sixième, où on a attendu Gunny.

Mais une fois dans la chambre, ce silence n'a pas duré. Spader était sur des charbons ardents.

– Il est là, a-t-il dit en faisant les cent pas. Je le sens.

– Qui ?

– Saint Dane. Il est dans cet hôtel.

– On n'en sait rien.

– Voyons, vieux frère ! s'est exclamé Spader. Tu sais comme moi qu'il trempe forcément dans cette histoire. Il a envoyé ces tueurs dans le flume pour descendre Press, puis les a aiguillés vers nous. Sinon, comment auraient-ils su où on était ?

– Alors comment se fait-il qu'un des deux soit mort ?

– J'y réfléchis. Laisse-moi un peu de temps.

Sa haine pour Saint Dane bouillonnait à nouveau en lui. Ce n'était pas bon signe. Nous devions étudier la situation d'un œil froid, pas nous laisser emporter par nos émotions.

– Spader, ai-je dit, tu ne vas pas faire de bêtises ?

– Ouais, ouais. Sage comme une image. Ne t'inquiète pas, Pendragon. Je t'ai fait une promesse, je la tiendrai.

– Je te crois.

J'espérais très, *très* fort qu'il disait vrai.

C'est alors que Gunny est entré. Il avait l'air d'avoir vieilli en quelques instants. C'était le genre de type à vouloir que tout marche comme sur des roulettes. Voir un gangster tomber du haut de son hôtel était bien loin de son idéal de perfection.

– Il s'est passé bien des choses dans cet hôtel, a-t-il dit d'une voix tremblante, mais ça, c'est le bouquet.

– Patience, ai-je répondu. Ce n'est que le début.

– Qu'est-ce que c'est que ces histoires comme quoi il va se produire un méga-tourne-boule ? a demandé Spader.

– Un quoi ? a demandé Gunny, peu habitué aux expressions imagées de Spader.

– Vous avez dit qu'une guerre éclaterait dans cet hôtel, ai-je intervenu. Alors ?

Gunny s'est assis sur un des fauteuils et a soupiré d'un air las. Nous autres nous sommes installés face à lui sur le sofa que Spader avait fait tomber sur les gangsters.

– Vous avez entendu parler de la Prohibition ? a-t-il demandé.

– Oui, ai-je répondu. C'est quand le gouvernement a interdit les boissons alcoolisées ?

– Tout à fait. Ni vin, ni bière, ni whisky, rien du tout. La loi a tenu de 1920 à 1933. Boire était illégal, à moins de savoir où aller. Et la plupart des gens le savaient.

– Des speakeasies, c'est ça ? Des bars clandestins ?

– Des quoi ? a demandé Spader. Je suis perdu.

– Bien des gens ont fait fortune durant la Prohibition, a continué Gunny. Certains en fabriquant de l'alcool – les bootleggers. D'autres en le vendant dans des clubs secrets appelés « speakeasies »; d'autres encore en le véhiculant un peu partout sous le nez de la police. C'était un commerce hautement illégal. Beaucoup de gangsters ont fait fortune de cette manière – ou ont fini derrière des barreaux. Et d'autres encore six pieds sous terre.

– Quel rapport avec nous ? ai-je demandé.

– Un gang de bootleggers opérait ici, dans ce quartier. Ils se chargeaient de tout – ils fabriquaient de l'alcool, le transportaient et avaient même quelques clubs où le distribuer. Ils ont rapporté beaucoup d'argent à leurs deux boss. L'un d'entre eux s'appelait Maximilian Rose.

– Ce type en costard qu'on a croisé là-dehors ? ai-je demandé.

– En personne, a répondu Gunny.

– Et qui était l'autre ?

– Un nommé Winn Farrow.

Spader et moi nous sommes regardés.

– Ces gangsters travaillaient pour lui ! me suis-je écrié. Farrow et Rose sont complices ?

– Ils l'étaient, a répondu Gunny. C'était il y a longtemps. D'après ce qu'on dit, Rose était le cerveau. Il savait que la Prohibition ne durerait pas éternellement, si bien qu'il a investi dans d'autres entreprises. Certaines légales, d'autres pas. Il s'est mêlé à toutes sortes d'activités criminelles comme le jeu, la contrebande et même le trafic d'objets d'art. À la fin de la Prohibition, il ne s'est pas démonté. Il a continué à s'enrichir.

– Et Farrow ? a demandé Spader.

– Il était tout aussi pourri, mais beaucoup moins malin. Il n'avait pas le style de Rose. Mettons qu'il était plutôt mal dégrossi.

– C'était une brute épaisse, ai-je dit.

– On peut le dire, a convenu Gunny. Il dépensait son argent aussi vite qu'il le gagnait. Et lorsque la Prohibition a été abolie, il s'est retrouvé sans ressources. Comme Rose n'avait plus besoin de lui, ils se sont séparés. D'après ce que j'ai entendu, Farrow n'a pas apprécié. Maintenant, ils sont ennemis jurés.

– Donc, ai-je dit, pendant que Max Rose profite de son logement luxueux, son ancien associé, Winn Farrow, croupit dans les bas-fonds.

– C'est un bon résumé, oui. Et c'est bien ce qui m'inquiète. Si Winn Farrow envoie ses hommes dans mon hôtel et qu'ils tombent par les fenêtres, c'est qu'on est peut-être en pleine guerre des gangs. Nous avons sans doute vu sa première victime.

– C'est pire que ça, ai-je ajouté. Saint Dane est forcément dans le coup.

– Il faut voir plus loin, les gars, est intervenu Spader. Qu'est-ce que ces deux gangs ont à voir avec ce tourne-boule que vous appelez la Seconde Guerre mondiale ?

– Il y a au moins quelque chose de sûr, ai-je ajouté. Quoi que puisse mijoter Saint Dane sur la Première Terre, je crois qu'on est en plein dedans.

– Et qu'est-ce qu'on va faire ? a demandé Spader. Rester là, à attendre que d'autres sales types viennent nous abattre ?

– J'ai une idée, a déclaré Gunny. Maintenant, vous avez chacun un emploi. Lorsque les gens commenceront à vous connaître, vous pourrez aller et venir à votre guise. Vous pourrez même vous rapprocher de Max Rose et ses gars. Il possède tout un étage ici, où ça n'arrête pas d'aller et venir. Dans cet hôtel, vous pouvez en apprendre beaucoup rien qu'en faisant votre job.

– Ça m'a l'air bien vu, ai-je dit. On commence demain.

Et c'est ainsi qu'a commencé notre carrière de grooms au Manhattan Tower Hotel. Notre but était d'en apprendre le plus possible sur Max Rose et ses potes les gangsters. Nous entrions dans la clandestinité. Super, non ?

Ben voyons.

Tôt le lendemain matin, Spader et moi avons endossé nos uniformes élégants et sommes allés retrouver Gunny dans le salon de l'hôtel. Notre première mission a été de nous faire couper les cheveux. Gunny nous a emmenés à un grand salon de barbier où Spader et moi nous sommes assis dans de grands fauteuils de cuir rotatifs. Quand j'ai constaté que le coiffeur n'attaquait pas aux ciseaux, mais à la tondeuse électrique, j'ai su qu'on était mal barrés. Nous nous sommes donc fait tondre pendant que Gunny nous regardait en souriant. On n'a pas eu droit à la coupe militaire, mais lorsqu'il en eut fini avec nous, nos cheveux étaient si courts que ça n'était même plus la peine de les coiffer.

Sur le peu qui restait, le barbier a appliqué une sorte de gelée qui sentait le citron. Ça nous faisait un style gominé qui devait être à la dernière mode en 1937, mais qui donnait l'impression d'être couvert de graisse de moteur. Ce n'était pas le pied, croyez-moi. Note mentale : se laver les cheveux le plus souvent possible.

À présent que nous étions présentables, nous pouvions nous mettre au travail. Gunny avait raison : ce n'était pas bien sorcier. On devait accueillir les clients à leur arrivée et monter leurs bagages dans leurs chambres. À leur départ, on ramassait ces mêmes bagages pour les descendre dans le grand salon. Pas de quoi attraper des ampoules. Il s'agissait surtout d'être polis et de ne rien casser.

Nous prenions nos repas dans une grande cuisine bruyante, avec les autres grooms, et sommes bientôt devenus des membres du personnel comme les autres. Ce qui était le but du jeu : comme ça, nous pouvions circuler à notre guise dans l'hôtel sans que personne ne se pose de questions. La seule difficulté était pour retourner dans notre chambre. On ne voulait pas que Dewey se demande pourquoi nous descendions toujours au sixième. Aussi, à la fin de notre service, on prenait les escaliers et non l'ascenseur. Pas le pied.

Je pourrais parler pendant des heures de mon job de groom, mais ce n'est pas le plus important. L'essentiel, c'était de trouver le lien entre les gangsters et Saint Dane. Ce qui voulait dire que nous devions surveiller Maximilian Rose. Plus facile à dire qu'à faire. Il était toujours accompagné par quelques armoires à glace, et il ne fallait pas qu'ils se rendent compte qu'on les surveillait. Ils auraient été fichus de nous emmener dans une ruelle et nous tabasser ou quoi que fassent ces gangsters à l'ancienne à ceux qu'ils n'aiment pas. Il fallait veiller au grain. Heureusement, comme on était trois, on pouvait y aller chacun notre tour. C'était plus discret.

Rose vivait au trentième étage de l'hôtel et n'en sortait pas souvent. Avec tous ses ennemis, il préférait rester là où il se sentait en sécurité. Par contre, il recevait plein de visiteurs. Ce devait être comme ça qu'il conduisait ses affaires. On venait le trouver. Dewey m'a parlé de l'assortiment de truands qu'il déposait au trentième étage. Drôle de mode de vie. Effrayant, aussi.

Comme Rose ne mettait guère le nez dehors, on ne le voyait pas souvent. Tout ce qu'on pouvait faire, c'était chercher à imaginer ce qui se tramait à la tronche de ceux qu'il recevait. Mais je n'ai rien d'un détective, et ces types ne portaient pas de tee-shirts « Saint Dane Fan Club ». Ils avaient l'air des plus ordinaires. Enfin, des *gangsters* ordinaires, mais vous voyez ce que je veux dire.

À l'exception d'un homme, un certain M. Zell. Je connaissais son nom parce qu'à chacune de ses visites je devais décrocher le téléphone intérieur pour l'annoncer aux résidents de l'étage. M. Zell était différent des autres visiteurs. Il avait des cheveux d'un blond étincelant ramenés en arrière. Il portait toujours un costume gris luxueux qui semblait fait sur mesure. Son regard acéré et fuyant ne cessait de scruter les lieux. Mais ça ne voulait pas dire qu'il était nerveux, tout au contraire. Il avait une grande confiance en lui. Je crois qu'il agissait comme ça parce qu'il voulait constamment savoir ce qui se passait et qui le regardait. « Observateur » serait une bonne définition. Et je devais faire très attention à ce que M. Zell ne m'observe pas.

Mais M. Zell avait aussi un autre trait qui lui était propre.

Il avait un accent. Un accent allemand.

En général, je ne m'en formaliserais pas, mais nous étions en plein dans une affaire qui sortait de l'ordinaire. Dans quelques années, les États-Unis seraient en guerre avec des types qui avaient ce même accent. Ils n'étaient pas encore nos ennemis, mais ça viendrait. Et comme nous avions conclu que la Seconde Guerre mondiale devait être le moment de vérité de ce territoire, le fait qu'un Allemand vienne voir M. Rose avait attiré mon attention.

Je ne pouvais m'empêcher de me demander ce que cachait cette apparence élégante, stricte et très germanique... Saint Dane ? Bien sûr, pour moi, tout le monde pouvait être Saint Dane, mais ce type était tout en haut de ma liste. Je devenais dingue à force de me demander ce qu'il pouvait bien manigancer avec Max Rose.

Et puis, un jour, j'ai eu ma chance. Par une après-midi creuse, je traînais dans le salon en faisant semblant de travailler lorsque M. Zell est entré. Je me suis mis à essuyer une table située juste à côté du téléphone dont il se servait pour appeler l'étage. Comme détective, je m'améliorais.

Ouais. Bobby Pendragon, le Sherlock Holmes des Voyageurs.

– Le trentième étage, s'il vous plaît, a dit Zell dans le combiné.

Il a attendu, puis a dit :

– Bonjour, c'est Ludwig Zell. Oui, je resterai pour le déjeuner, merci.

Il a raccroché et s'est dirigé vers les ascenseurs.

Gagné ! Il allait rester déjeuner ici. Ce qui voulait dire qu'il appellerait le service de chambre. C'était aussi une des attributions des grooms. Voilà ma chance. J'ai traversé le salon à toute vitesse en faisant de mon mieux pour ne pas avoir l'air pressé. Gunny était à son poste, en train de lire le journal.

– Zell est là, ai-je dit doucement. Ils vont commander au service des chambres.

Sans un mot, Gunny a laissé tomber son journal pour filer vers la cuisine. Il savait ce que j'avais en tête. Normalement, un des grooms les plus anciens se chargeait de livrer la commande de M. Rose. C'était un bon plan, car ces gangsters étaient plutôt généreux côté pourboires. Mais je m'en fichais : tout ce que je voulais, c'était être dans la même pièce que Max Rose et Ludwig Zell. Quand je suis entré dans la cuisine, le serveur en chef était déjà au téléphone, à prendre leur commande. Lorsqu'il a raccroché, Gunny lui a dit de me la donner. Le serveur en chef m'a regardé d'un sale œil comme pour dire : « Pourquoi doit-il passer en priorité ? » Mais il ne pouvait pas vraiment discuter, vu que Gunny était le patron.

Pendant qu'on attendait que sa commande soit prête, Gunny m'a pris à l'écart.

– Fais bien attention, m'a-t-il dit. Écoute ce qui se dit, mais discrètement. S'ils te surprennent à les espionner, tu feras un saut de l'ange depuis le balcon, comme ce gangster.

– Ne vous en faites pas, ai-je répondu.

Je ne sais pas pourquoi j'ai dit ça. Je me faisais un sang d'encre, alors pourquoi Gunny ne s'inquiéterait-il pas, lui aussi ?

– Ces types sont dangereux, Pendragon, a insisté Gunny.

– Je sais, j'ai compris, ai-je affirmé.

Il me rendait encore plus nerveux que je ne l'étais déjà.

Dix minutes plus tard, la commande était prête. Tout était disposé sur un grand chariot recouvert d'une nappe d'un blanc éblouissant. Il y avait douze plats recouverts de couvre-plats étincelants. Je me suis demandé combien ils étaient là en haut, car il y avait là de quoi rassasier les Chœurs de l'Armée rouge. Gunny m'a encouragé d'un clin d'œil, et j'ai poussé le chariot vers les ascenseurs.

– On monte ! s'est exclamé Dewey en ouvrant les portes.

– Trentième, s'il te plaît, ai-je dit en poussant le chariot dans la cabine.

Il a refermé les portes et a haussé les sourcils.

– C'est pour M. Rose ? Quoi qu'il arrive, ne regarde personne droit dans les yeux !

– Pourquoi ?

– Un jour, j'ai fait l'erreur de dévisager un de ces truands. Il m'a empoigné et jeté dans la glissière à linge sale. La tête la première ! L'horreur.

J'ai failli éclater de rire, mais ç'aurait été malpoli de ma part. Quand même, l'idée de ce petit bonhomme dévalant une glissière était plutôt marrante.

– Tu es tombé de haut ? ai-je demandé.

– Non. En fait, j'ai collé mes bras et mes jambes contre les parois et je me suis cramponné jusqu'à ce qu'il s'en aille. Après, je suis ressorti. Mais j'aurais pu me tuer !

– Merci du conseil. Je ferai attention.

L'histoire de Dewey était drôle, mais son avertissement pertinent. Max Rose et ses collègues n'étaient pas des enfants de chœur. S'ils pouvaient fourrer quelqu'un dans une glissière à linge pour un simple regard, je n'ose imaginer ce qu'ils feraient s'ils me surprenaient à les espionner. Mais j'ai préféré ne pas y penser, sinon, je me serais dégonflé. Quoique, je n'avais pas le choix, car nous étions arrivés. C'était le lever du rideau.

En ouvrant les portes, Dewey m'a souhaité bonne chance. Je lui ai fait un pâle sourire avant de sortir le chariot. J'étais à peine dehors que Dewey a refermé précipitamment les portes. J'imagine qu'il ne voulait pas refaire la connaissance d'une glissière à linge.

Je me suis fait intercepter par deux gros bras au front bas qui m'ont regardé comme si j'étais une crotte de chien. L'un d'entre eux m'a fait signe de m'écarter du chariot. J'ai fait quelques pas en arrière sans trop savoir ce qui allait se passer. En fait, c'était juste un contrôle de sécurité. Pendant qu'un des gros bras examinait le chariot, l'autre m'examinait *moi*. Il m'a tripoté dans tous les sens, sans doute pour s'assurer que je n'étais pas armé. J'ai eu l'impression d'être un camembert dont on vérifie la fraîcheur. Mais pas question de me plaindre : je ne voulais pas finir dans la glissière à linge. Après cette vérification assez malpolie, ils ont tous deux fait un pas en arrière et m'ont fait signe de passer.

Je me serais volontiers plaint de ce traitement cavalier, mais me suis souvenu de l'avertissement de Dewey et ai baissé la tête. Après tout, j'étais en mission.

Bobby Pendragon, Voyageur infiltré.

La porte de l'appartement se trouvait au bout d'un couloir. J'ai poussé le chariot et allais frapper lorsque j'ai vu qu'il y avait un bouton de sonnerie. Chouette. J'ai appuyé dessus, et un carillon a résonné à l'intérieur. La porte s'est ouverte, et je me suis retrouvé face à un autre dur à cuire.

– Service de chambre, ai-je annoncé joyeusement.

Précision inutile, vu que je trimbalais un chariot bourré de plats, mais ce type n'avait pas l'air pourvu au niveau QI, et je ne voulais pas prendre de risques. Il m'a fait signe d'entrer. J'ai obéi, poussant mon chariot, les yeux baissés.

– Attends là, a grogné le dur.

Il est parti. J'ai donc pu lever les yeux et jeter un œil à la suite. Bon sang, quel luxe ! On aurait dit que j'étais entré dans un de ces salons de réception européens. Enfin, je n'en ai jamais vu en vrai, mais j'avais visité les salles rétro du Metropolitan Museum of Art.

Le mobilier était très luxueux et semblait fragile. Le plafond s'ornait d'une peinture complexe représentant des bébés grassouillets ailés qui volaient dans les nuages en soufflant dans des trompettes. Pas vraiment à mon goût, mais certains devaient y voir le summum de l'élégance. La salle dans laquelle je me trouvais était un hall principal, et des couloirs partaient dans trois directions différentes. Tout en restant planté là à regarder ce décor, je me suis dit que, décidément, ces gangsters devaient rouler sur l'or.

C'est alors que j'ai entendu une voix rauque brailler dans le lointain :

– Si c'est ce qui doit arriver...

C'était Maximilian Rose, et il n'avait pas l'air content. Zut.

– S'il demande deux semaines, donne-lui-en une, reprit Rose furieux. S'il veut une semaine, accorde-lui trois jours. Si ça ne lui plaît pas, j'enverrai quelqu'un pour qu'il le fasse changer d'avis. *Compris* ?

Suivit le bruit d'un téléphone reposé brutalement sur son combiné.

Une seconde plus tard, une porte s'est ouverte et Max Rose est apparu. J'ai fait de mon mieux pour ne pas le regarder, mais ce n'était pas facile. On aurait dit un nuage d'orage – volumineux, bruyant, furieux. Alors qu'on était l'après-midi, il portait encore un pyjama, une robe de chambre et des pantoufles. Sa robe de chambre d'un rouge brillant semblait faite de soie. J'ai jeté un bref coup d'œil dans la chambre derrière lui. C'était un bureau avec une table couverte de paperasses. Ce type s'occupait de ses affaires en pyjama. La belle vie.

Lorsqu'il a passé la porte, la première chose qu'il a vue a été ma petite personne. Et en un éclair, nos regards se sont croisés. Mince. À moi la glissière.

– Hé, mais c'est Buck Rogers ! s'est-il écrié avec un grand sourire. Tu ne croyais pas que je me souviendrais, hein ?

Il n'était plus furieux. Ouf. Et il avait raison. Ce type m'avait vu quelques secondes il y avait quinze jours. À noter : ce type est observateur et a une bonne mémoire. Faire bien attention.

– Bonjour, monsieur Rose, ai-je dit poliment. Prêt pour le déjeuner ?

– Je meurs de faim, a-t-il répondu. Suis-moi.

J'ai poussé le chariot vers l'autre bout du hall pour entrer dans une pièce encore plus luxueuse que l'entrée. C'était un immense salon qui en jetait un max. Les canapés étaient grands et douillets, les tables ornementées et il y avait plein de tableaux dans des cadres dorés. Mais le plus fort était encore la vue. L'une des parois était une immense baie vitrée donnant sur les toits de Manhattan. Plutôt cool.

Une fois de plus, tout ce que j'ai pu me dire, c'est que ces gangsters gagnaient gros.

– Pose tout ça là, Buck, a-t-il ordonné en désignant une grande table de bois sombre.

Buck. Ah, oui. C'était moi.

– Combien de couverts dois-je mettre, monsieur Rose ?

Il m'a regardé comme si je lui avais demandé combien de bras il avait.

– Combien ? On est deux. Tu croyais qu'on était tout un bataillon ?

C'est alors que j'ai remarqué M. Ludwig Zell assis dans un fauteuil près de la porte. Il m'a jeté un regard si froid qu'il m'a flanqué le frisson. Était-ce Saint Dane ? En ce cas, il n'abattait pas ses cartes.

– Bien, monsieur Rose, ai-je dit.

Je n'avais pas l'intention de faire remarquer qu'il y avait là plus qu'on n'en servait à la cantine de l'école de Stony Brook. Quoique, à Stony Brook, ils ne nous donnaient pas de steaks, de homards et de salades faites de légumes sculptés en forme de fleurs. J'ai donc mis la table en silence.

– Ludwig, a dit Rose, je voulais que ce repas soit exceptionnel. Une sorte de célébration, quoi.

L'Allemand s'est levé et a marché vers Rose.

– Vous êtes plein d'attentions, monsieur Rose. Que ceci marque le début d'une longue et fructueuse collaboration entre nous deux. Et ceux que je représente.

Je n'aurais pu espérer mieux. Ces deux types parlaient affaire devant moi. Je n'étais pas pressé de finir de mettre la table, je préférais en entendre un maximum, mais en même temps, je ne voulais pas me faire prendre. Pas facile.

– Vous savez, Ludwig, a repris Rose, je me suis déjà mouillé pour vous. Je vous ai procuré ce que vous vouliez, mais n'ai toujours pas touché un sou.

– Je comprends, mon ami, a répondu Zell. Et nous apprécions votre patience. Maintenant que nous avons défini le moyen de paiement le plus efficace, vous n'aurez plus à compter sur notre bonne foi.

– Oui, mais combien de temps encore ? a demandé Rose.

– Votre premier versement tombera le 6 mai, comme prévu, affirma Zell. Vous avez ma parole et celle de mon parti.

Incroyable, tout ce que j'apprenais. Max Rose faisait affaire avec ce Zell. Mais de quel parti voulait-il parler ?

– Hé, le cosmonaute ! a aboyé Rose. T'as fini ou quoi ?

– Oui, monsieur Rose, ai-je répondu en me mettant au garde à vous.

Le gangster a marché sur moi en fourrant une main dans la poche de sa robe de chambre. Oups. En avais-je trop entendu ? Est-ce qu'il était armé ? Allait-il me remplir de plomb ?

Non. Il a tiré des billets et les a fourrés dans ma main. Mon pourboire.

– Maintenant, tu peux filer.

– Merci, monsieur. Bon appétit, ai-je ajouté en partant vers la porte.

J'avais déjà récolté plus d'informations que je ne pouvais espérer. Pendant que Rose et Zell s'installaient devant leur déjeuner de rois, j'ai refermé la porte et ai couru vers l'entrée. J'avais hâte de mettre Spader et Gunny dans la confidence.

J'étais à mi-chemin lorsque j'ai vu quelque chose qui m'a fait m'arrêter net. C'était la porte du bureau de M. Rose.

Elle était ouverte et le bureau désert.

C'était l'occasion ou jamais. Là, sur ce bureau, je pouvais trouver plus d'informations sur ce partenariat entre Rose et Zell. Je n'avais qu'à aller jeter un coup d'œil et ressortir. Mais d'un autre côté, si je me faisais choper, j'avais plus de chances de sortir d'ici par la fenêtre que par la porte, et je risquais de faire connaissance avec le trottoir. Il fallait que je me décide. Chaque seconde comptait.

J'y suis allé. Après un bref coup d'œil pour m'assurer que les brutes de Rose n'étaient pas dans le secteur, je me suis précipité dans le bureau. C'était de la folie, mais je n'avais pas le choix.

Une fois à l'intérieur, j'ai refermé la porte. Si quelqu'un passait dans le couloir, autant qu'il ne voit pas un groom nerveux farfouiller dans les papiers personnels de Max Rose. Là, je serais mal barré. Ensuite, j'ai filé vers le bureau. Je n'avais pas l'intention de m'incruster ici. Je suis passé derrière le bureau et ai étudié les documents étalés dessus.

Je ne savais pas quoi chercher. Ce n'était que des paperasses et des listes de chiffres comme on en trouvait chez n'importe quel comptable. J'ai senti mon moral dégringoler dans les chaussettes. Le plan secret de Saint Dane pouvait être là, devant moi, et je n'aurais même pas été fichu de le reconnaître.

J'allais laisser tomber et filer à l'anglaise lorsqu'un document a attiré mon attention. Il se détachait du reste comme s'il avait porté un tampon CONFIDENTIEL rouge. D'abord, il ne ressemblait pas aux autres paperasses. C'était une simple feuille comportant un symbole tout en haut. Il aurait suffi en soi à attirer mon attention, mais ce n'était pas tout. J'avais déjà vu un tel sigle, et pas qu'une fois. Dans des films, des livres, à la télévision. Je savais ce qu'il représentait. Quelque chose de bien réel.

C'était un svastika, le symbole des nazis. Il se tenait au milieu d'une couronne sur laquelle était perché un aigle aux ailes écartées. Comme je vous l'ai déjà dit, je ne suis pas expert en histoire de la Seconde Guerre mondiale, mais j'étais sûr que cette lettre venait d'Allemagne, siège du parti nazi. Alors que faisait-elle sur le bureau de Max Rose ? J'ai fait de mon mieux pour me calmer et lire la lettre. Elle était courte et sans fioritures.

> *9 avril 1937*
> *Cher M. Rose,*
> *Par cette missive, je vous confirme notre accord : le règlement de vos services vous sera livré par LZ-129 le 6 mai de cette année et sera payable à remise. La forme et le montant seront conformes à nos accords préalables. J'espère que cette conclusion vous satisfera et constituera les prémices d'une longue et fructueuse collaboration.*
> *Veuillez agréer, etc.,*
> *Ludwig Zell*

Maintenant, je voyais à quel parti Zell faisait allusion. Le parti nazi. Je n'arrivais pas à détacher mon regard du document. C'était une lettre des nazis, destinée à M. Rose, démontrant qu'ils faisaient affaire. L'ennui, c'est qu'elle ne précisait pas quel genre d'affaire. Juste qu'il serait réglé le 6 mai via LZ-129... Qu'est-ce que ça pouvait bien être ?

LZ. Ludwig Zell ? Y avait-il cent vingt-neuf Ludwig Zell ? En tout cas, c'était la preuve que j'avais raison de le soupçonner. Il était allemand et bossait pour les pires enfoirés de toute l'Europe. C'était un nazi.

Mais le plus important, c'est que j'avais découvert le lien entre l'Allemagne nazie et des gangsters new-yorkais. Soudain, la théorie de Gunny n'était plus si tirée par les cheveux. Jusque-là, nous soupçonnions que la Seconde Guerre mondiale serait le moment de vérité de la Première Terre. Cette lettre le confirmait. Nous savions déjà qu'il y avait un lien entre Saint Dane et les gangsters. Il ne restait plus qu'à relier les points. On se rapprochait.

Comme il était hors de question d'emmener cette lettre, je l'ai apprise par cœur. Facile de se souvenir des points les plus importants : LZ-129 ; 6 mai ; règlement de Max Rose par les nazis. Vu.

À présent, je devais filer à l'anglaise. Je suis allé poser mon oreille contre la porte, à l'affût d'un bruit indiquant une présence dans le hall. Rien. J'ai donc saisi la clenche et ai doucement appuyé dessus. Ce qui s'est passé ensuite semblait si improbable que, tout d'abord, je n'ai pu l'accepter.

La porte était fermée à clé. J'ai appuyé plus fort, en vain. Mon cœur s'est mis à battre la chamade. Peut-être était-elle juste coincée. J'ai tordu, tiré, poussé, sans résultat. La porte était bien bouclée... Et j'étais du mauvais côté du battant. J'ai regardé s'il y avait un verrou quelconque à soulever. Que dalle. Juste un gros trou où passer une clé à bougie, à l'ancienne. Mais comme je n'avais pas cette clé, ça ne me servait à rien.

J'avais envie de hurler. Comment pouvais-je être assez bête pour refermer la porte sans vérifier si elle n'était pas munie d'un système de sécurité ? Tout était de ma faute. Ma victoire se transformait en défaite. Ils ne tarderaient pas à me découvrir, et là, tout espoir de résoudre le mystère du 6 mai et de LZ-129 périrait avec moi.

*Feu* Bobby Pendragon, Voyageur infiltré.

## *Journal n° 10*
## *(suite)*

# PREMIÈRE TERRE

C'était sans issue. Je me retrouvais pris au piège dans le bureau d'un gangster sans scrupule qui n'hésiterait pas à me régler mon compte. Max Rose avait pas mal de gros bras à son service, et l'un d'entre eux allait certainement entrer dans la pièce. Il fallait que je trouve une autre sortie, et vite.

J'ai tourné les talons et examiné le bureau. Voilà ! Il y avait une autre porte derrière. Pourquoi ne l'avais-je pas remarqué ? J'ai couru appuyer sur la poignée. Fermée. À clé.

Bon sang, ce type avait la manie de boucler toutes ses portes ! Comme s'il avait quelque chose à cacher. Il me fallait un plan B. L'oncle Press avait toujours une issue de secours. J'aurais bien voulu qu'il soit là, parce que je séchais lamentablement.

C'est alors que j'ai vu le téléphone. Bien sûr ! Rose l'avait raccroché il n'y avait pas quelques minutes. Je n'avais qu'à appeler Gunny à la rescousse. Je ne savais pas ce qu'il pourrait faire, mais, pour l'instant, il était mon seul espoir. J'ai décroché ce vieux téléphone (enfin, en 1937, c'était le dernier cri) et ai composé un numéro. C'était un cadran rotatif, et mes doigts tremblaient tant que j'avais du mal à les insérer dans le trou « 9 ». Le numéro du bureau du capitaine était le 99, et j'espérais bien tomber sur Gunny. En tournant, le combiné a émis un raclement évoquant une scie contre du bois. J'ai fait la grimace, mais je ne pouvais pas arrêter maintenant.

J'allais composer le second 9 lorsque j'ai entendu un bruit. Pas bien sonore, mais ç'aurait aussi bien pu être une explosion nucléaire. En tout cas, pour moi, ça ne valait pas mieux.

Quelqu'un ouvrait la porte située derrière le bureau.

Trop tard pour fuir, et je n'avais nulle part où me cacher. J'étais fichu. Pourtant, j'ai eu la présence d'esprit de ne pas composer le second 9. Je ne voulais pas qu'ils sachent que j'appelais Gunny. Inutile de nous faire *tous* tuer. J'ai donc lentement reposé le combiné et ai attendu qu'un canon de revolver se pose contre ma tempe.

– Je crois que tu n'as rien à faire ici, a fait une voix derrière moi.

Vraiment ? Sans blague !

Mais cette voix m'a redonné un peu d'espoir. D'abord, c'était celle d'une femme. Et elle n'avait pas l'air spécialement irrité. Peut-être pouvais-je encore m'en sortir. Après tout, nous autres Voyageurs avons un pouvoir de persuasion, non ? J'ai répondu sans me retourner :

– Je viens d'apporter son déjeuner à M. Rose. L'hôtel voulait lui faire une surprise, mais quelqu'un a oublié de mettre la bouteille de champagne sur le chariot. Cadeau de la maison. Je suis donc venu appeler quelqu'un pour la faire monter, et la porte s'est refermée derrière moi.

C'était un peu gros, mais je n'ai pas trouvé mieux. Allait-elle me croire ? Ou appellerait-elle les gros bras de Rose pour qu'ils me balancent par la fenêtre ? Les quelques secondes d'attente m'ont semblé une éternité. Finalement, elle a dit :

– Tiens, prends ça.

Quoi ? Une balle ?

– Retourne-toi, a-t-elle ajouté en riant. Je ne vais pas te manger.

J'ai lentement obéi pour voir à qui j'avais affaire.

Waouh ! Là, dans l'embrasure de la porte, se tenait une très belle femme évoquant une ancienne vedette de cinéma. Elle portait une longue chemise de nuit couleur ivoire d'un tissu qui ressemblait à de la soie avec une robe de chambre par-dessus. Ses cheveux noirs étaient parfaitement coiffés et elle était maquillée de façon délicate. Elle n'était pas tombée du lit, c'était sûr. Elle semblait parée pour une séance photo. Il était difficile de lui donner un âge sous tout cet apparat, mais elle devait avoir entre vingt et trente ans. Son petit sourire me dit qu'elle savait fort bien que j'étais mort de frousse.

Une fois remis de ma surprise, j'ai remarqué un détail qui a fait battre mon cœur. Elle tenait une vieille clé à bougie au bout d'un anneau.

– Je ne sais pas pourquoi il a réglé les portes pour qu'elles se verrouillent automatiquement. Peut-être pour coincer ceux qui s'aventurent là où ils n'ont rien à faire, a-t-elle ajouté en souriant, comme pour m'asticoter.

Ça devait l'amuser de me mettre sur le gril. Tant mieux pour elle, parce que je devais être rouge comme une écrevisse. J'ai pris la clé.

– Merci, ai-je dit. C'était une erreur. Je n'aurais jamais dû venir ici.

Je suis retourné à la porte principale et l'ai déverrouillée avec la clé. Lorsque je l'ai ouverte, j'ai eu le plaisir de voir qu'il n'y avait personne dans le vestibule. Pas de gros bras en vue. J'avais peut-être une chance de m'en sortir en un seul morceau. J'ai vite rendu la clé à la dame.

– Merci. Je suis vraiment très gêné.

– Ne t'en fais pas, a-t-elle répondu. Je n'en parlerai à personne.

Elle a posé son doigt sur ses lèvres d'un air presque séducteur. Oui, j'allais m'en sortir. Je lui ai décoché un sourire de sincère reconnaissance, puis me suis tourné vers la porte.

– Hé ! m'a-t-elle lancé.

Je me suis figé. J'y étais presque. Qu'y avait-il ? Je me suis retourné, obéissant.

– Et la bouteille de champagne ? Tu ne vas pas la faire monter ?

Oups. Décidément, je faisais un piètre menteur. Mon propre bateau allait-il se retourner contre moi ? À nouveau, je devais réfléchir, et vite.

– Hem... Je n'ai rien à faire ici. Je vais aller la chercher et la monter moi-même.

– Bonne idée, a-t-elle acquiescé. Tu n'es pas bête.

Sur ce, elle est repassée par la porte derrière le bureau.

*Ding dong !* C'était la sonnerie de la porte d'entrée. Dans quelques secondes, un des gros bras de Rose viendrait ouvrir et me tomberait dessus ! J'ai foncé vers la porte.

– Hé, t'es encore là ? a crié une grosse voix.

C'était le type qui m'avait fait entrer.

– Je pars, ai-je répondu.

Le gros bras m'a dépassé pour ouvrir la porte. Gunny était là, sur le seuil, un seau de champagne en main.

– Pour M. Rose, a-t-il dit. Avec les compliments du Manhattan Tower Hotel.

J'ai jeté un regard derrière moi pour voir Miss Vedette de cinéma qui nous regardait depuis le couloir. Parfait. Sans le savoir, Gunny venait de confirmer mon alibi. J'étais sauvé.

Le gros bras a pris le seau, puis m'a poussé dehors et a refermé la porte. Nos regards se sont croisés, mais Gunny et moi n'avons pas échangé un mot. Nous sommes passés devant les deux gardes du couloir, nous sommes arrêtés devant l'ascenseur et avons appelé Dewey. Un peu plus tard, la cabine est arrivée et nous a déposés au rez-de-chaussée. Durant le trajet, Dewey n'a cessé de me regarder. Visiblement, il mourait d'envie de savoir ce qui s'était passé. Mais il n'allait pas m'interroger en présence de Gunny et je n'allais certainement pas tout lui raconter. Une fois arrivés, Gunny et moi nous sommes éloignés jusqu'à ce qu'il ne puisse plus nous entendre. Finalement, Gunny a murmuré :

– Tu es resté trop longtemps là-haut, microbe. Je commençais à m'inquiéter. Il me fallait une excuse pour aller voir ce qui se passait.

– C'était parfait, ai-je répondu, et vous avez très bien fait. Attendez que je vous raconte tout.

Nous nous sommes séparés et, durant le reste de la journée, avons vaqué à nos occupations comme si de rien n'était.

Ce soir-là, Spader, Gunny et moi nous sommes retrouvés dans notre chambre, et je leur ai raconté tout ce qui m'était arrivé dans l'appartement de Max Rose.

– Donc, a dit Spader, ces nazis sont des sales types ?

– Oui, ai-je répondu simplement.

– Autant que ces gangsters ?

– Pire. Ce ne sont pas que des criminels. Les nazis veulent conquérir ce territoire et massacrer des millions de gens en cours de route.

– Donc, a conclu Spader, ils sont aussi pourris que Saint Dane.

– Oui, les deux font la paire, ai-je convenu.

– Alors que peuvent-ils bien comploter ensemble ? s'est écrié Spader, exaspéré.

– C'est ça la question, non ? a répondu Gunny.

Que pouvait bien manigancer Saint Dane ? Jusque-là, à part les deux gangsters qu'il avait envoyés dans le flume, ce démon ne s'était pas manifesté.

– Le 6 mai, ai-je dit en faisant les cent pas, les nazis vont régler Max Rose pour les services qu'il leur a rendus. Je pense que si on découvre la nature de ces services, on saura ce que prépare Saint Dane.

– Et qu'est-ce que c'est que ce Ludwig-Zell-cent-vingt-neuf? a demandé Spader. On dirait une sorte de code.

– On ne sait pas si c'est Ludwig-Zell-cent-vingt-neuf ou seulement LZ-129, ai-je précisé.

J'ai regardé Gunny, qui s'est contenté de hausser les épaules. LZ-129 pouvait être la clé de cette histoire... ou ne rien vouloir dire du tout.

– Je vais continuer de farfouiller, a dit Gunny.

Nous avons conclu que nous devions surveiller de près Max Rose et ses joyeux compagnons. Nous avons décidé de lire tous les journaux qui nous tombaient sous la main, chaque jour, pour y chercher une quelconque mention de LZ-129 ou Ludwig Zell. On ne sait jamais. Pour la première fois depuis mon arrivée sur la Seconde Terre, j'avais l'impression que nous avions une chance de découvrir comment Saint Dane comptait semer le chaos sur ce territoire.

Or je me trompais du tout au tout.

Ce qui s'est *vraiment* passé après cette rencontre équivaut à zéro. Vraiment. Rien, nada, zéro. La piste a fini en cul-de-sac. Max Rose n'a plus quitté son appartement. Ludwig Zell n'est plus revenu le voir. Winn Farrow et ses tueurs ne sont plus jamais venus nous chercher noise. Nous avons lu les journaux de New York et des alentours sans trouver la moindre référence à Ludwig Zell ou au LZ-129. N'oubliez pas que nous ne disposions pas d'Internet. Pas moyen de mettre ces deux noms dans un moteur de recherche – « Ludwig Zell, plan nazi, gangsters » – pour obtenir l'historique complet de ce type et ce qu'il mijotait.

Il y avait de quoi vous mettre sur les nerfs.

Gunny et moi sommes même allés voir dans des institutions publiques pour y chercher un document quelconque qui puisse nous donner une idée de ce que magouillait Max Rose. Ce qui n'était pas une mauvaise idée en soi. Sauf que nous étions en 1937. Il était rare de voir un homme de couleur dans un établissement officiel. C'était bien avant les mouvements pour l'égalité des droits. Des gens tels que Martin Luther King ou Nelson Mandela n'avaient pas encore abattu les barrières. Il n'y avait même pas de vedettes de cinéma noires comme Eddie Murphy ou Will Smith.

Donc, Gunny s'est heurté à un mur.

Ç'aurait été déprimant si Spader et moi n'avions pas trouvé moyen de nous amuser un peu en cours de route. Comme il m'avait montré toutes sortes de trucs sur Cloral, je pouvais bien lui rendre la pareille.

Je l'ai emmené au cinéma. Il n'avait jamais rien vu qui ressemble à ça, et c'était plutôt drôle d'observer ses réactions. D'abord, il est resté bouche bée, comme lorsque nous avions vu les hologrammes sur Veelox, mais au bout d'un moment, il a compris le but du jeu. Le prix de l'entrée était de 29 cents, ce qui était ridicule, même pour l'époque. Je l'ai emmené voir plein de films des Marx Brothers, dont mon préféré, *Une nuit à l'Opéra*. Plus des westerns avec un acteur du nom de Tom Mix, et même le premier *King Kong*. C'était super de les voir sur grand écran plutôt qu'à la télévision.

Nous avons visité New York de fond en comble. Je l'ai emmené au sommet de l'Empire State Building juste après avoir vu King Kong l'escalader. On a aussi visité la statue de la Liberté et la gare centrale, et on a même pris le métro vers la fête foraine de Coney Island pour monter sur les manèges et manger des hot dogs.

Mais le meilleur moment a encore été lorsque on a été faire un tour dans le Bronx. Non, pas au flume. On est allés voir un match des Yankees. J'ai même vu jouer Joe DiMaggio, le basketteur de légende ! Plus cool que ça, tu meurs. Spader n'a rien compris au jeu et j'ai eu bien du mal à lui expliquer ce qui se passait, mais tant pis. J'étais au paradis.

Puisqu'on en parle, on a aussi beaucoup joué au basket.

C'est vrai que, pour tout ce qui est sport, Spader est bien meilleur athlète que moi. Il est un peu plus âgé et plus baraqué, ce qui l'avantage (du moins, c'est ce que je me dis). Mais pour ce qui est du basket, là, c'est mon rayon.

Au risque de paraître vantard, je l'ai battu à plate couture. Nous avons installé un cerceau dans une ruelle derrière l'hôtel, et on allait s'y cacher dès que possible. Gunny nous a trouvé une vieille balle en cuir raide. Le rebord du panier était rouillé et il n'y avait pas de filet, mais peu importe. J'ai recruté d'autres grooms et nous avons joué à deux contre deux. J'ai même convaincu Dewey de tenter sa chance, mais il jouait encore plus mal que Spader, le pauvre bougre.

Nos parties nous faisaient un peu oublier nos inquiétudes de Voyageurs. Elles me renvoyaient en un temps où tout était tellement plus simple et où mon seul souci était de découvrir si je plaisais à Courtney autant qu'elle me plaisait. (Oui, Courtney, c'est vrai, je l'admets, je me posais souvent cette question.)

On prenait du bon temps, mais on n'oubliait pas l'épée de Damoclès suspendue au-dessus de nos têtes. Plus nous traînions à trouver ce qui se tramait entre Max Rose et les nazis, plus je m'inquiétais. Le 6 mai se rapprochait à vitesse grand V. Je commençais à croire qu'il ne se passerait rien avant cette date.

Je me trompais. Le 3 mai, il y a eu du nouveau.

La journée a commencé de façon normale, sinon que l'hôtel attendait la visite d'un client célèbre. Elle s'appelait Nancy Olsen, plus connue sous le sobriquet de « Jinx ». Elle était pilote d'avion pour les gardes-côtes. En ce temps-là, il n'y avait pas tant de femmes pilotes, et Jinx était un symbole. Elle parcourait le pays pour une tournée de relations publiques. J'imagine que le but était d'amener plus de femmes à choisir une carrière dans l'armée.

Sa tournée passait par New York, où elle devait donner des conférences et apparaître à des réceptions mondaines pendant une semaine et, pendant tout ce temps, elle séjournerait à notre hôtel. Il y avait même une grande fête de prévue en son honneur au vingt-neuvième étage, une méga fiesta avec un orchestre, des célébrités, des politiciens et tout le toutim. Spader et moi étions déjà prévenus que nous serions de service ce soir-là : vu que les invités seraient au moins deux cents, ils auraient besoin de personnel.

Lorsque Jinx Olsen est arrivée à l'hôtel, j'ai tout de suite compris pourquoi elle était le symbole des gardes-côtes. Elle était grande, jolie et visiblement sûre d'elle. La plupart des femmes que j'avais vues sur la Première Terre portaient des robes, mais pas elle. Elle était vêtue d'un pantalon de treillis kaki et d'un blouson de cuir brun craquelé. Mais ça ne lui donnait pas pour autant l'air masculin, loin de là. Ses yeux d'un vert éblouissant et son sourire illuminaient la pièce. Quand je l'ai vue entrer à grandes enjambées dans l'hôtel, son sac polochon sur l'épaule, le premier qualificatif qui m'est venu à l'esprit fut celui d'« aventurière ».

Le directeur de l'hôtel, un type replet du nom de M. Caplesmith, s'est empressé de venir l'accueillir.

– Bienvenue, mademoiselle Olsen, a-t-il dit. C'est un honneur de vous recevoir dans notre établissement.

Jinx s'est arrêtée net, l'a regardée droit dans les yeux et a dit :

– Pourquoi ?

Désarçonné, M. Caplesmith a répondu :

– Eh bien, parce que vous êtes si, heu... célèbre.

Il ne savait pas pourquoi elle réagissait ainsi, et Jinx Olsen le savait très bien.

– Que ce soit clair, a-t-elle dit. Vous êtes content de me voir parce que l'Oncle Sam vous paye grassement pour organiser une grande fête en mon honneur demain soir, c'est ça ?

M. Caplesmith était gêné, mais aussi trop finaud pour essayer de lui mentir.

– Eh bien, on peut dire ça.

Jinx lui a souri et donné un coup de coude amical.

– Ne vous en faites pas. Tant qu'on sait tous les deux ce qu'il en est. Où est ma chambre ?

M. Caplesmith a fait de son mieux pour ne pas grimacer de douleur. Il a regardé autour de lui et m'a repéré.

– Groom ! a-t-il ordonné.

Je me suis levé pour me mettre au garde-à-vous. Ce qui plaisait bien à M. Caplesmith.

– Veuillez accompagner Mlle Olsen à la chambre 1515, a-t-il dit en me tendant la clé.

J'allais prendre le sac de Jinx, mais elle m'a arrêté.

– T'inquiète, chef, a-t-elle dit avec un sourire, je m'en occupe. Montre-moi ma chambre.

– Bien, m'dame, ai-je répondu.

Nous sommes partis vers les ascenseurs, Jinx sur mes talons. J'ai jeté un coup d'œil pour voir M. Caplesmith frotter son bras endolori. J'ai dû me retenir de rire. Jinx Olsen devait être la personne la plus cool que j'aie rencontrée depuis que je travaillais dans cet hôtel. Enfin, à part Gunny, bien sûr.

– Votre boulot doit être passionnant, ai-je dit. Je veux dire, ces missions de sauvetage avec les gardes-côtes et tout ça.

– Ouais, passionnant, a-t-elle répondu, mais d'un ton désabusé, comme si elle n'en était pas convaincue.

– Pourquoi, c'est pas vrai ?

– Ça serait intéressant s'ils me laissaient aller au charbon une fois de temps en temps, a-t-elle répondu. Crois-moi, quand tu es une femme, c'est dur de se faire attribuer une mission.

Nous venions d'entrer dans la cabine, et Dewey nous a fait monter. Il a réussi du premier coup. Il devait s'être entraîné à manipuler les commandes.

– Ce n'est pas juste, ai-je dit à Jinx. Si vous avez du talent, ils devraient l'utiliser.

– Si tu savais combien de fois je leur ai dit ! a-t-elle répondu. Mais ils préfèrent m'envoyer en représentation, là où je ne risque pas de me retourner un ongle. Je suis meilleure pilote que la plupart des gars de mon escadrille, mais comme je suis une femme, ils ne me laissent pas faire mes preuves.

– Vous connaissez Amelia Earhart ? a demandé Dewey.

– Je l'ai croisée, a répondu Jinx. Alors ça, c'est une pilote d'élite !

– Amelia Earhart ? ai-je demandé. Ce n'est pas cette dame qui a disparu en tentant de faire le tour du monde en avion ?

Dewey et Jinx m'ont regardé comme si j'étais un Martien.

– Tu dois faire erreur, a-t-elle dit. Son tour du monde commence à la fin de ce mois-ci.

Zut. Première Terre. Je parlais de quelque chose qui ne s'était pas encore passé. Ce qui ne veut pas dire que je me trompais. Je me souvenais avoir vu une émission de télévision sur Amelia Earhart, et elle n'était jamais arrivée à destination. Je n'avais pas le cœur à le lui dire. D'un autre côté, ils ne m'auraient jamais cru, puisque je parlais de l'avenir. Heureusement, nous étions arrivés au quinzième étage.

– On est arrivés, ai-je annoncé, et je me suis précipité hors de la cabine avant de devoir continuer sur le sujet.

J'ai ouvert la porte de la chambre 1515 et ai dit à Jinx que si elle avait besoin de quoi que ce soit, elle devait appeler Gunny, le capitaine, qui lui donnerait satisfaction. Elle m'a remercié et donné 25 cents de pourboire. Ce n'était pas la fortune, mais ça paierait mon billet pour le prochain film des Marx Brothers.

– Vous savez, ai-je dit, on vous fait peut-être des misères, mais un jour, il y aura plein de femmes pilotes. Le monde finira par comprendre qu'une femme vaut bien un homme. Les temps changent. Ça, je peux vous l'assurer.

Ce qui l'a fait rire. Elle avait l'air d'une dure, mais ce devait être essentiel pour faire son trou dans un monde d'hommes. Et à ce moment où elle a baissé sa garde, j'ai pu voir qui elle était réellement.

– Comment tu t'appelles, chef ? a-t-elle demandé.

– Bobby Pendragon.

– Moi, c'est Jinx, Bobby. Merci pour ce que tu as dit. Je m'en souviendrai.

Elle a cligné de l'œil et nous nous sommes serré la main. Cette Jinx Olsen me plaisait bien. Avec sa confiance en elle et son air bravache, elle me rappelait Spader. J'espérais qu'un jour, elle aurait l'occasion de montrer ce qu'elle avait dans le ventre.

Le soir suivant, c'était la date de la réception en son honneur, et croyez-moi, ce n'était pas rien. La salle de bal du vingt-neuvième étage était bardée de décorations rouges, blanches et bleues. Un bon millier de ballons multicolores se cognaient au plafond. Les hommes portaient des smokings et les femmes de longues robes de soirée. J'ai reconnu quelques vedettes de cinéma de l'époque, mais je n'aurais pas pu dire leurs noms. Par contre, j'ai bien identifié un homme, même sans son uniforme des Yankees – Lou Gehrig, un de leurs meilleurs joueurs de l'époque.

Un grand orchestre faisait danser qui voulait. Les musiciens portaient tous des vestes blanches et semblaient tout droit sortis d'un film avec Fred Astaire. J'ai même reconnu quelques morceaux. Comme je l'ai toujours dit, si on veut connaître ses classiques en musique, il suffit de regarder de vieux films avec Fred Astaire, Ginger Rogers ou Laurel et Hardy. Qui a dit que la télévision n'est pas éducatrice ?

D'un côté de la salle, on avait installé une grande table pour les invités d'honneur. Jinx était assise au milieu. Elle portait une robe, mais n'avait pas l'air de s'y sentir à l'aise. J'imagine que c'était le prix qu'elle devait payer pour pouvoir voler. J'ai ressenti une bouffée de compassion. Son travail était de servir d'ambassadrice et de faire bonne figure face aux caméras. Et croyez-moi, elle n'aimait pas ça du tout.

Le reste de la salle était bourré de tables où on mangeait et buvait en bonne compagnie. C'est là que Spader et moi remplissions notre office. Pour l'occasion, on avait fait venir des tas d'extras afin d'assurer le service, et tous portaient le même uniforme – pantalon noir, veste blanche, gants blancs – que nous autres. Ce n'était pas très compliqué. On avait chacun une table, et on devait faire des allers et retours à la cuisine pour apporter les plats. La seule chose à laquelle je devais faire attention, c'était de ne rien renverser.

Si je vous parle de cette soirée, ce n'est pas parce que c'était la fiesta. En fait, on s'y ennuyait comme des rats morts ! Non, c'est à cause d'une table en particulier. Car là, presque au centre, trônait nul autre que Max Rose et ses gens. Incroyable ! On était au beau milieu d'un pince-fesse du gouvernement, et un gangster certifié occupait la place d'honneur. J'imagine qu'il était là parce qu'il était le client numéro un de l'hôtel. Ce qui doit vous valoir quelques privilèges... même pour un gangster.

Gunny s'était arrangé pour que Spader et moi soyons chargés de la table de Rose. On restait presque tout le temps près de lui et de ses invités pour exaucer leurs moindres caprices. Mais l'important, c'était de pouvoir écouter tout ce qui se passait dans l'espoir d'obtenir un indice relatif au LZ-129 ou à ce qui allait se passer le 6 mai.

– Buck Rogers ! s'est écrié Rose en me voyant. Mon astronaute préféré. Tu fais aussi le service ?

– Oui, monsieur Rose, ai-je répondu. Pour vous, nous mobilisons toujours ce qu'il y a de mieux.

Il a éclaté de rire. Je crois qu'il aimait bien mon côté crâneur. Surtout si, au passage, je lui faisais des compliments.

– Assure-toi qu'on ne manque pas de vin, Buck, et tu ne le regretteras pas !

– Bien m'sieur !

Voilà qui m'arrangeait plutôt. J'avais bien l'intention de rester le plus près possible de lui. À sa table, j'ai reconnu tous les autres durs à cuire que j'avais vus entrer et sortir de l'hôtel. Malheureusement, Ludwig Zell était absent. Par contre, la chaise juste à côté de celle de M. Rose était vide. Pourvu qu'il la réserve à son ami nazi ! Je venais d'ouvrir une bouteille de champagne et remplissait le verre de Rose lorsque la personne à qui la chaise était destinée est apparue, et ce n'était pas Zell.

– Désolé, Maxie, a fait une voix de femme. J'ai eu du mal à trouver la bonne robe.

J'ai levé les yeux et ai bien failli laisser tomber ma bouteille. C'était la dame qui ressemblait à une vedette de cinéma, celle qui m'avait surprise en flagrant délit dans le bureau de Rose.

Elle m'a regardé et a cligné de l'œil. Mon cœur a loupé un battement. J'avais peur qu'elle ne fasse mention de ce qui s'était passé. En ce cas, elle signait mon arrêt de mort. Elle a pris sa flûte de champagne et me l'a tendue pour que je la remplisse.

– Quel charmant serveur, a-t-elle dit. S'est-on déjà rencontrés ?

Quoi ? Est-ce qu'elle m'avait vraiment oublié ou voulait-elle juste se payer ma fiole ?

– Je ne crois pas, m'dame.

– Tu dois avoir raison. Je n'oublierais jamais un beau gosse comme toi.

Elle m'a souri et m'a fait un nouveau clin d'œil. Elle savait très bien qui j'étais. Elle jouait avec moi. Je me suis senti baigné de sueur et ai préféré m'éclipser. Cette soirée s'annonçait mouvementée.

Peu après le dîner, on a eu droit à une série de discours qui se ressemblaient tous. Une brochette de politiciens ont dégoisé sur le rôle des femmes dans l'armée et les gardes-côtes, et bla bla bla. C'est Jinx en personne qui a tenu le dernier speech. Je suis au regret d'avouer qu'il n'était pas plus intéressant que les autres. Elle a tenté de faire bonne figure, mais je suis sûr qu'elle détestait ces mondanités.

Après les discours, l'orchestre est monté sur scène et a ouvert le bal. C'est là que j'ai eu une nouvelle surprise. Le chef d'orchestre est monté au micro et a déclaré d'une voix suave :

– Mesdames et messieurs, applaudissez notre chanteuse de ce soir, la ravissante Esther Amaden.

J'ai regardé autour de moi pour voir de qui il parlait, et qui s'est levé, sinon l'amie de Max Rose ! Eh bien ! C'était une chanteuse professionnelle. Je comprenais pourquoi elle faisait si attention à son apparence. Et elle était douée. Ce n'est pas mon genre de musique, mais elle avait une voix superbe et elle resplendissait sous les feux de la rampe. Elle a chanté deux airs qui m'ont évoqué quelque chose. Les convives devaient les connaître aussi, parce qu'ils les ont applaudis dès les premières notes.

Somme toute, ç'a été une soirée assez élégante... et exaspérante. Au bout d'une éternité, la fiesta a paru toucher à sa fin, et je n'avais toujours pas obtenu le moindre petit bout d'information. Du point de vue de notre mission, cette soirée était un fiasco total.

Enfin, c'est ce que je croyais. Car je pouvais m'attendre à un rebondissement de taille.

Beaucoup de serveurs étaient là. Les grooms m'étaient familiers, mais la plupart de ces gars étaient des extras embauchés spécialement pour l'occasion, et je n'en connaissais pas un seul. De toute façon, tout ce qui m'intéressait, c'était Rose et ses potes. Mais alors que j'écoutais Esther Amaden, j'ai aperçu quelque chose qui a détourné mon intérêt de la tablée de gangsters.

Je me tenais debout, près de la porte des cuisines, à regarder le spectacle. L'orchestre officiait sous une lumière bleue agréable. Au plafond, une boule à facettes lançait des paillettes de lumière contre les murs, les danseurs et les tables. Esther se tenait au centre, sous le feu d'un projecteur blanc.

Je ne sais pourquoi j'ai détourné les yeux à ce moment précis, mais j'ai bien fait, parce qu'aussitôt je me suis mis en alerte rouge. C'était un des extras, et il marchait le dos collé au mur. Peut-être est-ce pour ça que je l'ai remarqué. Et aussi parce que, contrairement aux autres qui cavalaient dans tous les sens, celui-là marchait lentement.

Il tenait un grand plat recouvert d'un globe argenté. Ce qui n'aurait rien eu de surprenant... deux heures plus tôt. Mais à présent, le repas était terminé depuis longtemps. Alors que faisait-il avec un plateau ? Et pour parfaire le tableau, il se dirigeait vers la table de M. Rose. J'ai fait quelques pas pour mieux le voir, et, quand j'ai été assez près, j'en suis resté bouche bée.

Je le connaissais ! C'était le gangster nerveux qui accompagnait feu Sale Type !

La musique était bruyante. Le bal battait son plein. Les convives dansaient comme des possédés.

Personne ne remarqua ce type qui progressait vers la table de M. Rose. Il a passé la main sous le couvre-plat et en a tiré un revolver. Ça faisait un bail que les hommes de Winn Farrow se faisaient oublier, mais ce soir, ils allaient frapper un grand coup. Ce soir, ils allaient se débarrasser de Max Rose.

Et j'étais le seul à le savoir.

## *Journal n° 10*
## *(suite)*

# PREMIÈRE TERRE

L'assassin s'est rapproché de Max Rose.

Un million de pensées ont défilé dans mon esprit. Max Rose était un criminel, un tueur. Un type qui choisit ce genre de vie doit s'attendre à mal finir, tôt ou tard. C'était ses affaires. Mais Rose et son gang étaient acoquinés aux nazis. S'il y passait, notre seule chance de découvrir ce qu'ils mijotaient – et le plan de Saint Dane – disparaîtrait avec lui. Le futur de la Première Terre dépendait de ce que savait M. Rose... Et ça, c'était *mes* affaires.

Il m'a fallu deux secondes de réflexion pour arriver à une conclusion : je devais sauver M. Rose. Mais comment ? Si je l'avertissais d'un cri, le gangster tirerait dans le tas, et ça ne serait pas mieux. Non, je devais agir.

À ce moment précis, Spader est sorti de la cuisine. Je l'ai empoigné et lui ai montré l'assassin.

– Il veut tuer Max Rose. Il faut qu'on l'en empêche ! ai-je dit en tentant d'avoir l'air plus relax que je ne l'étais réellement.

Spader n'a pas posé de question. Il n'a pas réfléchi, ni hésité. Dès qu'il a compris la situation, il s'est mis en mode « action ».

– Je m'occupe du vilain-pas-beau, tu te charges de Rose, a-t-il ordonné avec une autorité impressionnante.

Aussitôt, il s'est frayé un chemin dans la foule vers le gangster.

C'était parti, et je devais agir. Je suis parti en courant vers la table de Rose. La ligne droite passait au milieu des danseurs. J'ai essayé de les éviter, mais c'était impossible, et ils me ralentissaient. Je n'avais pas le temps d'être poli, et comme la fête serait gâchée de toute façon, à quoi bon finasser ? J'ai baissé la tête et foncé dans le tas comme un rugbyman. J'ai heurté quelques pauvres bougres qui ne se doutaient de rien, parmi lesquels, je regrette de devoir le dire, quelques dames. Mais peu importait. Il fallait que j'arrive à temps.

Je n'ai pas tardé à éviter le dernier danseur me séparant de ma cible. Max Rose était assis tout au bout d'une grande table ronde et tirait sur un gros cigare en riant de bon cœur. J'ai jeté un coup d'œil sur la gauche : le gangster se rapprochait. Spader se frayait toujours un chemin dans sa direction, mais il n'arriverait jamais à temps. L'assassin n'était plus qu'à quelques mètres.

Je me suis retourné vers Max Rose et ai remarqué qu'il y avait une table, des verres et même un vase entre lui et moi. Il fallait que je prenne une décision. Après ma course folle sur la piste de danse, mon sang bouillait déjà, ce qui m'a facilité les choses. J'ai foncé vers la table et me suis jeté sur le plateau. Tout s'est passé si vite que les gros bras assis à la table n'ont pas eu le temps de réagir. J'ai glissé sur la table, emportant avec moi la nappe et tout ce qu'il y avait dessus.

Max Rose m'a vu venir et a écarquillé les yeux de surprise. Son garde du corps assis à côté de lui a passé sa main sous sa veste pour tirer son revolver. Mais il était trop tard, car le temps qu'il réussisse à le sortir, Max Rose avait reçu de plein fouet un raz-de-marée de nappe, de fleurs et de couverts, plus un Bobby Pendragon, Voyageur infiltré.

Rose avait commencé à se lever, ce qui lui a peut-être sauvé la vie, car il était en équilibre précaire. L'impact l'a renvoyé en arrière. S'il était resté assis, j'aurais sans doute rebondi sur lui et il aurait fait une cible facile. Mais nous avons tous deux fini à terre. Il a poussé un grognement lorsque je me suis affalé sur lui. Comme je vous l'ai dit, c'est une armoire à glace, et bon sang, je crois bien que j'ai rebondi sur sa poitrine comme sur un trampoline. Il ne manquait plus qu'un grand « boing ! ».

À ce moment précis, j'ai entendu un coup de feu. J'ai frémi en pensant que le garde du corps m'avait tiré dessus. Mais ce n'était pas lui, car j'ai vu son revolver glisser sur le sol. Je devais le lui avoir arraché durant ma folle glissade. Je me suis empressé de le saisir. Je ne voulais pas que cette brute le ramasse et me tire comme un lapin.

Alors d'où venait ce coup de feu? J'ai levé les yeux pour voir M. le Gangster nerveux devant nous, braquant son revolver encore fumant. Son air surpris était presque comique. Max Rose était dans sa ligne de mire, et j'avais jailli de nulle part comme un furieux pour bousculer sa cible. Il avait tiré et raté son coup. Heureusement, sa balle perdue n'avait touché personne d'autre.

Une seconde plus tard, Spader a jailli de la foule et lui a arraché son arme. Le gangster semblait en état de choc. Il avait quasiment réussi, mais son plan s'était écroulé en un clin d'œil.

– Descends-le ! a crié Rose.

Il m'a fallu une seconde pour comprendre à qui il parlait, en l'occurrence : moi ! J'étais assis sur sa poitrine avec entre les mains le revolver de son garde du corps. Il voulait que j'abatte son assassin potentiel. Sauf que je n'avais jamais tiré au revolver, encore moins sur quelqu'un.

– Vas-y, Buck, descends-le !

J'étais pris de court. Que faire? J'ai obéi aux ordres et braqué l'arme sur le gangster nerveux. Nos regards se sont croisés.

Dans ses yeux, j'ai vu quelque chose que je n'avais encore jamais vu et espère ne jamais revoir. Sa vie était entre mes mains, et il le savait. J'avais le pouvoir de décider s'il devait vivre ou mourir. Or quelles que soient les circonstances, je ne veux pas d'un tel pouvoir. Certes, ce gangster était mon ennemi : il avait déjà tenté de nous tuer. Pire, c'était un des assassins qui avaient abattu l'oncle Press. J'avais toutes les raisons de vouloir me venger. Mais malgré tout ça, il était hors de question que je cause sa mort. Je n'étais pas un tueur. Je n'étais pas taillé pour ça.

J'ai lâché le revolver.

Le gangster a aussitôt tourné les talons pour s'enfuir. Vu le monde qu'il y avait, on aurait pu croire que quelqu'un l'aurait intercepté au passage. Mais toutes ces grosses huiles en robe du soir ou smoking étaient encore sous le choc. Le temps que quelqu'un reprenne ses esprits et s'écrie : « Arrêtez-le ! », le truand avait déjà passé une porte de service et disparu.

J'ai regardé autour de moi et n'ai vu que des visages stupéfaits. L'orchestre s'était tu, et les gens se massaient peu à peu autour de nous pour comprendre ce qui s'était passé. Drôle d'ambiance. Personne n'a dit un mot, ils se sont contentés de regarder. Je me suis aperçu que j'étais toujours assis sur l'estomac de M. Rose. Et il me dévisageait avec des yeux de glace.

– Je t'avais dit de le descendre, a-t-il dit froidement.

J'étais trop choqué pour dire quoi que ce soit.

– Tu m'entends, Buck ? Je t'avais dit de le descendre !

C'était le moment de vérité. Pas pour ma propre survie, mais pour l'avenir de notre mission sur la Première Terre. Tout reposait sur moi, et ce n'était pas le moment de louper le coche.

– Oui, et alors ? ai-je répondu d'un ton qui se voulait crâneur.

Je risquais gros sur cette réplique. Max Rose a plongé son regard dans mes yeux comme pour fouiller mon cerveau. Je n'ai pas cillé. J'étais tellement dopé à l'adrénaline que je n'allais pas reculer.

– Je vous ai sauvé la vie, ai-je repris, ça ne suffit pas ? Je mérite des remerciements, pas des reproches.

Un ange est passé. J'ai senti le poids des regards des gardes du corps posés sur moi. Ils attendaient que leur patron leur dise quoi faire.

Après quelques secondes douloureuses, Max Rose... a souri.

– Merci, Buck. Maintenant, tu veux bien te relever de là ?

Après ça, la situation est devenue vraiment chaotique. Soit les gens terrifiés couraient vers les ascenseurs dans une bousculade monumentale, soit ils se massaient autour de nous en cherchant à voir ce qui se passait. L'orchestre s'est remis à jouer. J'imagine qu'ils essayaient de calmer la situation, comme les musiciens du *Titanic*. On ne cessait de me bousculer de tous côtés. Tout ce que je voulais, c'était sortir de là, mais je ne pouvais pas bouger. J'ai bien cru me faire piétiner.

Finalement, une main puissante s'est refermée sur mon bras. J'ai levé les yeux pour voir à qui elle appartenait. Heureusement, c'était Gunny.

– Faut qu'on y aille, a-t-il dit.

De son autre main, il tenait le bras de Spader. Il nous a entraînés à travers la foule pour nous faire entrer dans la cuisine. Mais nous y sommes juste passés. Il voulait qu'on sorte de là le plus vite possible avant qu'on puisse nous interroger. Une fois de plus, quand la police débarquerait, il y aurait bien des questions. Mieux valait qu'ils en sachent le moins possible sur nous. Donc, nous avions tout intérêt à sortir de là tant que l'hôtel était encore une maison de fous.

Un peu plus tard, après avoir emprunté l'ascenseur de service, nous nous sommes retrouvés dans notre chère chambre du sixième, comme si de rien n'était.

– Ne sortez pas, a ordonné Gunny, et ne venez pas travailler demain. Je préfère attendre que les choses se tassent.

– Pas de problème, ai-je dit.

– C'est compris, chef, a renchéri Spader.

Puis Gunny a eu un sourire nerveux.

– Tu avais raison, Pendragon. Ce n'est que le début.

– On ne fait que notre travail, mon cher Gunny, a répondu Spader avec son aplomb habituel.

Gunny nous a laissés seuls. Mon cœur a peu à peu cessé de battre la chamade. Spader et moi nous sommes regardés. On ne savait pas quoi dire. Puis on a éclaté de rire.

– Hobie, Pendragon, c'était incroyable !

– Tu as été formidable ! ai-je crié. Tu t'es lancé sur ce type, comme ça, sans prendre le temps de réfléchir !

– C'est bien, parce que si j'avais réfléchi, je serais parti dans la direction opposée. Tu parles d'un tourne-boule !

– C'est rien de le dire !

On s'est laissés tomber sur des fauteuils, très fiers de nous, et on est restés là, à profiter de cet instant, de notre victoire.

Ça ne durerait pas.

Spader a inspiré profondément, expiré et a dit :

– Alors c'est reparti ?

Je voyais très bien ce qu'il voulait dire par là.

– Oui. Fini le basket.

Cette nuit-là, je me suis endormi avec la certitude qu'après des semaines à se tourner les pouces, le rideau s'était levé et le spectacle pouvait commencer. Par contre, je n'avais pas la moindre idée de ce qui nous attendait.

Comme j'aurais voulu que l'oncle Press soit là !

Le lendemain matin, on a été réveillés par des coups frappés à notre porte. J'ai cru que c'était Gunny, mais quand j'ai regardé par l'œilleton, j'ai vu qu'il s'agissait de Dewey.

– Je sais que tu es là, Pendragon ! criait-il. Je suis au courant de tout ce qui se passe dans cet hôtel !

Coincé. Je n'avais plus qu'à ouvrir la porte. Spader est arrivé derrière moi.

– Qu'est-ce que tu veux, Dewey ? a-t-il demandé.

– Vous croyez vraiment que je ne sais pas que vous habitez là ? a-t-il tempêté. Vous me prenez pour un crétin ?

Spader et moi nous sommes regardés. C'était une question à laquelle il valait mieux ne pas répondre.

– Regardez !

Il a brandi un journal. Un grand titre s'étalait à la une : « TENTATIVE D'ASSASSINAT AU TOWER ! » Il faisait forcément allusion aux événements d'hier soir. Et il y avait une photo de Max Rose, affalé sur le dos pendant que j'étais assis sur son estomac. Je ne savais pas que quelqu'un avait pris une photo. Heureusement, on n'y voyait pas mon visage. D'après l'article, Spader et moi étions deux serveurs qui avaient disparu juste après la fusillade, tout comme l'assassin potentiel.

– Ouaip, c'était un sacré truc, ai-je dit. Je me demande qui peuvent bien être ces deux serveurs.

Dewey m'a jeté un regard assassin.

Ça répond à ma question. Vous me prenez vraiment pour un crétin.

Soudain, on m'a arraché le journal des mains.

– Salut les garçons, a lancé Jinx Olsen, tout sourire. Sacrée soirée hier soir, non ? (Elle s'est tournée vers Dewey et a touché sa joue.) Merci, Dewey. Tu es un amour.

Dewey a pris une nuance assez intéressante de rouge. Jinx est passée devant nous pour entrer dans notre chambre.

Comme je ne savais trop que faire, j'ai refermé notre porte au nez de Dewey.

– Hé là ! a-t-il protesté, mais trop tard.

Jinx s'est avancée dans la suite tout en l'examinant.

– Pas mal, a-t-elle dit. Ce doit être dur de payer la note avec un simple salaire de liftier.

– Oui, mais on est deux, a fait remarquer Spader.

– Ahhh, a répondu Jinx en souriant, *deux* salaires de grooms. Ça fait toute la différence.

Elle se moquait de nous, c'était clair.

– Que puis-je pour vous, mademoiselle Olsen ? ai-je demandé.

– Appelez-moi Jinx. Désolé de faire irruption chez vous comme ça. Je voulais vous dire que vous avez vraiment été formidable hier soir. C'était le clou de la réception.

Je n'ai pas trop su que dire. Devions-nous convenir que c'étaient nous qui avions sauvé Max ? Elle me connaissait et, apparemment, avait tout vu. À quoi bon mentir ?

– Tant que vous n'allez pas le dire à tout le monde, ai-je dit.

– Modestes, en plus ! a-t-elle répondu avec un grand sourire. Vous êtes parfaits, tous les deux ! Vous devriez porter des chapeaux blancs.

– Comment ça ? a demandé Spader.

– Écoutez, a-t-elle dit. Puisque vous refusez de devenir des héros, je veux vous récompenser moi-même.

– Vous n'êtes pas obligée, a dit Spader.

– Je sais, a-t-elle répondu en se dirigeant vers la porte. Je le veux, c'est tout. Habillez-vous. On va faire un tour. Et mettez une petite laine.

Et elle est sortie de l'appartement comme elle y était entrée. Spader et moi nous sommes regardés, stupéfaits.

– Elle veut nous emmener faire un tour, a fini par dire Spader.

– Mais Gunny nous a dit de ne pas sortir tant que les choses ne se sont pas tassées.

– Pendragon, a répondu Spader en enfilant son pantalon, une belle femme nous a demandé de partir à l'aventure avec elle. Tu peux rester si tu veux, mais moi, j'ai hâte de savoir ce qu'elle nous réserve.

J'avais déjà vu Spader dans un tel état. Rien de ce que je pouvais dire ne le dissuaderait. S'il y avait une aventure en vue, il saisirait sa chance, quitte à agir de façon totalement irresponsable. Je pouvais rester là tout seul ou le suivre pour m'assurer qu'il ne s'attirerait pas d'ennuis. Et à vrai dire, j'aimais bien cette Jinx et me demandais ce qu'elle mijotait, moi aussi. J'ai bien mis trois secondes avant de commencer à m'habiller à mon tour.

Quoi qu'elle puisse nous avoir préparé, je n'allais pas rater ça.

## *Journal n° 10*
## *(suite)*

# PREMIÈRE TERRE

Cinq minutes plus tard, nous étions au rez-de-chaussée et grimpions dans un taxi en compagnie de notre pilote d'élite. Nous n'avons pas agi de façon totalement irresponsable : j'ai dit à Gunny que nous partions avec Jinx. Il n'aimait pas trop nous voir quitter l'hôtel, mais, en même temps, il s'est dit que ce n'était pas si mal que nous nous fassions un peu oublier. Depuis nos exploits d'hier soir, le bâtiment grouillait de reporters à l'affût des mystérieux serveurs qui avaient sauvé la vie du célèbre Max Rose. Mieux valait prendre ses distances.

Même dans le taxi, Jinx n'a pas voulu nous dire où nous allions. C'était une surprise, a-t-elle dit, mais une bonne surprise. À vrai dire, l'idée m'a traversé l'esprit qu'elle pouvait être une envoyée de Saint Dane ou, pire encore, Saint Dane en personne. Mais mon sixième sens ne s'est pas manifesté. J'étais positivement sûr qu'elle était qui elle disait être : Jinx Olsen, pilote d'élite des gardes-côtes.

Le taxi nous a emmenés à l'ouest de Manhattan jusqu'à l'Hudson, le fleuve qui traverse New York. Elle ne plaisantait pas en disant qu'elle nous emmenait faire un tour. Car là, au bout de la jetée, il y avait l'avion de Jinx. Ou plutôt un hydravion, vu qu'il oscillait au rythme des vagues.

C'était un engin assez bizarre qui n'avait rien à voir avec les jets effilés de la Seconde Terre. Il avait beau flotter, on voyait bien qu'il avait hâte de s'envoler dans les airs. C'était un biplan, c'est-à-dire qu'il avait deux paires d'ailes, l'une au-dessus de l'autre. Entre les deux, il y avait un moteur – un gros. Mais plutôt que d'avoir une hélice à l'avant, celle-ci était située à l'arrière. Bizarre. Il y avait deux cockpits, l'un derrière l'autre. Et ils n'étaient pas fermés. Quiconque prenait cet avion sentait le vent sur son visage, et sans doute aussi dans son estomac. Juste en dessous du cockpit, un sigle était peint sur le fuselage. Les deux ancres entrecroisées des garde-côtes.

– Voilà mon chéri, a-t-elle dit. Le Schreck/Viking 157. Il ne paie pas de mine, mais une fois en l'air, c'est un véritable oiseau de proie !

Elle a sauté à bord et a commencé ses vérifications. J'en suis resté baba.

Spader m'a pris à l'écart et m'a dit :

– Voilà un drôle de traîneau.

– Ce n'est pas un traîneau, c'est un avion.

– Un quoi ?

– Un avion. Un hydravion, plus précisément. Nous allons décoller de ce plan d'eau pour nous élever dans les airs.

Pour la première fois depuis que je le connaissais, Spader m'a regardé d'un air éberlué. Il a même ouvert la bouche en grand. J'aurais aussi bien pu lui dire que nous allions boire l'eau de l'Hudson. Le concept même de voler lui était étranger.

– Tu veux dire qu'on va... voler ? Là, dans les airs ? Comme des oiseaux ? Avec ce machin ?

– Ouaip, ai-je répondu.

– C'est impossible !

– Pas plus que d'enfiler un globe sur sa tête pour pouvoir respirer sous l'eau, et pourtant, sur Cloral, vous faites ça tous les jours.

– Oui, mais c'est facile. Tandis que là... L'homme n'est pas fait pour voler.

– Tu veux parier ?

Jinx nous a tendu à chacun un sac de toile pourvu de lanières, comme un bon vieux sac à dos. Je savais ce que c'était, mais ça m'embêtait de devoir l'expliquer à Spader.

– Pas question de s'envoler sans parachute, a expliqué Jinx en endossant le sien. Ce n'est qu'une précaution, comme d'avoir un gilet de sauvetage en bateau.

Elle nous a montrés comment l'enfiler. L'oncle Press m'avait déjà emmené sauter en parachute, si bien que je connaissais la procédure. Celui-là était plus antique, mais le principe en était le même. Je l'ai agrafé comme Jinx nous l'a montré. Spader a fait de même. Il n'a pas posé de questions, du moins pas avant que Jinx ne vienne vérifier.

– Ça m'a l'air bien, a-t-elle conclu.

– À quoi ça sert ? a fini par demander Spader.

Je me suis tourné vers Jinx. Je préférais la laisser parler.

– C'est un parachute, bien sûr, a-t-elle répondu comme si elle n'arrivait pas à croire qu'il ignore ce que c'était. Si tu tombes, tu tires sur cet anneau de métal. Mais il vaut mieux essayer de ne pas tomber du tout.

Elle a cligné de l'œil avant de se tourner vers l'avion. Spader m'a regardé. Il avait l'air nauséeux.

– Si je tombe, je tire sur cet anneau ? Et qu'est-ce qui se passe ? Il me pousse des ailes ?

– À peu près, ai-je répondu en riant. Ne t'en fais pas, tu n'en auras pas besoin de toute façon.

Nous sommes montés à bord de l'appareil. Jinx était déjà à la place du pilote dans le premier cockpit. Je me suis mis à l'arrière avec Spader. L'habitacle était bien petit, surtout avec nos gros parachutes, mais je m'en moquais. Jinx nous a donné des espèces de casquettes de cuir et de grosses lunettes. Heureusement qu'elle nous avait dit de nous habiller chaudement. Si on allait voler avec un cockpit ouvert, il n'y aurait rien de trop.

– Attachez vos ceintures ! a commandé Jinx.

Spader et moi avons trouvé des espèces de vieilles lanières de cuir et les avons agrafées. C'était mieux ainsi. Le cockpit était ouvert et il valait mieux ne pas devoir vérifier si nos parachutes fonctionnaient.

– Prêts ? nous a-t-elle crié.

– Hobie-ho, allons-y ! ai-je répondu.

Spader s'est contenté de grogner. Il devait déjà avoir le mal de l'air.

Jinx a démarré le moteur, et l'énorme hélice s'est mise à tourner dans un feulement rauque. Vous parlez d'un vacarme ! De quoi vous secouer les tripes, vous déchausser les dents et vous envoyer le cœur dans les chaussettes. Au moins, les casquettes de cuir atténuaient un brin ce boucan. J'aurais bien voulu avoir mon baladeur CD.

Tout l'avion s'est mis à vibrer sous la puissance du moteur. J'avais souvent pris l'avion – surtout des grands jets. Et l'oncle Press m'avait aussi emmené dans des appareils plus petits. N'oubliez pas qu'il était pilote. Entre ses leçons de pilotage et celles de saut en parachute, j'avais été à bonne école. Mais ce zinc semblait tenir avec des bouts de scotch. On était en 1937, mais pour moi, c'était à peine un peu mieux qu'à l'époque des frères Wright. Pourtant, j'avais confiance en Jinx. C'était la représentante des gardes-côtes, tout de même ! Elle savait ce qu'elle faisait. Enfin, c'est ce que je me suis dit.

Spader, par contre, était mort de frousse. Il n'avait jamais rien connu de tel. Il restait assis à côté de moi, raide comme un passe-lacet. Je pouvais presque sentir les battements de son cœur. Pourtant, croyez-le ou non, je savais qu'il était heureux d'être là. Il avait peur, mais il était toujours paré pour l'aventure.

Je n'avais jamais décollé en hydravion, et, croyez-moi, ça secoue ferme. La surface de l'Hudson était lisse, mais, même par calme plat, il y avait toujours des courants. Lorsque Jinx a mis pleins gaz, nous avons été secoués comme des pruniers le temps que le zinc prenne de la vitesse. Puis, juste quand je croyais que mon cerveau allait exploser, Jinx a tiré sur le manche et nous nous sommes élevés. Soudain, nous glissions dans les airs sans heurts. L'appareil s'est élevé vers le ciel.

Quant à ce qui a suivi, eh bien, je m'en souviendrai toute ma vie.

Une heure durant, Jinx nous a fait faire le tour de New York par la voie des airs. Nous avons remonté l'Hudson jusqu'au pont George-Washington, qui venait d'être construit. Puis nous avons contourné la pointe nord de Manhattan pour voir le Yankee Stadium. Nous avons descendu l'East River et regardé les barges qui quittaient l'océan pour se diriger lentement vers les quais de Long Island. Nous avons survolé le pont de Brooklyn pour arriver au-dessus du port de New York, où nous avons pu admirer de près la statue de la Liberté. Jinx en a fait quatre fois le tour avant de repartir vers Manhattan. Une fois à hauteur de l'Empire State Building, nous en avons aussi fait quatre fois le tour.

Spader a commencé à se détendre quelque part entre le pont de Brooklyn et la statue de la Liberté. Jusque-là, il serrait les rebords du cockpit si fort que j'ai cru qu'il allait tordre le métal. Mais il a fini par se décontracter pour profiter de la balade, tout comme moi.

– Cet avion est sensationnel ! ai-je crié à Jinx.

– N’est-ce pas ? On a survolé tout le pays ensemble !

– Ce n’est pas difficile de trouver assez d’eau pour se poser ?

– Inutile, cet appareil a aussi des roues. Je peux aller là où le vent me mènera. Ou plutôt les gardes-côtes.

Le voyage s’est terminé par un atterrissage impeccable sur l’Hudson, puis Jinx nous a guidés de main de maître vers la jetée. Elle a coupé le moteur, et le silence est retombé. Je crois que je ne l’avais jamais autant apprécié. Une fois l’appareil solidement amarré, nous nous sommes retrouvés sur la jetée.

– Jinx, je ne sais pas quoi dire, juste merci.

– Pareil pour moi, a ajouté Spader. Je n’aurais jamais cru qu’un homme puisse voler.

– Tu veux rire ! s’est exclamé Jinx. D’où tu sors ? D’une caverne ?

– Non. En fait, je passe la majeure partie de mon temps sous l’eau, mais je ne vois pas le rapport.

J’avais tout intérêt à intervenir et à faire dévier la conversation.

– Nous n’oublierons jamais cette balade, Jinx, ai-je dit.

Elle s’est tournée vers son avion. J’ai cru sentir une vague de tristesse monter en elle.

– J’adore voler, a-t-elle dit. J’ai du mal à me dire que ça ne va pas durer.

– Que voulez-vous dire ?

– J’ai reçu la nouvelle ce matin. Après cette tournée, c’est fini. Je suis consignée à terre.

– Quoi ? pourquoi ?

– Apparemment, les grosses légumes ont peur qu’il m’arrive quelque chose, a-t-elle répondu avec une pointe de colère. J’ai accepté de faire cette tournée de représentation pour qu’ils me laissent voler. Mais maintenant que je suis si célèbre, ils pensent que s’il m’arrive quoi que ce soit, ce sera mauvais pour leur image de marque. Et le pire, c’est qu’ils ont sans doute raison. Si je m’écrasais, il faudrait bien trente ans pour qu’ils acceptent à nouveau de confier un avion à une femme. Moi qui croyais ouvrir la voie des airs au sexe féminin, je n’ai réussi qu’à le confiner au plancher des vaches.

Nous ne savions que dire, Spader et moi. Puis Jinx a fait ce grand sourire qui était son image de marque :

– Mais tant qu'ils ne m'arrachent pas de ce cockpit, je compte bien profiter de la moindre occasion de prendre l'air ! C'est moi qui doit vous remercier de m'avoir fourni une occasion de faire un tour.

Nous sommes tous montés dans un taxi pour rentrer à l'hôtel. Jinx était redevenue elle-même et nous a régalés d'anecdotes, comme cette fois où elle a dû atterrir en catastrophe dans un champ du Maine et éviter un troupeau de caribous. Décidément, je l'aimais de plus en plus et regrettais qu'on la prive de sa passion. J'espérais sincèrement qu'elle trouverait un moyen de voler sur son avion.

Une fois de retour au Manhattan Tower Hotel, Spader et moi avons à nouveau remercié Jinx et l'avons laissée sur le trottoir. Nous avons pris une porte de service pour éviter d'éventuels journalistes. Nous avions traversé les cuisines et la salle à manger et allions aborder l'escalier de service pour regagner notre chambre, lorsque quelqu'un nous a saisis tous les deux par le col. C'était un des gardes du corps de Max Rose.

– Je vous ai cherchés partout, a-t-il grogné. M'sieur Rose voudrait vous dire deux mots.

Zut. Était-ce une bonne ou une mauvaise nouvelle ? Aurions-nous une occasion d'en apprendre plus sur les liens entre Rose et les nazis ? Ou m'en voulait-il de ne pas avoir suivi son ordre de tirer sur le gangster et souhaitait-il me punir de ma désobéissance ? À vrai dire, peu importait, car nous n'avions pas le choix. Nous allions revoir Max Rose, que nous le voulions ou pas.

## *Journal n° 10*
## *(suite)*

# PREMIÈRE TERRE

Le garde du corps nous a entraînés vers les ascenseurs sans lâcher nos cols, comme si nous n'étions que deux chatons suspendus par la peau du cou. Je ne peux pas parler pour Spader, mais mes pieds effleuraient à peine le sol. Dewey nous a fait monter au trentième étage sans piper mot. Il ne nous a même pas regardés. Je savais qu'il pensait à la glissade à linge. Nous sommes arrivés au trentième, et l'autre brute nous a portés jusqu'à l'appartement. Finalement, j'en ai eu plus qu'assez et me suis détourné.

– Ça suffit ! ai-je crié. Je ne ferai pas un pas de plus !

Le gros bras m'a fusillé du regard. Il n'aimait pas qu'on le contredise, et surtout un groom. Un instant, j'ai cru qu'il allait m'assommer d'un coup de poing, mais il s'est retenu, sans doute parce que Max Rose lui avait dit de nous ramener en un seul morceau. Peut-être n'avait-il pas l'intention de nous exécuter, tout compte fait. En tout cas, pas aujourd'hui.

Nous avons suivi le garde du corps à l'intérieur de l'appartement pour nous diriger vers le salon où j'avais servi leur déjeuner à M. Rose et Ludwig Zell. Max Rose nous y attendait derrière un bar. Il portait une autre de ses robes de chambre en soie, pourpre cette fois-ci. Le garde du corps s'est posté à côté de la porte et a croisé les bras. Si nous tentions de fuir, il faudrait s'expliquer avec lui. Autant y renoncer tout de suite.

– Ah, te voilà, Buck ! a lancé Rose avec un sourire chaleureux. Et avec ton collègue ! Comment tu t'appelles, Flash Gordon[1] ?

1. Autre héros de bande dessinée de l'époque, créé en 1934 par Alex Raymond *(N.d.T.)*.

– Vo Spader, a-t-il répondu.

– Vo ? a répété Rose. C'est un nom, ça ?

– Et Rose, alors ? a répondu Spader. Ce n'est pas une sorte de fleur ?

J'ai fait la grimace. Je doute que ce soit une bonne idée d'échanger des vannes à deux balles avec un gangster. Max Rose a dévisagé Spader un moment, puis a souri :

– Tu es comme ton pote. Tu as du cran. Ça me plaît bien, Flash.

Spader m'a jeté un regard en coin qui disait : « C'est qui, ce Flash ? », mais je l'ai ignoré.

Rose s'est préparé un verre. Il a versé un liquide ambré, puis une rasade d'eau pétillante qu'il a tirée d'une bouteille bizarre munie d'une détente. J'avais déjà vu un machin comme ça dans des vieux films comiques, mais je ne savais pas qu'on s'en servait autrement que pour s'asperger mutuellement de flotte.

La porte à l'autre bout de la pièce s'est ouverte et Esther Amaden est entrée. Elle semblait glisser plus que marcher. Elle portait une autre longue chemise de nuit avec une robe de chambre d'un violet luisant. Ces gens ne s'habillaient donc jamais ?

– Vous connaissez mon associée, mademoiselle Amaden ?

– Mes amis m'appellent Harlow, a-t-elle corrigé en s'enroulant sur un canapé. Vous avez sauvé la vie de Maxie. Ça fait de vous mes amis.

– C'est pour ça que je voulais vous voir, les gars, a repris Max Rose en engonçant sa grande carcasse dans un fauteuil. Harlow a raison. Je pense que vous avez bien plus d'estomac que la plupart des têtes de pioche que j'ai à mon service.

Il a désigné le gros bras planté près de la porte. Celui-ci a baissé les yeux, gêné.

– Donc, je vous ai fait venir pour vous remercier comme il convient, a continué Rose. Et pour vous récompenser.

De mieux en mieux. Max Rose sentait qu'il avait une dette envers nous. C'était le moment pour nous de la jouer fine.

– C'est inutile, ai-je dit. Nous n'avons fait que notre devoir.

– Voilà qui est parlé comme un bon petit astronaute, mais crois-moi, tu le mérites amplement.

– Ne le décevez pas, a remarqué Harlow. Il est si généreux.

Rose a bu une bonne gorgée de son cocktail, puis :

– Dites-moi ce que vous voulez. Enfin, dans des limites raisonnables. Vous voulez de l'argent ? Vous ne devez pas gagner lourd en bossant pour cet hôtel. Une voiture, peut-être ? Vous choisissez le modèle. Que voulez-vous, mes petits Martiens ?

C'était notre chance. Pas de gagner de l'argent, ou une voiture ou quoi qu'il veuille nous offrir. Max Rose avait une dette envers nous. Si nous voulions en apprendre davantage sur lui et son lien avec les nazis et Saint Dane, c'était l'occasion ou jamais. Je devais trouver quelque chose, et vite.

– Qu'est-ce que tu en dis, Pendragon ? a demandé Spader.

Son expression m'a dit qu'il pensait comme moi. Lui aussi y voyait une occasion en or. Ma bouche s'est mise en action avant que mon cerveau ne puisse suivre :

– Je vais vous dire ce qu'on veut, ai-je dit en faisant tout pour avoir l'air sûr de moi. On veut être dans le coup.

Max Rose en a craché sa gorgée jusqu'à l'autre bout de la pièce. Je vous assure, son cocktail a maculé le tapis.

– Vous voulez *quoi* ?

– Oui, a dit Spader d'un air nerveux. Qu'est-ce qu'on veut exactement ?

Je m'étais fourré dans ce pétrin, il fallait que je sois convaincant si je voulais m'en sortir. Max Rose s'est levé et dirigé vers le bar pour se servir un autre verre.

J'ai essayé de prendre un ton à la fois crâneur et respectueux :

– Vous savez, on a des oreilles. Et quand on travaille dans un hôtel, on entend tout ce qui se dit. C'est inévitable.

– Ah, oui ? a répondu Rose. Et qu'est-ce que vous avez entendu ?

Il n'avait pas l'air content. Il fallait que je rétablisse la situation, d'une façon ou d'une autre. Et vite.

– On a entendu dire que vous prépariez un grand coup dans quarante-huit heures environ.

Max Rose m'a jeté un regard noir. Là, je l'avais carrément mis en rogne. J'y étais peut-être allé un peu fort.

– On ne veut pas notre part du gâteau, non, ai-je affirmé d'un ton rassurant. On n'a rien fait pour le mériter. Tout ce qu'on désire, c'est rejoindre votre organisation. On peut peut-être vous être utiles dans ce que vous préparez.

Max Rose s'est versé de l'alcool et a ajouté de l'eau pétillante. Il était évident qu'il était en train de réfléchir à ma proposition. Oui, mais *qu'en pensait-il* ? Pour Spader et moi, c'était une question de vie ou de mort au sens le plus littéral du terme.

– Qu'avez-vous entendu dire sur ce coup qui se préparerait ? a-t-il demandé.

J'ai haussé les épaules. Je devais continuer à jouer les durs à cuire, où il me boufferait tout cru.

– Pas grand-chose. Juste que vous allez toucher gros en récompense de quelque chose que vous avez fait. Et qu'il y a encore pas mal d'argent à se faire par ce moyen.

Je ne voulais pas qu'il apprenne que nous connaissions Ludwig Zell et son lien avec les nazis. Ça risquait de nous classer dans la catégorie de ceux qui en savent trop. Rose m'a regardé. J'ai eu l'impression qu'il se demandait s'il devait continuer cette conversation ou sortir son revolver et m'abattre comme un chien. Pourvu qu'il se sente d'humeur loquace !

– Vous n'en savez pas plus ? a-t-il demandé.

– C'est tout. Mais vous êtes le type le plus intelligent que j'aie jamais vu, et vous avez un max de relations. Ce serait un honneur de travailler pour vous.

Un peu de lèche ne pouvait pas faire de mal.

– C'est donc ça, a conclu Max Rose. Vous voulez du boulot.

– C'est ça, ai-je répondu d'un ton confiant.

– Pourquoi ferais-je confiance à deux morveux comme vous ?

– Avec tout le respect que je vous dois, a ajouté Spader, ces deux morveux vous ont sauvé la vie.

Max s'est tourné vers Harlow. Celle-ci a levé un sourcil.

– Ils sont plus futés que la plupart des empotés que tu gardes à ton service. Tu devrais au moins leur donner une chance de montrer ce qu'ils savent faire. Un petit boulot pour qu'ils fassent leurs preuves.

Rose a regardé Harlow avec dans l'œil une lueur malicieuse.

– Tu as une idée ?

Harlow s'est levée et s'est glissée jusqu'à nous. Elle a tourné autour de nous comme un chat autour de sa proie. Bien sûr, au stade suivant, le chat tuc sa proic et la dévore.

– Et si tu les envoyais trouver Farrow ? a-t-elle dit d'un air rusé.

– Pour quoi faire ?

– Pour lui envoyer un message. Qu'ils lui disent de laisser tomber. Pas de représailles pour avoir envoyé ses tueurs dans cet hôtel, mais, en échange, il te laisse en paix pendant deux jours. Qu'il soit bien clair que s'il persiste, il va le payer cher. S'il veut bien t'écouter, il n'aura pas de souci à se faire jusqu'à ce que ton gros coup arrive.

– Et s'il refuse d'être raisonnable ?

– En ce cas, tu seras bien obligé de t'occuper de son cas. *Définitivement.*

Eh bien ! Harlow était belle et talentueuse, mais le sang qui coulait dans ses veines était de glace. Elle aimait les jeux dangereux. Mais pas moi. Pas question d'aller trouver ce Winn Farrow. D'après ce qui se disait, c'était un psychopathe encore plus dangereux que Max Rose.

– Je ne comprends pas, ai-je dit en tentant de ne pas donner l'impression de me dégonfler. Je croyais que nous avions fait nos preuves hier soir.

– Ouais, a répondu Rose, mais tu n'as pas abattu ce type comme je te le demandais. Tu m'as déçu, fiston. Si quelqu'un bosse pour moi, je dois être sûr qu'il a assez de tripes pour faire ce que je lui dis, quand je lui dis, même si ce n'est pas joli-joli.

Pendant que Rose parlait, Harlow était passée derrière lui et jouait avec ses cheveux.

– J'ai des ennemis, a-t-il commencé. Je sais, c'est dur à croire pour un bon zigue comme moi, mais c'est comme ça. Je connais le type qui a essayé de me tuer. Il travaille pour un de mes concurrents.

– Oui, on le sait, ai-je répondu. Winn Farrow. Votre ancien associé.

Rose s'est tourné vers Harlow.

– Je t'avais dit qu'ils étaient futés, a-t-elle dit.

– Oui, a repris Rose, Winn Farrow. Pour ma part, je n'ai rien contre lui. Il fait ses affaires, moi les miennes. Mais ces derniers temps, il s'est montré un peu, hem... jaloux. Vous avez raison : je dois toucher gros et je ne veux pas que Farrow vienne saboter mon affaire. Voilà ce que je veux que vous fassiez. Vous allez trouver mon vieil ami pour lui dire de me fiche la paix. C'est tout. Qu'il ne vienne pas me souffler dans les bronches. Dites-lui que je suis en rogne et que j'ai toutes les raisons de l'être. Après ce qu'il a fait, je devrais contre-attaquer, et sans faire dans la dentelle. Mais au nom du bon vieux temps, je m'en abstiendrai. Par contre, s'il se mêle de mes oignons, j'irai le trouver là où il se terre et lui ferai un rififi comme il n'en a jamais vu.

– C'est tout ? a demandé Spader. Vous voulez qu'on passe le mot et rien de plus ?

– C'est tout. Vous faites ça pour moi et vous êtes dans le coup.

– Il va nous tuer.

C'est tout ce que j'ai trouvé à dire.

Rose a éclaté de rire.

– De la façon dont je vois les choses, il y a deux possibilités. Soit vous deux me revenez en un seul morceau et je saurai que je n'ai rien à craindre de Farrow, soit vous revenez en petits morceaux et c'est la guerre.

C'est alors qu'il a eu un sourire qui ne peut se décrire que par un mot : diabolique.

– Alors, les enfants, vous voulez toujours être au parfum ?

Zut. Je connaissais la réponse. Nous étions bien obligés d'accepter l'offre de Rose. Ce qui voulait dire que nous allions devoir trouver Winn Farrow et sa bande de charcutiers. Ceux-là même qui avaient tenté de tuer Max Rose. Et qui avaient tenté de *nous* tuer. Ceux que Saint Dane avait emmenés au flume pour qu'ils abattent l'oncle Press. C'était une véritable mission suicide, et pourtant, on ne pouvait plus se dérober.

Au moins, on se rapprochait de la vérité. J'étais sûr que lorsque nous nous retrouverions face à Winn Farrow et son gang, nous tomberions sur Saint Dane. J'espérais juste que nous survivrions assez longtemps pour que ça serve à quelque chose.

## *Journal n° 10*
## *(suite)*

# PREMIÈRE TERRE

– Vous allez faire quoi ? a crié Gunny, horrifié.

– On va trouver Winn Farrow pour lui transmettre un message de Max Rose.

– Ce qui va nous mettre dans les petits papiers de Rose, a ajouté Spader. Comme ça, on pourra découvrir quel genre de tourne-boule il prépare avec ces vilains nazis. C'est parfait.

Gunny s'est mis à faire les cent pas dans notre chambre.

– C'est tout sauf parfait ! D'abord, ce n'est pas un message que vous transmettez, mais un avertissement. Et Winn Farrow n'aime pas qu'on le menace.

– Mais nous ne sommes que les messagers, ai-je remarqué.

– C'est encore pire, fiston, a-t-il rétorqué. Il a tenté de tuer Max Rose. Tu crois vraiment qu'il hésitera à descendre deux demi-portions comme vous ? Oh, que non. Vous ne pouvez pas faire ça.

– Je vous comprends, Gunny, ai-je dit. Mais c'est demain le 6 mai ! On n'a plus une seconde à perdre !

– Nous sommes des Voyageurs, a ajouté Spader. C'est notre travail. Il n'y a pas à discuter.

Gunny a cessé de tourner comme un lion en cage pour nous regarder. Que ça nous plaise ou pas, Spader avait raison. Nous étions là pour ça. Il était hors de question de se dégonfler ou de reculer. J'aurais aimé garder cette possibilité, mais ce n'était pas le cas.

– Alors je viens avec vous, a décrété Gunny.

– Impossible, ai-je répondu. S'il nous arrive quelque chose, vous êtes le seul qui sache ce qui se passe.

– Il a raison, a renchéri Spader. Il vous faudra continuer sans nous.

C'était précisément ce que Gunny ne voulait pas entendre.

– Merci, ça me remonte le moral, a-t-il dit d'une voix douce.

Dans mon cas précis, ce n'était pas vraiment ça non plus, mais c'était la vérité.

– Inutile d'en venir à de telles extrémités, ai-je dit avec plus de confiance que je n'en ressentais. Nous allons descendre là en bas, passer le message et repartir.

– Et qu'est-ce qui va arriver si vous tombez sur Saint Dane ? a demandé Gunny.

– J'y compte bien, a répondu Spader avec conviction.

Je n'ai pas apprécié la façon dont il a dit ça. En général, la simple mention du nom de Saint Dane suffisait pour jeter une ombre sur sa personnalité habituellement rayonnante. Notre meilleure chance de nous en sortir était encore de garder la tête froide. Si Spader pétait un plomb pour se lancer à la recherche de Saint Dane, eh bien, Gunny finirait probablement par se retrouver tout seul. Et ce n'était pas acceptable, ne serait-ce que parce que je ne voulais pas finir en première page des journaux sous la une : « DEUX GROOMS MASSACRÉS PAR LA MAFIA – tous les détails en page 2. »

– Bon, je ne vais pas m'user la santé à en discuter avec vous, a-t-il conclu d'un air las. En tant que Voyageurs, vous avez plus d'expérience que moi. Mais je connais ce Winn Farrow et je sais comment il réagit. Je vous assure que ce type est un taré de première.

– On est au courant, ai-je répondu. On fera attention.

J'espérais vraiment, sincèrement qu'il nous suffirait de « faire attention ».

Vingt minutes plus tard, nous nous sommes retrouvés dans un taxi roulant vers le centre-ville, en route pour rencontrer le fameux Winn Farrow.

À vrai dire, je commençais à me demander si c'était vraiment une si bonne idée. Et si ce Winn Farrow était complètement cintré comme tout le monde le disait ? En ce cas, il pouvait nous tirer à vue sans même réfléchir. Plus j'y réfléchissais, plus je me disais que j'y étais allé un peu fort dans le genre bravache.

Spader a dû sentir ma tension, car il m'a donné un coup de coude amical.

– Tout ira bien, vieux frère, a-t-il dit avec une bonne humeur surprenante. On est du bon côté. On ne peut pas perdre.

J'aurais bien aimé le croire.

– Et puis, a-t-il ajouté, tant que je suis à côté de toi, il ne peut rien t'arriver.

– Qu'est-ce qui te fait dire ça ?

Spader n'a pas répondu sur-le-champ. Il devait chercher les bons termes. Lorsqu'il a repris la parole, c'était avec un sérieux que je ne lui connaissais pas. Je l'avais déjà vu fou de rage contre Saint Dane et marqué par la mort de son père et la disparition de sa mère. Mais là, c'était autre chose. Spader montrait son côté sensible et sincère. Je n'aurais jamais cru qu'il ait ça en lui.

– Je ne sais pas trop ce que ça signifie d'être un Voyageur, a-t-il déclaré, mais pour ce que j'ai pu en voir, c'est toi, Pendragon, qui est la clé de toute cette histoire.

Voilà qui m'a pris de court.

– On est tous dans le même bain, me suis-je empressé de dire.

– C'est vrai, mais c'est toi qui assure la cohésion. Chacun d'entre nous à son rôle à jouer, je n'en doute pas. Mais dans cette espèce de puzzle, je suis sûr que la pièce la plus importante, c'est toi, vieux frère. S'il t'arrivait quelque chose, je crains que le spectacle ne soit terminé. Et je ferai tout pour éviter ça.

Je n'ai pas su comment réagir. Bien que je commence peu à peu à accepter d'être un Voyageur, je n'étais pas prêt à devenir une sorte de chef de bande. C'était déjà bien assez dur de comprendre pourquoi on m'avait choisi. Je ne voulais certainement pas être aux commandes. Cette idée m'a mis mal à l'aise.

– Je te remercie, Spader. Et moi aussi, je serai là pour toi.

– Je sais, vieux frère.

Je voulais changer de sujet. Cette conversation m'angoissait plus que je ne l'étais déjà. Et de toute façon, ce n'était plus le moment d'ergoter, parce que le taxi venait de s'arrêter dans un crissement de pneus. En regardant par la portière, j'ai vu que nous étions à une centaine de mètres de l'adresse que j'avais donné au taxi.

– On n'y est pas encore, ai-je dit au chauffeur.

Celui-ci s'est retourné.

– Ouais, sauf que *moi*, je ne vais pas plus loin. Le coin n'est pas sûr ; quand ils voient passer un taxi, ces types crient : « Jackpot ! » Je m'suis fait braquer tant de fois que j'ai juré de plus y remettre les pieds. Donc, j'irai pas plus loin, que ça vous plaise ou non.

Il ne plaisantait pas. Je n'ai même pas cherché à discuter. Nous sommes descendus de voiture et je l'ai payé. Il a viré sur les chapeaux de roues pour repartir en trombe. Il n'aimait pas se tenir si près du territoire de Winn Farrow. Il était si pressé qu'il a grillé un feu rouge.

Ce qui n'a rien fait pour nous rassurer.

– On devrait peut-être y réfléchir un instant, a dit Spader.

– J'en ai marre de réfléchir. Allons-y.

Nous nous sommes mis en marche. Comme vous avez dû le comprendre, ce quartier n'était pas très reluisant. Gunny nous avait dit qu'on s'y occupait de viande de boucherie. Historiquement, c'était dans ce district de Manhattan qu'on trouvait tous les abattoirs. C'est-à-dire de grands bâtiments de brique où le bétail était tué, nettoyé, empaqueté et envoyé un peu partout. Plutôt sinistre. Heureusement pour nous, les abattoirs étaient fermés depuis un bail : on se chargeait surtout du traitement et de l'envoi de la viande. C'était un endroit que les New-Yorkais en général évitaient comme la peste. Ce qui se comprenait aisément : ce n'était pas le genre de quartier où l'on voulait passer son week-end. C'était sans doute pour ça que c'était devenu un nid à criminels de tout poil. Même les policiers évitaient le coin.

Et pourtant, nous y étions, Spader et moi, en train d'arpenter la rue comme si nous rentrions chez nous. Ce qui était loin d'être le cas. Plus nous nous enfoncions dans ce quartier, plus je sentais des regards brûlants posés sur nous. Là, tout le monde se connaissait. Les étrangers étaient repérés tout de suite. On nous surveillait depuis chaque porte cochère, chaque fenêtre, chaque voiture passant dans la rue. Nous avons même entendu quelques sifflements. C'était leur manière de se moquer de nous, de signifier que nous allions au-devant de gros ennuis.

– J'ai l'impression d'arriver dans une fête où je ne suis pas invité, a dit Spader.

– Ou comme si c'était l'heure du repas au zoo... et qu'il y a du Voyageur au menu, ai-je répondu.

Notre destination était un vieil entrepôt bâti sur une jetée surplombant le fleuve Hudson. Max Rose nous en avait donné l'emplacement précis. C'est là que résidaient Winn Farrow et son gang. Du moins lorsqu'ils n'allaient pas dépiauter de pauvres bougres, bien sûr.

Au bout de cinq minutes assez crispantes, nous nous sommes retrouvés devant un grand immeuble de brique avec les mots VIANDE DE SANGLIER peints en grandes lettres blanches au-dessus d'une immense porte de garage verte.

– Nous y voilà, a dit Spader. Qu'est-ce qu'on fait ? On frappe ?

Notre dilemme fut vite résolu. Nous avons entendu des pas derrière nous. Je me suis retourné pour voir qu'ils étaient cinq, vêtus d'habits graisseux et de casquettes usées. Leurs manches de chemise relevées dévoilaient des bras gros comme des jambons. Leurs mains étaient souillées de taches sombres. J'imagine qu'ils devaient travailler dans les boucheries, ce qui voulait dire qu'il s'agissait de sang séché. Beurk !

Ils n'avaient pas l'air très content de nous voir là. Leur mine menaçante disait clairement qu'ils n'aimaient pas les étrangers et nous feraient payer cher notre intrusion. J'ai à nouveau regardé leurs mains. Pourvu que ce sang vienne bien de quartiers de viande, et pas de comiques troupiers dans notre genre qui se seraient aventurés sur leur territoire...

– Vous travaillez ici, vous autres ? ai-je demandé en faisant comme si je n'étais pas sur le point de faire dans mon pantalon.

Ils n'ont pas répondu. Leurs mines se sont renfrognées.

– On cherche Winn Farrow, a ajouté Spader.

Les brutes se sont rassemblées en un cercle. Spader et moi nous sommes retrouvés dos à dos. Si nous devions les affronter, nous n'aurions pas l'ombre d'une chance. Je les ai vus serrer les poings et faire jouer les muscles noueux de leurs avant-bras. Et maintenant qu'ils s'étaient rapprochés, je sentais leur odeur aigre. Ces types ne savaient donc pas ce que c'était qu'un déodorant ? La situation dégénérait salement.

– On a un message pour lui, de la part de Max Rose, ai-je dit avec l'énergie du désespoir.

Ils se sont immobilisés. J'ai même lu une certaine hésitation dans leurs yeux de tueurs. Nous étions à deux doigts d'ajouter de nouvelles taches sur leurs mains, mais en entendant le nom de Max Rose, ils s'étaient figés. Mieux encore, on aurait dit qu'ils avaient peur. Jusque-là, on n'avait pas arrêté de nous dire que Rose était un dur de dur que tout le monde craignait. L'attitude de ces hommes nous le confirmait. Nul ne voulait s'attirer la colère de Max Rose.

Soudain, les portes du bâtiment se sont ouvertes et quatre autres types en sont sortis. Ils avaient l'air tout aussi féroce que les bouchers, sauf qu'ils portaient des costards de gangsters. Et des fusils. Tout d'un coup, je préférais encore ceux qui se contentaient de leurs poings. L'un des nouveaux venus – que j'appellerai Fusil – nous a fait signe. Aussitôt, les bouchers sont venus nous fouiller pour voir si nous étions armés – et n'ont rien trouvé, bien sûr.

– On a un message à transmettre à Winn Farrow de la part de Max Rose, ai-je dit. On ne veut pas d'ennuis.

Fusil a regardé les autres et éclaté de rire. Les bouchers ont fait de même.

– Vous ne voulez pas d'ennuis ? a-t-il répété. Eh bien, crénom, vous n'avez rien à craindre de nous !

Les autres ont ri encore plus fort. Super. Non seulement on risquait notre peau, mais, en plus, on se faisait insulter.

Puis Fusil a aboyé :

– Rentrez là-dedans !

Du canon de son arme, il nous a montré la porte. Spader et moi sommes rentrés. Les porteurs de fusils nous ont suivis de près, mais les bouchers sont restés dehors. Je n'allais pas les regretter.

Nous sommes donc entrés dans ce qui avait jadis été un abattoir. Heureusement pour nous, il était désaffecté. Ce n'était plus qu'un vaste entrepôt qui s'étendait sur trois ou quatre étages. Il y avait des glissières de chaque côté du plafond, chacune pourvue de crochets de métal peu engageants. J'imagine que c'est là qu'on accrochait les pièces de bœuf avant d'entreprendre le dépeçage. Des rigoles creusées dans le ciment devaient permettre d'évacuer le sang et d'autres trucs auxquels je préfère ne pas penser. Tout au bout, il y avait de grandes tables en bois pour découper les pièces de viande. Beurk. Et encore, le mot est faible. J'aime bien les hamburgers, comme tout le monde, mais je préfère ne pas savoir d'où ils viennent.

– C'est quoi, cet endroit ? a demandé Spader.

– Mieux vaut ne pas le savoir, ai-je répondu.

– La ferme ! a bramé Fusil.

Ils nous ont escortés jusqu'à l'arrière de l'immense salle, où nous nous sommes retrouvés face à une grande porte de métal béante.

– Entrez là-dedans, a ordonné Fusil.

Je n'en menais pas large. Bon, je n'étais déjà pas particulièrement faraud, mais là, j'étais au bord de la panique. Et si ces types nous emmenaient dans une petite pièce insonorisée pour pouvoir nous tirer comme des lapins sans se soucier du bruit ?

– C'est Max Rose qui nous envoie, ai-je dit. On vient voir Winn Farrow.

Fusil m'a coupé la chique en me donnant un coup de crosse dans l'estomac, tout en me poussant vers l'autre salle. Spader a bondi pour s'emparer du flingue, mais les brutes l'ont intercepté au passage et balancé à son tour dans l'autre pièce.

Celle-ci était presque aussi vaste que la première. J'y ai vu un amas de caisses en bois contenant Dieu sait quoi. Ainsi que des centaines de crocs de métal disposés à espace régulier sur les murs et le plafond. Un escalier métallique permettait d'accéder à une passerelle faisant tout le tour de la salle. Ce devait être là qu'on accrochait les pièces de bœuf. Il n'y avait que deux portes – celle que nous venions de passer et une autre débouchant sur la passerelle. Et pas de fenêtres.

– Ligotez-les, a ordonné Fusil.

L'une des brutes a tiré une cordelette et entrepris de nous lier les poignets derrière le dos.

– Si Max Rose apprend que vous avez refusé de nous laisser voir Winn Farrow, vous allez avoir de gros pépins, ai-je dit en tentant de ne pas avoir l'air pathétique.

– Ah ouais ? a rétorqué Fusil sans la moindre trace d'inquiétude. Et comment qu'il le saura ?

– Oh, il finira bien par l'apprendre.

Bravo. Belle réplique. Je ne suis pas doué pour le bluff. La brute a fini de nous entraver les mains tout en joignant nos poignets, à Spader et à moi.

– Pour la dernière fois, je vous répète..., ai-je commencé.

– C'est bien le mot, a lancé une voix en provenance de la porte que nous avions passée. C'est la dernière fois que vous vous répétez.

Spader et moi avons regardé dans cette direction. Un homme se tenait dans l'embrasure de la porte. J'ai tout de suite su qu'il s'agissait de Winn Farrow en personne.

Oh, ce n'était pas qu'il ressemblait à l'idée qu'on se fait d'un chef de gang. C'était plutôt la façon dont les autres ont réagi à sa présence. Ils se sont tous reculés comme s'ils avaient peur de se trouver sur son chemin.

À vrai dire, Farrow n'avait rien de bien inquiétant. D'abord, il était petit. Guère plus d'un mètre soixante. Sérieux. Il ressemblait à un gangster en miniature. Bien sûr, je n'allais pas lui faire la remarque. Il portait un costard qui avait dû être luxueux, mais était bien défraîchi. Les couleurs étaient passées et les coudes élimés.

Ce qui, d'ailleurs, décrivait aussi son gang. Ils étaient en costards, mais ceux-ci étaient vieux et abîmés, comme s'ils les portaient depuis un bon bout de temps. Ce qui contrastait avec les hommes de Rose, tous vêtus d'habits élégants faits sur mesure. Ce devait être la différence entre un gangster à succès des beaux quartiers et un escroc à deux balles. Ces gangsters-là jouaient en deuxième division.

Farrow est entré, suivi par deux autres de ses hommes. Il marchait à petites enjambées rapides. Normal : ses jambes étaient si courtes qu'il devait les activer pour ne pas traîner. On aurait dit un personnage de dessin animé. C'était assez comique, mais croyez-moi, je n'avais aucune envie de rire. Ç'aurait été du suicide.

Les truands se sont écartés pour le laisser passer. Farrow s'est arrêté devant nous, bien campé sur ses jambes écartées. Un instant, j'ai cru qu'il allait poser ses poings sur ses hanches et crier : « Hi-yo, je suis Peter Pan ! » Il ressemblait à un elfe, mais ses yeux brillaient d'une lueur de folie meurtrière. Oh, il était bien plus dangereux qu'il en avait l'air, je n'en doutais pas un seul instant. Il nous a toisés un moment, puis a craché par terre en ratant de peu mon pied.

– Alors, c'est vous les marmots qui me cassent les pieds ? a-t-il feulé. Je devrais vous régler votre compte sur-le-champ.

– Max Rose ne serait pas content, ai-je rétorqué, tentant une fois de plus le bluff.

Mauvaise pioche. Prononcer le nom de Max Rose devant ce type équivalait à agiter une cape rouge devant un taureau. Et son gang n'a pas semblé trop apprécier sa réaction, parce qu'ils ont tous fait un pas en arrière comme s'ils s'attendaient à ce qu'il explose.

Un peu plus tard, il est revenu parmi nous. Mais à mon avis, il avait pété un plomb de plus. Impossible de dire combien il lui en restait avant qu'il ne plonge dans la folie furieuse.

– Parce que vous croyez que j'ai quelque chose à foutre de son opinion ? a-t-il craché. Max Rose est un rat, une ordure !

Il s'est tourné vers ses hommes. Aussitôt, tous se sont mis à brailler : « Ouais ! Un rat ! Une ordure ! Ouais ! », jusqu'à ce que Farrow lève la main pour les faire taire. Je me suis dit que ce n'était sans doute pas la première fois qu'ils faisaient ce numéro. Farrow s'est tourné vers nous :

– Vous dites qu'il a un message pour moi ?

J'ai jeté un coup d'œil à Spader, ce qui n'était pas si difficile, vu que nous n'étions qu'à quelques mètres l'un de l'autre. Il a opiné pour m'encourager. Je devais faire très attention à ce que j'allais dire. Un mot de trop pouvait faire exploser ce gnome. Mais comment pouvais-je lui donner le message de Rose sans qu'il ne pète un fusible ?

C'était désormais officiel : ce plan était débile. Mais il était trop tard pour revenir en arrière.

– Ouais, ai-je dit calmement. Il n'est pas en colère contre vous, même si vous avez tenté de le faire descendre. Il est disposé à oublier cette histoire.

– Ah oui ? a répondu Farrow en souriant. C'est bien urbain de sa part.

Jusque-là, ça allait.

– Mais... Il y a un *mais*, ai-je ajouté.

– Oui ? a demandé Farrow.

– Il veut que vous en restiez là. C'est tout. Il vous demande, fort poliment, je dois ajouter, de ne plus vous mêler de ses affaires.

J'espérais ne pas avoir trop diminué l'importance du message au point de passer pour un crétin.

– Oh, c'est tout ? a répondu Farrow. Et je me permets de poser la question : que se passera-t-il si je refuse ?

Là, c'était déjà plus dur. Je me suis raclé la gorge avant de reprendre :

– Eh bien, selon ses propres termes, il viendra vous dénicher là où vous vous terrez et fera un rififi comme vous n'en avez jamais vu.

J'ai fait la grimace. Voilà, c'était dit. La menace de Max Rose. Maintenant, je n'avais plus qu'à attendre pour voir comment il le prenait.

Tout d'abord, il n'a pas réagi. Il s'est contenté de me regarder comme s'il se demandait ce que je racontais. Puis Winn Farrow s'est mis à rire. C'est dingue, mais tous ses hommes ont fait de même. Quoique, ça ne voulait rien dire, puisqu'ils imitaient le moindre geste de Farrow.

– Il va descendre jusqu'ici pour me régler son compte ? (Il a éclaté de rire.) Il se paie ma fiole ou quoi ? Ce traître m'a déjà fait bien plus de mal que s'il m'avait collé une balle dans la tête !

Son rire diminua peu à peu alors que la colère bouillonnait en lui.

– Si je me retrouve dans ce trou, c'est bien à cause de lui ! On était associés, lui et moi. On était les rois de la ville. Mais il s'est cru plus malin que tout le monde et s'est retourné contre moi. Et maintenant, il fait le fier dans son château, à boire du champagne pendant que je suis là, à ramasser les miettes. Il veut me régler mon compte ? Il ne peut me faire plus de mal qu'il n'en a déjà fait.

Puis d'un coup, il s'est avancé vers nous et s'est planté devant moi, nez à nez. J'ai senti son haleine fétide. Ce type avait bu. Et pas du whisky haut de gamme avec un coup d'eau de Seltz.

– Mais j'vais vous confier un secret, a-t-il ragé. C'est moi qui vais le frapper là où ça lui fera le plus mal.

Il s'est détourné et a fait signe à un de ses hommes qui se tenait près de la porte.

Spader et moi nous sommes regardés. Qu'est-ce qu'il entendait par là ?

Le demi-sel s'est dirigé vers Farrow pour lui tendre quelque chose. Farrow s'est retourné, tout sourire. Ce qu'il tenait ressemblait à une fusée au bout d'un bâton. Si, je vous assure. Une fusée rouge d'une trentaine de centimètres, avec un nez pointu et des ailerons. Plus un fil qui devait être la mèche.

Farrow l'a agité sous nos nez.

– Je ne vais pas m'en prendre à lui, a-t-il fait, ni aux gorilles qui bossent pour lui. Vous savez ce que je vais faire ? Je vais détrôner l'indéboulonnable Max Rose, grâce à cette petite merveille !

– Qu'est-ce que c'est ? a demandé Spader.

Farrow a fait semblant de jouer avec la fusée comme avec un avion miniature.

– Oh, juste un petit joujou que j'ai récupéré chez des amis de Chinatown. Je pense qu'il suffira, mais je n'en suis pas sûr. Vous deux allez m'aider à me décider.

– Décider quoi ? ai-je demandé. Qu'est-ce que vous voulez en faire ?

– C'est très simple, a-t-il répondu comme s'il s'adressait à un enfant. On va jouer à un petit jeu, tous ensemble. Il s'appelle : combien de feux faut-il pour allumer ce vieux Maxie Rose ? Un ? Deux ? Trois, peut-être ? C'est ce qu'on va voir.

Je commençais à croire que Winn Farrow avait vraiment une araignée au plafond.

Il s'est tourné vers ses gros bras et a fait un geste. Le type qui nous avait déjà entravés a couru vers nous, une autre corde entre les mains. Il a noué une extrémité autour de nos poignets et a passé l'autre autour d'un des crochets. Ho ho. Ils allaient nous suspendre comme des quartiers de viande. C'était le moment de réfléchir, et vite.

– J'ai une meilleure idée. Et si on allait trouver Max pour lui dire de se retirer du jeu, *lui* ? Oui, c'est ça ! Je lui dirai que vous lui mijotez un sale coup et qu'il a tout intérêt à vous faire réintégrer son gang, ou alors il le regrettera !

– Oui, a ajouté Spader. Vous pourriez avoir votre propre étage !

Farrow nous a jeté un regard de glace. Fini de jouer.

– Tout ce que je veux, c'est que cet enfoiré souffre comme j'ai souffert ! Je veux le voir ramper à mes pieds et me supplier de le reprendre *lui* ! C'est mon désir le plus cher, et c'est ce qui va arriver !

Sur ce, la brute a tiré sur la corde. En un rien de temps, nous nous sommes retrouvés suspendus entre ciel et terre. Farrow nous a agité sa fusée sous le nez :

– Maintenant, voyons combien de ces engins il me faut, d'accord ?

Il s'est alors retourné pour repartir sur ses courtes pattes. Il n'avait plus rien de comique.

– Qu'est-ce que vous allez faire ? ai-je crié d'une voix tremblante.

– Si je te le disais, a-t-il répondu par-dessus son épaule, ça ne serait plus une surprise.

Ben voyons. Il est sorti de là, suivi par les deux gardes et les brutes aux fusils. Ils nous ont laissés suspendus là, Spader et moi, comme des saucissons mis à sécher.

– Et maintenant, qu'est-ce qu'on fait ? a demandé Spader.

– On se libère, ai-je répondu en luttant pour dégager mes doigts.

Nous nous sommes attaqués aux cordes, mais elles nous sciaient les mains, et, croyez-moi, ça faisait un mal de chien.

Spader a jeté un coup d'œil vers la porte :

– Hé, qu'est-ce qu'ils peuvent bien faire là-dedans ?

J'ai jeté un coup d'œil, et mon cœur a loupé un battement. Maintenant, je comprenais le plan de Farrow. Les gangsters étaient rassemblés à mi-chemin dans la grande salle par où nous étions entrés. Le bâton noir était accroché à la fusée de Farrow, elle-même plantée dans la caisse de bois. Et la fusée visait la porte...

Et nous.

– Qu'est-ce que c'est ? a demandé Spader.

Je n'ai pas répondu. Il ne tarderait pas à le savoir.

– Dépêche-toi ! ai-je couiné. Il faut qu'on sorte de là !

Je me suis attelé aux cordes, mais n'ai pu m'empêcher de jeter un coup d'œil vers l'autre pièce. Farrow a tiré un cigare de sa poche et l'a fourré dans sa bouche. Il a tiré une allumette et l'a enflammée contre la caisse. Puis il a pris tout son temps pour allumer son cigare.

C'était une vraie torture. J'ai regardé les cordes pour voir si elles se desserraient, mais, de toute façon, ce serait trop tard.

Farrow a fini d'allumer son cigare, puis a porté l'allumette incandescente à la mèche. Celle-ci s'est aussitôt allumée dans une gerbe d'étincelles. Dans quelques secondes, la flamme atteindrait la fusée.

– Pendragon ? a demandé Spader, de plus en plus angoissé. Qu'est-ce que c'est ? Qu'est-ce qui va se passer ?

– Continue de bosser sur les cordes.

Quelques secondes plus tard...

*Feu !*

– Protège tes yeux ! ai-je crié.

Spader a tourné la tête vers le mur, mais il fallait que je voie la suite. La fusée a jailli de sa rampe de lancement improvisée, a traversé l'abattoir et a foncé avec précision vers la porte de la salle où nous nous trouvions. Droit dans le mille. Au dernier instant, j'ai détourné mon regard.

Mais la fusée nous a ratés. Elle est allée s'écraser dans la pile de caisses. Il s'en est fallu de quelques dizaines de centimètres. Nous étions sauvés, mais pas pour longtemps. Ce n'était pas un pétard du 14 Juillet. Celui-là était conçu pour faire un maximum de dégâts. Il devait être chargé de produits inflammables, parce que les caisses ont aussitôt pris feu. Les flammes se sont propagées à toute allure pour embraser le tout.

Spader et moi avons regardé le brasier avec une angoisse croissante. Les flammes étaient si rapides ! Je sentais déjà leur chaleur sur ma peau.

– Voilà ma réponse ! a crié Farrow par-dessus le rugissement des flammes.

Spader et moi nous sommes retournés. Il se tenait là, dans l'entrée, à tirer sur son cigare comme un père fier de son fiston.

– Une de ces merveilles suffira amplement ! Bon, les gars, on va voir combien de temps met cette baraque pour cramer de fond en comble ! Merci de votre participation !

Il a éclaté de rire, puis a tourné les talons pour sortir d'un air dégagé. Il a refermé la porte derrière lui, et j'ai entendu le cliquetis d'un lourd verrou. Un coup d'œil au brasier m'a confirmé que cette salle serait bientôt un véritable enfer. Et nous étions suspendus là comme des ballots. Winn Farrow était bien aussi fou et dangereux qu'on nous l'avait dit. Max Rose aurait sa réponse. Farrow ne reculerait pas. Nos cadavres en seraient la preuve.

C'est alors que j'ai entendu une voix.

Vu la chaleur dégagée par le brasier, ça semblait impossible, mais elle m'a donné le frisson.

– Salut, Pendragon, a-t-elle dit très calmement. Tu profites bien de ton séjour sur la Première Terre ?

Spader et moi avons regardé dans la direction d'où provenait cette voix : un homme était là, au-dessus de nous, sur la passerelle. C'était l'un des gangsters qui accompagnaient Winn Farrow. Du moins, il avait l'air d'un gangster. Mais sa voix était tout autre. C'était quelqu'un venu d'un autre endroit, d'un autre temps, et qui avait enfin décidé de montrer son vrai visage.

– Tu as mis bien longtemps à me retrouver, a-t-il dit avec un sourire moqueur. Je commençais à croire que tu avais abandonné la partie.

Saint Dane était venu nous regarder griller.

## *Journal n° 10*
## *(suite)*

# PREMIÈRE TERRE

Le feu s'est étendu rapidement. Il avait déjà dévoré les caisses de bois et rampait sur le sol, laissant derrière lui du bois noirci et brûlé.

Il se dirigeait droit sur nous.

– Oh, et bonjour à toi aussi, Spader, a lancé Saint Dane. Alors, tu es content de faire équipe avec notre ami Pendragon ? Ou aurais-tu des doutes ?

J'ai regardé Spader, et vu ses yeux brûlants de haine.

– Ne fais pas attention à lui, ai-je dit doucement. Il faut qu'on se libère.

Spader a acquiescé et continué de tirer sur les cordes. Mais Saint Dane n'en avait pas terminé :

– Ton territoire est si simple, Pendragon, a-t-il continué. Les gens y sont si facilement influençables. C'est vraiment pitoyable. Ici, seul l'argent compte. Il faut l'amasser, le garder, s'en servir pour gagner du pouvoir. Leur avidité même provoquera leur chute.

Le feu avait atteint le mur et commençait à l'escalader.

– Winn Farrow et sa bande de truands minables ont concocté un plan assez spectaculaire pour se débarrasser de Max Rose, continua Saint Dane. Farrow est une larve caractérielle, mais je l'admire. Même moi, je n'aurais pas pu imaginer un scénario plus intéressant.

J'en avais plus qu'assez.

– Quoi ? ai-je hurlé. Qu'est-ce qu'ils mijotent ?

Saint Dane a éclaté de rire.

– Tu aurais dû être plus attentif pendant tes cours d'histoire, Pendragon. Tu as tous les éléments en main. Tu auras peut-être plus de mal à les déchiffrer sans l'aide de feu ton oncle.

Je n'ai pas mordu à l'hameçon. Saint Dane cherchait à nous faire perdre les pédales, mais je ne me laisserais pas faire. À présent, les flammes grimpaient le mur près de nous. Ai-je besoin de préciser que j'avais la trouille ?

– Je vais vous laisser tranquilles, les gars, a dit Saint Dane. Je dois me préparer. Demain sera un grand jour. Dommage que vous ratiez ça. Ce sera vraiment chaud.

Saint Dane est parti vers la porte, puis s'est arrêté et nous a jeté un dernier regard.

– Oh, encore un détail. Comme vous l'avez probablement deviné, c'est moi qui ai fait venir ces deux tueurs devant le flume pour qu'ils envoient leurs projectiles primitifs vers Cloral. C'était censé être un avertissement. Je ne pensais pas que Press serait assez bête pour se tenir devant l'ouverture. Dommage. Mais il semblerait que vous n'allez pas tarder à le rejoindre. Vous lui passerez mes amitiés, d'accord ?

Sur ce, Saint Dane a tourné les talons et a emprunté la porte au bout de la passerelle.

Il venait de confirmer mes soupçons. Saint Dane avait utilisé ces gangsters pour tuer l'oncle Press. Cette idée me serrait le cœur. Mais je devais lutter contre mes émotions et rester concentré si je voulais m'en sortir vivant.

Il n'en était pas de même pour Spader. Dans ses yeux, j'ai vu briller une lueur qui m'a carrément fait peur. Le discours de Saint Dane avait touché un nerf à vif que, jusque-là, il avait tenté de protéger. Sa rage et sa haine étaient telles qu'il était au bord de l'explosion.

– Ne te laisse pas aller, Spader, lui ai-je dit. C'est ce qu'il veut. Reste concentré.

Mais mon avertissement n'a servi à rien. Spader a fini par péter un plomb. Il s'est mis à tirer frénétiquement sur les cordes avec une fureur incroyable. Il a agité nos mains d'un côté, puis de l'autre avec une telle violence que j'ai dû me pencher pour éviter qu'il me frappe en plein visage. C'est alors que j'ai remarqué que les flammes qui rampaient sur le mur avaient atteint la corde. Elle était en feu ! Spader a eu un dernier cri de rage sinistre et a tiré avec une telle férocité que la corde s'est rompue ! Nous nous sommes affalés sur le sol, tous les deux.

Je n'aimais pas voir Spader perdre son self-control, mais apparemment, les railleries de Saint Dane s'étaient retournées contre lui. Il nous avait libérés, avec un coup de pouce de l'incendie. Mais nous n'étions pas sauvés pour autant.

– Spader ! ai-je crié en tirant sur ses mains pour l'obliger à me regarder. Remets-toi ou nous allons y rester tous les deux !

– C'est un démon, Pendragon. Nous devons le mettre hors d'état de nuire.

J'ai parlé d'une voix ferme afin de le calmer.

– En effet, mais avant tout, nous devons sortir d'ici. Reste avec moi, d'accord ?

Lentement, la lueur de folie qui brillait dans ses yeux s'est éteinte. Il avait retrouvé sa maîtrise.

– Ouais, d'accord, a-t-il fait avant de se concentrer sur la question du moment, à savoir sauver nos peaux.

Nous n'étions plus accrochés en l'air, mais restions ligotés. Spader s'est étiré d'un côté, j'ai poussé de l'autre. Au bout de quelques secondes, j'ai pu me libérer les mains. Ensuite, nous n'avons eu aucun mal à dénouer le reste.

Nous étions libres, mais pris au piège. Maintenant, les flammes recouvraient les murs et léchaient le plafond. Si nous ne brûlions pas tout vifs, nous nous prendrions le toit sur la tête. J'ai regardé autour de moi, cherchant une sortie. Mais je n'ai rien vu, à part l'incendie qui faisait rage.

C'est alors que j'ai remarqué quelque chose d'étrange.

La fumée tourbillonnait au centre de la salle comme une mini-tornade. Le sillon sombre montait vers le plafond, puis changeait de direction – vers la porte de la passerelle. Saint Dane devait l'avoir laissée ouverte, parce que la fumée était aspirée au-dehors.

– Regarde ! ai-je crié. La porte !

J'ai foncé vers l'escalier de métal menant à la passerelle, Spader sur les talons. Ça faisait plusieurs minutes que l'incendie avait commencé. La chaleur était insupportable et l'échelle de métal était chauffée à blanc. Je l'ai senti sous mes semelles et me suis forcé à ne pas empoigner la rambarde, sous peine de me griller les paumes. Comme la chaleur à tendance à monter, celle-ci s'intensifiait à chaque pas, et il y avait tant de fumée que nous avions du mal à respirer. Nous devions avancer en plein cœur du tourbillon qui s'écoulait par la porte.

Nous avons enfin atteint la passerelle et couru vers la porte. Je l'ai ouverte d'un coup de pied. Sauvés ! Je me suis retourné le temps de vérifier que Spader était bien là, derrière moi. Nous avons plongé dans l'ouverture. Pourvu qu'elle débouche à l'air libre !

Raté. Nous nous sommes retrouvés dans un long couloir étroit rempli de fumée âcre, si sombre qu'il était impossible de dire quelle direction il fallait prendre.

– À gauche ou à droite ? ai-je crié.

– J'ai trop mal aux yeux. Peu importe, tant qu'on bouge !

J'ai opté pour la droite, au pif, et j'ai tout de suite vu que j'avais fait à la fois le bon et le mauvais choix. Le bon côté, c'est que malgré la fumée, nous pouvions nous diriger. Les planchers étaient si vieux qu'il y avait des interstices entre les lattes. Du coup, je pouvais voir l'incendie qui faisait rage – et qui illuminait le couloir, nous évitant de nous cogner contre les murs. Mais c'était aussi dangereux, parce que ce plancher de bois sec ne tarderait pas à prendre feu. On devait sortir de là en vitesse. J'ai pris la main de Spader et me suis mis à courir. Il fallait arriver à l'autre bout de ce couloir avant que l'étage tout entier ne s'embrase à son tour.

Mais nous n'y sommes pas arrivés. Au bout d'une dizaine de pas, j'ai entendu un craquement sonore. Ç'a été le seul indice que le sol s'effondrait sous nos pieds. L'instant d'après, nous sommes tombés dans un déluge d'étincelles, de fumée et de bois embrasé. Ce qui s'est passé ensuite reste brouillé dans mes souvenirs. Je vais essayer de vous le décrire de mon mieux, mais c'est arrivé si vite que je ne suis pas sûr de me souvenir de tout.

Lorsque nous avons traversé le plancher, j'ai lâché la main de Spader. Les flammes étaient partout. Je me souvins avoir pensé que j'allais rôtir comme un poulet dans cet enfer. Mais l'incendie avait ravagé le rez-de-chaussée et le plancher était fragile là aussi. Quand j'ai atterri sur ces planches carbonisées, elles ont cédé sous mon poids. C'est un miracle que je ne me sois pas cassé quelque chose.

Soudain, je me suis retrouvé à la flotte. L'abattoir avait été bâti sur une jetée au-dessus du fleuve Hudson. En quelques secondes, ma peur de brûler vif s'est vue remplacer par la crainte de me noyer. Au cours de ma chute, j'avais dû me cogner le crâne, car j'étais tout étourdi. Je me souviens avoir vu pleuvoir des débris enflammés tout autour de moi. Il y avait tout un labyrinthe de piliers servant à soutenir la jetée. Où que je me tourne, je butais dans l'un d'entre eux ou dans des débris embrasés. Je ne pouvais pas respirer. J'étais crevé et sur le point de perdre conscience. Je n'arrêtais pas de couler et n'avais plus la force de remonter.

C'est alors que c'est devenu *vraiment* chaotique. J'ai entendu un grand crissement au-dessus de moi. Ce qui ne pouvait avoir qu'une seule signification : le bâtiment allait s'effondrer. La jetée tout entière allait s'écrouler sur nos têtes. J'avais abandonné tout espoir de m'en sortir vivant quand une main s'est refermée sur mon poignet.

– Retiens ta respiration ! a crié Spader.

J'ai à peine eu le temps d'inspirer une goulée d'air que Spader m'a entraîné sous l'eau. Je me suis détendu et l'ai laissé faire. Tout en me tenant d'une main, il nous a propulsés sous l'eau avec une force incroyable. Qu'est-ce que je raconte ? C'était plus que croyable. Spader était mi-homme, mi-dauphin. S'il n'était pas blessé, une telle évasion n'était rien pour lui. Pourvu que ce soit le cas – pour nous deux.

Je ne savais pas combien de temps je pouvais tenir sous l'eau, mais nous avions intérêt à rester sous la surface, car j'ai entendu s'effondrer l'abattoir au-dessus de nous. Si nous voulions survivre, nous devions nous éloigner de la structure avant que tout ne dégringole. Je ne savais pas depuis combien de temps nous avions plongé. Sans doute pas plus de quelques secondes, parce que je n'aurais pas pu tenir longtemps.

Lorsque nous avons enfin crevé la surface, la première chose que j'ai vue, c'est le soleil. Puis le visage souriant de Spader qui flottait à côté de moi, aussi à l'aise que s'il pataugeait dans une piscine pour enfants.

– Tu as ramassé un gnon, vieux frère ?

Je me suis touché le front. Une bosse y enflait déjà.

– Je suis un peu K.-O., ai-je répondu.

– Ne t'en fais pas. Mets-toi sur le dos. Je vais te remorquer.

Je n'ai pas discuté. Ce n'était pas le moment de jouer au dur. J'ai laissé Spader me tirer jusqu'au rivage. Une minute plus tard, nous avons atteint un petit quai de bois. Spader m'a hissé sur la plate-forme comme une poupée de chiffon. Nous avions réussi. Nous étions en vie.

Nous sommes restés affalés sur le quai, hors d'haleine. Après tout ce temps à respirer de la fumée écœurante, l'air pur était un délice. J'ai fermé les yeux et ai entrepris de me vider les poumons. J'étais mal en point. En plus de ma bosse, j'étais couvert de plaies et de brûlures. Mes vêtements m'avaient protégé, mais n'étaient plus que des haillons.

Spader a pris la parole le premier.

– C'est l'horreur, vieux frère. Sans charre.

J'ai ouvert les yeux pour le voir fixer l'abattoir en flammes. Ce n'était plus qu'une vaste ruine embrasée. Une dense fumée noire s'en échappait et dérivait au-dessus de l'Hudson. Je me suis demandé pourquoi les pompiers n'étaient pas là. Peut-être qu'ils n'osaient pas s'aventurer dans cette zone, eux non plus.

– D'après Farrow, a dit Spader entre deux aspirations, c'était un test. Si c'est le cas, je me demande ce qu'ils comptent faire pour de vrai.

C'était bien la question. Quelle était leur cible ? Saint Dane disait que nous disposions de tous les indices, mais comment pouvions-nous les déchiffrer ?

J'ai constaté que Spader était aussi mal en point que moi. Ses vêtements étaient brûlés et déchirés, ses bras couverts d'égratignures.

– Ça va ? lui ai-je demandé.

– Ça ira mieux quand nous en aurons fini avec Saint Dane, a-t-il répondu, furieux.

– Tu as confiance en moi ?

– Bien sûr, s'empressa-t-il de répondre.

– Alors je t'en prie, la prochaine fois que tu te mettras en boule, souviens-toi d'une chose : nous devons arrêter Saint Dane, mais en utilisant notre cerveau, pas en fonçant dans le tas.

– D'accord, répondit-il. Notre cerveau. Alors servons-nous en dès maintenant pour sortir d'ici.

J'ai eu l'impression qu'il me bottait en touche, mais ce n'était pas le moment de discuter. Nous étions toujours coincés en territoire hostile. Nous devions ignorer notre piteux état et partir de là.

Le fleuve était à une vingtaine de centimètres au-dessous du niveau de la rue. Au bout du quai, il y avait une échelle en bois. Je l'ai escaladée et ai jeté un coup d'œil prudent par-dessus le rebord.

Mon cœur a loupé un battement.

Nous étions à une cinquantaine de mètres de l'entrepôt en flammes. Entre moi et le bâtiment, il n'y avait qu'un terrain vague vide... et un groupe de gangsters. Ils étaient tous là : Winn Farrow, sa bande de clochards, les gros bras armés jusqu'aux dents et, bien sûr, Saint Dane. Ils me tournaient le dos et admiraient leur ouvrage. Ils n'étaient qu'à une trentaine de mètres. Si nous tentions de nous éclipser, ils nous verraient certainement.

Mais pire encore, leurs voitures étaient garées à quelques mètres sur notre droite. Lorsqu'ils iraient les récupérer, ils ne pourraient éviter de nous voir. Nous étions pris au piège. Dans quelques instants, nous serions de retour à la case départ.

*Journal n° 10*
*(suite)*

# PREMIÈRE TERRE

– Qu'est-ce que tu vois, vieux frère ? a demandé Spader.

Je l'ai regardé et j'ai posé un doigt sur mes lèvres pour le faire taire. Si l'une de ces brutes nous entendait, on était cuits. Nous devions filer d'ici avant qu'ils en aient assez de contempler l'incendie. Ils nous verraient certainement, mais, au moins, nous aurions une chance. J'ai donc cherché la meilleure voie d'évasion.

À quelques mètres de là, j'ai vu la carcasse d'un camion frappé des lettres : VIANDE DE SANGLIER. Il était à mi-chemin entre la rue et nous. Si nous pouvions l'atteindre sans nous faire repérer, nous aurions une chance de passer dans la rue et disparaître en ville. Le plus dur serait d'aller d'ici au camion en traversant un espace dégagé. Si quelqu'un jetait un coup d'œil en arrière au moment crucial, bonne nuit les petits.

Je suis redescendu et ai exposé mon plan à Spader.

– Bien, a-t-il dit. Moi d'abord.

Avant que j'aie pu dire un mot, il a escaladé l'échelle, jeté un coup d'œil au-dessus, s'est retourné pour me décocher un clin d'œil, puis est parti à vitesse grand V. À mon tour, j'ai monté l'échelle pour voir comment il s'en tirait.

Il filait comme le vent, à demi accroupi. J'ai retenu mon souffle. Il était totalement à découvert. Mais les hommes de Farrow ne l'ont pas vu. Il est arrivé au camion et a levé le poing en signe de victoire. Puis il a regardé les gangsters par-dessus le toit. Ils n'avaient pas la moindre idée de ce qui se passait derrière eux. Spader m'a fait signe de venir. Argh. C'était à moi. J'ai sauté sur le sol et me suis mis à courir.

Je n'ai pas eu la chance de Spader. Je n'avais pas fait deux mètres que l'un des truands s'est retourné et m'a vu. Ç'a été aussi simple et aussi bête que ça.

– Hé ! a-t-il crié.

Aussitôt, les gangsters ont suivi son exemple et m'ont repéré. J'ai réussi à atteindre le camion et m'agenouiller aux côtés de Spader. Mais avant, j'ai vu Winn Farrow, furieux, prendre le fusil d'un de ses hommes.

– Ce n'était pas un si bon plan que ça, ai-je dit.

*Bang !* Farrow a ouvert le feu. Au-dessus de nos têtes, la vitre a volé en éclats, nous aspergeant de fragments de verre. Les autres truands ont fait de même et ont tous tiré sur le camion. *Boum ! Boum ! Boum !* Les balles ont secoué la carcasse du camion. Il nous protégeait, mais pour combien de temps ?

– On aurait peut-être dû rester cachés sous le quai en attendant qu'ils s'en aillent, a remarqué Spader.

– Et c'est *maintenant* que tu le dis ? ai-je crié pour couvrir les détonations des fusils.

– Désolé.

C'est alors que nous avons entendu bramer un klaxon, suivi d'un grand crissement de pneus. Les gangsters ont arrêté de tirer. Spader et moi avons risqué un œil pour voir ce qui se passait.

J'espérais voir une voiture de police à la rescousse, mais c'était une bagnole noire qui avait quitté la rue comme un bolide. Et elle se dirigeait droit vers le groupe de gangsters ! Ils se sont éparpillés comme des boules de bowling alors qu'elle passait au milieu d'eux. Mais la voiture folle ne s'est pas arrêtée. Dans un mugissement de klaxon, elle a dépassé les gangsters pour filer droit sur nous. Les gangsters se sont repris et ont ouvert le feu sur l'intrus, fracassant les vitres.

Mais l'engin fou ne s'est pas arrêté.

Que devions-nous faire ? Ce bolide allait-il percuter le camion ? Nous ne pouvions fuir, ou les gangsters se tourneraient vers nous. Nous n'avions qu'à la surveiller et nous préparer à l'éviter. Le conducteur a accéléré, puis a viré au dernier moment, ratant le camion d'un cheveu. La voiture a dérapé, mais les roues ont mordu la terre et le véhicule est reparti. Un peu plus tard, il a pivoté vers notre coin de la carcasse pour ralentir.

– Montez ! a crié Gunny.

Spader et moi n'avons pas hésité. Nous avons foncé vers la voiture pour nous entasser sur la banquette arrière. Gunny ne s'est même pas arrêté, il a juste ralenti le temps de nous laisser monter.

– Go ! ai-je crié avant même que la portière ne se soit refermée.

Gunny a mis le pied au plancher, les roues ont brassé du gravier, et Spader et moi avons été projetés contre la banquette. Mais nous n'étions pas sauvés pour autant. Il y a encore eu deux détonations, et des balles ont frappé les portières.

– Planquez-vous ! a crié Gunny.

Précaution inutile : Spader et moi étions déjà aplatis sur le plancher, à nous râper les coudes contre les débris de verre. Il y a encore eu trois coups de feu, mais un seul a touché la voiture. Nous étions hors de portée. Gunny a escaladé un trottoir, a viré abruptement et a filé loin de cet endroit maudit. Quelques secondes plus tard, Spader et moi avons eu le courage de regarder par la vitre.

À travers les éclats de verre, nous avons vu s'éloigner l'abattoir en flammes. Nous nous en étions sortis, grâce à Gunny.

Spader et moi avons poussé un cri de joie.

– Bravo, Gunny ! Hobie-Ho ! Vous nous avez sauvés !

Gunny s'est retourné. Ses yeux étaient écarquillés par la frayeur. Il avait accompli un véritable exploit, mais il était tout de même mort de peur.

– Je ne veux plus devoir faire quelque chose comme ça, a-t-il dit d'une voix tremblante. Plus jamais. J'ai bien cru que mon cœur allait lâcher.

– Ralentissez, ai-je dit. On ne risque plus rien, maintenant.

Gunny a repris une vitesse normale. Ses mains tremblaient sur le volant.

– Vous savez, cette petite cascade va me coûter mon boulot.

– Pourquoi ? a demandé Spader.

– Cette voiture est celle de M. Caplesmith, le directeur de l'hôtel. Que va-t-il dire en la voyant dans cet état ?

Je suis désolé, mais je dois l'avouer : Spader et moi avons éclaté de rire. Ce n'était pas sympa, je le sais, mais cette remarque était si... drôle. Qu'étaient quelques impacts de balle à côté de ce que nous venions de vivre ?

– Ce n'est pas drôle ! a fait Gunny.
– Pardon, ai-je répondu. Vous avez raison. Ce n'est pas drôle.
– Merci d'avoir été là, a ajouté Spader. On vous doit la vie.
– Et surtout, a-t-il répondu, vous me devez une nouvelle bagnole.
Et il a éclaté de rire à son tour. Il se détendait enfin. Il nous a regardés dans le rétro et a fait la grimace.
– Ça va, les gars ? On dirait que vous avez affronté le diable en personne.
– En fait, c'est précisément ce qui s'est passé, a répondu Spader.
– On a trouvé Saint Dane, ai-je renchéri. Ou plutôt, c'est lui qui nous a retrouvés.
Gunny s'est crispé sur son volant.
– A-t-il quelque chose à voir avec l'incendie de cet entrepôt ?
– D'une certaine façon, oui, ai-je répondu. Même si c'est Winn Farrow qui a jeté l'allumette.
– Il a brûlé sa propre baraque ?
– Il mijote quelque chose. Ils ont mis la main sur des espèces de fusées explosives. Il compte s'en servir contre Max Rose.
– Il veut se venger, a ajouté Spader.
Soudain, une idée m'a frappé.
– L'hôtel ! me suis-je exclamé. Le Manhattan Tower. S'il envoie une de ces fusées par la baie vitrée du trentième étage, adieu M. Rose !
– C'est ça ! a renchéri Spader. Il veut mettre le feu à l'hôtel. Avec un de ces machins, il peut le faire.
– Il faut faire évacuer le bâtiment, ai-je dit en m'échauffant peu à peu. Et prévenir la police. Ils pourront surveiller l'endroit et...
– Ce n'est pas l'hôtel qu'il vise, a répliqué Gunny, très calme.
Spader et moi nous sommes tus.
– Comment le savez-vous ? ai-je demandé.
– Parce que j'ai découvert ce qu'était ce LZ-129, a-t-il répondu d'une voix dépourvue de toute émotion.
Spader et moi en sommes restés sans voix. Il venait de nous annoncer qu'il avait découvert la plus importante pièce du puzzle. Je l'avais presque oublié, ce mystérieux LZ-129. Nous avons tous deux dévisagé Gunny. Lui s'est contenté de regarder droit devant lui. Finalement, je n'ai plus tenu :
– Alors ? Vous allez nous mettre au parfum ?

– Que disait cette lettre, Pendragon ? a demandé Gunny. Celle avec le symbole nazi ?

C'était la lettre de Ludwig Zell à Max Rose, et je l'avais apprise par cœur.

– Elle disait que le règlement arriverait le 6 mai, par le biais du LZ-129, ai-je répondu.

Gunny a acquiescé.

– Quoi que Max Rose ait pu fournir aux nazis, il sera payé demain avec ce fameux LZ-129. Si Winn Farrow veut vraiment nuire à Rose, il pourrait l'empêcher de recevoir son argent.

– C'est ce qu'a dit Farrow, s'est exclamé Spader. Il veut frapper Rose là où ça lui fera le plus mal.

– Alors, ai-je tranché avec impatience, qu'est-ce que c'est, ce LZ-129 ?

– Je l'ai lu dans le journal d'aujourd'hui, a-t-il répondu. Je ne comprends pas comment je n'y ai pas pensé avant. LZ-129 signifie « Luft Zeppelin 129 ».

– C'est quoi, un Luft Zeppelin ? a demandé Spader.

Soudain, j'ai eu une illumination.

Et en même temps, je me suis senti mal. J'aurais dû mieux suivre mes cours d'histoire. La réponse avait toujours été là, sous mes yeux, et je ne l'avais pas vue. C'était un événement historique célèbre qui avait inspiré des films, des livres et des émissions TV. Cette tragédie était aussi célèbre que le naufrage du *Titanic* ou l'explosion de la navette *Challenger*.

– Tu sais de quoi il parle, Pendragon ? a demandé Spader.

– Oui, ai-je répondu doucement. Enfin, je crois. Et c'est assez logique, quand on y pense.

Gunny a pris son journal sur le siège d'à côté.

– Le Luft Zeppelin 129 a quitté l'Allemagne la semaine dernière. Demain matin, il arrive à la base aérienne de Lakehurst, dans le New Jersey.

Il nous a jeté le journal qui a atterri sur mes genoux. En première page, il y avait une photo du Luft Zeppelin 129. C'était un immense dirigeable argenté. Sauf qu'il était connu sous un autre nom, qui était écrit sur le nez de l'aéronef.

Celui de *Hindenburg*.

– Je présume que l'argent de Max Rose se trouve à bord, vu que cet engin vient tout droit d'Allemagne, a dit Gunny. Je pense que c'est la cible de Winn Farrow.

Spader a ramassé le journal et a fixé l'immense vaisseau aérien et les svastikas nazis peints sur sa queue.

– Ce truc peut voler ? a-t-il demandé. Il ne ressemble pas à l'avion de Jinx.

– C'est un énorme ballon, a répondu Gunny. Plus léger que l'air. Ça fait quelques années qu'ils les envoient traverser l'océan. On dit que c'est l'avenir.

– On se trompe, ai-je dit doucement.

– Que veux-tu dire, Pendragon ? a demandé Gunny. C'est l'histoire de ton monde. Tu as entendu parler du *Hindenburg* ?

J'ai inspiré et avalé ma salive.

– Oui. Le *Hindenburg* a explosé à son arrivée dans le New Jersey. Le dirigeable a brûlé et la nacelle des passagers s'est écrasée. Tout le monde est mort. Pour autant que je sache, on ignore toujours ce qui s'est passé exactement.

Nous sommes restés silencieux un bon moment. Finalement, Spader a dit ce que nous pensions tous :

– Eh bien, *nous*, nous savons pourquoi le *Hindenburg* a explosé.

– Oui, ai-je ajouté. Mais nous ne savons pas si nous pourrons l'empêcher.

## *Journal n° 10*
## *(suite)*

# PREMIÈRE TERRE

Nous sommes retournés au Manhattan Tower Hotel en silence. Je pense que nous essayions tous de digérer le fait que demain, une catastrophe allait se produire. Winn Farrow allait allumer la mèche qui déclencherait un des pires désastres de l'histoire. Il allait faire exploser le dirigeable *Hindenburg*.

Je ne savais pas grand-chose de l'accident proprement dit. Uniquement les faits basiques, comme tout le monde. J'avais vu les photos du *Hindenburg* en flammes et de vieilles images montrant des passagers sautant de la nacelle pour échapper à l'incendie. Il y avait aussi une célèbre communication radio où un reporter annonçait l'arrivée du dirigeable, puis se voyait forcé de décrire la catastrophe qui se déroulait sous ses yeux.

Un événement tragique de l'histoire contemporaine, qui allait se produire demain. Et qu'allions-nous faire ?

Une fois de retour à l'hôtel, Gunny est resté dans la voiture.

– Retournez dans votre chambre, nous a-t-il dit. Un ami à moi peut réparer cette bagnole. Je ne veux pas avoir Caplesmith sur le dos. On a mieux à faire.

Il a mis pleins gaz et s'en est allé, nous laissant plantés sur le trottoir.

Nous sommes rentrés dans le bâtiment en passant par la cuisine et avons pris quelques fruits au passage. En fait, j'avais plutôt faim. Par contre, il nous restait à regagner notre chambre sans nous faire repérer par les hommes de main de Max Rose.

Nous avions franchi la moitié des cuisines lorsque nous sommes tombés sur la brute épaisse qui nous avait arrêtés la dernière fois. Ces gens ne rentraient donc jamais chez eux ?

– Nom d'une pipe ! s'est-il écrié. On dirait que vous avez fait la guerre, vous deux. Et vous puez comme la mort.

– Fous-nous la paix, duschnoque, ai-je dit en jouant au caïd. On doit se changer et...

La brute nous a pris par le bras et nous a entraînés vers les ascenseurs. Comme dur, je n'étais pas convaincant. Un peu plus tard, il nous amenait dans le salon de l'appartement. Nous allions avoir du mal à éviter Max Rose.

– Et touchez à rien, vous deux, a ordonné le demi-sel. Z'êtes dégoûtants.

Et il est parti, nous laissant le temps de décider ce que nous allions raconter à Max Rose.

– Il faut tout lui dire, a aussitôt fait Spader.

– Ben voyons, ai-je rétorqué. On va lui raconter que je viens de l'avenir et que c'est pour ça que je sais que le *Hindenburg* va exploser demain.

– Ben, tu ne peux pas lui présenter ça comme ça...

– Sans blague ?

– Par contre, si on lui affirme que Winn Farrow compte descendre ce zeppelin, il peut envoyer ces hommes l'en empêcher. Ils feront le sale boulot à notre place !

J'y ai réfléchi un instant. Spader avait peut-être raison. Si notre mission était d'empêcher Farrow et Saint Dane de faire sauter le *Hindenburg*, nous aurions bien besoin d'aide, même venant d'une bande de tueurs. Ce pouvait être une solution facile. Par contre, je n'aurais su dire pourquoi, l'idée de me confier à Max Rose ne me plaisait pas.

– Tu as peut-être raison, ai-je fini par déclarer. Mais ne lui disons rien pour l'instant. Pas tant que nous ne serons pas sûrs de notre fait.

– Nous n'avons pas le temps, Pendragon ! a contré Spader. Plus tôt nous lui révélerons la vérité, plus il aura de chances d'arrêter Saint Dane.

– Tu veux dire Farrow ?

– Peu importe, Hobie, vieux frère, il faut tout lui dire !

– Non. Pas encore. Pas un mot, compris ?

Avant que Spader n'ait pu répondre, une porte s'est ouverte à l'autre bout de la pièce et Max Rose est entré, suivi de Harlow. Tous deux portaient des pyjamas de soie. Quelle surprise. Lorsqu'il nous a vus, un grand sourire a illuminé le visage de Rose.

– Buck ! Flash ! s'est-il écrié d'une voix de stentor. Vous n'êtes pas morts !

Déduction digne de Sherlock Holmes.

Harlow s'est approchée de nous, a reniflé et a fait la grimace.

– Vous avez joué avec des allumettes, vous deux ?

– Non, s'est empressé de répondre Spader, mais Winn Farrow si.

Je lui ai jeté un regard pour le faire taire. Rose et Harlow se sont laissés tomber sur le canapé pour entendre notre rapport.

– Je vous proposerais bien de vous asseoir, a remarqué Rose, mais franchement, vous empestez.

– Pas de problèmes, ai-je répondu. Si on se lavait et se changeait avant de vous dire ce qui s'est passé ?

– Vous croyez que je vais vous attendre ? Allez, videz votre sac.

Spader m'a regardé, attendant que je m'y mette, puisque c'était toujours moi qui prenais la parole. Sauf que je ne savais pas quoi dire. Mon cerveau était comme figé. Le vide.

– Comme vous n'êtes pas morts, a ajouté Rose, je présume que ce cher Winn Farrow va accéder à ma requête de ne plus se mêler de mes affaires, non ?

Il me fallait concocter une histoire qui nous laisse le temps de nous retourner. Mais je ne trouvais rien. Comme j'allais m'en apercevoir, ça n'aurait bientôt plus la moindre importance.

– Winn Farrow va faire sauter le *Hindenburg*, a bafouillé Spader.

J'ai fermé les yeux. Servez chaud. Spader avait lâché sa bombe. Maintenant, la situation nous dépassait.

Sous le coup de la surprise, Max Rose a bondi sur ses pieds.

– Il va... ?

Il n'a pas pu terminer sa phrase. Il s'est mis à faire les cent pas. Croyez-le ou non, il avait l'air surpris, mais aussi effrayé. Alors ça, je ne m'y attendais pas. Max Rose pouvait regarder dans les yeux un assassin en armes, et maintenant, après avoir appris que le *Hindenburg* allait être détruit, il semblait sur le point de paniquer. Il a marché à grandes enjambées vers le bar pour se verser un verre. Mais cette fois, il s'est passé d'eau pétillante. Il lui fallait du raidc.

– Comment ? a-t-il demandé sobrement.

Je n'ai pas répondu. Maintenant, c'était à Spader de jouer.

– Il a trouvé des espèces de fusées incendiaires, a dit Spader. Il va en tirer une sur le dirigeable.

– Tu crois que ça va marcher ?

– Regardez-nous ! Il en a lâché une dans son abattoir avec nous dedans. Il n'en reste rien.

Rose a vidé son verre d'un trait, avant de s'essuyer la bouche sur la manche de sa robe de chambre. Sa main tremblait. Harlow est allée se tenir derrière lui.

– Ne t'en fais pas, Maxie, a-t-elle dit calmement. Farrow est trop bête pour tenter un coup pareil.

Rose s'était mis à transpirer.

– Ah oui ? a-t-il aboyé. Et s'il a un coup de pot ? Tu sais combien de pognon j'ai dans cette espèce de ballon ?

J'ai saisi l'occasion de demander :

– Vous attendez quelque chose ?

Si Rose n'avait pas été si furax, il ne m'aurait probablement pas répondu.

– Un règlement, a-t-il rétorqué. J'ai pas mal bossé pour ces Allemands. Je leur ai envoyé des outils, des appareils, de la ferraille et toutes sortes de trucs. Ça m'a coûté des millions. J'ai pris de gros risques pour ces espèces de nazis. Je dois un bon paquet à bien des gens. Des gens avec qui il vaut mieux ne pas être en dette. Si je ne reçois pas ce règlement...

Il n'a pas fini sa phrase, mais j'avais compris. Oui, Max Rose avait peur.

– Ces nazis ne peuvent pas vous signer un chèque ou quelque chose comme ça ? ai-je demandé.

– Ce n'est pas si facile. Pour ce genre de transaction, il vaut mieux ne pas laisser de traces écrites. Il faut faire preuve d'imagination. Il y a du liquide dans ce ballon. Beaucoup de liquide. Ainsi que des bons du trésor et un paquet de diams. Même deux tableaux de peintres célèbres, morts tous les deux. Ils valent des millions ! Ils m'ont proposé ce mode de paiement, et j'ai accepté. Ils envoient le tout sur ce dirigeable pour éviter les douanes. Je savais que c'était une mauvaise idée.

J'ai compris pourquoi Farrow disait vouloir frapper Rose là où il était le plus vulnérable. S'il détruisait le *Hindenburg*, ce serait la fin de son business. Et à voir sa réaction, ce serait peut-être la fin de Max Rose lui-même.

– Ne te fais pas de bile, Maxie, a dit Harlow pour le rassurer. Tu trouveras bien quelque chose.

Rose a pris un autre verre pour se calmer.

– Vous deux, vous avez fait du bon boulot, a-t-il dit doucement. Je ne l'oublierai pas. Maintenant, débarrassez le plancher. J'ai besoin de réfléchir.

Réfléchir. J'en avais bien besoin aussi. J'aurais voulu avoir plus de temps devant moi, avant que Spader ne crache le morceau. À présent, une réaction en chaîne s'était enclenchée, et je ne pouvais plus la contrôler. Tout ça parce que je n'avais pas réfléchi à temps.

Il faut vraiment que j'apprenne à penser plus vite.

## *Journal n° 10*
## *(suite)*

# PREMIÈRE TERRE

Spader et moi nous sommes empressés de quitter les appartements de Max Rose. Nous avons pris les escaliers jusqu'au sixième pour éviter de tomber sur Dewey. Nous ne voulions pas avoir à expliquer notre apparence, ni à lui, ni à personne. La porte de notre chambre s'était à peine refermée que Spader a poussé un cri de joie.

– Hobie ! Rose va envoyer ses gros bras aux trousses de Farrow. On a réussi ! Le *Hindenburg* est sauvé !

Je l'ai regardé en sentant monter ma colère.

– Je t'avais dit de ne pas en parler à Farrow.

– Je sais, mais il le fallait. C'était l'occasion ou jamais. Comme tu ne disais rien, il a bien fallu que je m'y colle.

– Et si c'était une erreur? ai-je demandé en tentant de me maîtriser. Ce n'est pas qu'une bisbille entre deux gangsters qui se détestent. La survie de tout un territoire est en jeu.

– Allons, Pendragon ! a fait Spader, enjôleur. Tu sais que j'ai bien fait. On a été plus malins que Saint Dane. Une fois de plus. On a gagné !

– J'espère que tu as raison.

Comme j'avais besoin d'être seul pour réfléchir, j'ai battu en retraite dans la salle de bains. Je me suis débarrassé de mes vêtements en lambeaux et ai pris une longue douche pour laver le sang séché. Mes bobos étaient superficiels et seraient vite guéris. On avait eu une sacrée chance, tous les deux.

C'est là, debout dans le cabinet de douche, que je me suis trituré la cervelle pour trouver réponse à mes questions. Et pas qu'à propos du *Hindenburg*, mais aussi de Spader. Il était toujours mû par sa soif de vengeance. Bon, moi aussi, je désirais débarrasser le monde de Saint Dane. Mais si Spader et moi étions du même bord, nous n'avions pas la même vision des choses. Je craignais depuis un bout de temps que ça se retourne contre nous un jour. Et ce jour était venu.

Et pourtant, je refusais de limiter tout ça à une question d'ego. Je ne lui en voulais pas parce qu'il n'avait pas voulu m'écouter. Pour autant que je sache, il avait peut-être raison. Je ne suis pas infaillible, après tout. Peut-être était-ce pour ça que nous étions sur la Première Terre. En découvrant les plans de Farrow et en racontant tout à Max Rose, nous avions peut-être sauvé le *Hindenburg*.

Ce qui m'amenait à la question la plus gênante. La destruction du *Hindenburg* était une catastrophe, mais nous ne savions pas si elle avait un rapport quelconque avec le plan de Saint Dane. Son but était de définir le moment de vérité d'un territoire pour l'influencer. Mais quel rapport entre le *Hindenburg* et le moment de vérité de la Première Terre ? C'était un appareil allemand, mais avait-il un rôle dans le conflit à venir ? En le sauvant, allions-nous aussi empêcher la guerre ?

Il restait trop de questions sans réponses pour que je m'imagine que notre mission sur la Première Terre était terminée.

Lorsque je suis sorti de la salle de bains, Gunny était là. Spader lui avait déjà dit que le gang de Rose allait sauver le *Hindenburg*. Gunny ne demandait qu'à s'en réjouir, mais, à voir son expression, il n'était pas plus convaincu que moi. C'était le moment de tout déballer et de faire le tri.

– Voilà ce dont nous sommes sûrs, ai-je commencé. Max Rose travaillait pour les nazis. Ils lui doivent un gros paquet d'oseille. Il a vraiment besoin de ce règlement, qui est à bord du *Hindenburg*. Du liquide, des diamants, des bons du trésor, des tableaux et Dieu sait quoi d'autre. En ce moment, tout ça est au-dessus de l'océan. Winn Farrow, l'ennemi juré de Max Rose, sait à quel point ce règlement est important. Du coup, il compte faire exploser le dirigeable.

– Voilà une façon un peu excessive de prendre sa revanche, a remarqué Gunny.

– Farrow est quelqu'un d'excessif, a répondu Spader. Mais maintenant que Max Rose sait ce qu'il mijote, il va l'empêcher de détruire le *Hindenburg*. Tout va bien ! Et une tournée de sniggers !

– Peut-être, ai-je remarqué.

– Il va le faire, a répondu Spader, confiant. Tu l'as vu : il mourait de frousse. Il fera tout ce qui est en son pouvoir pour arrêter Farrow.

– Mais ce n'est pas qu'une bisbille entre deux gangsters, ai-je rétorqué en dissimulant mon agacement. Le sort de la Première Terre est en jeu. Nous n'avons toujours pas découvert le rôle que Saint Dane joue dans tout ça.

– Bien sûr que si, a répondu Spader d'un air crâneur. C'est à propos de ce gros tourne-boule qui s'annonce ? Cette guerre mondiale ? C'est bien dans les cordes de Saint Dane, non ?

– Oui, mais quel rapport avec le *Hindenburg ?*

– Tout, peut-être. C'est comme l'a dit Gunny : un événement mineur en amène un autre qui, lui-même... Je crois que Saint Dane veut s'assurer que cette guerre aura bien lieu, et, d'une certaine façon, c'est ce qu'il fait en faisant sauter ce dirigeable. Si nous l'en empêchons, finie la guerre, et Saint Dane aura perdu.

– Il a peut-être raison, est intervenu Gunny. Si en sauvant le *Hindenburg*, on peut empêcher la guerre, on aura vaincu Saint Dane.

Spader m'a regardé avec un sourire fier.

– Ouais, peut-être, ai-je concédé. J'aimerais juste pouvoir en être sûr.

– Enfin, Pendragon, a plaidé Spader, on ne peut pas perdre sur ce coup-là ! Même si on n'empêche pas la guerre, on aura au moins sauvé les passagers de ce dirigeable. C'est évident !

Spader défendait bien sa cause, mais je n'arrivais toujours pas à être convaincu à cent pour cent.

– Je voudrais juste avoir plus d'éléments, ai-je râlé.

Le silence est retombé. Puis Gunny a dit doucement :

– Je sais où on peut en trouver.

J'ai bondi comme un noyé sur une bouée.

– Vraiment ? Où ça ?

– On est des Voyageurs, a-t-il dit d'un ton tout naturel. On peut prendre le flume pour gagner l'avenir de ce territoire et voir de nos yeux ce qui s'est passé.

Mon moral est descendu dans mes chaussettes. J'aurais bien voulu retourner sur la Seconde Terre, mais je savais que ce serait une perte de temps.

– Ça ne servira à rien, ai-je dit, déçu. C'est vrai, on peut passer sur la Seconde Terre pour se renseigner sur le *Hindenburg* et la Seconde

Guerre mondiale, mais ça ne nous avancera pas. Ce qu'on doit savoir, c'est ce qui va se produire si le dirigeable n'explose *pas*.

– Qui a parlé d'aller sur la *Seconde* Terre ? a répondu Gunny avec un sourire malicieux.

Tout d'abord, je n'ai pas compris ce qu'il voulait dire. Pour voir l'avenir, nous devions nous rendre sur la Seconde Terre, bien sûr. À moins que...

– C'est vraiment ce que je crois ? ai-je demandé, maîtrisant à grand mal mon enthousiasme.

– Qu'est-ce qu'il veut dire ? a demandé Spader.

– Qu'il nous faut faire un tour sur la *Troisième* Terre, bien sûr, a dit Gunny.

– Il y a une Troisième Terre ? ai-je demandé en tentant de ne pas avoir l'air débile. Vous y êtes déjà allé ? Où est-ce ?

– Oui, j'y suis allé, a-t-il répondu en souriant. Je crois qu'elle se situe en l'an de grâce 5010, à une ou deux années près.

J'ai dû m'asseoir. À l'idée de voir à quoi ressemblait la Terre dans *trois mille ans*, la tête me tournait.

– Je suis pour, ai-je dit. Mais franchement, pourquoi cette Troisième Terre nous serait-elle plus utile que la Seconde ?

– Je te l'ai dit, a-t-il répondu, j'y suis déjà allé. Je m'y suis rendu avec l'oncle Press lorsqu'il m'a révélé que j'étais un Voyageur. On aurait dit un livre d'images. Là-bas, il y a des bibliothèques. Mais elles ne ressemblent à rien qu'on connaisse. Il n'y a ni livres, ni dossiers, rien qu'on puisse toucher. Toutes ces informations sont conservées sur de minuscules machins pas plus gros que des grains de sable. Il y a toute la bibliothèque de New York sur un seul de ces grains. Tu te rends compte ?

Gunny parlait d'une sorte d'ordinateur. Chez moi, les ordinateurs sont déjà démodés le lendemain du jour où on les achète, tant les progrès sont rapides. Impossible de dire où l'on en sera dans trois mille ans.

– Apparemment, a continué Gunny, ils y mettent tout ce qui s'est passé, jusqu'au moindre détail. J'imagine que si on y va et qu'on demande à Patrick...

– Patrick ? a demandé Spader.

– Le Voyageur de la Troisième Terre. Un gars plutôt sympa. Et malin aussi. Il devrait pouvoir nous fournir les informations nécessaires pour comprendre ce qui se passe.

Incroyable. Combien de fois Gunny nous avait-il sauvé la mise ? J'avais arrêté de compter.

– C'est une super idée ! me suis-je écrié. Allons-y !

Je ne pouvais plus rester assis. J'avais oublié mes plaies et bosses. Je me suis habillé pour le voyage. Puis, tout d'un coup, je suis redescendu sur terre.

– Je reste, a dit Spader.

– Comment ça ? ai-je répondu. On y va tous ensemble !

– Pas moi. Nous risquons trop gros. On peut revenir ici trop tard pour empêcher la catastrophe.

– Ce n'est pas un problème, lui ai-je répondu. Rappelle-toi, le temps n'est pas le même d'un territoire à l'autre. On peut partir pendant un an pour revenir ici une heure après notre départ.

– C'est trop risqué, vieux frère, a-t-il insisté avec conviction. Ce dirigeable arrive demain matin à la première heure. Je veux être là pour le voir atterrir, au cas où Max Rose n'ait pas pu se charger de Winn Farrow. Tu as raison, vieux frère. On ne peut pas compter sur Rose pour régler nos problèmes à notre place. S'il échoue, ce sera à nous de sauver le *Hindenburg*. (Il a jeté un coup d'œil à Gunny.) Où se trouve ce Lakehurst ?

– À une centaine de kilomètres, a répondu Gunny. Quatre heures de route au bas mot. Un peu plus par le bus.

– Tu vois ? a renchéri Spader. Le voyage jusqu'à Lakehurst est plutôt long. Je ne veux pas courir le risque d'être en retard.

– Spader, puisque je te dis que nous serons de retour à temps !

Désolé, s'est-il entêté. Je ne veux pas courir ce risque.

Alors là, on était en terrain glissant. Nous bossions en équipe. Je devais remettre Spader sur les rails.

– Tu te souviens de ce que tu m'as dit dans le taxi ? ai-je demandé. Que nous étions tous importants, mais que j'étais celui qui nous unifierait. Eh bien, c'est ce que je fais maintenant. Je nous unifie. Si nous voulons avoir une chance de vaincre Saint Dane, nous devons rester unis. Tu as risqué ta vie pour sauver la mienne, Spader. J'ai besoin de toi. Je te veux à mes côtés.

Spader y a réfléchi un moment. Est-ce qu'il comprenait enfin ?

– Si tu as raison, a-t-il fini par dire, il n'y aura pas de problèmes. Vous irez sur la Troisième Terre et reviendrez en un rien de temps. On se retrouvera et on ira affronter Saint Dane et ces gangsters comme si vous n'étiez jamais partis. Mais si vous ne revenez pas à temps, il faut que quelqu'un soit là pour s'assurer qu'ils ne font pas péter ce dirigeable. C'est pour ça que je reste.

Je ne savais plus quoi dire ; il avait pris sa décision, et franchement je n'étais pas sûr qu'il ait tort.

Spader s'est avancé vers moi.

– Va sur la Troisième Terre et tires-en tout ce que tu peux. Ça peut nous être très utile. Mais au cas où il y ait un os, laisse-moi rester ici et faire en sorte que tout se passe bien.

Je savais que Gunny et moi serions de retour à temps, mais ce n'était pas ça l'important. Non, ce qui m'ennuyait, c'est que Spader s'éloignait de moi. Il avait toujours été un homme d'action. Et maintenant, il avait Saint Dane dans le collimateur et ne voulait pas s'en éloigner, même s'il devait pour ça aller à l'encontre de nos intérêts.

– Comme tu veux, ai-je fini par déclarer. On se retrouve à temps pour partir à Lakehurst. Tous ensemble.

– Bien dit ! s'est écrié Spader, puis il est passé dans la salle de bains pour se nettoyer.

J'ai préféré ne pas regarder Gunny. J'avais l'impression d'avoir mal agi et brisé notre équipe.

– Une fois qu'il s'est mis quelque chose dans la tête, a dit doucement Gunny, je crois qu'il est inutile de vouloir l'en dissuader.

– Saint Dane est fort et intelligent, ai-je répondu, et il est beaucoup plus puissant que n'importe lequel d'entre nous. Notre seule chance de le vaincre est de rester unis.

– Oh, nous serons de retour à temps.

– Oui, probablement. Mais je crains que Spader ne se soit donné sa propre mission.

Gunny s'est tu. Il savait que j'avais raison.

J'aurais bien voulu partir dès maintenant, mais Gunny a dit que je ferais mieux de prendre un peu de repos. La journée avait été longue et j'étais claqué. Soudain, l'idée de dormir quelques heures me tentait bien. Il est sorti en disant qu'il reviendrait à temps pour partir en ville.

Je me suis allongé sur le canapé et ai fermé les yeux, prêt à plonger dans les bras de Morphée. En vain. J'étais crevé et avait besoin de recharger mes batteries, mais mon esprit était trop actif pour me laisser m'endormir. C'est pourquoi je me suis levé, ai sorti la machine à écrire et ai terminé ce journal.

Je suis à la fois enthousiaste et effrayé. Incroyable mais vrai, je vais découvrir la Terre en 5010 ! C'est plutôt cool, non ? J'aimerais que ce soit un voyage d'agrément, mais ça ne risque pas. J'ai un sale pressentiment au sujet de ce qui va se passer ici, sur la Première Terre.

S'il y a une chose que j'ai appris à propos de Saint Dane, c'est que lorsqu'on croit avoir tout compris, il change la règle du jeu. C'est ce qu'il a fait sur Denduron, puis sur Cloral. La question est : fera-t-il de même sur la Première Terre ?

C'est bien ce que j'espére découvrir lors de notre voyage sur la Troisième Terre.

Je sais que ça peut sembler bizarre, mais la prochaine fois que je vous écrirai, j'aurai vu l'avenir. J'espère juste qu'il ne sera pas trop moche.

*Fin du journal n° 10*

## *Journal n° 11*

# TROISIÈME TERRE

Les amis, ce journal est peut-être le plus important jusqu'à ce jour. Je suis de retour sur la Première Terre. J'ai écrit une bonne partie de ce journal sur la Troisième Terre, mais j'ajoute ce prologue parce que je tiens à ce que vous sachiez qu'il est d'une importance capitale. Je sais que pour vous, tous mes journaux sont importants, mais celui-ci est sans doute un sommet. Prenez-en bien soin.

Gunny et moi sommes dans le métro qui nous ramène au Manhattan Tower Hotel. Nous sommes revenus de Troisième Terre et n'avons plus une seconde devant nous. Nous devons retrouver Spader et filer dans le New Jersey pour assister à l'arrivée du *Hindenburg*. Mais il faut absolument que je rédige ce qui nous est arrivé sur la Troisième Terre, parce que, comme je le craignais, Saint Dane a encore modifié la règle du jeu. Non, ce n'est pas vraiment le terme. C'est plutôt que nous n'étions pas assez malins pour comprendre la règle du jeu. Maintenant, on sait ce qu'il en est, et je suis mort de frousse.

Ce que nous avons découvert sur la Troisième Terre était le comble de l'horreur.

J'espère que vous lisez ces mots, Mark et Courtney. Je sais que je l'ai déjà dit, mais c'est essentiel. Parce que si on échoue aujourd'hui, l'histoire en sera modifiée pour toujours et il y a de fortes chances que vous ne soyez jamais nés. Je ne plaisante pas. Vous n'aurez même pas une chance d'exister. Vous ne verrez rien de tout ça. Je ne veux pas vous faire peur. En fait, le simple fait que vous lisiez tout ça signifie que nous avons gagné. Mais si vous n'êtes pas en train de le lire, ce journal sera peut-être la seule preuve que

Mark Dimond et Courtney Chetwynde de Stony Brook, Connecticut, ont jamais existé.

Non seulement ce serait tragique, mais aussi un simple avant-goût de ce qui nous attend si nous n'arrêtons pas Saint Dane.

L'essentiel de ce journal est déjà rédigé. J'ai essayé de tout y mettre, jusqu'au moindre détail, parce que, d'une certaine façon, je fais là un travail d'historien.

Après avoir terminé le journal n° 10, je l'ai mis en sécurité dans le bureau où se trouvait déjà le journal n° 9. Gunny comptait les prendre pour les faire relier, mais pas maintenant.

D'abord, nous devions aller faire un tour dans l'avenir.

Une fois ces documents en sécurité, j'ai fermé les yeux et tenté de dormir. Spader était déjà K.-O. Je préférais ça. J'en avais marre de m'inquiéter de ce qu'il pouvait bien mijoter et de lui dire de faire attention. Pourvu que je puisse encore compter sur lui à l'avenir. Mais à ce moment, je n'avais aucune envie de lui parler.

Tout était paré. Nous partions pour le futur et Spader restait là au cas où l'on ne revienne pas à temps. Malgré mon état de nerfs, je crois que j'ai tout de même un peu dormi. Et Dieu sait si j'en avais besoin ! Mais pas longtemps, parce que, d'un coup, Gunny m'a secoué pour me réveiller.

– Prêt à voir l'avenir ? m'a-t-il demandé.

– Un peu, ai-je répondu, bien réveillé.

L'idée de faire un bond de trois mille ans dans le futur me galvanisait. Même si j'aurais préféré le faire dans d'autres circonstances. Gunny et moi avons pris le métro pour le Bronx. Au bout de deux changements, on s'est retrouvés dans cette même station où j'étais venu bien des fois. Mais ça faisait toujours bizarre de la voir en activité. Lorsque je pensais à cet endroit, j'en revenais toujours à la première fois où je m'y étais aventuré avec l'oncle Press, où elle était abandonnée. J'avais l'impression que c'était il y a un million d'années.

La station était si peuplée qu'il était difficile de se glisser sur la voie. Ce n'était pas le moment que quelqu'un nous voie et appelle la police pour leur dire que deux dingues s'étaient engagés dans le tunnel. Mais Gunny était déjà passé par là. Nous sommes allés jusqu'au bout du quai et avons attendu la prochaine rame. Lorsqu'elle est arrivée, les portes se sont ouvertes, des passagers sont descendus, d'autres sont montés, les portes se sont refermées et le métro est reparti. À ce moment-là, la station était beaucoup moins peuplée. C'était le moment d'agir. Dès que la rame a quitté la plate-forme, nous avons bondi sur les rails et couru vers la porte.

Personne ne nous a vus. Personne n'a rien dit. Gagné.

– Après toi, a dit Gunny en désignant la bouche béante du flume.

Nous avions décidé de nous séparer. Gunny était trop grand et baraqué pour partir avec quelqu'un d'autre et nous n'avions pas envie de nous cogner le crâne en cours de route. En plus, j'aime bien voyager en solo. Ça me laissait du temps pour réfléchir.

– Je dois me préparer à quelque chose ? ai-je demandé. Je veux dire, de l'autre côté ?

– Il y a beaucoup de choses auxquelles il faut te préparer, mais rien de dangereux.

Je me suis tourné vers le flume. Je dois bien l'admettre, j'avais la chair de poule. Ce n'était pas un voyage ordinaire – s'il peut y avoir quelque chose d'ordinaire dans le fait de foncer à travers l'espace et le temps. Non, j'avais plutôt l'impression d'emprunter une machine à remonter le temps. Prochain arrêt : le futur.

– *Troisième Terre !* ai-je crié.

Le flume s'est animé. Dans le lointain, j'ai vu les lumières habituelles foncer vers moi, accompagnées des notes musicales discordantes qui m'emmèneraient dans l'avenir. J'étais à la fois nerveux, terrifié et surexcité. Ce qui, somme toute, définissait toute mon existence de Voyageur.

– Amuse-toi bien ! m'a lancé Gunny.

Un peu plus tard, j'ai senti un crépitement d'énergie, on m'a tiré en avant, et j'ai foncé dans le flume.

Ç'a été un trajet sans histoire, si j'ose dire. C'était bien de se retrouver seul, et de chercher à m'imaginer comment serait la Terre en 5010. Serait-ce un univers ultramoderne, comme dans les mangas ? Ou bien la race humaine aurait-elle régressé comme dans *La Planète des singes* ? Mais non : si c'était le cas, je présume que Gunny me l'aurait dit.

Je ne sais pas combien de temps a duré le trajet. Quoique, en y repensant, il a duré trois mille ans. Comme le temps passe ! Bien sûr, ça m'a semblé prendre quelques minutes tout au plus. J'ai senti une légère pression et me suis retrouvé dans un lieu surprenant.

J'ai débarqué à l'embouchure du même flume, dans la même cave souterraine que je venais de quitter.

Quoi ? Avais-je commis une erreur ? Avais-je dit « Première Terre » au lieu de « Troisième » ? Avais-je fait un demi-tour à l'intérieur du flume ? C'est alors que j'ai entendu les notes de musique derrière moi. C'était Gunny. J'ai fait un bond de côté juste avant qu'il ne débarque dans un carrousel de lumière.

– Heu... on a fait erreur ? lui ai-je demandé. On est revenu sur la Première Terre.

– Non, tout va bien !

Il s'est dirigé vers la traditionnelle pile de vêtements posés sur le sol de la caverne. Je ne l'avais pas remarquée. J'étais trop surpris.

– Ça ressemble à la Première Terre, c'est tout, a-t-il ajouté.

Ce qui m'a rassuré. Un peu. Nous n'allions pas aborder un univers complètement inconnu. Mais j'étais aussi un peu déçu. D'une certaine façon, j'avais envie d'aborder un univers inconnu.

– Je me demande comment ils peuvent être toujours là quand il faut, a dit Gunny en examinant les vêtements.

Je l'ai rejoint pour fouiller à mon tour dans la pile.

– L'oncle Press m'a dit que les Acolytes s'en chargeaient.

– Les Acolytes ? Qu'est-ce que c'est que ça ?

– Je ne sais pas trop. Je n'en ai jamais vu. Mais l'oncle Press m'a dit un jour que c'était des habitants des territoires qui aident les Voyageurs. C'est tout ce que je sais.

À ma grande satisfaction, ces vêtements n'avaient rien de bizarre, ni de futuriste. J'ai ramassé un pantalon kaki tout à fait normal et un pull à col roulé bleu marine. Il y avait même de bons vieux caleçons et des chaussettes ! Les chaussures, par contre, étaient bien futuristes. Elles ne ressemblaient même pas à des chaussures, plutôt de gros beignets blancs. Du moins jusqu'à ce qu'on les enfile. Là, elles semblaient enrober votre pied et s'adapter à votre pointure, comme les globes respiratoires sur Cloral. Cool.

Gunny a mis une bonne vieille chemise blanche à boutons et un pantalon noir. Il a choisi une paire de ces chaussures-beignets, noire celle-ci. Le blanc n'était pas sa couleur. Pour parfaire le tout, il a enfilé une veste noire plutôt sympa. Il a alors plongé la main dans la poche de la veste pour en tirer un petit carré argenté de la taille d'une carte à jouer.

– Qu'est-ce que c'est ? ai-je demandé.

– Un genre de téléphone, a-t-il répondu.

– Un téléphone ?

– Oui. C'est comme ça que nous allons contacter Patrick. Ne me demande pas comment il fonctionne – pour moi, c'est de la magie.

Il a appuyé sur un bouton, et une lumière rouge a clignoté par deux fois. Puis elle a viré au vert et s'est éteinte.

– Il sait où nous sommes, a affirmé Gunny. Il va venir nous chercher.

– Cool. On peut, hem... jeter un coup d'œil ?

Gunny a souri. Il se doutait que j'avais hâte de voir à quoi ressemblait l'avenir.

– On est là pour ça. Viens.

Il m'a entraîné vers la porte de bois. Avant qu'il ne l'ouvre, j'ai demandé :

– On ne risque pas de tomber sur des quigs ?

– Des quigs ? Ces espèces de bestioles aux yeux jaunes ? Non. S'ils sentent que tu n'as pas peur d'eux, ils te laissent tranquille.

Ce n'était pas ce que je voulais entendre. J'avais peur de ces bestioles aux yeux jaunes. Pourvu que Gunny émette assez de confiance pour contrer ma frousse. Gunny a alors ouvert la porte, et nous avons quitté ce terrain familier. Je m'attendais à tomber sur le tunnel du métro des Première et Seconde Terres, mais non.

C'était bien un couloir de métro, mais il n'avait rien à voir avec ceux que je connaissais. D'abord, il y faisait clair. De grands tubes parallèles au plafond l'éclairaient d'une lueur blanche. Les murs étaient d'un blanc luisant, immaculé. Rien à voir avec nos métros. Le long du sol s'étendaient deux rails argentés à trente centimètres l'un de l'autre. Ce métro du futur devait être un monorail, comme à Disneyland.

Au loin, je distinguais les lumières d'une station. Elle était toujours là. Je me suis demandé s'ils l'avaient rouverte pendant ces trois mille ans.

Nous avons alors entendu un déclic sonore et nous sommes retournés pour constater que la porte s'était refermée derrière nous.

En fait, on aurait pu croire qu'elle avait disparu, tant elle s'emboîtait parfaitement dans le mur. Il fallait savoir où regarder pour distinguer ses contours. Bizarre. L'intérieur était la porte de bois habituelle, mais l'extérieur était blanc et brillant comme le reste du tunnel. Le seul indice de sa présence était le symbole familier en forme d'étoile gravé dans la cloison, qui indiquait l'emplacement des portails.

– On ferait mieux d'y aller, a dit Gunny. Ce n'est pas le moment de se faire surprendre par un train.

J'étais tellement impatient que j'ai couru en avant, dépassant Gunny. Une fois face au quai, j'ai sauté dessus, puis lorsque Gunny m'a rattrapé, je l'ai aidé à se hisser. Je me suis alors retourné et ai enfin découvert ce qu'était une station de métro à la mode de la Troisième Terre.

J'en suis resté sans voix.

C'était bien la même station, et elle n'était plus désaffectée. Elle n'était pas très peuplée : il n'y avait qu'une poignée d'usagers attendant leurs trains. Et ils avaient l'air tout à fait normal. En fin de compte, les gens n'avaient pas tellement changé en trois mille ans.

Mais la station si. Je me suis éloigné des rails pour voir quelque chose d'extraordinaire. En me penchant par-dessus la rambarde, j'ai aperçu un immense centre commercial. Il devait comporter au moins cinquante étages, tous au-dessous du niveau de la station ! Imaginez le plus grand centre commercial que vous ayez jamais vu, multipliez-le par quarante et vous y serez. Et entièrement souterrain ! On était à son sommet, et j'avais une vue imprenable sur tous ses niveaux bourrés de boutiques et de restaurants, avec même une section qui semblait résidentielle, sans doute des appartements ou quelque chose comme ça.

À chaque niveau, il y avait des passants. Certains à pied, d'autres chevauchaient de drôles de scooters à deux roues qui se déplaçaient en silence. Et en regardant tout en bas, j'ai vu un immense plan d'eau, comme un lac souterrain, où les gens nageaient et jouaient au ballon. Il était même assez grand pour qu'on y fasse du kayak.

Je me retrouvais face à une immense ville souterraine en plein Bronx, ou plutôt, *sous* le Bronx.

Gunny était venu se tenir derrière moi, mais tout d'abord, il n'a rien dit. Je crois qu'il attendait que le choc se dissipe.

– Alors, qu'est-ce que tu en dis ? a-t-il fini par demander.

– Incroyable serait le bon terme.

– D'après ce que j'ai entendu, ils manquaient d'espace, alors ils ont décidé de s'installer dans la seule zone inexplorée de la planète.

– Sous la terre.

– Exact, a-t-il acquiescé. Et d'après ce que m'a raconté Patrick, tu n'as encore rien vu. Il y a des villes comme celle-là partout dans le monde.

J'ai regardé les habitants vaquer à leurs occupations comme si de rien n'était. J'imagine que pour eux, tout était normal, mais... Bon. J'ai aussi remarqué des gens de toutes les races possibles et imaginables. Peut-être avaient-ils enfin appris à s'entendre les uns les autres.

– Et il y a mieux, a dit Gunny.

Il m'a guidé vers l'Escalator qui nous mènerait à la surface. Tout en marchant, j'ai vu une rame entrer dans la station. Finis le grincement des roues sur le métal et le couinement des freins. Le train s'est arrêté dans un bourdonnement poli. Classe.

Nous avons emprunté l'Escalator , et j'ai dû me retenir de courir comme un dératé. Comme j'avais hâte de jeter un œil au monde extérieur de la Troisième Terre !

En cours de route, Gunny a continué ses explications :

– J'imagine qu'à un moment donné, les gens sont devenus plus futés. Ils ont cessé de se soucier de construire toujours plus, toujours plus grand. Ils ont fini par comprendre qu'ils devaient respecter les ressources de leur environnement s'ils voulaient avoir un avenir.

– Et alors ? Qu'ont-il fait ?

– Regarde !

Nous étions arrivés au sommet de l'Escalator. Je m'attendais à tomber sur le Bronx tel qu'il était, toujours aussi bruyant. Eh bien, nous y étions, mais il n'avait plus rien à voir avec celui que je connaissais.

La première chose que j'ai vue, c'est de l'herbe. Beaucoup d'herbe. Et un grand lac où des gens pêchaient à l'ombre de grands arbres feuillus. Le sol n'était pas plat : il y avait des collines et des saillies rocheuses, et même un petit pont au-dessus du cours d'eau alimentant le lac. C'était une belle journée ensoleillée, avec un ciel d'un bleu immaculé. J'ai même senti une odeur familière. On aurait dit...

– Des pins, a dit Gunny. C'est bien ce que tu respires.

Il avait lu dans mes pensées. Le kiosque vert du métro s'élevait au bord d'un bosquet dense de pins. Mais cette odeur était bien différente des relents de pollution typiques de la Première Terre.

J'ai aussi vu quelques bâtiments épars qui ressemblaient à des boîtes entassées les unes sur les autres. Ce devait être des immeubles résidentiels, parce qu'il y avait des gens sur les balcons qui discutaient entre eux, lisaient ou se détendaient.

Il restait des routes, mais plutôt que de quadriller l'espace comme dans nos villes, ces voies contournaient les reliefs du terrain. Il y avait de la circulation, mais les voitures étaient petites et probablement électriques, parce qu'elles émettaient à peine un léger bourdonnement. Bien des gens circulaient à bicyclette, à pied ou sur ces scooters que j'avais vus sous terre. J'ai aussi vu des sortes de petits abris verts éparpillés. Je présume que c'était des entrées menant à l'incroyable complexe souterrain.

– La première fois que je suis venu ici, a remarqué Gunny, j'ai fait comme toi : je me suis contenté de regarder. Puis j'ai senti monter un sentiment chaleureux et agréable.

– Pourquoi ?

– Parce que j'ai constaté que ça nous avait peut-être pris des milliers d'années, mais que nous avions enfin fini par comprendre.

– C'est incroyable. Pourquoi ne nous avez-vous rien dit ?

– Je me suis dit que nous avions déjà pas mal à faire sur la Première Terre, a répondu Gunny. L'avenir serait toujours là. Nous devons avant tout nous soucier du présent.

Puis une voix amicale a résonné :

– On dirait que nous avons de la visite !

Une petite voiture pas plus grosse qu'un chariot de golf s'était glissée derrière nous. Mais elle était bien plus effilée qu'un chariot, avec un capot en pointe et des roues de taille normale. La coque était argentée, avec quatre sièges et pas de capote.

Derrière le volant se tenait un type qui devait avoir une vingtaine d'années. Il arborait des cheveux longs, des yeux brillants et un grand sourire. Il était vêtu d'un jean et d'une chemisette vert foncé comme n'importe quel habitant de la Seconde Terre.

– Salut, Patrick, a dit Gunny. Merci d'être venu nous chercher si vite.

L'interpellé a sauté de sa voiture pour étreindre amicalement son collègue.

– C'est bon de te revoir, Gunny. Où est l'autre furieux ?

Gunny m'a désigné et a dit :

– Voici son neveu, Bobby Pendragon.

Patrick m'a serré la main. Sa poigne était ferme.

– Pendragon ! Press m'a dit que tu viendrais ici un jour. Heureux de te rencontrer enfin.

– Moi aussi, ai-je répondu.

– Et alors ? Où est-il ?

Gunny s'est tourné vers moi. C'était à moi de répondre.

– Il est mort, ai-je dit doucement.

Je ne savais comment le formuler autrement.

Le visage de Patrick a exprimé une détresse sincère. Nous sommes restés silencieux un long moment, en marque de respect.

– Je suis désolé, Bobby, a fini par dire Patrick. Ton oncle était comme un frère pour moi. Il va me manquer.

J'ai acquiescé. Où que puisse aller l'oncle Press, quel que soit le nombre d'existences qu'il influençait, il se faisait des amis partout. Enfin, sauf avec Saint Dane.

– Peu avant sa mort, ai-je déclaré, il m'a dit que c'était écrit. J'ai eu du mal à le croire.

– Je sais, a répondu doucement Patrick. Mais Press, lui, en était convaincu. Et je ne l'ai jamais vu se tromper.

J'ai hoché la tête.

– On a besoin de toi, Patrick, a dit Gunny, pour revenir à notre mission. Tu peux nous emmener à la bibliothèque ?

– Bien sûr. Montez.

Comme c'était ma première visite sur la Troisième Terre, Gunny m'a laissé m'asseoir à l'avant, à côté de Patrick. Mon nouveau collègue Voyageur a appuyé sur le champignon, et nous sommes partis.

– Tu es déjà allé à la Bibliothèque publique de New York, à Manhattan ? m'a-t-il demandé.

– Je suis passé devant. Celle où il y a un escalier avec deux lions de pierre, c'est ça ? Il est toujours là ?

– Oui. Mais, hem... les choses ont un peu changé.

– Sans blague ?

Patrick a éclaté de rire.

– Je sais ce que tu veux dire. Je suis allé sur la Première et sur la Seconde Terre. Mais il reste encore bien des liens avec le passé. Nous tenons à ce que l'histoire soit respectée et honorée. Tu vas comprendre.

C'était bien joli, mais tout ce que je voyais, c'est que le New York que je connaissais n'existait plus.

Jadis, chaque centimètre de cette zone était bétonné ou construit. Le quartier grouillait de voitures, de bruit, de passants et de pollution. Ce n'était pas un sale coin, mais il était très affairé. Le New York de 5010 n'avait plus rien à voir.

Nous avons parcouru en silence une petite route sinuant à travers la campagne. De chaque côté, elle était bordée d'arbres et, plus loin, de collines luxuriantes. De temps en temps, je remarquais un de ces drôles de bâtiments d'habitation carrés, mais autrement, on se serait cru en pleine cambrousse. J'ai même vu quelques fermes avec des vergers. En passant devant l'une d'entre elles, j'ai senti une odeur de pommes.

– Où est tout le monde ? ai-je demandé.

– Je vais te faire la version courte, a répondu Patrick. Au milieu du XXI$^{e}$ siècle, les ressources naturelles tiraient à leur fin. La pollution était pire que jamais et il y avait un grave problème de surpopulation. Il était temps que les gouvernements prennent des mesures pour éviter la catastrophe. À partir de là, la Terre s'est mise à fonctionner comme une planète unie, et non un assemblage de pays aux intérêts antagonistes.

– C'est comme ça qu'ils sont partis sous terre ? ai-je demandé.

– C'était une solution. Tout a commencé par l'énergie. Il y a des centrales d'énergie près du noyau de la planète.

Tout ce que j'ai trouvé à dire, c'est :

– Incroyable.

– Ça nous a pris pas loin d'un millénaire, mais en l'an 4000, toutes les entreprises commerciales se sont enterrées. Des usines jusqu'aux magasins Gap.

– Gap existe encore ?

– Je pense que le pull que tu portes vient de chez eux.

En y regardant de plus près, j'aurais pu trouver le même sur la Seconde Terre. Ces bons vieux Gap.

– Les seules entreprises de surface sont les fermes et certaines centrales à énergie solaire. La plupart se trouvent à l'ouest, dans des zones peu peuplées.

– C'est logique, ai-je remarqué.

– Ensuite, les gens aussi ont fini par s'installer sous terre. Il existe d'immenses complexes troglodytes reliés par tout un réseau de chemin de fer.

– Il y a de quoi devenir claustrophobe, non ?

– Pas autant qu'à la surface. On commençait à manquer de place. Non seulement nous sommes descendus, mais nous avons aussi monté.

– Comment ça ?

– En colonisant l'espace. Tout a commencé par la station spatiale Alpha, à la fin du XXI$^{e}$ siècle. D'autres grandes plates-formes orbitales ont suivi. De là, nous pouvions aller plus loin encore. L'étape suivante a été la Lune. D'ici à l'an 3000, nous y avions installé plusieurs colonies d'un millier d'habitants chacune. Mars a suivi, puis Vénus et deux des lunes de Jupiter. Au dernier recensement, il y a cent cinquante-cinq millions d'humains vivant hors de la planète. Si on y ajoute le fait que les gens ont enfin compris l'utilité de contrôler les naissances, nous avons obtenu une croissance zéro de la population.

Voilà un avenir tel que seuls les auteurs de science-fiction de mon époque auraient pu le concevoir.

– Est-ce qu'il y a aussi des colonies sous-marines ? ai-je demandé.

– Oh, oui, aussi. Mais elles ne sont pas représentatives. Il n'y a guère que quelques millions d'habitants qui vivent sous l'eau.

– *Guère* que quelques millions ? Impressionnant.

– Je vais te dire ce qui est vraiment impressionnant. Une fois que l'homme a rendu la surface à Dame Nature, celle-ci se l'est réappropriée. La pollution a diminué. L'air et l'eau sont redevenus purs. Les forêts ont regagné du terrain, à commencer par la forêt vierge d'Amérique du Sud. D'une certaine façon, le monde a fait un grand pas en arrière.

– Mais où est passé tout ce qu'il y avait en surface ? Je veux dire, je ne vois plus la moindre rue, le moindre bâtiment. Où sont-ils passés ?

– On les a démantelés peu à peu. C'est comme un immense recyclage. L'essentiel de ce qui se trouvait à la surface a été réutilisé pour fabriquer ces villes souterraines. Ça faisait des millions de tonnes de matière première prêtes à servir ! Sans oublier tout ce qu'il a fallu creuser. La majeure partie des constructions a été démolie pour créer de nouveaux terrains. Les collines que tu vois ont été faites avec les rues et les immeubles de New York. L'idée était de guérir la surface et de préserver nos ressources pour l'avenir.

– Mais il y a encore des gens qui vivent à la surface ? ai-je demandé.

– Oh, oui. Il y a encore des villes ordinaires partout dans le monde. La répartition entre les troglodytes et les gens de la surface doit être de cinquante-cinquante. Mais les troglodytes passent aussi du temps à la surface. Ils partent en vacances à la mer ou vont faire du ski en montagne et, en gros, tout ce qu'ils faisaient sur la Seconde Terre. Si vous voulez, on peut aller voir un match des Yankees.

– Le Yankee Stadium existe toujours ?

– Bien sûr, a répondu Patrick en souriant. Il y a des choses qui ne doivent pas changer.

– Ça a l'air... parfait, ai-je dit sans grande imagination.

– Oh, non ! a repris Patrick en riant. La perfection n'est pas de ce monde. Mais c'est toujours mieux que la direction que prenait l'humanité.

Nous avons continué notre chemin en silence. Bien sûr, j'avais un million de questions en tête, mais je préférais arrêter de me torturer la cervelle et profiter du voyage. Gunny avait raison. C'était un sentiment plutôt agréable. Apparemment, ça nous avait pris du temps, mais l'humanité avait enfin trouvé la bonne façon de poursuivre son chemin.

Plus nous nous rapprochions de Manhattan, plus j'ai compris ce que Patrick voulait dire en parlant de préserver le passé. Bien que la majeure partie du terrain soit revenu à son état naturel, il restait encore des structures à la surface, comme les ponts au-dessus des rivières entourant Manhattan.

Et l'Empire State Building était toujours là. Sauf qu'il était recouvert d'une surface d'acier luisante, comme une version high-tech de ce fameux immeuble. Je ne sais si c'était vraiment le même bâtiment, mais c'était bien un souvenir du passé, pas de doutes. Cool. Le Manhattan du futur semblait plus peuplé que le Bronx. Il y avait plus de rues et plus de ces bâtiments résidentiels en forme de boîtes, et l'île ressemblait davantage à une ville. Et pourtant, ce décor semblait plus détendu, plus civilisé.

Mais quelque chose ne collait pas.

Plus je découvrais ce monde reconstitué, plus un sentiment de malaise s'insinuait en moi. Je n'aurais pu dire ce qui me gênait, mais une drôle de vibration me chatouillait l'arrière du cerveau. Et pourtant, je n'ai rien dit.

– Nous y voilà, a dit Patrick en s'arrêtant devant la bibliothèque.

J'ai été heureux de constater que les deux lions de pierre de mes souvenirs étaient toujours là, tout comme le grand escalier menant au bâtiment. Mais celui-ci avait bien changé. Je me souvenais d'un grand immeuble imposant avec des arches et des colonnes évoquant la Rome antique. Or il n'en restait plus rien. À sa place s'élevait une petite structure moderne guère plus grande que la bibliothèque de Stony Brook.

– C'est ça ? ai-je demandé, surpris. C'est... petit.

– Ça fait deux mille ans que nous ne nous servons plus de livres au sens traditionnel du terme, a répondu Patrick. Ils prenaient tant de place ! Allons, venez. Vous ne serez pas déçus.

Il est descendu de voiture pour monter les escaliers. Gunny s'est penché vers moi et a dit :

– Je te l'ai dit, ce sont des petits grains de sable. C'est là qu'ils gardent leurs informations. C'est magique.

– Gunny, ai-je répondu, je ne suis pas tranquille.

– C'est ce qu'on va découvrir qui t'inquiète ?

– Oui, et ce que nous avons déjà vu.

Nous avons parcouru des yeux ce quartier si calme. De l'autre côté de la rue, des gamins jouaient au foot sur l'herbe. D'autres gens passaient à vélo. Des musiciens jouaient un air classique sur le parvis de la bibliothèque. Tout le monde semblait détendu et heureux, contrairement aux New-Yorkais frénétiques de la Première et de la Seconde Terre.

Gunny a regardé tout ça et a dit :

– C'est pour ça que je t'ai emmené ici. Il fallait que tu voies tout ça. Il y a de quoi se poser des questions, non ?

– Oui, ai-je répondu. Allons trouver des réponses.

## *Journal n° 11*
## *(suite)*

# TROISIÈME TERRE

Je n'avais jamais vu une bibliothèque comme celle-ci – c'est-à-dire sans livres. Non, je retire ça. Il y avait bien *un* livre, mais il se trouvait dans le vestibule, et il était enchâssé dans un grand écrin de verre comme une relique. J'imagine qu'il était là pour rappeler le passé aux visiteurs, pour qu'ils voient à quoi ressemblait un bouquin avec des pages. Je me suis demandé quelle œuvre avait droit à cette place d'honneur. Un dictionnaire ? La Bible ? Les œuvres complètes de Shakespeare ou d'un autre poète célèbre ?

– *Le Chat chapeauté* ? a fait Gunny, surpris. Quel docteur irait trouver un titre pareil ?

– Le docteur Seuss, ai-je répondu avec un grand sourire. C'est un classique. On en a même tiré un film.

Patrick nous a rejoints.

– On a voté. Tout le monde était d'accord. Victoire par K.-O. J'aime bien aussi *Le Club des cinq*, mais celui-là me convient.

Les gens de la Troisième Terre devaient avoir le sens de l'humour.

Patrick nous a fait traverser un grand vestibule au sol de marbre où plusieurs personnes étaient assises dans des fauteuils confortables devant des écrans d'ordinateurs plats. C'était encore la meilleure façon de maximiser le peu d'espace dont ils disposaient. Et pourtant, moi qui adorais lire, j'avais du mal à m'imaginer ne pas avoir à tourner les pages.

Plusieurs couloirs partaient du vestibule. Patrick nous a fait prendre l'un d'entre eux. J'ai remarqué qu'il était bordé de portes. Certaines étaient ouvertes, si bien que j'ai pu voir ceux qui se trouvaient à l'intérieur. Dans l'une des pièces, j'ai remarqué une scène qui m'a poussé à m'arrêter net. Trois personnes étaient rassemblées autour d'une plate-forme argentée qui s'élevait à trente centimètres au-dessus du sol. Et là, au milieu de la plate-forme, une silhouette leur parlait. Celle de l'ancien président des États-Unis Abraham Lincoln. Je vous jure que c'était lui !

– ... Et le gouvernement du peuple, par le peuple, pour le peuple, ne disparaîtra pas de ce monde.

– C'est... C'est Abraham Lincoln ! ai-je dit sans m'adresser à qui que ce soit en particulier.

– Oui, le discours de Gettysburg. Tu veux l'écouter ?

– C'est un type déguisé en Lincoln, non ?

Aussitôt, comme par magie, Abraham Lincoln a disparu. La plate-forme était vide. J'ai jeté un regard interrogateur à Patrick, qui a passé un bras autour de ma taille et m'a entraîné plus loin dans le couloir.

– Pense à ce qu'ont dû ressentir les hommes des cavernes la première fois qu'ils ont vu un feu de bois, a-t-il dit. Sans doute la même chose que toi en ce moment.

– Ce n'était pas un feu de bois, et je ne suis pas un homme des cavernes, ai-je répondu, encore sous le choc. C'était *quoi* ?

– Je vais te montrer.

Patrick nous a menés dans une des pièces bordant le couloir. Elle ressemblait à celle du fantôme de Lincoln, mais en plus grand. Six chaises toutes simples entouraient une plate-forme argentée de deux mètres de diamètre.

– En tant que professeur, a expliqué Patrick, j'ai accès à cette salle spéciale.

Je me suis tourné vers Gunny.

– Tu as déjà vu ça ?

– Oui, a-t-il répondu en souriant. C'est magique, je te dis !

– Assieds-toi, a dit Patrick en refermant la porte. C'est une notion très simple. Chaque information qui existe se trouve dans nos banques de données. Elle est assez semblable aux ordinateurs de Seconde Terre, mais en douze milliards de fois plus puissant.

Il a pris la chaise du milieu, a appuyé sur un bouton blanc situé sur l'accoudoir et a dit d'une voix de stentor :

– Ordinateur ! Nouvelle recherche !

Une voix de femme mélodieuse lui a répondu :

– Bienvenue. Que puis-je pour vous ?

Eh bien ! On se serait cru dans *Star Trek*. Les lumières ont automatiquement diminué et notre attention s'est reportée sur la plate-forme devant nous.

Patrick a appuyé à nouveau sur le bouton blanc.

– Ordinateur. Lincoln, Abraham. Président des États-Unis.

Aussitôt, Abraham Lincoln est apparu devant nous sur la plate-forme. Mais ce n'était pas qu'une image : on aurait dit qu'il était là en chair et en os.

– Oh, nom de..., me suis-je écrié. C'est un hologramme !

– Tout à fait, a répondu Patrick.

Il a touché à nouveau le bouton blanc et a demandé :

– Discours de Gettysburg.

Aussitôt, Abraham nous a parlé :

– Il y a sept ans, nos pères ont...

– Terminé, a dit Patrick, et Lincoln a disparu.

– Alors ça, c'est le pied ! me suis-je exclamé.

Ça m'a rappelé les hologrammes qu'Aja Killian nous avait montrés sur Veelox.

– C'était facile, a remarqué Patrick. Lincoln est très demandé.

– Alors donnons plutôt dans l'inhabituel, a dit Gunny. Nous sommes venus pour en savoir davantage sur le *Hindenburg*. Ça te dit quelque chose ?

– Tu veux rire ? s'est offusqué Patrick. Moi qui croyais que ce serait difficile !

Il a appuyé sur son bouton et déclaré :

– *Hindenburg*, zeppelin, première moitié du XX<sup>e</sup> siècle.

Un spectacle familier a apparu sur la plate-forme. Le vaisseau argenté – en miniature, bien sûr – planait devant nous.

– L'intérieur, a commandé Patrick.

L'appareil a disparu et, à la place, on nous a montré diverses vues de la cabine du dirigeable. C'était super. Comme de déchirer le tissu même du temps pour examiner une autre époque. Le *Hindenburg* était un aéronef de luxe. Ils ont dû le concevoir comme un navire de croisière. Il y avait de grands salons, une salle de banquet et un long pont d'où l'on pouvait, en toute sécurité, voir défiler le monde derrière la vitre de protection.

– C'était un appareil haut de gamme, a dit Patrick. Conçu pour véhiculer des gens d'Europe aux États-Unis avec classe.

– C'est son accident qui nous intéresse, a dit Gunny.

– Je m'en doute, a repris Patrick en appuyant sur son bouton. Ordinateur. Incendie du *Hindenburg*.

L'engin complet est revenu. Puis des flammes sont apparues sur le flanc gauche, près de la queue. Elles se sont propagées si vite qu'on aurait dit un film passé en accéléré. L'arrière s'est affaissé pendant que les flammes léchaient la coque argentée du dirigeable. L'image était si réaliste que je m'attendais à sentir sa chaleur. Le zeppelin s'est abattu au sol, la queue en premier. Puis le nez a sombré à son tour. J'ai pu voir courir des gens affolés tout le long de la nacelle. C'était horrible – et fascinant.

Finalement, le dirigeable s'est embrasé tout entier. Son enveloppe s'est consumée, révélant son squelette. Puis celui-ci s'est effondré en un amas de métal incandescent. L'image s'est soudain figée. Et la voix de l'ordinateur s'est élevée :

– Zeppelin LZ-129. *Hindenburg*. S'est écrasé en 1937, après son premier vol transatlantique. Départ : Francfort, Allemagne. Destination : base aéronavale de Lakenhurst, New Jersey, États-Unis. Date de l'accident : 6 mai. Heure de l'accident : 19 h 25. Durée de l'accident : 37 secondes. Passagers et membres de l'équipage à bord : 97. Morts : 36.

– Trente-six morts en trente-sept secondes, ai-je répété. C'est incroyable.

Quoique, peut-être pas tant que ça. Je me suis souvenu de la rapidité avec laquelle l'incendie provoqué par la fusée de Winn Farrow s'était propagé dans l'abattoir.

– Il s'est écrasé à 7 h 25 *du soir* ? Je croyais qu'il devait arriver le matin.

– Ordinateur, a demandé Patrick. Raisons du retard.

– Vents contraires. Le *Hindenburg* a attendu que la tempête s'apaise.

– Spader serait content, a remarqué Gunny. Il nous reste encore douze heures de rab.

Patrick s'est tourné vers Gunny.

– Qu'est-ce que tu cherches exactement ?

– Ce qui a provoqué cet accident.

Gunny m'a regardé. Nous pensions avoir la réponse à cette question, mais c'était un bon point de départ.

– Ordinateur, a répété Patrick. Causes de l'accident.

La voix agréable de l'ordinateur a répondu :

– Plusieurs théories s'affrontent. Un : zeppelin bourré d'hydrogène hautement inflammable. Hypothèse : électricité statique résiduelle des tempêtes précédentes. Deux : structure du ballon recouverte de poudre d'aluminium volatile. Hypothèse : cette même électricité statique. Trois : éclair. Dernière hypothèse : un sabotage.

– Sabotage ? ai-je répété.

– Ordinateur, a embrayé Patrick. Plus sur la théorie du sabotage.

– Possibilité d'une machine explosive déposée à bord par un membre de l'équipage. Jamais démontrée.

– Scénario le plus probable ?

– Indéfini. La cause du désastre reste un mystère.

L'image du zeppelin a alors disparu.

– Ça reste un des grands mystères du XXe siècle, a affirmé Patrick. Pourquoi le *Hindenburg* a-t-il explosé ? Même avec toute notre science, nous sommes incapables de le dire.

Gunny et moi avons échangé un regard. Nous, on savait.

– Ainsi, ai-je repris, cet ordinateur dispose d'informations sur tout le monde, et pas juste sur les présidents célèbres ?

– Toute information existante est à votre disposition.

J'y ai réfléchi une seconde. Une idée prenait forme.

– Je peux essayer ?

Patrick s'est levé et m'a laissé sa chaise.

– Amuse-toi bien.

Je me suis assis à sa place avec l'impression d'avoir un pouvoir illimité à ma disposition. J'ai touché le bouton et dit :

– Ordinateur. Rose, Maximilian.

– Plus de huit cent mille références, a répondu l'ordinateur. Plus de précisions, je vous prie.

Patrick eut un petit rire :

– L'ordinateur fait des recherches croisées sur toutes ses banques de données. Donne-lui de quoi limiter ses recherches.

D'accord. J'ai rappuyé sur le bouton.

– Ordinateur. Rose, Maximilian. États-Unis. 1937. Manhattan Tower Hotel. Criminel.

Gagné. Sur la plate-forme est apparu Max Rose dans toute sa gloire. Il portait même une de ses robes de chambre en soie.

– Un ami à vous ? a demandé Patrick.

– Si on veut. (J'ai touché à nouveau le bouton.) Ordinateur. Rose, Maximilian. 6 mai 1937.

– Maximilian Rose, décédé dans un accident de voiture le 6 mai 1937.

– Il devait être en chemin vers le terrain d'atterrissage du *Hindenburg*, a remarqué Gunny.

J'ai appuyé sur le bouton et demandé :

– Nouvelle recherche.

Le portrait de Max Rose a disparu.

– Ordinateur. Farrow, Winn. New York, 1937. Criminel.

Et pan ! Winn Farrow se tenait là, devant nous. Je commençais à croire que cet ordinateur était aussi sensationnel que Patrick le disait.

– Ordinateur. Farrow, Winn. 6 mai 1937.

– Reçu une contravention pour excès de vitesse de la police d'État du New Jersey à 16 h 25.

– C'est tout ?

Il roulait à vingt kilomètres heure au-dessus de la vitesse limite.

– Il doit y avoir autre chose, ai-je dit, exaspéré. Voyons voir. (J'ai à nouveau appuyé sur le bouton.) Ordinateur. Amaden, Esther. New York. 1937.

L'image de Winn Farrow s'est effacée. Il y eut une seconde de battement, mais rien ne l'a remplacée.

– Aucune donnée.

Bizarre. Je lui ai donné matière à réflexion :

– Ordinateur. Ajouter surnom : Harlow. Manhattan Tower Hotel. Chanteuse. Amie de Rose, Maximilian.

Un instant, puis :

– Aucune donnée.

– Ce machin ne se trompe jamais ? a demandé Gunny.

– Heu... non, a répondu Patrick. Il n'y a jamais eu d'Esther Amaden, ou l'ordinateur retrouverait sa trace.

– Et si elle a changé de nom ? a suggéré Gunny.

– L'ordinateur serait forcément au courant. Qui était-ce ?

Zut. Une idée m'a frappé et j'ai eu un sale goût dans la bouche.

– Ordinateur, ai-je dit d'une voix faible. Van Dyke, Vincent. Surnom : Gunny. Manhattan Tower Hotel. New York, 1937.

Il y eut un silence avant que l'ordinateur ne donne sa réponse :

– Aucune donnée.

Là, je me suis mis à transpirer.

– Ordinateur. Tilton, Press. Stony Brook, Connecticut. Début du XXI^e siècle. Oncle de Pendragon, Robert. Frère de Pendragon, Kathleen.

– Aucune donnée, a-t-il répondu après l'obligatoire silence.

– Nous sommes des Voyageurs, Pendragon, a déclaré Patrick. Nous ne laissons pas de traces.

C'était de plus en plus horrible. Je commençais à apprendre une autre conséquence de mon état de Voyageur. Pour le reste du monde, nous n'existions pas. Voilà pourquoi, sur la Seconde Terre, ma maison avait disparu, et ma famille avec elle.

– Ordinateur ! Pendragon, Robert. Surnom : Bobby. Stony Brook, Connecticut.

– Aucune donnée, fut la sentence.

– Ne te fais pas de mal, Bobby, a dit Gunny.

Je commençais à paniquer, mais pas pour les raisons que croyait Gunny. D'une certaine façon, je m'attendais à un coup pareil. C'était terrible de s'apercevoir qu'il ne restait rien de mon existence. Mais ce n'était pas ça qui me rendait malade.

Je ne pouvais pas rester assis. Mon cœur battait la chamade. J'ai fait un bond, ai enfoncé le bouton et crié :

– Ordinateur ! Amaden, Esther. Surnom : Harlow. Amie de Rose, Maximilian. New York. 1937.

Cette fois, l'ordinateur s'est tu pendant plusieurs secondes avant de décréter :

– Aucune donnée.

– Oh, non, a fait Gunny.

Il commençait à voir où je voulais en venir.

– En effet, ai-je rétorqué. Les Voyageurs ne sont pas répertoriés parce qu'ils n'ont pas d'histoire. *Tous* les voyageurs, pas uniquement ceux qui sont du bon côté.

– Tu crois que...

– Oui. Esther Amaden n'est autre que Saint Dane. Depuis le début, il joue sur les deux tableaux.

## *Journal n° 11*
## *(suite)*

# TROISIÈME TERRE

– Il s'est joué de nous ! ai-je dit. Il conseillait Winn Farrow d'un côté et Max Rose de l'autre. Et on s'est retrouvés pris entre deux feux.

– Tu veux dire que cette belle chanteuse n'est autre que Saint Dane ? a repris Gunny. C'est dur à avaler !

– Mais c'est vrai, ai-je rétorqué. Il peut prendre n'importe quelle apparence. Crois-moi, je l'ai vu de mes yeux.

Je me suis mis à tourner comme un lion en cage dans la bibliothèque en passant en revue tout ce qui s'était passé depuis notre arrivée sur la Première Terre. Maintenant que je savais que Saint Dane tirait les ficelles, tout était différent. Que pouvait-il bien mijoter ?

– Si tu me dis ce qui se passe, a fait Patrick, je pourrai peut-être t'aider.

– Nous pensions que l'explosion du *Hindenburg* était le moment de vérité de la planète, ai-je expliqué, mais Saint Dane voit bien plus grand. La Seconde Guerre mondiale pointe à l'horizon, et nous nous sommes dit que si nous pouvions empêcher la catastrophe, on pourrait éviter la guerre. Mais nous n'en sommes pas sûrs. L'ennui, c'est que comme Saint Dane joue sur les deux tableaux, on ne sait pas ce qu'il veut. Désire-t-il que le *Hindenburg* s'écrase ou pas ?

– Nous savons ce qui va se passer après l'accident, a ajouté Gunny. Ce que nous ne savons pas, c'est ce qui se produira si ce dirigeable ne s'écrase pas.

Nous sommes restés silencieux. C'était précisément le problème.

Sauver le *Hindenburg* était-il une bonne ou une mauvaise chose ? Nous ne connaissions pas la réponse à cette question.

Enfin, c'est ce que nous croyions.

– Eh bien, je peux vous aider, a déclaré Patrick d'un ton badin, comme si ce n'était rien.

– Vraiment ? ai-je demandé, incrédule. Comment ?

– Je sais que c'est dur à avaler, mais vous n'avez pas idée de ce dont notre système est capable. Ce que nous venons de faire avec Abraham Lincoln et le *Hindenburg* n'est qu'un hors-d'œuvre.

– Ouais, c'est cool, ai-je répondu. Mais vous ne pouvez pas prédire l'avenir.

– Tu crois ? a répondu Patrick en souriant.

Gunny et moi avons échangé un regard stupéfait. Il se fichait de nous ou quoi ? Même le plus élaboré des ordinateurs en est incapable.

– Écoutez, a-t-il repris, c'est mathématique. Deux plus deux égale quatre. Mais si on change « un » « deux » en « trois », l'addition ne donne plus quatre, mais cinq.

– Et c'est comme ça que vous pouvez prédire l'avenir ?

À mes yeux, ce Patrick commençait à perdre de sa crédibilité.

– Suivez mon raisonnement, a-t-il répondu. Imaginez une équation particulièrement complexe avec des milliers, voire des millions de chiffres. Eh bien c'est pareil : changer un nombre équivaut à modifier l'équation tout entière. D'accord ?

– Ouais, je crois, ai-je répondu. Mais quel rapport avec le fait de lire l'avenir ?

– Bien, a repris Patrick. Figurez-vous que tous les événements qui se sont passés forment une équation. Si vous altérez un seul de ces événements, vous modifiez tout ce qui se passera par la suite. Il faudrait recalculer toute l'équation.

– Mais les chiffres sont réels, ai-je remarqué.

– Le passé aussi, a répondu Patrick. Aussi réel que n'importe quel chiffre. Je ne peux prédire ce qui va se passer demain, mais je peux certainement discerner comment des modifications dans le passé affecteraient ce même passé.

– C'est impossible ! ai-je crié. Pour faire une telle prédiction, il faudrait que cet ordinateur sache tout ce qui s'est jamais passé, tout sur tout le monde !

– C'est ce que je me tue à vous dire ! a renchéri Patrick avec chaleur. C'est exactement ce que nous avons dans nos banques de données. Nous pouvons prendre un événement passé et changer un des facteurs. L'ordinateur va examiner des milliards d'autres facteurs et produire un nouveau scénario, comme une équation mathématique. C'est ce qu'on appelle la « technologie des variables ».

Je ne suivais plus. Sans parler de Gunny, qui devait être complètement largué.

– Bon, je vous donne un exemple simple. 1969. Superbowl Trois. L'équipe des New York Jets a battu les Baltimore Colts par 16 contre 7. J'ai rassemblé toute les informations possibles sur les joueurs, le temps, les entraîneurs, tout. J'ai même retrouvé ce que chaque joueur avait pris au petit déjeuner. Puis j'ai changé un élément. J'ai imaginé que Joe Namath, l'avant-centre des Jets, se blessait au premier quart. L'ordinateur a calculé un score final bien différent de 16 à 7.

– Que s'est-il passé ? ai-je insisté. Les Colts ont cassé la baraque, hein ?

– Pas vraiment. Les Jets ont gagné par 24 à 0. Bizarre, non ?

– Il y a une différence entre prédire le résultat d'un match de foot et le cours de l'histoire.

– Fais-moi confiance, Pendragon. Pense à tout ce que tu as déjà vu sur la Troisième Terre. Si je t'avais parlé de tout ça en ton temps, est-ce que tu m'aurais cru ?

– Eh bien... ouais, peut-être.

– Alors crois-moi sur ce point, a-t-il repris avec une confiance absolue. Un événement tel que la chute du *Hindenburg* va changer la donne. Je ne peux pas prédire avec précision *tout* ce qui va se passer si l'accident n'a pas lieu, mais je peux te donner une idée de l'impact de ce non-événement.

J'ai regardé Gunny. Voilà un type qui n'aurait pas pu assimiler la notion de jeu vidéo et encore moins ce que disait Patrick. Et pourtant, il me fallait une seconde opinion.

– Qu'est-ce que vous en dites ?

Il m'a donné une réponse frappée au coin du bon sens :

– Pour moi, tout ce que je vois en ces lieux relève de l'impossible. Et pourtant, c'est la réalité. J'aurais tendance à laisser à Patrick le bénéfice du doute. S'il dit qu'il peut le faire, qui sommes-nous pour prétendre le contraire ?

C'était un excellent argument. En plus, si Patrick en était vraiment capable, il nous fournirait les réponses dont nous avions désespérément besoin.

– Bon, allez-y.

Patrick nous a fait un grand sourire. Il semblait aimer ce genre de défi. Il a couru vers un cabinet, d'où il a sorti deux blocs de papier bleu et deux stylos.

– Vous deux allez écrire tout ce qui vous passe par la tête sur la situation. Des noms, des dates, des événements, des endroits... *tout*. Vraiment. La plus petite information peut avoir son importance.

– Je croyais que l'ordinateur s'occupait de tout ? ai-je demandé.

– Il nous faut lui donner un maximum d'éléments de travail, a répondu Patrick. Plus nous l'aiguillerons dans la bonne direction, plus les résultats seront précis.

J'ai regardé ce qu'il tenait à la main et ai gloussé de rire :

– Vous vous servez toujours de stylos et de papier ?

– En général, non, a-t-il répondu. Mais vous montrer comment créer une interface avec l'ordinateur prendrait trop longtemps.

Bien vu. Nous avons pris une demi-heure pour noter tout ce qui nous revenait concernant ce mystère. J'ai mis un point d'honneur à retranscrire tout ce que je savais sur la relation entre Max Rose et Winn Farrow. C'étaient les personnages clés de cette histoire. C'était à cause de leur querelle que le *Hindenburg* était en danger. Finalement, nous avons présenté à Patrick nos pages de notes.

– Et maintenant ? ai-je demandé.

– Va dehors et détends-toi un brin. Je dois taper tout ça et enclencher le processus. Ça peut prendre un certain temps. Dès que j'aurai un résultat, je vous préviendrai.

Et c'est tout. Gunny et moi avons laissé Patrick et ses jouets. Nous sommes retournés au salon, où soudain j'ai flairé une délicieuse odeur de cuisine. Je ne m'en étais pas aperçu jusque-là, mais j'ai dû me rendre à l'évidence : je crevais de faim. Pourvu qu'il y ait vraiment une cafétéria au coin de ce couloir, et pas une odeur virtuelle venant d'un ordinateur où quelqu'un aurait tapé « pizza » !

Nous avons trouvé un petit comptoir où l'on vendait des plats simples et des boissons. Peu m'importait. Ils auraient aussi bien pu n'avoir que des choux de Bruxelles, j'avais si faim que j'aurais pris une portion double. Et Gunny était dans le même cas. Nous avons pris quelques gâteaux et du jus de fruits.

– Zut ! a fait Gunny. Je n'ai que de l'argent de Première Terre.

– Tentez toujours le coup, ai-je dit en haussant les épaules.

Gunny a tendu au vendeur un billet de 20 dollars de la Première Terre. Il lui a jeté un drôle de regard et a dit :

– Je ne sais pas ce que c'est, mais dans la bibliothèque, vous n'avez pas à payer votre déjeuner.

Wow ! Manger à l'œil. Ma surprise a été aussi grande qu'en voyant la cité souterraine. Décidément, la vie sur la Troisième Terre était plutôt agréable.

Gunny et moi avons emporté le tout sur les marches de la bibliothèque et nous sommes assis. Tout d'abord, nous n'avons rien dit. Nous étions trop absorbés par nos cookies au chocolat du LIe siècle. Ils avaient le même goût que ceux du XXIe siècle. Heureusement, tout n'avait pas changé.

Tout en mangeant j'ai eu le temps de réfléchir. Comme je l'ai déjà dit, j'avais un drôle de sentiment, bien que je ne sache pas d'où il vienne. Ce n'est qu'à ce moment que j'ai compris. Pourtant, c'était sous mes yeux depuis notre arrivée, mais je n'avais pas encore percuté. À présent que j'étais assis au soleil, la vérité m'a soudain éclairé. Et d'ailleurs, c'était évident. Trop évident, c'est pour ça que je n'ai pas compris tout de suite. Mais plus j'y réfléchissais, plus ça me semblait logique.

Et ça ne me plaisait guère. Soudain, je n'avais plus faim. J'ai reposé mon dernier gâteau, intact.

– Qu'y a-t-il, fiston ? a demandé Gunny.

– Peu importe ce que nous sort Patrick, ai-je répondu.

– Pardon ? Je pensais que c'était de la première importance, au contraire.

– Eh bien non. En fait, je sais ce qu'on doit faire.

– Vraiment ?

– Vous le savez aussi, Gunny. Je pense que nous espérons tous les deux que Patrick va nous démontrer que nous avons tort, mais ce n'est pas le cas.

Gunny a interrompu son repas pour regarder la scène qui s'étendait devant nous. Un centre-ville surpeuplé transformé en campagne avec juste quelques habitations de-ci de-là, mais surtout de la verdure et des badauds profitant de cette belle journée ensoleillée. Au loin, je pouvais voir une East River non polluée. L'air était frais et la violence inexistante. Tout était parfait. Et d'après ce qu'avait dit Patrick, le reste de la Troisième Terre était semblable à ce paradis.

La perfection.

J'ai regardé Gunny droit dans les yeux. Il était perturbé. On était sur la même longueur d'ondes.

– Ça ne ressemble pas à un territoire que Saint Dane a mené vers le chaos, non ? a dit Gunny.

Voilà. L'accident du *Hindenburg* était un terrible événement bien digne de Saint Dane. Nous espérions même qu'en l'évitant, nous pouvions empêcher la Seconde Guerre mondiale. Mais la vérité était plus simple : malgré l'explosion du *Hindenburg*, la Terre était devenue plus vivable.

– Si nous changeons l'Histoire, nous ne ferons rien de bon, c'est ça ? a dit Gunny.

– Oui.

La réalité nous rattrapait à grands pas. Notre mission était sur le point d'être chamboulée. Si nous voulions que la Terre devienne ce territoire idéal, nous devions nous assurer que l'Histoire suive son cours.

Ce qui voulait dire qu'il fallait que Winn Farrow réussisse. Le *Hindenburg* devait s'écraser.

– Saint Dane *veut* qu'on change l'histoire, ai-je affirmé. Voilà le fin mot de l'affaire. Le moment de vérité. Si nous réussissons, ce monde parfait ne verra jamais le jour.

Soudain, l'enjeu m'a semblé bien trop important. Ça me fait mal de le dire, mais j'en ai eu ras le bol.

– J'en ai marre ! ai-je crié en me levant d'un bond.

– Qu'y a-t-il ? a demandé Gunny avec compassion.

– Il y a que je ne veux plus faire tout ça. Ce n'est pas juste. Pourquoi c'est nous qui devons sauver ce territoire ?

– Parce qu'on est des Voyageurs.

– Oui, ben, je ne veux plus l'être. Je n'ai rien demandé à personne, moi. Je ne me suis pas porté volontaire. Comment m'a-t-on choisi ? Et *vous ?* Vous ne vous posez jamais la question ?

– Tous les jours que Dieu fait.

– Et il n'y a rien qui vous dérange ?

Gunny y a réfléchi avant de répondre.

– Je dois dire que si j'avais le choix, je serais tout de même ici avec toi. Mais pour moi, c'est différent. J'ai vécu longtemps avant de trouver ma vocation. Je comprends que ça te gêne.

– Ça, vous pouvez le dire ! me suis-je écrié. J'ai quinze ans. J'en avais quatorze quand j'ai dû quitter mon chez-moi. Personne de mon âge ne devrait être forcé de voir ce que j'ai vu. Je suis censé plancher sur mes exams et me soucier de mon acné ou du prochain match, et de ce que les filles de mon âge pensent de moi – pas condamner à mort trente-six personnes. Je ne veux pas d'une telle responsabilité !

Soudain, très vite, trop vite, les enjeux étaient devenus énormes, et j'en avais une frousse de tous les diables. Je savais n'être ni assez fort, ni assez malin pour porter un tel poids. Je voulais qu'on me remplace. Je voulais avoir l'oncle Press à mes côtés. Ou Osa, ou Loor. Je ne voulais pas devoir prendre de telles décisions. Je voulais rentrer chez moi et revoir mon père et ma mère.

Je voulais reprendre mon ancienne vie.

J'étais prêt à retourner au flume pour qu'il me ramène chez moi, sur la Seconde Terre, lorsqu'on nous a appelés.

– J'ai fini.

C'était Patrick. Il a descendu quelques marches pour nous rejoindre. Je ne sais pas si je serais capable de vous décrire son apparence, mais en le voyant, mon sang s'est figé dans mes veines. On aurait dit que sa peau s'était décolorée, et je vous jure qu'il avait l'air d'avoir vieilli de dix ans en quelques minutes. Il ne se tenait même plus debout, mais voûté, comme si un poids considérable reposait sur ses épaules.

– Venez voir ce que j'ai découvert, a-t-il dit doucement.

– Qu'y a-t-il ? a demandé Gunny en se levant aussitôt.

– Il faut que vous le voyez de vos yeux, sinon, vous ne voudrez jamais me croire.

– J'imagine que ce n'est pas très engageant ? ai-je dit.

Patrick a eu un sourire triste.

– Non, en effet, sauf que vous aviez raison. Vous avez bien trouvé le moment de vérité de la Première Terre, et c'est bien l'accident du *Hindenburg*. Mais il y a plus fort. Ce qui va se passer le 6 mai 1937 affectera non seulement la Première Terre, mais aussi la Seconde et la Troisième.

– C'est si terrible ? a demandé Gunny.

En guise de réponse, Patrick a poussé un soupir. Puis il a tourné les talons et a remonté les marches pour rentrer dans la bibliothèque.

Gunny et moi sommes restés plantés là, abasourdis. Plus que jamais, je désirais rentrer chez moi. J'étais sûr que ce qui nous attendait là-dedans serait une abomination. J'étais vraiment à un carrefour. La situation était grave, mais j'ai dû me faire violence pour ne pas m'enfuir à toutes jambes.

– Tu veux savoir pourquoi nous sommes responsables de tout ça ? a demandé Gunny.

J'ai regardé ses yeux empreints de sagesse, qui en avaient tant vu, bien plus que les miens.

– Parce qu'il n'y a personne d'autre.

Sur ce, il a gravi à son tour l'escalier.

Je suis resté seul, à retenir mes larmes. Ce qu'avait dit Gunny était très simple, et c'était la vérité.

J'ai fermé les yeux, inspiré profondément et les ai suivis.

*Journal n° 11*
*(suite)*

# TROISIÈME TERRE

– Vous devez retourner là-bas pour vous assurer que le *Hindenburg* s'écrase comme prévu, a dit Patrick. Sinon, tout sera différent.

Sa voix tremblait de frayeur, mais il était très clair.

– Et pas en mieux, je présume ? a dit Gunny.

– Ce n'est rien de le dire.

– Faut-il vraiment qu'on voie ça ? ai-je demandé.

– Oui. Même si ce n'est pas agréable.

Nous étions de retour dans la petite salle de la bibliothèque. Patrick nous a fait signe de nous asseoir. Gunny s'est exécuté, mais pas moi : j'étais trop nerveux. Et dans ces cas-là, je n'arrive pas à tenir en place.

– Vous vous souvenez, a commencé Patrick, je vous ai donné comme exemple une équation qui est entièrement différente si on modifie un seul chiffre ?

– Oui, ai-je répondu.

– C'est vrai, mais ça dépend aussi du chiffre qu'on décide de modifier. Pour certains, la différence générale serait moindre. Avec d'autres chiffres, l'impact est plus important.

– Et le *Hindenburg*, alors ? a demandé Gunny. Quelle est sa place dans l'équation ?

Patrick a dû s'asseoir. On aurait dit que le poids de la révélation qu'il allait nous faire l'écrasait.

– Saint Dane a touché le gros lot, a-t-il dit. Il est tombé sur *le* fait historique qui, s'il est modifié, chamboulera complètement l'avenir. S'il réussit, trois territoires sombreront dans le chaos au lieu d'un.

C'était précisément ce que je ne voulais pas entendre.

– Comment un seul événement peut-il avoir un tel impact ? ai-je demandé.

– C'est ce que je vais vous montrer.

Patrick a appuyé sur son bouton blanc et a crié :

– Ordinateur. Variation *Hindenburg*, pièce numéro un.

Le portrait de Maximilian Rose est apparu aussitôt.

– Tout tourne autour de ce type, a expliqué Patrick. Il a commencé à traiter avec les nazis dès 1935.

– On le sait déjà, ai-je répondu. Il leur fournissait des outils et de la ferraille.

– Oui, mais ce n'est pas tout. Ordinateur, pièce numéro deux.

Nous avons alors vu un groupe d'hommes que nous n'avions jamais vus, tous blancs, en costards, les cheveux ras. Ils n'avaient pas l'air très malin.

– Qui est-ce ? a demandé Gunny.

– Des espions.

– Des espions ? ai-je lancé. Comme James Bond ?

– Des espions industriels, a précisé Patrick. De ceux qui vendent les secrets des grandes compagnies, des plans et des concepts. Tous des Américains, tous au service de Max Rose. Certains pour l'argent, d'autres sous la pression des hommes de main de Rose. Chacun d'entre eux détenait un savoir de grande valeur, et les nazis voulaient mettre la main dessus.

– Et Max Rose leur a vendu ces secrets ? a demandé Gunny.

– Oui. Du moins jusqu'au 6 mai 1937. Ordinateur, pièce numéro trois.

Le gang d'espions a disparu, remplacé par l'image d'une voiture accidentée. Quoi qui ait pu lui arriver, ce n'était pas beau à voir : il n'en restait plus que des tôles froissées. Personne n'aurait pu sortir vivant d'un tel accident.

– 6 mai, 18 h 50, a expliqué Patrick. Au croisement de la route de Toms River et de la route 527... Max Rose se tue dans une collision. Mais ça n'aurait pas suffi à démanteler son réseau d'espionnage. Ses lieutenants auraient repris le flambeau. Sauf pour une chose. Pièce numéro quatre.

L'épave a disparu à son tour pour laisser la place à l'image familière du *Hindenburg* en flammes.

– Quand le dirigeable s'est écrasé, le règlement que les nazis envoyaient à Max Rose a brûlé avec lui. D'après les registres, il transportait une livraison de plusieurs millions de dollars, des bons du trésor, des bijoux et des œuvres d'art. Tout est parti en fumée. En trente-sept secondes.

– Dur pour Rose, a remarqué Gunny.

– Pire encore. Cette perte sèche a provoqué la fin de l'organisation de Max Rose. Ils n'ont pas pu régler leurs dettes. Le réseau s'est dissous. Certains se sont replongés dans la clandestinité, et on n'a jamais plus entendu parler d'eux. D'autres ont été arrêtés. Mais, en résumé, l'accident du *Hindenburg* a mis les espions de Rose au chômage.

– D'accord, ai-je dit, maintenant, on sait ce qui s'est passé. Et qu'est-ce que votre ordinateur a concocté comme scénario pour le cas où le *Hindenburg* ne s'écraserait pas ?

Patrick a hésité, puis s'est levé et s'est mis à faire les cent pas.

– J'ai entré une seule modification, La seule variable : que le *Hindenburg* se pose sans problème.

Patrick a inspiré profondément avant de reprendre :

– L'ordinateur a eu besoin de vingt bonnes minutes pour déterminer tout ce qui allait changer. Pendragon, c'est comme de dire qu'un ordinateur de Seconde Terre a mis toute une vie pour calculer pi. Vous imaginez l'importance des changements. Il a mobilisé toutes ses ressources, toutes ses banques de données, chaque parcelle de mémoire. Il a déconnecté tout le reste de la bibliothèque pour arriver à un résultat. Je n'avais jamais rien vu de tel.

– Alors montrez-le nous ! ai-je dit.

Patrick s'est rassis, a appuyé sur son bouton et a dit d'une voix faible :

– Pièce numéro cinq.

Alors est apparu un homme. Un homme aux cheveux poivre et sel. Il était petit, avec des lunettes cerclées de fer et un costard gris. Il ne me disait rien du tout.

– Je vous présente Dani Schmidt, a fait Patrick. Un physicien qui travaillait pour les nazis. Il n'a jamais eu un grand rôle dans l'histoire parce qu'il a échoué. Il a voué les dernières années de sa vie à un projet qu'il n'a jamais terminé. Les nazis l'ont exécuté en

1944. Son seul crime a été cet échec. Mais c'était dans l'ancien scénario. Si le *Hindenburg* avait survécu, sa vie aurait pris un autre tour. Pièce numéro six.

Dani Schmidt a disparu pour laisser la place à un gros engin gris qui ressemblait à une torpille.

– Quand le *Hindenburg* s'est posé, Max Rose a reçu son règlement et a pu maintenir à flot son réseau d'espionnage. Ils ont piqué encore plus d'informations pour les transmettre aux nazis qui, à leur tour, les ont refilées à Dani Schmidt. Si le *Hindenburg* s'était écrasé, ils n'auraient jamais eu accès à ces informations.

– Et ça, c'est quoi ? ai-je demandé en désignant la grosse torpille.

– Le projet sur lequel travaillait Dani Schmidt, a répondu Patrick. Grâce aux informations extorquées aux États-Unis, il a pu le mener à bien.

Patrick a inspiré profondément avant de reprendre :

– Pièce numéro sept.

L'image qui s'est formée m'a paru bien familière. Une vision aérienne de Washington D. C. J'ai pu distinguer le Capitole, le monument de Washington et le Lincoln Memorial.

– 24 mai 1944, a dit Patrick d'une voix tremblante. Les Allemands sont en déroute. Dans quinze jours, les Alliés vont envahir l'Europe. Dans un an environ, la guerre sera finie. Mais ce jour-là, le projet de Dani Schmidt a cessé de n'être qu'un projet.

J'ai alors assisté à une scène qui m'a coupé le souffle. Là, devant nous, aussi réelle que si nous la regardions d'un avion, nous avons vu une bombe atomique tomber sur Washington. La cité s'est désintégrée sous nos yeux. Le classique champignon de fumée s'est élevé au-dessus de la capitale ravagée, telle une pierre tombale démoniaque.

– Celle-ci a explosé à 10 heures du matin, a annoncé Patrick. Mais ce n'était qu'un début. Pièce numéro huit.

S'est alors formée une vue de l'île de Manhattan.

– Oh, non..., a soufflé Gunny.

*Boum.* Finie, New York.

– Cette bombe est tombée au nord de Manhattan à 10 h 15. Pièce numéro neuf.

Le champignon s'élevant au-dessus de New York a été remplacé par une vue aérienne de Londres. *Boum.* Plus de Londres.

– 10 h 25. Les nazis envoient des bombardiers à long rayon d'action portant les premières bombes atomiques que le monde ait...

– Arrêtez ! ai-je crié.

– Effacer, a renchéri Patrick, m'épargnant la destruction de Londres.

– Comment cette machine peut-elle savoir tout ça ? ai-je demandé. Ce n'est qu'une hypothèse.

– Non, a répondu Patrick. Les nazis ont toujours voulu disposer de l'arme nucléaire. Mais ils n'ont jamais pu construire une bombe en état de fonctionner, ce qui les a empêchés d'en arriver là. Grâce aux informations fournies par le réseau de Max Rose, Dani Schmidt a pu mener son projet à bien. Il ne faut pas chercher loin pour en arriver à cette conclusion : si le *Hindenburg* se pose sans exploser, l'Allemagne sera la première à développer la bombe atomique. Et elle s'en servira.

– Et que va-t-il se passer ensuite ? a demandé Gunny, sous le choc. Je ne veux pas le voir, contente-toi de me le dire.

– Ces deux explosions ont ravagé la majeure partie de l'Amérique du Nord. Pendant des années, les radiations seront mortelles. Pendragon, ta ville de Stony Brook, Connecticut, cessera d'exister. La déflagration de New York déclenchera des tremblements de terre qui la rayeront de la carte.

C'était à mon tour de m'asseoir. Je n'étais plus nerveux, mais nauséeux.

– En gros, a conclu Patrick, les Allemands vont gagner la guerre. Le plan d'Adolf Hitler va réussir, et sa doctrine s'étendra au monde entier. Inutile de dire qu'à partir de là, tout sera différent. J'ai une dernière chose à vous montrer. Pièce numéro cinquante-six.

Une autre vue aérienne est apparue sur la plate-forme. Celle de New York. Si je l'ai reconnue, c'est parce que j'ai vu un bâtiment qui ressemblait à l'Empire State Building. Mais ce n'était plus un fier gratte-ciel imposant : il n'en restait que les derniers étages. Il devait s'être effondré lorsque la bombe était tombée, et seul le sommet subsistait. Nous avons contemplé d'autres vues de la ville ravagée. Des gens faisaient la queue pour obtenir de quoi manger. Des enfants gelés et affamés en étaient réduits à dormir dehors. Des tentes bordaient les rues désaffectées. Des milliers d'êtres humains vivaient comme des rats dans les décombres.

– C’est juste après la bombe ? ai-je demandé.

– Non, c’est une vue du New York de la Troisième Terre trois mille ans plus tard, a répondu Patrick. Aujourd’hui.

J’ai alors remarqué un détail qui m’a mis les larmes aux yeux. Là, sur ce qui avait un jour été la 5e Avenue, il y avait une structure verte qui servait d’habitation improvisée. Elle devait couvrir tout un quartier. On avait creusé des trous dans ses flancs pour que les gens puissent entrer et sortir. Une vision étonnante autant qu’horrible, car là, au milieu des immeubles détruits, gisait la statue de la Liberté.

– Je vous le répète, a dit tranquillement Patrick, Saint Dane a remporté le gros lot. Avec un petit coup de main, il a trouvé le moment idéal pour plonger trois territoires dans le chaos. Effacer.

Les images ont disparu. Tant mieux. C’était plus que je ne pouvais en supporter. Nous sommes restés là sans un mot. Nous venions de contempler le jour du Jugement dernier. Que dire après ça ?

– Il y a peut-être une erreur ? a demandé Gunny.

– Des détails particuliers peuvent être différents, a répondu Patrick, mais en gros, le résultat resterait le même. Si Max Rose continue de diriger son réseau d’espionnage, les Allemands seront les premiers à avoir la bombe atomique, et ils la lanceront sur l’Angleterre et les États-Unis.

J’en avais assez entendu. Nous avions compris qu’il ne fallait pas chercher à sauver le *Hindenburg*, et ce petit théâtre des horreurs l’avait confirmé sans l’ombre d’un doute. Nous savions ce qu’il fallait faire, ou plutôt *ne pas* faire.

Je me suis levé.

– Nous ne sommes pas sur le bon territoire.

– En effet, a affirmé Gunny en se levant à son tour.

– Je viens avec vous, a dit Patrick. Je veux vous aider.

Gunny m’a regardé. Ce n’était peut-être pas une si bonne idée.

– Il ne vaut mieux pas, a dit Gunny. À peine arrivés, nous allons devoir foncer. Nous n’aurons pas le temps de t’apprendre tout ce qu’il faut savoir sur la Première Terre. Ne le prends pas mal, mais tu ne ferais que nous retarder.

Gunny avait raison. Patrick ne saurait même pas comment on traverse une rue. On ne pouvait pas se laisser distraire, même par un ami.

– Je comprends, a dit Patrick, déçu.

– Et puis, a renchéri Gunny, tu as fait ce que tu pouvais. Maintenant, c'est à nous de jouer. (Il s'est alors tourné vers moi.) Tu es prêt, fiston ?

Comment répondre à cette question ? Qui serait prêt à faire une chose pareille ? Mais je savais pourquoi Gunny me l'avait posée. Il n'y avait pas quelques minutes, j'étais prêt à tout laisser tomber. Je savais qu'il était crucial d'empêcher Saint Dane de détruire les territoires et de prendre possession de Halla, mais ça me semblait n'être qu'un fantasme. Et j'en avais marre de vivre dans un rêve. Mais après avoir vu ce que Saint Dane ferait de ces trois territoires, ce fantasme était devenu bien réel, et il s'en prenait à ma ville, à ceux que j'aimais...

– Prêt.

Gunny a souri. Prochain arrêt : la Première Terre.

Avant de reprendre le flume, je me suis installé dans la bibliothèque pour écrire la majeure partie de ce journal. Je ne voulais pas attendre notre retour parce que s'il m'arrive quelque chose, eh bien... Mettons que je tenais à ce que ce journal existe. Je pense que le flume nous ramènera à temps. J'ai confiance en lui.

Patrick nous a reconduits dans le Bronx et à l'abri vert qui nous mènerait au métro.

– On se reverra, a affirmé Gunny. Et ce sera là, sur la Troisième Terre. *Cette* Troisième Terre.

Patrick a acquiescé. Il ne semblait pas partager la confiance de Gunny. Il s'est tourné vers moi et a dit :

– Pendragon, ton oncle m'a dit que si je venais à douter de moi ou de notre mission, je devais avoir foi en toi. Dois-je avoir foi en toi ?

Oncle Press avait dit ça de *moi* ? Patrick semblait attendre que je lui dise que tout irait bien. J'aurais aimé pouvoir l'affirmer.

– Je ne sais pas pourquoi il a dit ça, ai-je répondu sincèrement. Mais il y a une chose dont je suis sûr. Autant avoir foi en moi, parce qu'il n'y a personne d'autre.

Sur cette phrase solennelle, nous nous sommes séparés.

Avant de descendre, j'ai regardé une dernière fois la Troisième Terre. Pourvu que ça ne soit pas pour la dernière fois... Gunny et moi avons alors pris l'Escalator, puis traversé le quai et sauté sur les rails pour regagner le flume. Nous nous sommes changés en vitesse, sans un mot. Nous ne pensions qu'à une seule chose : partir le plus vite possible.

– Première Terre ! ai-je crié dans l'ouverture du flume.

Une seconde plus tard, je fonçais vers 1937.

Un peu après, nous avons retrouvé les sensations familières de la Première Terre – les odeurs, le bruit, les gens, l'énergie. Ça faisait un sacré contraste avec la sérénité de la Troisième Terre. Mais à vrai dire, ça ne me gênait pas. J'avais l'impression de rentrer chez moi.

Une fois arrivés dans la station, Gunny et moi avons attendu la première rame vers le centre. Dans le Bronx, il n'y avait pas beaucoup de stations souterraines, et nous n'avons pas tardé à émerger au grand air. La Troisième Terre avait beau être parfaite, j'étais content de revoir les bâtiments de cette bonne vieille New York, même sous la pluie. Gunny et moi gardions le silence. Nous savions ce que nous devions faire.

Nous étions revenu le matin du 6 mai 1937, dans les temps. Tout d'abord, il nous fallait retourner au Manhattan Tower Hotel pour trouver Spader et lui dire ce que nous avions découvert. À partir de là, nous trouverions bien un plan pour nous assurer que Winn Farrow détruise le *Hindenburg*. C'était bizarre de penser que nous devrions aider un criminel à assassiner trente-six personnes. Mais je préférais ne pas y penser. C'était trop horrible. Je me répétais que nous faisions en sorte que l'Histoire suive son cours sans quc Saint Dane ne cherche à la modifier. C'était notre mission. Ce pourquoi nous étions sur la Première Terre.

En cours de route, j'ai continué de rédiger ce journal. Comme je vous l'ai dit, c'est peut-être le plus important de tous ceux que j'ai écrits. Si nous échouons, le monde en sera changé, et ce document sera la seule preuve de ce qui aurait pu être.

Oh, une dernière chose. Ce n'est pas vraiment important, mais ça vaut la peine d'être noté.

Le métro a abordé le pont qui nous ferait traverser l'East River avant d'entrer dans Manhattan. J'étais trop occupé à écrire pour admirer le spectacle, mais Gunny m'a donné un coup de coude. Sans dire un mot, il s'est contenté de me montrer du doigt les gratte-ciel de Manhattan. Tout d'abord, je n'ai pas compris ce qu'il voulait me faire voir, mais quelques secondes plus tard, j'ai compris – et cette vision m'a coupé le souffle.

Il flottait là, au-dessus des plus grands immeubles, comme un oiseau de proie surveillant paresseusement le sol. C'était le Luft Zeppelin 129, le *Hindenburg*. Il était arrivé à destination. Je l'ai contemplé, bouche bée. Il était bien plus grand que je ne le croyais. Je n'ai pas pu m'empêcher de fixer les deux signes sur sa queue : deux immenses svastikas sur fond rouge et blanc. Le symbole du parti nazi. Ils m'ont flanqué le frisson.

Les gens se sont massés contre les vitres pour entrevoir le dirigeable. Ils ont même fait des signes de la main, comme s'ils s'attendaient à obtenir une réponse. Les voitures klaxonnaient, les gens acclamaient ce spectacle, d'autres voitures s'arrêtaient en bordure de trottoir pour mieux voir. C'était une véritable petite fête. Tout le monde regardait le dirigeable avec admiration, comme un symbole de l'avenir.

Gunny et moi savions qu'il n'en était rien. Ce zeppelin n'avait pas beaucoup d'avenir devant lui. Le pire, c'était qu'il devait être détruit.

Nous sommes presque arrivés, si bien que je dois m'arrêter ici. Je n'aime pas ça du tout. Si nous échouons, ce sera la dernière fois que je vous écris, mes amis. J'ai envie de vous dire au revoir, mais je ne peux pas me le permettre. Je dois être sûr que, dans quelques heures, le magnifique zeppelin que nous venons de voir survoler Manhattan finira sa carrière dans une boule de feu.

C'est notre mission. Notre avenir – *votre* avenir – en dépend.

*Fin du journal n° 11*

## *Journal n° 12*

# PREMIÈRE TERRE

Quand je repense à cette incroyable année qui s'est écoulée, j'en conclus que je suis moi-même passé par deux grands moments de vérité personnelle.

Le premier a été le moment où j'ai pris un flume pour la première fois. C'est là que j'ai réalisé que l'univers n'était peut-être pas tel que je le croyais. À partir de là, j'ai dû lutter pour garder la tête hors de l'eau dans le monde incroyable des Voyageurs.

Le second moment de vérité est arrivé dans cette bibliothèque de Troisième Terre. Jusque-là, l'idée de voir un monde plonger dans le chaos restait bien abstraite. Mais lorsque j'ai vu à quoi Saint Dane comptait réduire les territoires de la Terre... c'est comme si, soudain, tout était limpide. Il fallait empêcher Saint Dane de nuire, maintenant et à jamais. Point barre.

Je le savais déjà, c'est vrai, mais uniquement dans mon esprit. À présent, je ressentais cette vérité jusque dans mes tripes.

Et les seules personnes qui puissent mettre fin à sa croisade sont les Voyageurs. J'aimerais dire que nous sommes une race de superhéros invincibles dotés de pouvoirs supérieurs à ceux du commun des mortels, mais ce n'est pas le cas. On ne peut trouver une assemblée plus hétéroclite, ne serait-ce que parce que nous sommes tous normaux. C'est effrayant de se dire que la seule force capable d'empêcher Saint Dane de détruire Halla est un groupe de gens des plus ordinaires.

Et le pire, c'est que j'en fais partie.

Quand j'ai vu ces images montrant la Terre revue et corrigée par Saint Dane, quelque chose a changé. C'est difficile de le définir, puisque je ne suis même pas sûr de le comprendre. J'ai ressenti de la colère, peut-être. Ou de l'indignation. Ou de la peur. Oui, c'est certainement ça. Mais une fois pleinement identifiée, la certitude que Saint Dane était le Mal incarné est restée gravée en moi. Maintenant, je sais que je suis impliqué, jusqu'au bout. J'ignore si j'ai tort ou raison de me lancer dans cette quête. Peut-être quelque chose d'intermédiaire. Tout ce que je sais, c'est que je suis là, et que je ne peux rien y changer. C'est à moi et mes amis d'arrêter Saint Dane. Nous sommes en plein dedans. Maintenant, je suis prêt à l'accepter. Ce qui ne veut pas dire que ça me plaise. Mais au moins, je l'assume.

Si je vous dis tout ça, c'est pour que vous compreniez ce que je ressens, mais aussi pour expliquer certaines des choses que j'ai faites ces derniers temps. Parce que j'ai vraiment déconné. Et le pire, c'est que si je revenais en arrière, je ne suis pas sûr que j'agirais autrement. Bon, je ne commettrais certainement pas les mêmes erreurs. C'est ce qui me dérangeait tant jusque-là. Il faut stopper Saint Dane, et une partie de cette responsabilité retombe sur mes épaules. Mais après ce qui est arrivé au *Hindenburg*, je ne suis pas sûr d'en être capable.

Nul ne saura jamais ce qui s'est *vraiment* passé le 6 mai 1937. Vous ne lirez jamais tout ça dans le journal. L'histoire n'en a pas gardé trace. Seuls mes carnets, et ceux de mes amis Voyageurs, en perpétueront le souvenir.

Voici ce qui est vraiment arrivé.

C'était un jour de mai gris et froid. Des nuages noirs chargés de pluie roulaient dans le ciel, et de temps en temps éclatait un coup de tonnerre suivi d'un éclair. Le *Hindenburg* devait arriver tôt le matin, mais le mauvais temps l'avait obligé à faire le tour de New York pendant une bonne partie de la journée. Jusque-là, tout se passait comme prévu. Jusque-là.

L'atmosphère avait quelque chose de menaçant. Je ne sais pas si c'était à cause du temps ou parce que je savais ce qui allait se produire. En tout cas, il y avait de l'électricité dans l'air.

C'est lorsque nous sommes arrivés à notre chambre du sixième que tout a dégénéré. Spader n'était plus là. Il nous avait laissé un mot.

*Pendragon, Gunny,*

*J'écris ça le matin du 6 mai. Lorsque j'ai vu que vous n'étiez pas là à temps, j'ai bien cru qu'on allait échouer. Mais j'ai entendu sur ce machin – cette radio, comme vous dites – que le* Hindenburg *avait du retard. Désolé, les gars, mais je ne peux plus attendre. Je pars pour le New Jersey sans vous. J'ai compris comment prendre le bus, alors c'est ce que je vais faire. Je vous promets de faire mon possible pour empêcher la destruction de cet engin.*

*Hobie-ho,*

*Spader*

– Il est en route pour le New Jersey ! ai-je crié à Gunny. Je savais qu'on ne devait pas se séparer !

De colère, j'ai jeté le mot à terre.

– Il est encore tôt, a dit Gunny, rassurant. Il nous reste la journée pour trouver une solution.

– Oui, mais tu sais ce que ça veut dire ? Max Rose connaît le plan de Winn Farrow. Spader lui a tout dit ! Ce qui veut dire qu'on a déjà changé l'histoire. Et ce n'est pas tout. Spader est parti arrêter Winn Farrow tout seul. Maintenant, nous devons arrêter Max Rose *et* Spader !

– Bien des choses peuvent encore se produire. D'après moi, il faut commencer par aller trouver Max Rose.

– Pourquoi ?

– Parce qu'il te fait confiance. Peut-être nous dira-t-il comment il compte empêcher Farrow de faire sauter le *Hindenburg*.

Ouais. Logique. Au moins, il y en avait un pour garder la tête sur les épaules.

– Nous allons chercher à récolter le plus d'infos possible, a continué Gunny. Et puis on se servira de la bagnole de Caplesmith pour descendre dans le New Jersey. On pourra peut-être même prendre Spader de vitesse.

J'ai acquiescé. Au moins, c'était un début de plan.

– Ça va ? a demandé Gunny.

– Ouais.

Mon cœur se calmait un peu.

– Quelqu'un de sage a dit que, si nous voulons avoir une chance de réussir, nous devons garder la tête froide et agir de concert.

J'ai regardé Gunny et ai souri.

– C'est moi, non ?

– Vraiment, fiston ? a répondu Gunny, feignant la surprise. Je croyais avoir entendu ça quelque part.

– Bon, en tout cas, j'ai compris. Je suis prêt.

On a pris l'ascenseur jusqu'au trentième étage. Je n'avais pas la moindre idée de ce que je dirais à Max Rose lorsque je l'aurais en face de moi, mais c'était le point de départ le plus logique. Il allait falloir improviser. Nous sommes tombés sur un Dewey éberlué.

– Qu'est-ce qui se passe ? a-t-il demandé.

– Comment ça ? a répondu Gunny.

– Ça n'a pas arrêté d'aller et venir dans cet appartement. Max Rose veut déménager ou quoi ?

Gunny et moi avons échangé un regard. Quoi que puisse être le plan de Rose, il était déjà en action. Gunny et moi avons sauté dans la cabine. Comme toujours, Dewey s'est empressé de refermer la porte. Il pensait que l'étage était hanté ou quoi ?

À peine entrés dans le vestibule, on a tout de suite vu qu'il y avait un os. Les deux gros bras qui gardaient la porte n'étaient plus là. Il n'y avait personne pour assurer la protection de Max Rose. Gunny et moi avons couru vers la porte de l'appartement. On s'est arrêtés devant le panneau, on a attendu de reprendre notre souffle, puis on a sonné. Pas de réponse. On a recommencé. Sans résultat. Gunny a alors remarqué que la porte n'était même pas fermée. Il l'a poussée du doigt, et elle a pivoté dans un grincement.

– Hello ? a lancé Gunny. Ici le groom ?

Pas de réponse. Nous avons pris la liberté d'entrer. Tout semblait normal, excepté le fait qu'il n'y avait personne.

– Hello ? a répété Gunny, toujours en vain.

– Vous sentez ?

Gunny a reniflé l'air ambiant.

– De la fumée.

Nous nous sommes retournés. En effet, de la fumée filtrait sous la porte du bureau de Max Rose. Nous nous sommes empressés d'aller l'ouvrir. Aussitôt, des volutes âcres ont jailli. Il y avait le feu dans la pièce !

– Je m'occupe du tuyau, s'est écrié Gunny.

Il est retourné dans le couloir pour revenir avec une grosse lance à incendie prolongée d'un tuyau.

– Va ouvrir l'eau ! m'a-t-il ordonné.

– Ne refermez pas cette porte ! ai-je crié. Elle se verrouille automatiquement.

J'ai suivi le tuyau dans le couloir jusqu'à sa source. J'ai tourné le robinet, puis suis retourné dans l'appartement à temps pour voir Gunny éteindre l'incendie d'une main experte. De la fumée et de la vapeur ont jailli, puis, en quelques secondes, tout a été terminé.

– C'est bon, a-t-il dit. Coupe l'eau.

Je suis retourné dans le couloir pour tourner le robinet, puis dans le bureau pour inspecter les dégâts. Quel bazar ! On aurait dit l'intérieur d'un gril. Et ça ne sentait pas la rose non plus. Heureusement, cette pièce était la seule à avoir souffert. Nous étions arrivés à temps.

– Quelqu'un a allumé ce feu, a dit Gunny en donnant un coup de pied à des corbeilles à papier remplies de cendres et d'eau. Sans doute pour faire disparaître des documents compromettants.

En effet, les armoires à classeurs étaient ouvertes et vides. Tout comme les tiroirs. Max Rose savait couvrir ses traces. Tous les documents contenus dans cette pièce n'étaient plus que cendres. Il n'y avait plus rien qui puisse établir un lien entre lui et son réseau d'espionnage ou les nazis.

– Ça doit vouloir dire qu'ils sont tous partis, ai-je remarqué.

– C'est probable, a répondu Gunny, mais il vaut mieux s'en assurer.

Nous avons laissé la pièce ravagée et fouillé l'appartement. Nous avons regardé dans les chambres, les salons, la cuisine et la salle à manger. Non seulement il n'y avait personne, mais tous les tiroirs étaient vides. Max Rose avait décidé de changer d'adresse. Et nous savions où il se rendait. Il avait rendez-vous avec un zeppelin.

Dernier arrêt : le grand salon où j'avais mis la table pour Rose et Ludwig Zell. Là non plus, il n'y avait personne.

– Nous perdons notre temps, a affirmé Gunny. Je vais aller chercher la voiture de Caplesmith pour qu'on puisse...

Nous avons alors entendu un bruit qui m'a hérissé le poil. Des applaudissements. Il y avait bien quelqu'un d'autre dans cet appartement. Gunny et moi nous sommes regardés, puis nous sommes lentement tournés vers la porte. Là, dans l'entrée, toujours aussi belle, se tenait Esther Amaden. Harlow pour ses amis. Saint Dane pour ses ennemis. Et il/elle applaudissait pour mieux se moquer de nous.

– Bravo, les gars, a susurré la fausse dame. J'imagine que vous avez enfin résolu l'énigme.

– Au moins, ayez le courage de montrer votre vrai visage, ai-je dit sur un ton de défi.

Elle a refermé la porte derrière elle. Gunny m'a lancé un regard plein de curiosité. Il avait du mal à admettre que cette « poupée », comme on disait en son temps, puisse être le démon qui voulait réduire à néant trois territoires. Mais moi, je l'avais déjà vu en action et savais de quoi il était capable.

– Comme tu voudras, Pendragon.

Esther Amaden a entamé la transformation à laquelle j'avais déjà assisté – trop souvent à mon goût. Son corps est devenu fluide, abandonnant son image de chanteuse. Elle a grandi jusqu'à dépasser les deux mètres. Son teint rose a pris la coloration livide d'un cadavre. Ses cheveux noirs et courts ont poussé pour devenir une crinière blanche. Sa robe de chambre de soie a viré au noir et s'est transformée en ce costume d'allure asiatique dont je vous ai déjà parlé. Le dernier stade était toujours le plus pénible. C'étaient les yeux. Ceux de Harlow ont perdu leur brun rêveur pour se métamorphoser en glace brûlant d'un feu intérieur. Les yeux de notre Némésis – Saint Dane.

J'ai perçu la surprise et la frayeur de Gunny. Il a fait un pas en arrière. C'était la première fois qu'il assistait à cette métamorphose – et aussi la première fois qu'il voyait le vrai visage de Saint Dane.

– Ça te va ? a sifflé Saint Dane avec un sourire mauvais. On devrait se voir plus souvent, Pendragon.

Avec un gros effort de volonté, j'ai réussi à ne pas hurler.

*Journal n° 12*
*(suite)*

# PREMIÈRE TERRE

– Tu me déçois, Pendragon, a dit Saint Dane. Avec tous les indices que je t'ai laissés, ce n'est que maintenant que tu as compris mon plan ? Il ne te reste plus beaucoup de temps. Tu es déjà lassé de notre petit jeu ?

Saint Dane déambulait tranquillement dans la pièce, les mains derrière le dos. Gunny et moi avons gardé nos distances. C'était comme de se retrouver enfermé avec une bête sauvage. Impossible de prédire ce qu'il allait faire.

– J'imagine que sans les conseils de ton oncle, tu as plus de mal à suivre le mouvement.

Bon Dieu. Ce type savait frapper là où ça faisait le plus mal.

– Je dois admettre que tu m'as surpris sur Denduron et Cloral, a-t-il ajouté.

– Pourquoi ?

– J'ai bien dû tenir compte de ta présence. Et je dois m'excuser de mon propre aveuglement. J'ai commis une erreur en te demandant de te joindre à moi.

– Ça, c'est vrai, ai-je rétorqué. Parce que je n'accepterai jamais.

Saint Dane a cessé de marcher et a souri. Il avait l'air de bien s'amuser.

Pas moi.

– Tu ne me comprends pas. Mon erreur, c'est de te l'avoir demandé trop tôt. Ça t'a donné l'impression que je pouvais être... vulnérable. (Il a eu un petit rire déplaisant.) Crois-moi, ce n'est pas le cas. C'est pour ça que j'ai choisi de continuer sur Terre. *Chez toi.*

Je voulais te montrer comme il m'est facile de te manipuler comme une marionnette. *Ma* marionnette. Malgré ce que tu peux t'imaginer suite à nos rencontres précédentes, c'est *moi* qui tire les ficelles.

– Plus maintenant, a affirmé Gunny.

Saint Dane a éclaté d'un rire grave particulièrement désagréable.

– Ce vieillard est un vrai comique, a-t-il dit.

– Je suis assez vieux pour connaître les gens comme toi, a-t-il contré.

– Ooooh, a fait Saint Dane en feignant la peur. Désolé, mais j'ai du mal à prendre au sérieux un vieux croûton incapable de se servir d'une arme à feu.

– Tu crois me faire peur, mais tu te trompes, a fait Gunny sans sourciller.

– Tiens bon la rampe, Gunny, et quand j'en aurai fini avec toi, tu auras toutes les raisons d'avoir peur.

Saint Dane s'est dirigé vers le balcon. Il a ouvert en grand les portes, laissant entrer un courant d'air froid. Il est resté là, nous tournant le dos, à regarder la ville grise.

– Tu vois, Pendragon, ma victoire signifie bien plus que de renverser ces trois territoires. Le plus beau, c'est que c'est toi qui me l'apportes sur un plateau.

Drôle de remarque. Elle ne me plaisait pas du tout.

– On sait tout, Saint Dane, ai-je dit. On sait ce qui va se passer si le *Hindenburg* n'explose pas. On est allés sur la Troisième Terre.

Saint Dane s'est retourné d'un bloc.

– Bien sûr que vous êtes allés sur la Troisième Terre ! J'y comptais bien. Je *voulais* que vous sachiez ce qui allait se produire !

Ce n'était pas la réaction que j'attendais. Gunny et moi nous sommes regardés.

– Alors vous n'avez toujours rien compris ? Je vous ai menés par le bout du nez, toi et tes compères. J'ai tout orchestré, tout jusqu'au moindre rebondissement, la moindre surprise. Vous êtes venus sur la Première Terre à cause des balles qui ont tué ton oncle, mais je suis d'abord passé par Veelox. Cette petite peste de Voyageuse s'est crue maligne en enregistrant mon arrivée, mais à part porter un écriteau, je ne vois pas comment j'aurais pu être plus clair sur ma destination.

J'ai repensé à l'hologramme qu'Aja Killian nous avait montré, où Saint Dane arrivait sur Veelox, puis lançait bien fort « Première Terre ! » dans le flume avant de repartir. En effet, c'était un peu trop évident pour être honnête.

– Une fois que vous étiez là, il suffisait de s'assurer que vous découvriez que Winn Farrow voulait détruire le *Hindenburg*. Je savais que vous feriez tout pour empêcher la catastrophe. Sacrifier des vies innocentes, c'est plus que vos cœurs de justiciers ne peuvent en supporter.

Pendant qu'il parlait, j'ai revu les événements qui nous ont menés à croiser le chemin de Winn Farrow.

– Les gangsters du métro ? ai-je demandé.

– Je les ai menés au flume pour vous mettre sur la piste de Winn Farrow, a-t-il répondu. Tuer Press était un bonus.

J'ai fait un effort pour me maîtriser.

– Ils ont essayé de nous tuer. Par deux fois.

– Ils devaient vous convaincre de ne pas vous approcher de Winn Farrow, ce qui, bien sûr, ne pouvait que provoquer l'effet inverse. Ce sont ces crétins qui ont décidé de vous tuer. C'est pourquoi j'ai dû me débarrasser de l'un d'eux – ou plutôt Harlow lui a réglé son compte.

– Le gangster qui est tombé par la fenêtre a été poussé par Harlow ? Par vous, je veux dire ? a demandé Gunny, surpris.

Saint Dane a répondu d'un coup de menton plein de morgue. Maintenant, nous savions comment était mort M. Sale Type. Saint Dane l'avait tué.

– Je ne pouvais pas le laisser vous liquider, a-t-il dit. Pas avant que mon scénario se soit déroulé. D'une certaine façon, Pendragon, j'étais votre ange gardien.

– À l'abattoir, ai-je dit, plongé dans mes souvenirs. Vous avez laissé la porte ouverte pour qu'on puisse s'en tirer.

– Je plaide coupable, a-t-il répondu d'un air satisfait.

Puis il a fait un pas en arrière et s'est transformé une fois de plus. En quelques secondes, il est devenu... Ludwig Zell.

– Zell... C'était vous ? me suis-je écrié, surpris.

– Pas depuis longtemps. Quand Max Rose a eu vent de ce complot pour abattre le *Hindenburg*, je savais qu'il préviendrait Herr Zell.

Zell/Saint Dane s'est dirigé vers la porte d'un placard.

– Il était hors de question que notre ami le nazi renvoie le zeppelin en Allemagne. J'ai dû intervenir.

Il a ouvert la porte du placard, et un corps en est tombé. C'était Ludwig Zell. *Le vrai*. Et il était aussi mort qu'on pouvait l'être. J'ai beau avoir vu plus d'un cadavre, je n'arrive pas à m'y faire.

– Ce malheureux Ludwig s'est trouvé au mauvais endroit au mauvais moment. Max Rose croyait prévenir ses potes nazis alors que c'était à moi qu'il s'adressait.

Ça faisait un paquet d'informations à digérer. La tête me tournait.

– Mais pourquoi ? ai-je demandé. Si Ludwig Zell prévenait ses acolytes en Allemagne, le *Hindenburg* échapperait à la destruction. C'est bien ce que vous voulez, non ? Que vous importe la façon dont il s'en sortait ?

Zell/Saint Dane s'est rembruni. Il a fait un pas en avant et a repris sa véritable apparence. Ses yeux horribles se sont posés sur moi et il a sifflé à travers ses dents serrées :

– À cause de *toi*, Pendragon. Je me fiche de ce qui peut arriver à ce ballon, ou à ces ridicules territoires terriens. Je me fiche de qui gagnera cette guerre débile et de ce qu'ils feront ensuite de ce monde à la noix !

– Vraiment ? ai-je demandé.

Là, je nageais complètement.

– Dans quelques heures, le cours de l'histoire de ce monde sera changé à jamais. Les territoires terriens vont plonger dans le chaos. Et à qui la faute ? À toi ! Si tu n'avais pas cherché à m'arrêter, l'histoire se serait déroulée comme prévu. Mais non, il a fallu que tu t'en mêles. Tu es entré en scène et, à cause de toi, trois territoires vont s'effondrer. Dont *le tien*.

J'ai plongé mon regard dans les yeux farouches de Saint Dane. Je ne sais ce qui me faisait le plus peur : lui ou l'avenir abominable qu'il promettait. Tout ce qu'il avait dit était vrai. Si Spader et moi ne l'avions pas suivi sur la Première Terre, le *Hindenburg* suivrait son destin, qui est de s'écraser. Mais maintenant, à cause de mon interférence, il y avait de fortes chances pour que le *Hindenburg* s'en sorte et que les territoires soient condamnés. Toute cette aventure n'avait qu'un seul but : montrer avec quelle facilité Saint Dane pouvait nous manipuler. Ou plutôt *me* manipuler. Et le plus incroyable, c'est qu'il était prêt à détruire trois territoires pour y arriver.

– Qu'est-ce que ça te fait de savoir que tout est de ta faute ? a soudain dit Saint Dane.

Je n'ai pas détourné les yeux. À ce moment, la vérité m'est apparue, aussi limpide que terrifiante. J'ai compris où nous menait cette lutte entre Saint Dane et les Voyageurs. Un jour, il ne resterait plus que Saint Dane...

Et moi. Voilà pourquoi il tenait à me donner une leçon. C'était assez malsain, quand on y pense. Si je n'ai pas pété un plomb, c'est parce que je savais que cet ultime affrontement n'était pas pour aujourd'hui. Non, cette histoire n'était pas terminée. Loin de là.

– Je vais vous le dire, ce que ça me fait, ai-je répondu d'une toute petite voix. Tant que vous cherchez à m'impressionner, ça prouve je peux vous vaincre.

Il y a eu un moment de silence.

– Tu crois vraiment me comprendre ? a-t-il dit. Tu penses vraiment être assez fort pour me vaincre ? On en reparlera dans quelques heures, quand tu seras allé sur la Seconde Terre et que tu auras vu un champ de ruines à l'endroit où vivaient tes amis. Tout ce qui t'est cher aura cessé d'exister, Pendragon. Ta demeure sera un désert de mort... Et ce sera ta faute.

– Nous avons encore le temps de nous assurer que le *Hindenburg* va bien s'écraser, ai-je dit.

Alors il s'est produit quelque chose de bizarre. Saint Dane a souri. Pas son habituel rictus rusé, mais un vrai, bien grand, digne du chat du Cheshire. Ce type était réellement content. Venant de Saint Dane, un vrai sourire semblait encore plus grotesque et même effrayant.

– Oui, tu as le temps. Profites-en bien.

Il s'est alors dirigé vers la porte. Il a tourné le bouton et m'a jeté un regard faussement surpris.

– Oh, non, c'est fermé à clé ! Max Rose est si parano qu'il a piégé toutes ses portes. Elles se bouclent automatiquement. Mais tu le savais déjà, non ?

Il a passé sa main dans sa poche et en a tiré une clé de bronze rétro. Il l'a agitée vers nous d'un air moqueur.

– Mais n'ayez crainte, j'ai la clé ! (Saint Dane est passé sur le balcon.) Tu crois pouvoir tout arrêter, Pendragon ? Si je te laisse sortir d'ici, tu penses pouvoir rattraper Spader ? Et Rose ? Et laisser s'écraser le *Hindenburg* ?

– On peut toujours essayer, ai-je répondu.

– Bien sûr, a répondu Saint Dane en se dirigeant vers le rebord du balcon. Et c'est ce que je désire. Je veux que tu croies m'avoir vaincu une fois de plus, parce que c'est là que la victoire est la plus savoureuse... Quand l'adversaire a l'impression d'avoir une chance de l'emporter avant que tout ne s'effondre.

Il a contemplé la ville et a ajouté :

– Je crois que je vais retourner sur Veelox pour voir ce que je peux y faire. Cette petite Voyageuse est encore plus sûre d'elle que toi. Elle va avoir une surprise.

Il se trouvait juste au bord du balcon.

– Au revoir, mes amis. Bonne après-midi.

Il a effectué une révérence caricaturale et, d'un geste gracieux, a sauté par-dessus la rambarde.

Gunny et moi avons échangé un regard incrédule avant de nous précipiter vers le balcon. Au moment où nous allions regarder par-dessus la rambarde, un énorme corbeau s'est élevé. Je vous jure, c'était le plus gros que j'aie jamais vu ! Il était plutôt de la taille d'un aigle. Il s'est élevé comme s'il planait sur un courant ascendant. D'un simple battement d'ailes, il a viré de bord et s'en est allé. Mais juste avant qu'il ne disparaisse, j'ai remarqué qu'il tenait quelque chose dans son bec crochu. C'était une grosse clé de bronze.

– Tu ne penses pas..., a commencé Gunny.

– Je ne sais pas, ai-je répondu, et je m'en fous. Il faut qu'on sorte de là.

Je suis retourné à l'intérieur et ai foncé vers la porte. J'ai tourné le bouton pour m'assurer qu'elle était bien fermée à clé. J'ai regardé autour de moi et ai vu une autre porte. Comme vous vous en doutez, elle aussi était fermée à clé. Et c'étaient les seules sorties.

– Il va falloir les abattre, ai-je déclaré.

J'étais tout prêt à me jeter sur les battants pour tenter de casser le bois lorsque Gunny m'a arrêté.

– Non.

– Il le faut ! me suis-je écrié.

– On ne pourra jamais enfoncer ces portes. Rose les a fait renforcer. Cet appartement est une vraie forteresse. Elles ne bougeront pas, même si tu les attaques au bélier.

J'ai scruté rapidement le salon, cherchant un autre moyen de sortir de là... Et mon regard s'est posé sur le téléphone. J'ai sauté sur le combiné, mais il n'y avait pas de tonalité.

– Il a coupé le fil du téléphone, ai-je annoncé.

J'ai consulté ma montre. Il était presque midi.

– Gunny, on n'a plus beaucoup de temps !

Le *Hindenburg* allait arriver dans neuf heures !

*Journal n° 12*
*(suite)*

# PREMIÈRE TERRE

– C'est votre hôtel ! ai-je crié. Comment va-t-on sortir d'ici ? Il doit bien y avoir une façon de prévenir quelqu'un !

Gunny a regardé le salon luxueux, puis a secoué la tête.

– Pas si le téléphone est coupé.

C'était de la folie. Le monde était sur le point de s'effondrer et nous étions coincés dans une chambre d'hôtel toute bête.

– J'y suis ! me suis-je écrié. On peut mettre le feu. Ça déclenchera les détecteurs de fumée.

Gunny m'a jeté un drôle de regard.

– *Quels* détecteurs de fumée ?

Oh, c'est vrai. 1937. J'ai regardé autour de la pièce, puis j'ai couru sur le balcon pour regarder par-dessus la rambarde. J'espérais contre toute attente voir le corps de Saint Dane étalé sur le trottoir, mais non. À vrai dire, ça ne m'a pas surpris. J'ai repensé à cet immense corbeau... Mais je n'allais pas en faire une obsession. Il fallait qu'on sorte d'ici.

J'ai cherché une corniche ou quelque chose comme ça, mais l'appui le plus proche était à trente étages en contrebas. Sur le trottoir. Je me suis tourné vers le haut en pensant que nous avions peut-être une chance de passer par le toit. Que dalle. Il était hors d'atteinte. On était vraiment pris au piège.

Je l'avoue, je suis resté là quelques secondes à essayer de me transformer en corbeau. Hé, pourquoi pas ? Si Saint Dane, qui était un Voyageur, en était capable, pourquoi pas moi ?

Évidemment, j'ai échoué. Mais le simple fait que j'ai essayé démontre à quel point j'étais désespéré.

Je suis retourné dans la pièce pour découvrir que Gunny avait eu une excellente idée. Dangereuse, mais excellente. Il était en train d'arracher les rideaux de chaque côté des portes menant sur le balcon. Avec son couteau de poche, il a découpé un long ruban de tissu. J'ai aussitôt compris ce qu'il voulait faire. Nous allions confectionner une corde à nœuds.

– Continue de couper des bandes, m'a-t-il dit, pendant que je fais les nœuds.

J'ai pris son couteau et me suis mis à l'œuvre. J'ai découpé de longs rubans de tissu tandis que Gunny les nouait ensemble d'une main experte.

– Il y a un autre balcon une dizaine de mètres en contrebas, a-t-il expliqué. (Il a tiré sur sa corde pour en tester la solidité.) Je vais nouer une extrémité à la rambarde et m'en servir pour descendre.

C'était toujours un plan. Et il en valait un autre. Mais tout en m'affairant, je me suis dit qu'il restait encore un problème.

– Ça peut marcher, Gunny, sauf que vous êtes trop lourd. Ça ne tiendra pas.

– Il le faudra, parce qu'il est hors de question que je t'y envoie.

Nous avons continué de travailler en silence jusqu'à ce que Gunny ait obtenu une corde assez longue. J'ai tiré dessus. Costaud, mais avec encore un peu de jeu. Gunny faisait deux bons mètres et devait peser dans les cent dix kilos. Je mesurais un mètre soixante-douze et pesait la moitié.

– Gunny, si vous y allez, cette corde va se rompre.

Il a testé lui-même la corde. À son expression, j'ai su que lui-même avait compris que son bricolage n'était pas assez solide.

– Je suis plus léger, ai-je dit. Je vais y aller.

Je n'ai pas attendu sa réponse. J'ai noué une extrémité autour de ma poitrine, sous mes bras. J'ai dû faire vite – non pas parce que je croyais que Gunny allait m'en empêcher, mais parce que j'avais peur de me dégonfler si je prenais trop de temps pour y réfléchir. On était au trentième étage. J'ai revu ce terrible moment où M. Sale Type était tombé.

Note : arrêter de penser.

– Non, Pendragon, je ne peux pas te laisser...

– On n'a pas vraiment le choix, ai-je remarqué. Soit j'y vais, soit on attend que les femmes de ménage viennent nous ouvrir demain matin.

Gunny a regardé le sol. Il aurait aimé disposer d'une autre solution, mais j'avais raison et il le savait.

– Allons-y.

J'ai tiré la corde improvisée vers le balcon. Gunny l'a solidement attachée à la rambarde. Il savait y faire. Peut-être avait-il appris à l'armée. En tout cas, ses nœuds tiendraient, je n'en doutais pas un instant. Par contre, je n'étais pas aussi positif sur le tissu.

– À toi de jouer, a-t-il ordonné. Empoigne la corde près de la rambarde, mets-toi face au bâtiment, pose tes pieds contre le mur et laisse-toi descendre. Tu n'as qu'à laisser filer la corde entre tes mains. Je m'occupe de la stabiliser.

– Oui, c'est comme de faire du rappel, ai-je dit. Je connais ça.

L'oncle Press m'avait appris l'escalade. Décidément, je le comprenais maintenant, il n'avait cessé de me préparer à des situations comme celle-ci. Je croyais qu'il m'emmenait à l'aventure pour me faire plaisir. Jamais je n'aurais imaginé qu'il puisse me préparer à devenir un Voyageur. Suite à une excursion en montagne lorsque j'avais douze ans, je savais descendre en rappel le long d'une falaise. La seule différence, c'est que là, je n'avais pas la moindre sécurité. Ma vie tenait à un simple bout de tissu. Bon.

Je me suis assis sur la rambarde et ai passé mes jambes de l'autre côté. Je préférais ne pas évaluer la distance qui me séparait du sol. Je me suis donc retourné en cherchant à me persuader que je n'étais qu'à un mètre de hauteur. Je suis resté là, cramponné à la rambarde, les pieds sur le balcon, et ai regardé Gunny. Ce qui semblait tout naturel, sauf qu'il était du bon côté et que j'étais suspendu au-dessus de Manhattan.

– Du gâteau, a-t-il dit d'un ton qui se voulait rassurant.

Mais ses yeux l'ont trahi. Il avait peur. Enfin, pas autant que moi.

Gunny a alors enroulé le bout de la corde autour de la rambarde et a empoigné son extrémité. Tout en descendant, je laisserais filer la corde pour diminuer la pression sur le nœud. Fastoche.

J'ai testé la solidité du tissu, ai acquiescé et suis descendu du balcon. J'ai planté fermement mes pieds dans le mur et ai entamé ma descente.

J'ai pensé à la vieille série *Batman* où ils n'arrêtaient pas de marcher à flanc de bâtiment à l'aide de leurs batcordes. Complètement idiot. Mais pas autant que ce que j'étais en train de faire. Je me suis cramponné à la corde tout en laissant glisser mes doigts. Le moment le plus dur, c'était quand je tombais sur un des nœuds. Ils étaient si gros que je devais les contourner, une main après l'autre. Bonjour l'angoisse.

J'ai senti la corde se tendre sous mon poids. De toute évidence, le tissu n'était pas conçu pour cet usage, et je commençais à entendre de petits craquements. Un bruit faible, mais qui résonnait à mes oreilles comme autant de bombes. Pourvu que ces petites déchirures n'en fassent pas une grosse. Sinon, gare aux taches.

Et comme pour enfoncer le clou, j'ai jeté un coup d'œil en haut pour voir que Gunny n'avait plus assez de corde pour me retenir. Je n'étais plus assuré.

Ma descente n'a pas duré plus de deux minutes, bien que j'aie eu l'impression d'avoir passé une semaine entre ciel et terre. J'ai fait glisser mon pied sur quelques centimètres, mais n'ai rencontré que du vide. Il fallait que j'atteigne le balcon ! Je ne pouvais le voir parce qu'il était creusé *dans* le mur, mais je savais qu'il était là. Mon pied me le disait. J'y étais presque.

C'est alors que mon sang s'est changé en glace.

Non, la corde n'a pas cédé. Mais ce n'était pas loin. J'étais à deux mètres de prendre pied sur la rambarde du balcon quand je me suis aperçu que j'étais au bout de la corde. On l'avait faite trop courte ! Je suis resté suspendu à vingt-neuf étages au-dessus du trottoir, battu par le vent et les gouttes de pluie qui commençaient à tomber... Et je n'avais nulle part où aller.

– Elle est trop courte ! ai-je crié à Gunny. Je ne peux pas continuer !

– Tu en es sûr ?

– Ben oui.

Inutile de s'appeler Einstein pour s'en rendre compte.

– Il va falloir que tu remontes, m'a lancé Gunny.

C'était la catastrophe. On avait échoué. Comment avait-on pu commettre une erreur aussi grossière ? Il me fallait remonter et chercher un plan B. Mais dès que j'ai remonté ma main, j'ai entendu craquer le tissu. Et pas qu'un peu... J'ai descendu un bon centimètre. La corde ne tiendrait pas ! Si je tentais de remonter, je n'irais pas loin. J'étais pris au piège. Nulle part ou aller. Sinon tout en bas.

C'est alors que j'ai compris qu'il me restait encore une chance. Cette simple idée était terrifiante, mais je n'avais pas le choix. Sans prendre le temps de réfléchir, j'ai posé ma main le plus haut possible sur la corde et, de l'autre, j'ai entrepris de défaire le nœud qui l'attachait à ma poitrine.

– À quoi tu joues, Pendragon ? a crié Gunny.

– J'ai besoin de corde, ai-je répondu. Ça me fera gagner quelques dizaines de centimètres.

C'était une manœuvre plutôt risquée. Si je pouvais défaire ce nœud, je pourrais certes utiliser la corde attachée autour de ma poitrine pour descendre un peu plus bas et, avec un peu de chance, poser mes pieds sur le balcon.

Ouais. Et je pouvais aussi signer mon arrêt de mort.

J'ai dû me hisser d'une main pendant que je dénouais le nœud de l'autre. C'était encore plus pénible, parce que ce nœud avait supporté tout mon poids et n'était plus qu'une boule serrée.

Et il s'est mis à pleuvoir.

Le tissu est devenu humide et glissant. C'était de la folie.

Au bout de quelques minutes, le bras qui soutenait mon poids a commencé à fatiguer. Et il m'a fait un mal de chien. Je ne savais plus ce qui allait céder en premier, mon bras ou la corde. Mais prendre du repos était hors de question. Si mon poids pesait à nouveau sur la corde, le nœud se resserrerait et tout serait à recommencer.

Au bout de quelques douloureuses minutes, j'ai fini par défaire le nœud. Le stade suivant était plus effrayant encore. Mon bras droit était mort. Je devais saisir la corde de la main gauche pour le soulager un peu. Mais maintenant, je ne pouvais plus laisser la corde soutenir tout mon poids. Le nœud était trop lâche. Il n'y aurait rien pour m'empêcher d'aller m'écraser sur le trottoir.

En tirant sur le nœud, j'ai fini de le dénouer, puis j'ai pris la corde à deux mains. Maintenant, j'étais suspendu à la seule force des poignets. Des poignets bien fatigués. Alors j'ai laissé la corde filer lentement entre mes doigts. La douleur était incroyable. J'étais tellement fatigué !

J'ai vérifié la longueur de corde qu'il me restait et l'ai évalué à une trentaine de centimètres. Ce serait juste. Puis, alors qu'il ne me restait plus que quelques centimètres, j'ai senti la rambarde sous mon pied. J'y étais presque !

Mais je n'étais pas encore sauvé. Mes bras étaient étendus au-dessus de ma tête et mon nez frôlait le béton. J'étais presque arrivé, mais n'étais pas encore assez bas pour me balancer. Il me faudrait poser mes deux pieds sur la rambarde, lâcher la corde et plonger sous le plafond. Vu comme ça, ça n'a pas l'air sorcier, non ? Eh bien, ce n'était pas gagné. Et pour tout arranger, la pluie rendait la rambarde glissante.

J'ai donc commencé par prendre appui sur l'étroite surface. Ça faisait du bien de retrouver quelque chose de solide. Il ne restait plus qu'un centimètre de corde tout au plus, mais tant pis. Pour la première fois, je me suis dit que j'avais peut-être une chance de m'en sortir. J'ai lâché la corde en mettant tout mon poids sur mes pieds. Puis je me suis accroupi pour passer sous le toit et sauter sur le balcon lorsque...

J'ai glissé.

Ça s'est passé si vite que je ne suis pas sûr de ce qui s'est passé exactement. Heureusement, au moment où j'ai glissé, je suis parti vers le balcon, pas le vide. C'est ce qui m'a sauvé la vie. Mais ma tête a cogné contre la rambarde de métal.

Notre plan d'évasion avait réussi, mais nous n'étions pas tirés d'affaire pour autant, parce que le choc m'avait envoyé tout droit au pays des rêves.

Je me suis retrouvé sur une plage. La meilleure. Celle du cap de Stony Brook. Mark, combien de fois on y est allés à vélo pour y passer des heures à mater les filles ? Je peux encore voir le bikini rose que Courtney portait l'été dernier. Chaud ! Oui, j'étais allongé sur le sable, à écouter les vagues, parfaitement détendu.

Lorsque j'ai ouvert les yeux, je m'attendais à te voir toi, Mark. Ou Courtney, ou n'importe qui de notre école venu glander comme moi. Mais c'est Dewey qui se tenait devant moi.

Il m'a fixé en ouvrant de grands yeux.

– Pendragon ! a-t-il crié, effaré. Tu es vivant ?

Je ne savais pas trop. Mais comme les morts n'ont pas mal au crâne, j'ai présumé que je faisais encore partie des vivants. Je me suis lentement relevé et ai regardé autour de moi. J'avais tout oublié de la plage et de Courtney en bikini rose. Le visage de Dewey avait tout effacé. J'ai vu que j'étais allongé sur le sol de la salle de bal du vingt-neuvième étage, là où j'avais sauvé la vie de Max Rose. Sauf qu'à part Dewey et moi, elle était vide.

– J'allais appeler un docteur, a gémi Dewey, mais Gunny m'a dit de ne pas le faire. Tu veux que je l'appelle quand même ?

– Non, ça va, me suis-je empressé de dire. Où est Gunny ?

– En bas. Il m'a dit de rester avec toi jusqu'à son retour. Tu es vraiment descendu le long de ce drap ?

C'est alors que tout m'est revenu – Saint Dane, la porte bouclée, Ludwig Zell, ma descente, ma chute. Comme j'aurais voulu être sur la plage de Stony Brook !

– Un des cuisiniers t'as trouvé allongé là, a continué Dewey. Tu était K.-O. Il a vu la corde et est allé retrouver Gunny à l'étage du dessus. Pendragon, il y a un cadavre là-haut ! Qui est-ce ? Comment vous êtes-vous retrouvés enfermés dans cet appartement ?

– C'est une longue histoire. (Une idée m'a traversé.) Quelle heure est-il ?

Dewey a consulté sa montre :

– Bientôt 15 heures.

*Argh !* Alors là, j'étais bien réveillé. J'étais resté dans le sirop pendant des heures ! Le *Hindenburg* allait arriver dans quatre heures et on était encore à Manhattan !

– Il faut que j'y aille, ai-je dit en tentant de me lever.

Une douleur acérée m'a scié le crâne et m'a forcé à me rasseoir.

– Ne bouge pas, a dit Dewey. Je t'amène un verre d'eau.

Zut. La situation dégénérait à vitesse grand V. Où était Gunny ? Je suis allé m'asseoir dans un fauteuil. Il fallait que je reprenne mes esprits et que je file dans le New Jersey, ou ce serait la fin de tout. Le *Hindenburg* devait se poser à 19 h 25. D'après Gunny, le trajet en voiture jusqu'à Lakehurst prenait quatre heures. Même si on partait sur-le-champ, on n'y serait pas avant 19 heures. Ce qui ne nous laisserait pas beaucoup de temps pour concocter un moyen d'arrêter Spader et Max Rose.

– On est mal barrés, a fait une voix derrière moi.

C'était Gunny. Il a traversé la salle en courant.

– Je suis resté *out* pendant des heures, Gunny ! Pourquoi ne m'avez-vous pas réveillé ?

– Parce que je nous cherchais un moyen d'aller dans le New Jersey.

Bonne réponse.

– Mais je n'ai rien trouvé, a-t-il ajouté.

Oh. Mauvaise réponse.

– Quoi ? Et la voiture de Caplesmith ?

– Je suis allé voir celui qui se charge de l'entretenir. Elle est en morceaux sur le sol du garage. D'après lui, il lui faudrait la moitié de la journée pour la remonter.

– Alors prenons le bus ! Gunny, il faut qu'on y aille !

– Laisse tomber. Le dernier qui desservait cette direction est parti à midi.

– Un train, alors ?

– Pas avant demain matin.

– C'est incroyable ! me suis-je écrié en faisant un bond.

Mauvaise idée. Un nouvel éclair de douleur m'a traversé le crâne. Mais ça ne m'a pas empêché de finir ma tirade :

– Trois territoires vont sombrer dans le chaos parce qu'on n'est pas foutus de se trouver un moyen de transport ?

– Désolé, Pendragon. À moins que tu aies un tapis volant sous la main, c'est râpé.

Je me suis figé. Mon cerveau endolori a tourné à toute vitesse : un tapis volant. Gunny avait dit le mot magique.

Je me suis mis à courir.

– Venez ! lui ai-je lancé.

Gunny m'a suivi. Nous sommes passés devant Dewey, qui arrivait avec son verre d'eau.

– Où vous allez ? a-t-il demandé.

Je l'ai pris par le bras et l'ai entraîné. Après tout, c'est lui qui faisait fonctionner l'ascenseur.

Cinq minutes plus tard, on se tenait devant la porte de la chambre 1515. J'ai frappé et ai fermé les yeux. Je ne savais pas si elle était toujours là, mais c'était notre dernière chance. Après quelques secondes d'attente douloureuse, la porte s'est ouverte, et Jinx Olsen est apparue.

– Pendragon ! Gunny ! Vous êtes venus me dire au revoir ? Entrez !

Et elle est rentrée dans sa chambre. J'ai vu que tous ses vêtements étaient étalés sur son lit. Elle préparait son sac.

– Vous vous en allez ? ai-je demandé.

– Je viens de l'apprendre, a-t-elle répondu. C'est fini ! Je suis officiellement relevée de mes fonctions.

Elle a gardé un ton joyeux, mais j'ai bien senti que ça la rongeait de l'intérieur.

– Je retourne chez moi, dans le Maine. Et le plus drôle, c'est que j'y vais en train. Enfin, pourquoi pas ? Ça me changera.

Tout en parlant, Jinx a continué de faire ses bagages. J'ai regardé Gunny, qui a acquiescé pour m'encourager. Je ne savais pas trop quoi lui dire, mais j'avais intérêt à trouver quelque chose, et vite.

– Jinx, on a besoin d'un coup de main.

– Tout ce que vous voudrez, les gars, a-t-elle répondu.

– Vous pouvez nous déposer quelque part avec votre avion ?

Elle s'est interrompue. Elle m'a regardé comme si ma demande était bizarre, puis elle s'est assise au bord du lit.

– Je te l'ai dit, Pendragon, je suis mise à pied. Finies les balades.

– Ce n'est pas qu'une simple promenade d'agrément, ai-je répondu en tentant d'être le plus convaincant possible. Nous devons absolument nous rendre à Lakehurst, dans le New Jersey.

– Lakehurst ? a-t-elle répété. C'est là qu'atterrissent les dirigeables, non ? Le *Hindenburg* doit s'y poser aujourd'hui.

– Exactement.

– Pourquoi est-ce si important ? Tu veux absolument rejoindre tous ces imbéciles qui se précipitent pour le voir ? Franchement, je pense que ceux qui ont conçu ces dirigeables étaient gonflés. Hé hé. Gonflés. Tu as compris ?

J'avais compris. Et je n'avais aucune envie de rire.

– Ce n'est pas ça. Je ne vois vraiment pas comment vous l'expliquer. C'est une longue histoire et je crains que vous ne me croyiez pas si je la racontais. Mais ce que je vais vous dire est la vérité. Si nous n'y allons pas, là, tout de suite, il va se passer quelque chose de si terrible que je ne peux pas vous le décrire.

– Vraiment ? a-t-elle dit avec de la surprise et une pointe de curiosité. Qu'est-ce que c'est ?

– Je ne peux pas vous le dire. Je sais, c'est bête, mais c'est la vérité. Mais croyez-moi, ce que je vous demande aujourd'hui, c'est d'entreprendre la mission la plus importante jamais entreprise par un pilote, qu'il soit homme ou femme. Et je n'exagère pas.

– C'est vrai, mademoiselle, a ajouté Gunny.

Maintenant, tout dépendait de Jinx. J'aimerais vous dire que c'est mon pouvoir de persuasion qui l'a convaincue, que je savais qu'elle voulait de tout son cœur être autre chose qu'une simple attraction de foire. Ou même, que j'ai utilisé mes pouvoirs de Voyageur. Mais ce serait vous mentir.

– Tu sais, Pendragon, a-t-elle dit, tu n'avais pas besoin de dire tout ça. J'étais prête à partir au moment même où tu m'as demandé de t'emmener quelque part.

Je n'ai pu m'empêcher de sourire. Plus cool que cette demoiselle, on fait pas.

– Vous ne vous souciez pas des gardes-côtes ?

– Non, a-t-elle fait avec une moue. Que veux-tu qu'ils fassent, qu'ils me confisquent mon avion ? C'est déjà fait. Alors autant finir en beauté !

Une heure plus tard, on s'est retrouvés engoncés dans le cockpit du Schreck/Viking V-157 de Jinx, prêts à décoller. Comme Gunny était autrement plus baraqué que Spader, j'ai dû monter à l'avant, à côté de Jinx. Le monstrueux moteur s'est mis à vrombir et nous nous sommes partis sur le fleuve Hudson. Le temps était toujours aussi moche et l'eau assez agitée. À chaque fois qu'on heurtait une vague, ma tête me faisait mal. Mais j'ai serré les dents. Le pire, c'est que si le climat s'aggravait encore plus, on risquait de ne pas pouvoir décoller. J'ai regardé le ciel. Les nuages chargés de pluie étaient d'un noir d'encre.

– Vous pourrez voler par ce temps ? ai-je crié à Jinx.

Elle a jeté un coup d'œil et a déclaré :

– Quel temps ?

Ça m'a suffi. Il était presque 16 h 30. Nous en avions pour une heure et demie de voyage, ce qui nous amènerait à Lakehurst vers 18 heures. Le *Hindenburg* arriverait à 19 h 25. Ce qui ne nous laissait pas beaucoup de temps pour repérer Spader et Max Rose et trouver un moyen de les arrêter. Il faudrait jouer serré.

Je me suis tourné vers Gunny :

– Prêt ?

Il était cassé en deux par-dessus le bord du cockpit, à rendre tripes et boyaux. Il m'a regardé, a souri et levé le pouce. Le vol serait long. Jinx a mis les gaz à fond, l'avion a rebondi sur les vagues et, après trente secondes à vous remuer les tripes, nous nous sommes envolés.

Comme je le craignais, le voyage a été abominable. Le petit avion était constamment secoué par des rafales de vent et des courants ascendants. Jinx a tenté de voler à des altitudes différentes pour chercher un peu de calme, mais sans grand résultat.

La plupart du temps, nous volions en aveugle. Ces nuages rageurs étaient bas et épais. À chaque fois qu'on entrait dans une de ces masses cotonneuses, je serrais les dents et retenais mon souffle. Si un autre avion arrivait dans la direction opposée, on était fichus. Mais on était en 1937. En ce temps-là, le trafic aérien n'était pas très important. Du moins c'est ce que je n'ai cessé de me répéter.

De temps en temps, je jetais un coup d'œil à Gunny. Le pauvre bougre encaissait. Il avait viré au vert, mais il a courageusement levé le pouce. À un moment, je me suis demandé si son geste ne signifiait pas « Je vais vomir », parce que c'est tout ce qu'il semblait capable de faire.

En ce temps-là, il n'y avait ni radars, ni signaux radio. Pour se diriger, Jinx n'avait que sa boussole, ses yeux et son sens de l'orientation. Mais elle était déjà allée à Lakehurst, devais-je apprendre un peu plus tard, si bien qu'elle savait se repérer. Quand j'y repense, Jinx avait toutes les raisons d'être aussi fière. C'était vraiment un pilote de premier ordre. Dommage que personne ne semblait s'en apercevoir.

Cela dit, on a vécu un moment particulièrement pénible. Encore maintenant, rien qu'à y penser, j'en ai les mains moites. Ça faisait deux heures qu'on voyageait, ce qui était déjà grave en soi. Le vol était plus long que prévu, certainement à cause de la tempête. Nous devions progresser contre le vent. Je commençais vraiment à m'inquiéter.

Nous sommes entrés dans un banc de nuages encore plus dense et plus noir que les autres. J'ai scruté l'obscurité devant moi dans l'espoir de voir une lumière indiquant que nous allions en sortir, mais en vain. Ce nuage était gigantesque. Et dès que nous y sommes entrés, la pluie a redoublé. Je vous rappelle que nos cockpits étaient ouverts. On se prenait la pluie en plein visage. Nous devions essuyer constamment nos lunettes sous peine d'être complètement aveuglés. Je n'arrêtais pas d'éponger aussi le cockpit devant moi pour que Jinx puisse y voir quelque chose. Même si je perdais mon temps : la visibilité restait proche du zéro absolu.

Je venais de finir d'essuyer le pare-brise pour la énième fois et m'étais radossé à mon siège lorsque j'ai vu quelque chose qui m'a coupé le souffle. Là, devant nous, à quelques mètres tout au plus, se découpait une vision si incroyable que j'ai cru rêver. Et pourtant, c'était bien vrai. C'était un immense svastika dans un cercle blanc entouré de rouge.

– Attention ! ai-je crié.

Jinx a brutalement viré sur la droite. Le moteur a protesté et la pression a été telle que je me suis retrouvé collé à mon siège. Je crois que nos ailes se sont retrouvées à la verticale. J'ai fermé les yeux, attendant la collision, mais Jinx avait réussi à éviter l'obstacle. Il m'a fallu encore une seconde avant de réaliser ce que c'était.

La queue du *Hindenburg*.

Il était passé juste devant nous. On ne l'avait pas vu à cause des nuages et pas entendu parce que le bruit de notre moteur avait couvert le sien. Je vous assure, il s'en est fallu de quelques centimètres.

Jinx m'a regardé et souri.

– C'était chouette, non ?

Chouette. Oui, on pouvait dire ça, dans leur argot des années trente. Je me suis demandé si Gunny pensait de même. Mais quand j'ai regardé en arrière... Il n'était plus là ! Tout d'abord, j'ai cru qu'il était tombé, mais soudain, il s'est redressé et m'a regardé avec des yeux larmoyants. Il s'était recroquevillé sur son siège. Cette fois, il n'a même pas eu le courage de lever le pouce. Le pauvre bougre ne reprendrait ses esprits qu'une fois sur le plancher des vaches.

– Ça doit vouloir dire qu'on n'est plus très loin du terrain d'atterrissage ! ai-je crié à Jinx.

– Plus que quelques minutes, m'a-t-elle répondu.

C'est alors que nous sommes enfin sortis du banc de nuages. J'ai jeté un coup d'œil en contrebas... Et me suis redressé d'un bond. Un long bus argenté roulait sur une route étroite. Cette section du New Jersey était relativement déserte, et il n'y avait pas beaucoup de circulation. J'ai fait signe à Gunny de regarder en bas.

– C'est peut-être le bus de Spader ? ai-je crié.

Gunny a regardé à son tour, acquiescé et levé le pouce. Soit c'était bien le bus, soit il allait encore vomir. Mais ce devait être le bus. Vous parlez d'un coup de bol. Si on pouvait contacter Spader, on pouvait l'empêcher de courir après Winn Farrow. Il ne resterait plus que Max Rose. Je me suis tourné vers Jinx :

– Il faut qu'on se pose, ai-je crié.

– Quoi ? a-t-elle répondu. Pourquoi ?

– Il faut qu'on atteigne ce bus !

Jinx a baissé les yeux et a viré à gauche, puis à droite, pour se faire une idée du paysage.

– Pas moyen, Pendragon, m'a-t-elle répondu. Il n'y a pas la place pour se poser.

– Vous en êtes sûre ?

– Désolée, mais oui. Je ne pourrai pas atterrir avant la piste.

Autant dire trop tard. Je devais atteindre Spader avant qu'il n'ait pu saboter le plan de Winn Farrow. C'était peut-être l'élément crucial de cette mission. Je ne voulais pas échouer. Il devait bien y avoir un moyen.

Quelques secondes plus tard, j'ai trouvé. Une fois de plus, je me suis souvenu d'une aventure avec l'oncle Press. Comme je l'ai déjà écrit, je comprends maintenant qu'il me préparait à mon existence de Voyageur. Il m'a beaucoup appris, et j'allais mettre en pratique une autre de ses leçons. J'étais mort de frousse, mais je pouvais le faire. Il le fallait.

– Passez devant le bus, ai-je crié à Jinx.

Elle a mis pleins gaz sans poser de questions. J'ai regardé l'altimètre de l'appareil. Nous volions à mille mètres.

– Ces parachutes fonctionnent ? lui ai-je demandé.

Elle m'a jeté un regard en biais.

– Bien sûr. Je les ai empaquetés moi-même. Mais ne t'en fais pas, tu n'en auras pas besoin.

C'est là qu'elle se trompait.

– Merci, Jinx. Déposez Gunny au terrain.

Elle m'a jeté un drôle de regard. Elle ne comprenait rien à ce que je lui disais. Je me suis tourné vers Gunny et lui ai crié :

– On se retrouve au terrain d'atterrissage !

Lui non plus n'a rien compris. Mais comment auraient-ils pu deviner ce que j'allais tenter ? J'ai jeté un coup d'œil à l'altimètre et constaté qu'on était toujours à mille mètres. C'était plus qu'il ne m'en fallait. Enfin, c'est ce que disaient les manuels. Avant que j'aie pu me dire que je faisais une énorme bêtise, j'ai dégrafé ma ceinture et me suis tourné vers Jinx :

– Merci pour tout.

– Qu'est-ce que tu fais ? m'a-t-elle répondu, soufflée.

Je lui ai fait la démonstration. D'un geste rapide, je me suis hissé hors du cockpit et ai sauté dans le vide. L'instant suivant, je tombais en chute libre au milieu des nuages en espérant que Jinx soit aussi douée pour plier les parachutes que pour piloter un avion.

*Journal n° 12*
*(suite)*

# PREMIÈRE TERRE

Avant ce jour, j'avais sauté d'un avion exactement trois fois, et toujours entouré de parachutistes expérimentés. Je disposais aussi d'une sécurité – une corde attachée d'un côté à la manette de déclenchement et de l'autre côté à l'avion. Après quelques secondes, elle assurait l'ouverture automatique du parachute. Ils doivent les installer sur les novices pour s'assurer que, même s'ils pètent un câble et oublient d'actionner la manette, le parachute s'ouvre tout de même. On ne sait jamais.

Mais là, je devrais me débrouiller. J'ai repassé dans ma tête les instructions qu'on m'avait données. On m'avait appris à prendre la bonne position, à repérer ce qu'il y avait au sol et tout ce qu'il fallait pour réussir un saut. Sauf que là, je me contenterais de m'en sortir en vie.

Une seconde après être sorti du cockpit, j'ai tiré sur la corde comme si ma vie en dépendait, ce qui d'ailleurs était le cas. Mille mètres était un peu juste, mais si le parachute s'ouvrait normalement, ça ferait l'affaire. Je suis heureux de dire que dès que j'ai tiré sur la corde, j'ai senti le choc familier du tissu qui se déployait. Heureusement, Jinx savait préparer un parachute. Ouf.

Un peu plus tard, je flottais tranquillement sous ma corolle blanche. J'ai regardé en haut : le parachute était bien déployé et les cordes tendues. Bizarrement, c'est à ce moment que j'ai eu peur. Lorsque j'ai sauté, je n'ai pas pris le temps de réfléchir et m'apercevoir que je faisais une ânerie. Et maintenant, je me retrouvais en pleine tempête. Vu le nombre d'éclairs qui striaient le ciel tout autour de moi, j'aurais de la chance d'atterrir sans me prendre un coup de jus. Et ça, je ne pouvais rien y faire. J'ai inspiré profondément et tenté de me calmer.

En levant les yeux, j'ai vu l'avion de Jinx filer vers le terrain. J'ai aussi aperçu le *Hindenburg.* L'immense nez du dirigeable est sorti de derrière un nuage. D'après mes leçons d'histoire de Troisième Terre, j'en ai conclu qu'il tournait autour du terrain et attendait que la météo soit favorable pour atterrir. Bon sang, qu'il était gros ! À côté, l'avion de Jinx ressemblait à une fourmi devant un ballon de foot. Et le pire, c'est que j'étais là pour m'assurer de sa destruction. Pire encore, si je réussissais, trente-six personnes mourraient. Vous parlez d'une mission ! La seule façon de continuer était encore d'imaginer ce qui se passerait si le *Hindenburg* ne s'écrasait pas. J'ai dû détourner les yeux.

Le sol se rapprochait. Le truc, c'était de se redresser et se détendre. Si tout allait bien, ce n'était pas plus méchant que sauter un mur d'un mètre. Dans le cas contraire, eh bien je me casserais les deux jambes et rideau ! J'ai enserré les cordes, ai baissé la tête, tenu mon corps perpendiculaire au sol et plié les genoux. Fléchis les genoux... Fléchis les genoux... C'était mon mantra. Des genoux fléchis amortissent le choc. J'ai heurté le sol des deux pieds et fait un roulé-boulé. Ce n'était pas des plus gracieux, mais je ne me suis rien cassé. Donc, j'avais réussi.

Mais je n'étais pas encore tiré d'affaire. Je devais me débarrasser du parachute. Si une rafale l'emportait, il m'entraînerait à sa suite. Mon instinct m'a poussé à défaire les attaches du harnais. Et c'est à ce moment précis qu'une rafale m'a frappé et m'a arraché le tout. Il s'en était fallu de peu ! Je l'ai regardé s'envoler comme une immense méduse. Je devais un parachute aux gardes-côtes.

J'avais sauté d'un avion volant à mille mètres et m'en étais tiré sans une égratignure. Pas mal, non ? Mais en fait, ça ne comptait pas vraiment. L'essentiel était de rejoindre Spader. Je me suis forcé à m'éclaircir les idées et à réfléchir à ce que j'allais faire.

Je me tenais au milieu d'une route déserte au beau milieu de nulle part. De chaque côté s'étendait une plaine d'herbe rase avec de-ci de-là un arbre solitaire. Ce devait être un pâturage pour des troupeaux. Et maintenant ?

C'est alors que j'ai entendu un bruit. Tout d'abord, je n'ai pas pu l'identifier : ça faisait un bout de temps que mes oreilles étaient accaparées par le rugissement du moteur de Jinx et le sifflement aigu du vent. Ce nouveau son était bruyant, rauque et se rapprochait. J'ai regardé d'un côté de la route, puis de l'autre, et là, je l'ai vu.

Un bus argenté se dirigeait vers moi en klaxonnant. Gagné ! Jinx m'avait déposé juste là où il fallait. Soudain, mon exploit ne semblait plus si démentiel. J'avais gagné Spader de vitesse, et nous serions bientôt réunis.

Je me suis mis à battre des bras comme un dément. Le bus devrait s'arrêter ou j'irais m'écraser contre le pare-brise comme un moucheron. Un couinement m'a dit que le conducteur freinait à mort. Ouf. Il s'est immobilisé devant moi et j'ai couru à la porte.

– Salut, Lindbergh, m'a lancé le conducteur. T'as perdu ton aéroplane ?

Lindbergh ? Aéroplane ? Ah, oui [1]. Je portais encore mes lunettes et mon casque en cuir. C'est malin ! Je me suis empressé de les retirer.

– Je peux monter jusqu'au prochain arrêt ?

– Bien sûr, Charles. Bienvenue à bord.

Je suis monté et le conducteur a refermé les portes derrière moi. Il a appuyé sur le champignon, et nous voilà partis. Le bus était bondé. J'imagine qu'ils voulaient tous assister à l'arrivée du *Hindenburg*. Un courant d'excitation faisait vibrer le bus comme s'ils partaient à l'aventure. Ils attendaient tous de voir cet immense paquebot volant.

J'ai descendu le long de l'allée en regardant chaque siège, espérant tomber sur Spader. Mais j'ai atteint le fond du bus sans le trouver. Je me suis retourné et suis reparti en sens inverse en examinant chaque passager. Pouvais-je l'avoir raté ? Non. Impossible. Mais je suis arrivé à l'avant, et toujours pas de Spader. Là, j'ai recommencé à angoisser.

– Excusez-moi, ai-je demandé au conducteur. Ce bus vient-il de New York ?

– C'est le départ, oui.

– Un ami à moi devrait être dans ce bus, mais je ne le vois pas.

1. Charles Lindbergh était l'aviateur le plus célèbre de l'époque, pour avoir effectué la première traversée de l'Atlantique en 1927.

– C'est qui, Charles ? a-t-il répondu en se marrant.

Charles Lindbergh. Ha, ha, ha. Un vrai comique troupier.

– Il s'appelle Spader. Il est plus grand que moi, avec des cheveux noirs. Il a l'air vaguement asiatique. Est-ce qu'il est monté à New York ?

– Écoute, fiston, je ne photographie pas tous ceux qui montent dans mon bus. Tu me prends pour qui ? Sherlock Holmes ?

– Non, mais ce type n'est pas comme les autres, ai-je insisté.

On était en 1937. Je doute qu'on voie beaucoup d'Asiatiques dans les bus en route vers le New Jersey.

– Si je l'avais vu, a-t-il répondu, irrité, je te le dirais. Mais comme ce n'est pas le cas...

Il fallait se rendre à l'évidence. Spader n'était pas dans ce bus. Mais ça n'était pas logique. Si Spader voulait aller à la piste d'atterrissage, pourquoi ne l'avait-il pas pris ? À bout de forces, je me suis laissé tomber sur un siège libre. Mon grand saut s'était révélé une perte de temps et d'adrénaline. Je ne savais plus quoi faire. Pire encore, je me retrouvais seul. Gunny était toujours dans l'avion. Je n'avais rien à faire, sinon continuer jusqu'à Lakehurst avec les autres touristes et trouver quelque chose une fois à destination. J'ai consulté ma montre. Il était 18 h 30. Le *Hindenburg* arriverait dans moins d'une heure. Ça ne me disait rien qui vaille.

Quelques minutes plus tard, le bus s'est arrêté à une station-service. Une fois devant les pompes, le conducteur s'est adressé aux passagers :

– Plus que dix minutes avant le terrain, les gars. Il faut que je fasse le plein. Je n'en ai pas pour longtemps, alors ne vous éloignez pas.

Puis il est descendu pour remplir son réservoir.

J'étais au supplice. Je devais absolument gagner ce terrain d'atterrissage. Chaque minute comptait. Mais je ne savais pas où j'allais, ni comment y arriver. Tout ce que je pouvais faire, c'était rester là, avec les touristes. J'ai écouté quelques-unes des conversations. Tous parlaient du *Hindenburg*. Comme quoi c'était un appareil extraordinaire et un avant-goût de l'avenir. C'était vraiment flippant. S'ils savaient vraiment ce que l'avenir leur réservait, ils ne seraient pas si joyeux.

Comme je n'en pouvais plus, j'ai cessé d'écouter ce brouhaha. J'ai regardé par la fenêtre et ce que j'ai vu au dehors m'a fait me relever d'un bond.

De l'autre côté des pompes, il y avait une grande bagnole noire et, à la place du chauffeur, se trouvait un des gros bras de Max Rose ! C'est le type qui venait nous chercher aux cuisines, Spader et moi, pour nous emmener en haut.

Puis j'ai vu Max Rose lui-même sortir de la station-service. J'arrivais à peine à y croire. Les types que je poursuivais étaient là, devant moi ! J'étais à nouveau en piste. J'ai sauté au bas du bus et ai couru vers eux, manquant de percuter le conducteur au passage.

– Monsieur Rose ! ai-je crié.

Il a levé les yeux, mais n'a pas eu son habituel sourire confiant. Non, maintenant, il était lui-même en mission. Il devait empêcher Winn Farrow de détruire son empire criminel.

– Buck ! s'est-il écrié. Je me demandais où tu étais passé. Flash croyait que tu n'arriverais pas à temps.

Flash ? Spader ? Quand lui avait-il parlé ?

– Hobie-ho, Pendragon, a fait une voix familière.

J'ai virevolté pour voir Spader escalader le dossier de la voiture du gangster ! Voilà pourquoi il n'était pas dans le bus : il avait préféré la voiture de Max Rose.

Il n'y avait pas un instant, je pensais que tout était perdu. Et maintenant, je me retrouvais face à ceux que je devais arrêter. Je ne savais toujours pas quoi faire, mais, au moins, je faisais à nouveau partie de l'équation.

J'ai couru vers Spader, lui ai pris le bras et l'ai emmené loin de la voiture. Là, je jouais serré. Il était venu aider Max Rose et ses acolytes. Il devait savoir que la situation avait changé du tout au tout.

– Hé, où vous allez ? a crié Max Rose.

– On revient ! ai-je répondu tout en continuant d'entraîner Spader là où Rose ne pourrait pas nous entendre.

– À quoi tu joues, vieux frère ? a demandé Spader. Ne va pas le mettre en rogne. Il est de notre côté.

– Non, ai-je répondu à voix basse. Écoute-moi sans poser de questions. Il faut qu'on laisse Winn Farrow faire sauter ce dirigeable.

– Quoi ?

– Max Rose dirige un réseau d'espions qui bosse avec les nazis. Si le *Hindenburg* atterrit, ces espions vont aider l'Allemagne à construire une arme terrifiante qui leur permettra de gagner la guerre. Et trois territoires vont tomber.

Spader a pris l'air stupéfait. Je ne pouvais pas l'en blâmer. C'était dur à avaler.

– Je ne comprends pas, a-t-il dit. Comment le sais-tu ?

– On a tout vu sur la Troisième Terre. Écoute, je n'ai pas le temps de tout t'expliquer dans le détail, mais c'est la stricte vérité. Il faut qu'on s'assure que l'histoire suive son cours normal. Il *faut* que Winn Farrow fasse sauter le *Hindenburg* !

– On y va ! nous a crié Rose.

Il avait fini son plein et était prêt à partir.

– Il faut que tu me croies, Spader.

Puis je l'ai entraîné vers la voiture. Bizarre. Je ne l'avais jamais vu réagir comme ça. D'habitude, il fonçait bille en tête, prêt à affronter tout ce qui se dresserait sur son chemin. Mais maintenant, il avait l'air perdu. Je venais de chambouler tout son univers. Je comprenais ce qu'il devait ressentir. Tout ce que je pouvais faire, c'est espérer qu'il se reprenne, pour qu'on puisse convenir d'un plan.

Mais pour l'instant, tout ce que nous pouvions faire, c'était monter dans la voiture de Max Rose, rester près de lui et nous tenir prêts au cas où l'occasion se présenterait. *Si* elle se présentait.

Spader et moi nous sommes installés sur la banquette arrière avec Max Rose. Deux des gros bras étaient assis à l'avant. Trois contre deux. Pourvu qu'on n'en vienne pas à un affrontement direct, parce qu'ils nous aplatiraient comme des tapis-brosses. Le chauffeur a mis les gaz, et en avant pour voir le zeppelin.

Max Rose a essuyé son front couvert de sueur avec un mouchoir de soie.

– J'ai une dette envers vous, les enfants, a-t-il déclaré. Si vous m'aidez à arrêter ce cafard de Farrow, vous ne le regretterez pas. Ce deal est bien plus important que vous ne l'imaginez.

Oh, si, je m'en doutais. Après tout, il s'agissait de détruire les États-Unis en vendant des secrets nucléaires aux nazis. Une équation bien plus écœurante que ne l'était Winn Farrow lui-même.

– Maintenant, a-t-il continué, on sait comment ils comptent s'approcher assez près du *Hindenburg*. Ils ont des uniformes et des insignes comme ceux de l'équipe de maintenance. Personne n'ira les soupçonner.

– Comment l'avez-vous découvert ? ai-je demandé.

– On a convaincu l'un des hommes de Farrow de se confier à nous, a répondu l'un des gros bras.

Et ils se sont marrés comme des baleines, tous les deux, comme s'ils étaient tout fiers de l'avoir forcé à manger le morceau, probablement à grands coups de poing et de pied.

Je présume que ce pauvre bougre devait être Saint Dane. Il voulait que Rose sache ce que Farrow mijotait. Comme toujours, il tirait les ficelles.

– Je connais tous ces types, s'est vanté Max Rose. Je les retrouve et on leur règle leur compte.

Il a tapoté le revolver caché sous sa veste. Voilà quel était le plan de Rose. Démasquer les hommes de Farrow et les abattre. Rien de plus simple. Il n'était pas du genre à donner dans la subtilité.

– Comment allons-nous accéder à l'aérodrome ? ai-je demandé. On n'a pas d'uniformes, nous.

Rose a tiré une grosse liasse de billets.

– Voilà qui devrait tout arranger. Après tout, on n'est que d'innocents touristes qui veulent voir de près ce dirigeable, et on est prêts à y mettre le prix. Ça va marcher. Ça marche à tous les coups.

J'ai regardé par la fenêtre. Encore quarante minutes. Et le pire, c'est que je n'avais pas la moindre idée de ce qui allait se passer.

Soudain, j'ai remarqué un panneau indicateur. Nous étions sur Toms River Road. Elle ne tarderait pas à croiser la route 527. C'était étrange : je n'y étais jamais allé, mais le coin avait quelque chose de familier. Comment était-ce possible ?

C'est alors que nous foncions vers le croisement que je me suis rappelé. Oh, oui, je connaissais ce coin. J'en avais entendu parler dans cette bibliothèque sur la Troisième Terre. Max Rose était censé mourir le 6 mai à 18 h 50 dans un accident de voiture au croisement entre Toms River Road et la route 527. J'ai jeté un coup d'œil à ma montre. 18 h 50. Spader et moi étions dans cette voiture et allions connaître le même sort.

La voiture a continué de foncer vers l'intersection des deux quatre-voies. J'ai jeté un coup d'œil sur la gauche pour apercevoir une moto de la police qui fonçait dans la même direction. Dans quelques secondes, nous serions réduits en miettes.

Je n'avais pas le temps de prévenir le chauffeur. J'ai plongé entre les banquettes et me suis emparé du volant.

– Attention ! ai-je crié.

On a abordé le croisement en dérapage incontrôlé, mais la voiture allait si vite qu'elle l'a traversé en quelques secondes. La moto nous a heurtés, mais pas très violemment, juste assez pour égratigner la carrosserie. Si je n'avais pas tourné le volant, il nous aurait percutés de plein fouet et on serait morts. Je ne me souviens pas précisément de ce qui s'est passé ensuite, mais la voiture s'est renversée et a fait plusieurs tonneaux. Combien, ça, je l'ignore. Je ne pouvais rien faire, sinon baisser la tête et fermer les yeux. On s'est fait secouer dans tous les sens comme si on était dans une machine à laver. Nous n'étions plus qu'un amas de bras et de jambes, réduits à hurler de terreur. Mais les grincements du métal torturé couvraient nos cris.

Finalement, la voiture s'est immobilisée et le silence est retombé.

J'ai ouvert lentement les yeux sans trop savoir si j'étais mort ou vivant. Curieusement, notre engin avait fini sa course sur ses roues. Le moteur tournait encore. Rien à voir avec l'épave que l'ordinateur m'avait montrée. On revenait de loin. J'ai constaté que j'étais sur le plancher, encastré entre Spader et le siège.

– Spader, ai-je tenté.

À son tour, il a lentement ouvert les yeux.

– Ça va ? a-t-il demandé.

– Je crois. Et toi ?

Il s'est tortillé et a plié les bras pour vérifier qu'ils n'étaient pas cassés.

– Je suis encore en un seul morceau, a-t-il répondu.

Je me suis tourné vers le reste de l'habitacle. Le conducteur se trouvait désormais sur le siège passager, étourdi, mais bien vivant. Il n'y avait personne d'autre. Max Rose et le second gorille devaient avoir été projetés hors de la voiture pendant les tonneaux.

Spader et moi nous sommes assis à grand peine. Il a ouvert la porte d'un coup de pied et nous sommes sortis un peu en vrac. Ce n'est que plus tard que je me suis aperçu que j'étais couvert de bleus. Mais à ce moment-là, j'étais encore sous le choc et ne sentais pas la douleur. En plus, je souffrais toujours du coup sur la tête que j'avais reçu à l'hôtel. Et ça faisait un mal de chien. J'étais vraiment mal en point.

On s'est relevés sur des jambes tremblantes et on a examiné la scène de l'accident. La moto gisait près de la voiture, et son conducteur juste à côté. Je suis allé à son chevet : il était assommé, mais vivant. Ouf. Le second gros bras s'était déjà relevé et titubait comme un homme ivre, mais il n'avait pas l'air blessé, lui non plus. Finalement, on a vu Max Rose, en bordure de route, en train de lutter pour se relever. Aussi incroyable que ça puisse paraître, nous avions tous survécu à cet accident.

J'étais aussi surpris que reconnaissant. Puis soudain, une idée m'a frappée. Max Rose était censé mourir dans cet accident. Mais à présent, à cause de mon intervention, il avait survécu. J'avais changé l'histoire, une fois de plus. Maintenant, Max Rose était encore à même d'arrêter Winn Farrow. Si je n'étais pas intervenu, nous serions tous morts et les territoires de la Terre ne risqueraient plus rien. En sauvant la vie de Max, j'avais peut-être provoqué la fin de notre monde.

Et en plus, j'avais mal au crâne.

– Buck ! a lancé Max.

Spader et moi nous sommes empressés de le rejoindre. Il était bien vivant, mais dans un sale état. Il avait une grande coupure sur le front et clignait des yeux comme si sa vision était brouillée.

– C'est à vous de jouer, les gars, a-t-il dit. Je compte sur vous pour arrêter Farrow.

Ben voyons. C'est exactement ce que nous n'allions *pas* faire. Max s'est allongé sur le sol. Il était hors course. J'avais peut-être modifié l'histoire en lui sauvant la vie, mais maintenant il ne pouvait plus rien faire pour empêcher la catastrophe. Tout n'était peut-être pas perdu, en fin de compte.

C'est alors que j'ai entendu un bruit de moteur. Spader et moi nous sommes retournés pour voir que la seconde brute avait repris ses esprits et ramassé la moto du policier. Il s'était assis sur la selle, avait démarré le moteur d'un coup de talon et semblait prêt à partir.

– C'est bon, boss, a-t-il crié. Je m'en occupe !

Zut ! Le gang de Rose n'avait pas dit son dernier mot. Que devais-je faire ? Courir renverser la moto et ce type ? Me coller devant lui ? Il ne me restait que quelques secondes, mais je n'ai rien fait. C'est alors qu'il s'est passé quelque chose qui s'est gravé dans mon esprit à jamais.

Spader est parti en courant vers la moto.

– Je viens avec vous ! a-t-il crié en sautant à l'arrière.

À quoi jouait-il ?

– Spader ? ai-je fait d'une voix faible.

– Désolé, vieux frère, a-t-il répondu. Il faut qu'on sauve tous ces gens.

– Non !

J'ai tenté de le retenir, mais d'un coup d'accélérateur, le gros bras s'est mis hors de portée.

– Pas question de laisser triompher Saint Dane ! a crié Spader en s'éloignant de moi.

Et voilà. Le moment que je redoutais depuis des mois était arrivé. La haine que Spader éprouvait pour Saint Dane l'aveuglait. Il voulait venger la mort de son père, quoi qu'il en coûte. Il m'avait juré qu'il pourrait se contrôler, mais c'était faux. Ou il m'avait menti. Peu importe. Ce qui comptait, c'est qu'il ne m'avait pas cru quand je lui avais raconté ce que nous avions découvert sur la Troisième Terre. Peut-être m'étais-je mal exprimé. Ou peut-être était-ce trop dur à comprendre. Mais tout ce qu'il voyait, c'est que Saint Dane allait provoquer un terrible accident. Aveuglé par la haine, il ne saisissait pas qu'il faisait précisément le jeu de son ennemi.

Tout ça m'est passé par la tête alors que je restais planté là, sur cette route, totalement incapable de l'arrêter ou de le suivre. J'ai consulté ma montre : 19 heures. Dans vingt-cinq minutes tomberait le premier domino provoquant une réaction en chaîne permettant à Saint Dane de mettre la main sur Halla.

Et ce serait la fin des territoires terrestres. Irrémédiablement.

## *Jounal n° 12*
## *(suite)*

# PREMIÈRE TERRE

Il ne restait plus qu'un moyen d'atteindre l'aéroport : la voiture.

En tout, j'avais déjà conduit... une fois. J'avais alors treize ans, ma mère se trouvait à côté de moi et on était dans un parking, ce qui limitait considérablement les risques de casse. Et ça ne me qualifiait pas vraiment pour concourir aux vingt-quatre heures du Mans ! Mais après tout, j'avais sauté d'un avion en pleine tempête, descendu un mur d'hôtel en rappel et survécu à un accident de la route. À côté de tout ça, conduire une voiture n'était pas sorcier.

J'ai regardé autour de moi. Personne ne risquait de m'arrêter. Max Rose gisait K.-O. au bord de la route, tout comme le policier. Il ne restait que le gros bras qui était toujours affalé sur le siège passager. Assommé. Pas question de l'emmener avec moi.

À l'hôtel, c'était ce même type qui s'était emparé de Spader et moi, et nous avait traînés dans les couloirs comme des sacs de linge sale. Je ne demandais qu'à lui rendre la pareille. J'ai saisi le col de sa veste et l'ai tiré. Il a à peine bougé. Il était deux fois plus balaise que moi et complètement inerte. Autant chercher à manipuler un bloc de ciment.

J'ai dû prendre un coup d'adrénaline, car au second essai, j'ai pu le faire descendre. Il est tombé la tête la première et son épaule a heurté le sol. Désolé, toto. J'ai planté mes talons dans la terre et ai réussi à faire basculer le reste de sa masse. Je n'avais pas à craindre de lui faire mal : il était dans les vapes. J'ai pris soin de l'entraîner loin de la voiture pour ne pas l'écrabouiller au cas où j'en perdrais le contrôle.

J'ai ensuite sauté sur le siège du pilote... pour me rendre compte que j'étais mal barré.

C'était une voiture à l'ancienne. Il n'y avait pas de boîte automatique. J'allais devoir apprendre à me servir de la pédale d'embrayage et du levier, et vite. Mon père avait une auto à boîte manuelle : au moins, je connaissais le principe. Je m'amusais à m'asseoir dans sa voiture, encore au garage, pour faire semblant de conduire. Il n'aimait pas que je fasse ça : il pensait que j'abîmais sa boîte de vitesses. Mais heureusement que je ne l'avais pas écouté, parce qu'au moins je savais désormais actionner un levier de vitesses. Le truc, c'était d'appuyer à fond sur la pédale, d'enclencher la première, puis de relâcher doucement la pédale tout en appuyant sur celle des gaz. Si on décomposait bien, la voiture partait. Sinon, le moteur calait. C'était une question de bien sentir le tout. Sauf que je ne sentais que dalle. L'expérience promettait d'être intéressante.

Le moteur tournait encore. Au moins, je n'aurais pas à le faire démarrer. J'ai avancé le siège le plus possible afin d'atteindre les pédales, ai posé le pied sur l'embrayage, ai mis le levier sur ce que je présumais être la première, puis ai relâché l'embrayage tout en appuyant sur les gaz.

La voiture s'est mise à rouler. Ça marchait ! Et du premier coup, en plus ! J'ai serré le volant, regardé en avant et appuyé sur le champignon.

Le moteur a calé. Oh, misère ! Non seulement je ne savais pas conduire, mais maintenant il me fallait redémarrer ! J'ai réprimé la vague de panique que je sentais monter en moi.

Il y avait bien une clé dans un contacteur, mais lorsque je l'ai tournée, il ne s'est rien passé. Un instant, j'ai cru que cette bagnole était morte. Après tout, elle était accidentée. Mais j'avais peut-être commis une erreur quelconque. Le tableau de bord ne comprenait que quelques boutons et manettes. C'était bien avant l'ère des lecteurs CD, de l'air conditionné et des contrôleurs de vitesse. J'ai repéré la commande des phares et l'autre pour les essuie-glaces. Et c'était à peu près tout.

Puis j'ai remarqué un petit bouton argenté sous le tableau de bord. Je n'en avais jamais vu de tel, mais, à vrai dire, je ne m'étais jamais retrouvé dans une voiture datant de 1937. Qu'est-ce que j'avais à perdre ? À moins qu'il n'actionne un siège éjectable, je pouvais toujours l'essayer. Ce que j'ai fait... et le moteur a vrombi. Gagné ! J'avais trouvé le démarreur.

La voiture a fait un soubresaut avant de caler à nouveau. Normal : j'avais laissé la vitesse enclenchée. C'est malin. J'ai embrayé pour passer au point mort, puis ai réappuyé sur le démarreur. Après quelques ratés, le moteur a émis son grondement rauque. Excellent. Je m'y suis repris à quatre fois pour passer la première, et j'ai calé à chaque fois. Je perdais un temps précieux ! Je commençais à croire que je ferais mieux d'abandonner la partie et de me mettre à courir.

J'ai décidé de faire une ultime tentative. Cette fois-ci, j'y suis allé fort sur le champignon. Lorsque j'ai senti qu'elle allait caler une fois de plus, j'ai mis encore plus de gaz. La voiture s'est mise à vibrer si violemment que j'ai cru qu'elle allait tomber en morceaux, mais le moteur s'est calmé, et je suis parti en douceur.

Bon, ce n'était qu'un début. Maintenant, il fallait que je conduise. C'était une autre paire de manches. J'étais tellement concentré sur la conduite que je ne regardais pas où j'allais. Dès que je me suis rappelé de lever les yeux, j'ai vu que Max Rose se tenait devant le capot ! Dieu sait comment, il avait réussi à relever sa grande carcasse et à tituber vers moi. J'ai viré brutalement, le ratant d'un cheveu. Mais du coup, je me retrouvais sur le bas-côté. Je n'ai pas osé freiner de peur de caler à nouveau. J'ai donc gardé le pied au plancher et ai tourné désespérément le volant afin de retourner sur la route. Après avoir rebondi dans tous les coins et évité de justesse deux rochers, un arbre et un poteau indicateur, j'ai fini par remonter sur le bitume.

Me voilà parti.

Je pointais la voiture vers la direction du terrain et faisais de mon mieux pour la garder droite lorsque j'ai entendu le bruit d'une sirène. Alors là, ce n'était pas le moment de me faire arrêter par les flics. Je devais m'éloigner le plus vite possible du lieu de l'accident. J'ai serré les dents et ai mis le pied au plancher.

Heureusement qu'il n'y avait pas trop de circulation dans cette cambrousse, parce que je n'arrêtais pas de zigzaguer. Le volant était grand et dur à tourner. Le moindre ajustement de trajectoire en devenait pénible. Bon sang, en ce temps-là, il fallait être haltérophile pour conduire une bagnole ! Au bout de quelques minutes, j'ai fini par trouver le truc. Lorsque le moteur s'est emballé, j'ai même réussi à changer de vitesse. Je n'étais pas prêt à passer mon permis, mais au moins j'avançais.

Cette petite escapade m'avait fait perdre dix minutes. Il était 19 h 10. Encore quinze minutes. Enfin, je me dirigeais vers l'aéroport, c'était déjà ça.

Maintenant que je savais comment y arriver, j'ai réfléchi à ce que je ferais une fois que je serais à pied d'œuvre. À vrai dire, je n'en avais pas la moindre idée. Spader et les gangsters voulaient arrêter Winn Farrow. Mais comment ? Bon, chaque chose en son temps. Tout d'abord, je devais y arriver en un seul morceau. Ensuite, on verrait bien.

J'ai accéléré. J'avais peur de la vitesse, mais je devais arriver à temps. Ce qui m'a été confirmé lorsque j'ai passé un tournant, puis quelques arbres, et que j'ai contemplé un spectacle assez impressionnant. Je venais de gravir une colline, et j'avais une vue imprenable.

Là, devant moi, à un kilomètre environ, s'étendait l'aéroport. Le temps s'était calmé et, bien que le soleil soit déjà descendu sous l'horizon, le ciel était encore assez lumineux pour que je puisse me faire une impression générale des lieux. Selon nos critères actuels, ce n'était pas gigantesque. Juste un aérodrome perdu au beau milieu de nulle part. Quelques pistes s'entrecroisaient et quelques avions étaient garés aile contre aile. Il y avait aussi plusieurs hangars, mais l'un d'entre eux se détachait du lot. Il était immense. Je veux dire, gigantesque ! Comme il n'y avait qu'une seule porte, j'en ai conclu que c'est là qu'on garait les zeppelins. À par ça, il n'y avait rien de vraiment remarquable, sinon un détail assez évident.

Le *Hindenburg* était arrivé.

J'ai consulté ma montre. 19 h 15. Il restait dix minutes avant que Winn Farrow ne lance sa fusée et ne fasse exploser le dirigeable, et pourtant, celui-ci semblait prêt à se poser. Toute une foule l'attendait, avec des projecteurs illuminant le ciel et sa coque argentée. J'ai calculé qu'il devait être encore à cinq cents mètres du point d'atterrissage, mais pour un engin aussi gros, ce n'était pas beaucoup. C'était un spectacle impressionnant et effrayant à la fois.

Le vaisseau progressait de ma droite vers ma gauche. Cette scène me semblait bien familière. Sur toutes les photos que j'ai vues du

*Hindenburg* en flammes, son nez pointait vers la gauche. La foule était rassemblée d'un côté – le gauche. C'est de là qu'on avait pris ces clichés. Ce qui me renseignait précisément sur ma destination. Winn Farrow devait se trouver quelque part sur la droite du zeppelin. C'était le seul endroit où il passerait inaperçu de la foule des badauds. La question était : y serais-je à temps pour intercepter Spader ?

Alors que je me rapprochais de l'aéroport, je suis passé devant le bus que j'avais arrêté en pensant que Spader s'y trouvait. Il s'était immobilisé au bord de la route et les passagers étaient descendus pour admirer l'arrivée du vaisseau. Je me suis demandé pourquoi ils s'étaient installés si loin. Quelques secondes plus tard, j'ai compris.

En continuant mon chemin, j'ai vu qu'un immense grillage entourait l'aéroport. Il y avait une porte avec un poste de contrôle et des types en uniformes militaires vérifiaient les identités des nouveaux arrivants avant de les laisser passer. Ce qui voulait dire que l'accès était limité au personnel autorisé.

Et je n'en faisais certainement pas partie.

Je ne pourrais jamais passer ce contrôle. Et d'ailleurs, je me ferais certainement arrêter pour conduite sans permis. Et vol de voiture. Je n'ai donc pas attendu d'arriver à leur hauteur : j'ai viré de bord pour emprunter la route parallèle à la clôture.

Quelques-uns des gardes m'ont regardé faire. Je me suis redressé au maximum sur mon siège pour avoir l'air d'un adulte. Heureusement, personne ne m'a suivi.

Mais à présent, que faire ? J'ai suivi la route entourant l'aéroport dans l'espoir de trouver une autre entrée moins surveillée. L'horloge tournait. Je commençais à croire qu'il me faudrait revenir en arrière jusqu'au poste de contrôle, mettre le pied au plancher et foncer dans le tas. Que pouvais-je faire d'autre ?

Puis, à la moitié du terrain, j'ai aperçu une autre entrée. C'était une petite porte et il n'y avait pas un uniforme en vue. J'ai fait tourner la voiture pour m'y engager. Mais j'ai vite compris pourquoi le passage n'était pas gardé.

Deux militaires gisaient dans l'herbe, ficelés comme des saucissons. Quelqu'un s'était occupé de leur cas pour pouvoir rentrer. Était-ce Winn Farrow et son gang ? Ou Spader et l'homme de main de Max Rose ? Ou les deux ? Peu importe. J'étais au bon endroit. Je ne me suis pas arrêté pour libérer les gardes. Qu'ils se débrouillent.

Il faisait de plus en plus noir. J'ai pensé à allumer les phares, mais je ne voulais pas qu'on me voie arriver. J'ai jeté un coup d'œil en avant pour constater que le *Hindenburg* avait désormais le nez pointé sur ma droite. J'étais juste au bon endroit. Quelque part par là, Winn Farrow attendait le bon moment pour lancer sa fusée. Et Spader était dans le coin, lui aussi. J'ai jeté un coup d'œil à ma montre. 19 h 20. S'il fallait en croire l'Histoire, il ne restait plus que quelques minutes avant que tout dégénère. Ce qui voulait dire que, quoi qu'il se passe exactement, c'était pour bientôt.

C'est alors que j'ai entendu un coup de feu.

## *Journal n° 12*
## *(suite)*

# PREMIÈRE TERRE

La détonation venait d'un point situé devant moi, en direction du *Hindenburg*. J'ai mis pleins gaz dans cette direction. Je n'ai pas tardé à tomber sur un amas de petites huttes en bois. Sans doute des cabanes à outils. Mais surtout, l'endroit parfait pour se cacher et préparer une roquette. J'ai foncé vers ces bâtiments sans trop savoir ce que j'y trouverais ou ce que je pourrais faire.

J'ai alors vu la moto sur laquelle Spader et le gangster étaient partis. Oh, ils étaient bien là. Je me suis approché de la moto et j'ai freiné. La voiture a aussitôt calé. Peu importe. Elle m'avait mené jusqu'ici.

Puis j'ai entendu un autre coup de feu. Il venait de derrière l'angle d'un des petits bâtiments, celui le plus proche de moi. Je suis descendu de voiture et ai continué prudemment.

Le *Hindenburg* était maintenant presque au-dessus de nous. Le bruit sourd et monotone de ses nombreux moteurs faisait vibrer l'air. Comme les projecteurs étaient de l'autre côté, ce flanc du vaisseau était plongé dans le noir. On aurait dit un gros nuage inquiétant.

Lorsque j'ai tourné au coin du bâtiment, mon cœur a fait un bond dans ma poitrine. Droit devant moi, accroupi derrière des caisses en bois, se tenaient Spader et le gangster. Ils fixaient un autre bâtiment à quelques mètres devant eux.

Farrow devait s'y cacher.

C'est alors que j'ai entendu un autre coup de feu. Une fraction de seconde plus tard, il y a eu un choc sourd au-dessus de ma tête et une écharde a giclé du mur. Je me suis baissé, puis ai regardé de plus près. La balle s'était logée dans la cloison juste au-dessus de ma tête.

Maintenant, je comprenais pourquoi Spader et le gangster se planquaient. On leur tirait dessus. Je me suis accroupi à mon tour et ai couru les rejoindre.

– Spader ! ai-je chuchoté.

Il s'est vite tourné vers moi. Tout comme le gangster, qui a braqué un revolver sur mon nez.

– Pendragon ! s'est écrié Spader, surpris.

Il a détourné le canon du revolver. Son porteur m'a reconnu et a de nouveau pointé son arme vers l'ennemi.

– Farrow est juste là ! a dit Spader, les yeux écarquillés d'excitation. Ils sont deux !

– Non, a répondu le gangster. J'en ai déjà refroidi un. Farrow est tout seul.

Oh, super. Déjà un mort.

– Tu parles d'un tourne-boule ! a fait Spader hors d'haleine. Il peut lâcher sa fusée à tout moment !

– Pas si je peux l'en empêcher, a déclaré le gangster.

C'est alors qu'il a fait quelque chose d'incroyable. Il a sauté de derrière leur abri et a foncé vers Farrow. Bon sang, ce type était dévoué. Il risquait sa peau pour sauver Max Rose et son empire du crime. Il devrait recevoir le titre de gangster du mois.

Son geste était certes brave, mais aussi excessivement stupide. Entre notre cachette et Wynn Farrow s'étendaient une vingtaine de mètres d'herbe rase. Il était à découvert. Il n'avait pas fait plus de quelques pas que trois coups de feu ont retenti. Le gangster a tournoyé sur lui-même et s'est abattu au sol.

– Non ! s'est écrié Spader.

Il allait bondir par-dessus les caisses, mais je l'ai retenu à temps.

– Tu ne peux pas faire ça ! ai-je crié.

– Il va faire sauter le vaisseau ! Saint Dane va l'emporter !

– Non ! C'est exactement ce que veut Saint Dane : qu'on arrête Winn Farrow. Tu ne m'a pas écouté ?

– C'est impossible ! a insisté Spader. Tu ne peux pas en être sûr !

Je l'ai regardé droit dans les yeux. Pas moyen de lui expliquer en quelques mots ce que j'avais vu sur la Troisième Terre. Je ne pourrais jamais le convaincre. J'ai parlé calmement et fermement. Pas question de me laisser dominer par mes émotions.

– Tu me fais confiance ? ai-je demandé.

– Tu le sais bien.

– Alors crois-moi. Il faut qu'on s'assure que le zeppelin s'écrase bel et bien. C'est horrible, je sais, mais c'est comme ça. Spader, on a pas mal bourlingué ensemble. Tu me connais et tu sais ce que c'est d'être un Voyageur. Tu dois te fier à moi.

Nos regards se sont affrontés. J'ai tenté de lui imposer ma volonté. Je voyais bien que sa confiance en moi luttait contre son interprétation de la situation.

Ça me fait mal de le dire, mais c'est son interprétation qui l'a emporté. Il m'a repoussé si vite que je n'ai pas eu le temps de me préparer et suis tombé sur le derrière.

– Désolé, vieux frère, mais je ne peux pas le laisser faire.

– Non, Spader ! ai-je crié.

Trop tard. Il a sauté par-dessus les caisses pour courir vers Winn Farrow.

Je me suis tassé sur moi-même en attendant les coups de feu qui l'abattraient comme le gangster avant lui. Mais comme ils ne venaient pas, j'ai à mon tour escaladé les caisses. Et j'ai vu quelque chose d'incroyable.

Spader s'était immobilisé à découvert, juste entre les caisses et le bâtiment. Et s'il s'était arrêté en chemin, c'est parce que Gunny s'était emparé de lui. Il avait ramassé le revolver du gangster abattu et, maintenant, s'interposait entre Spader et Winn Farrow.

Au-dessus de nous, le *Hindenburg* se rapprochait du sol. À bord du zeppelin, on commençait à larguer des amarres que des aides s'empressaient d'attraper afin de contrôler le vaisseau.

– Désolé, a dit Gunny d'une voix très calme, mais je ne peux pas te laisser passer.

Je n'arrivais pas à croire qu'on en était arrivés là : un Voyageur en menaçant un autre avec un revolver.

Spader a levé les yeux vers le dirigeable. Il savait qu'il n'avait plus une seconde à perdre. Puis il a regardé Gunny.

– Vous ne pourrez jamais me tirer dessus. Vous n'en êtes pas capable.

Gunny a fait la grimace. Spader avait raison. Gunny bluffait. Il était incapable d'appuyer sur la détente. Lentement, il a baissé son arme.

– Cet appareil doit s'écraser, a dit Gunny.

Mais Spader ne l'écoutait pas. Il s'est remis à courir vers Winn Farrow. Gunny a tenté de l'attraper au passage, mais Spader était trop fort : il l'a percuté et fait tomber sur le dos. À présent, plus rien ne pouvait l'arrêter. Je m'attendais à ce que Winn Farrow lui tire dessus, mais non. Soit il était à court de balles, soit il s'occupait de sa fusée.

J'ai bondi de derrière les caisses pour piquer un sprint vers Spader.

– Non ! ai-je crié, mais le rugissement des moteurs du *Hindenburg* ont couvert ma voix.

De toute façon, je n'aurais jamais pu l'arrêter. Il avait une mission à accomplir, et rien ne l'en dissuaderait.

Lorsque je suis arrivé, j'ai vu que Spader avait bondi sur Farrow comme il l'avait fait avec Gunny. Il lui était rentré dedans bille en tête et l'avait envoyé bouler à terre. Maintenant, tous deux se battaient comme des chiffonniers.

J'ai aussi remarqué autre chose. Sur le sol, à quelques dizaines de centimètres d'eux, j'ai vu la fusée de Farrow. Elle était clouée à une planche servant de rampe improvisée, braquée sur le dirigeable, et la mèche était allumée.

Entre Spader et Farrow, le combat n'était pas équilibré. Farrow était petit, mais c'était un bagarreur rompu au combat de rue, pas Spader. En quelques secondes, Farrow l'a cloué au sol, un bras ramené dans le dos. Maintenant, Spader ne risquait pas d'éteindre la fusée.

Mon ami a levé la tête et m'a vu planté là. Son expression douloureuse m'a fait frémir.

– Pendragon ! Ne le laisse pas les tuer !

Sa voix s'est brisée et ses yeux se sont remplis de larmes. Dans son esprit, nous allions laisser mourir trente-six personnes. Il ne voyait pas au-delà.

Et à ce moment précis, moi non plus.

La réalité m'a frappé comme un coup de poing. Qu'est-ce qui se passait ? Soudain, la vie de trente-six personnes était entre mes mains. Il me suffisait de changer la trajectoire de la fusée pour les sauver. Ce serait si facile. Et comme Farrow maintenait Spader, il ne pourrait pas m'arrêter.

– Tu ne peux plus rien faire ! a ricané Farrow. Ce ballon va s'écraser, et Max Rose avec lui !

– Je t'en prie, vieux frère ! a supplié Spader. Ils vont tous mourir !

J'ai levé les yeux. Les lumières étaient allumées sur la gondole. C'est là qu'étaient tous ces gens qui ne tarderaient pas à vivre l'horreur. J'ai baissé les yeux sur la fusée. La mèche était presque entièrement consumée, mais il me restait encore le temps. Je n'avais qu'à lui décocher un coup de pied. Rien de plus simple. Un simple geste de ma part, et le zeppelin se poserait normalement. Les journaux raconteraient une histoire bien différente et trente-six personnes resteraient en vie.

C'est là que j'ai compris que je ne pouvais rester là, sans rien faire.

À ce moment précis, la notion de changer l'Histoire et d'empêcher les nazis de découvrir la bombe atomique puis de gagner la guerre me semblait bien tirée par les cheveux. Mais ces gens-là étaient là, devant moi, ils allaient mourir, et j'avais le moyen de les sauver. J'ai tendu la main vers la fusée.

– Pendragon, a fait une voix douce.

Je me suis retourné. Gunny se tenait là, derrière moi. Il était aussi calme que s'il se trouvait dans son cher hôtel, à accueillir des clients. Il m'a jeté un regard sage et chaleureux, et a dit la seule chose qui semblait logique. Une phrase que j'avais entendu bien des fois, qui était censée expliquer notre condition de Voyageurs, donner l'impression que tout allait bien sur Halla et qu'on était du côté du bien. Elle devait justifier la souffrance et le deuil. Je l'ai entendu lorsque mon oncle est mort, lorsque Osa est morte et lorsque ma famille a disparu. Toujours aux pires moments.

– C'est ce qui doit arriver.

Un instant, j'ai soutenu son regard. Il a souri. Je suis revenu à la fusée. Mille pensées ont traversé mon esprit. Mais l'une a dominé les autres.

Je ne pouvais pas laisser mourir ces gens. Ce n'était pas dans ma nature.

– Désolé, Gunny, j'en suis incapable.

J'ai fait un pas vers la fusée pour la renverser d'un coup de pied. Je m'inquiéterais des conséquences plus tard. J'allais sauver le

*Hindenburg* lorsque j'ai senti les bras de Gunny s'enrouler autour de ma poitrine.

– Alors je m'en charge.

Il voulait m'empêcher d'atteindre la fusée ! Je me suis débattu. J'avais tout fait pour me retrouver là et m'assurer que l'Histoire se déroulerait comme prévu. Maintenant, je voulais plus que tout sauver le zeppelin et ses passagers.

– Lâchez-moi ! ai-je supplié, mais Gunny me tenait bon.

L'instant suivant, la mèche a touché la poudre et la fusée a craché des flammes. Elle a jailli de sa rampe de lancement improvisée et sillonné le ciel, en route vers sa cible.

## *Journal n° 12*
## *(suite)*

# PREMIÈRE TERRE

Comment décrire un cauchemar ?

Un cauchemar est un produit de l'esprit. Il naît de vos peurs les plus intimes et vous les jette à la figure dans le seul but de vous terrifier. Nul ne peut contrôler un cauchemar. Les images déferlent sur vous comme une tornade. Tout ce qu'on peut faire, c'est serrer les dents et attendre que ça passe. Ça finit toujours par passer. Et lorsqu'on se réveille, on sait que même si ces moments de terreur semblaient très réels, ils n'ont jamais existé que dans votre esprit.

Ce qui a suivi peut être qualifié de cauchemar. Sauf que cela n'était pas une création de mon esprit.

Le missile a jailli vers la masse sombre du *Hindenburg*. Durant les quelques secondes qu'a duré son vol, on aurait dit que le temps s'était arrêté. J'aurais voulu m'accrocher à ces quelques secondes, parce que lorsqu'elles seraient écoulées, c'est là que l'horreur commencerait.

La machine infernale de Farrow a frappé le dirigeable à l'avant de la queue. Top chrono. Dans trente-sept secondes, tout serait terminé.

– On ferait mieux de partir, a dit calmement Gunny.

Sa voix s'est brisée. Il était aussi bouleversé que nous.

Winn Farrow avait lâché Spader. Nous nous sommes reculés, tous les quatre. Nous savions ce qui allait se passer. Ce ne serait pas beau à voir. Je n'ai pas quitté des yeux le zeppelin.

L'incendie s'est propagé à une vitesse stupéfiante. D'abord, les produits inflammables contenus dans la fusée se sont répandus sur une grande partie de la coque. Puis l'enveloppe a pris feu. Les flammes ont couru sur la surface argentée du ballon. En quelques secondes, le squelette de l'appareil s'est vu dénudé. Puis il s'est effondré, la queue en premier. Propulsées par l'hydrogène embrasé, les flammes ont recouvert le nez.

Sous mes yeux, les deux svastikas de la queue sont tombés au sol et se sont consumés. Ce moment symbolique était le seul point positif de cette catastrophe.

La foule des badauds s'est éparpillée, affolée. Le personnel au sol a lâché les amarres et les a imités. C'est tout ce qu'ils pouvaient faire.

Puis la gondole des passagers a heurté le sol. Aussitôt, ils ont brisé les vitres et tenté de fuir. Aussi bizarre que ça puisse paraître, certains se sont contentés de descendre les escaliers et de sauter à terre, tout simplement. Ceux-ci ont eu de la chance. Dès que leurs pieds ont touché le sol, ils ont couru comme des dératés pendant que des fragments embrasés tombaient en pluie tout autour d'eux. Ces gens allaient survivre. Mais bien d'autres voyageurs, piégés dans la nacelle, n'auraient pas cette chance.

J'avais déjà vu cette scène sur l'ordinateur de Troisième Terre. Mais maintenant, j'étais là. Face à face avec la réalité. Je sentais la chaleur de l'incendie. Je voyais tous ces visages terrifiés. J'entendais les cris. Mais ce qu'il y avait de plus terrible, c'était encore de me dire que j'aurais pu empêcher tout ça... et que je ne l'avais pas fait.

J'ai alors vu quelque chose d'incroyable. Tandis que tout le monde s'enfuyait le plus loin possible de l'incendie, quelqu'un courait dans la direction opposée. Tout d'abord, j'ai cru à un vaillant pompier déterminé à sauver quelques personnes de l'accident. Mais alors qu'il se rapprochait, j'ai vu de qui il s'agissait réellement.

C'était Max Rose. Je ne sais comment il était arrivé là. Peut-être la police l'avait-elle ramassé sur les lieux de l'accident, ou peut-être un membre de son gang. Mais le fait est qu'il courait comme un fou vers la nacelle condamnée. Nous ne saurons jamais ce qu'il avait en tête, mais je peux toujours l'imaginer. Il voulait sauver son argent. C'était dingue, mais aussi la seule explication possible. Il devait avoir pété un câble. Ou peut-être pensait-il que, comme de toute façon son empire allait s'effondrer, il pouvait faire une dernière tentative pour le sauver.

Personne n'a fait mine de l'arrêter. Tout arrivait bien trop vite, et tout le monde n'avait qu'une seule idée en tête : survivre. Max

Rose a tout de même réussi à atteindre la gondole et à monter à l'intérieur. Depuis, plus personne ne l'a jamais revu. D'une certaine façon, l'histoire avait repris son cours normal. Max Rose devait mourir le 6 mai 1937. La seule différence, c'est qu'il ne se tuerait pas dans un accident de voiture, mais dans l'épave du *Hindenburg*.

L'instant d'après, le zeppelin en flammes s'est effondré sur lui-même. Son squelette a volé en éclats dans un grand jaillissement d'étincelles. Et le majestueux dirigeable n'a plus été qu'une masse de braises incandescentes.

Trente-sept secondes.

Alors que je restais planté là, le visage cuit par la chaleur de l'incendie, j'ai vu quelque chose qui m'a flanqué le frisson. C'était un oiseau. Un grand oiseau noir qui a survolé l'incendie comme une ombre, puis a viré abruptement pour passer au-dessus de nos têtes. Puis, d'un coup d'ailes, il a disparu dans la nuit. Était-ce Saint Dane ? Avait-il été le témoin de son dernier échec ?

J'en doutais fort. S'il était là, c'était bien pour se moquer de moi. Certes, nous autres Voyageurs avions gagné la partie. Nous avions fait en sorte que l'Histoire suive son cours. Les territoires de la Terre étaient sauvés. Mais est-ce que Saint Dane s'en souciait ? Ou, comme je l'avais affirmé, était-ce moi qui comptais ?

En un moment d'horreur, tout est devenu clair. Saint Dane avait tout manigancé pour que je me retrouve là, à ce moment précis. Lorsque le moment critique était venu, je n'avais pas eu la force d'arrêter la fusée. Il le savait. Il voulait me voir échouer.

Nous avions peut-être sauvé la situation ici, sur la Première Terre, mais Saint Dane avait gagné la guerre. Il avait démontré que je n'étais pas de taille face à lui.

Winn Farrow a éclaté de rire. Incroyable mais vrai. Ce type était un psychopathe. Pour provoquer une telle catastrophe afin de se venger d'une seule personne, il fallait vraiment être complètement barjo.

– Douce est la vengeance ! s'est-il écrié avec une joie malsaine.

– Espèce de brute ! a rétorqué Spader.

Il s'est jeté sur lui, mais Gunny l'a retenu.

– Laisse-le partir. On s'en fiche.

– Ouais, a renchéri Farrow en riant, vous vous en fichez. (Il a décoché un sourire onctueux à Gunny.) Merci, mon pote. Sans toi, je ne m'en serais pas tiré.

Gunny a frémi comme s'il avait reçu un coup de poing. J'ai ressenti une bouffée de compassion envers lui. Il avait fait ce qui lui semblait juste. Et pourtant, ce pauvre bougre qui était incapable de tirer un coup de feu avait provoqué la destruction du *Hindenburg*. Même s'il avait raison, il devrait porter ce poids toute sa vie durant.

Farrow a tourné les talons et est parti en courant vers Dieu sait où. C'était le cadet de mes soucis.

Spader s'est mis face à Gunny et l'a regardé dans les yeux. Son visage était crispé de rage.

– Vous l'avez arrêté ! a-t-il crié. Pendragon allait sauver le dirigeable et vous l'en avez empêché ! Ces gens sont morts à cause de vous ! Saint Dane tient sa victoire !

Gunny était incapable de parler. J'ai cru le voir frissonner.

– Il a bien agi, ai-je dit.

Spader s'est détourné de Gunny et m'a jeté un regard furieux.

– Pourquoi ? Parce que quelqu'un t'a dit que tu risquais de changer l'Histoire ? Je n'y crois pas. Comment pouvais-tu en être sûr ?

Je n'ai pas répondu. Ce n'était pas le moment. Gunny a dit d'une voix faible :

– Il faut partir d'ici.

– J'ai une voiture, ai-je proposé.

– Non. Venez avec moi.

Et il est parti d'un pas pressé. Spader et moi sommes restés encore un peu, à regarder l'épave embrasée.

– Hobie, j'espère que tu as raison, a fini par déclarer Spader, et il a tourné les talons pour suivre Gunny.

L'aérodrome était plongé dans le chaos. Des camions de pompiers fonçaient vers l'accident. Des gens couraient dans tous les sens pour assister les survivants. Certaines victimes montaient dans des voitures qui partaient en trombe vers l'hôpital le plus proche. D'autres étaient chargés dans des ambulances. Au milieu de toute cette frénésie, personne n'a prêté attention à trois types qui s'éloignaient tranquillement du lieu de l'accident.

Les flammes du *Hindenburg* éclairaient l'aéroport comme en plein jour. Je ne savais pas où Gunny nous emmenait, et je m'en fichais. J'ai fini par lever les yeux. Une vision réconfortante m'attendait. Là, au bout de la piste illuminée par les flammes, se tenait le drôle d'hydravion de Jinx Olsen. Avec tout ce qui s'était passé, je l'avais oubliée.

Elle a couru vers nous. Elle revenait de l'incendie et ouvrait de grands yeux pleins d'effroi. Le contraire m'aurait étonné.

– Qu'est-ce qui se passe ? a-t-elle demandé avec l'énergie du désespoir. C'était pour ça que vous vouliez venir ici ? Vous vouliez empêcher la catastrophe ?

Nous nous sommes regardés. Mais pas Spader. Il fixait le sol. Heureusement, Gunny s'est chargé des explications.

– On a entendu des rumeurs. On s'est dit qu'on pouvait faire quelque chose.

– Mais nous sommes arrivés trop tard, a repris Jinx. C'est horrible.

– Oui. C'est horrible.

Gunny est parti vers Jinx et l'a regardée droit dans les yeux. Il lui a parlé d'une voix calme et assurée :

– Nul ne saura jamais ce qui s'est passé ici. Vous pensiez vous rendre utile, mais n'avez rien pu faire. Personne n'aurait rien pu faire. Ne l'oubliez pas.

C'était un drôle de spectacle. Jinx fixait Gunny avec des yeux vitreux. Tout son corps s'est détendu. On aurait dit que Gunny l'hypnotisait. Il se servait de ses dons de Voyageur pour apaiser son esprit. J'aurais bien aimé qu'il fasse de même avec moi.

– C'est vrai, a-t-elle dit. Je n'aurais rien pu faire.

– On ferait mieux de rentrer, a dit Gunny.

– Oui, a répété Jinx. Rentrons.

On s'est entassé dans l'avion, tous les quatre – Jinx et moi à l'avant, Spader et Gunny à l'arrière. Je doute que quelqu'un ait remarqué notre petit avion qui décollait tout au bout de l'aérodrome. Tout le monde n'avait d'yeux que pour le zeppelin en flammes. Alors que nous nous élevions dans le ciel, j'ai réalisé que nous laissions derrière nous un des plus grands mystères de tous les temps. Dans les siècles à venir, on spéculerait sur ce qui avait bien pu provoquer l'explosion du *Hindenburg*. Personne ne connaîtrait jamais le rôle qu'avaient joué deux gangsters new-yorkais rivaux ou des Voyageurs venus d'autres territoires.

C'était ce qui devait arriver.

Le vol fut sans histoire. Heureusement, la tempête s'était dissipée. Personne n'a rien dit. Chacun restait plongé dans ses pensées. On s'est posés sur l'Hudson et Jinx a ramené l'avion à quai. Puis on a pris un taxi qui nous a ramenés au Manhattan Tower Hotel. Durant tout le trajet, je doute qu'on ait échangé plus de deux mots. Lorsqu'on s'est retrouvés sur le trottoir, il y a eu un moment assez gênant. Spader nous a laissés sans dire un mot pour rentrer dans l'hôtel. Gunny et moi sommes restés là en compagnie de Jinx. Comment pouvions-nous prendre congé ? Je n'en avais pas la moindre idée.

Une fois de plus, Gunny s'est occupé de tout.

– Vous n'êtes pas n'importe qui. Je suis fier de vous avoir connue.

– J'espère qu'un jour, vous pourrez piloter à nouveau, ai-je ajouté.

– Oh, j'y compte bien ! a-t-elle dit en clignant de l'œil. Ne t'en fais pas pour moi !

Nous nous sommes étreints, puis Jinx s'est dirigée vers l'hôtel. Mais elle s'est arrêtée subitement et nous a regardés d'un air soucieux :

– Pourquoi ai-je l'impression que notre petit vol en pleine tempête était plus que ça ?

– Non, a répondu Gunny. Ce n'était rien de plus. Juste un voyage.

Ce qui a paru la satisfaire. Elle a acquiescé et est rentrée dans l'hôtel. Dans tous les articles sur ce qui est arrivé lors du crash du *Hindenburg*, pas un seul ne mentionne la présence de Jinx Olsen. Ma seule interprétation est que, quoi qu'ait pu implanter Gunny dans son esprit – ou y retirer –, elle n'a jamais parlé de notre voyage à qui que ce soit. Dommage : tout ce qu'elle voulait, c'était devenir un pilote et un symbole. Elle ne saurait jamais que, par cette nuit glaciale, c'était précisément ce qu'elle avait fait.

Gunny et moi sommes restés seuls sur le trottoir. Il n'y avait personne d'autre. Je ne savais pas quoi penser. Avions-nous vraiment remporté une victoire sur Saint Dane ? En tout cas, je n'en avais pas l'impression. Je devais sans cesse me rappeler que si nous n'étions pas intervenus, la situation aurait été encore pire. Mais c'était mon esprit qui parlait, pas mon cœur.

À vrai dire, j'avais l'impression d'avoir échoué. C'est tout. De mon point de vue, au moment le plus important, j'avais tout foiré. Si Gunny n'était pas intervenu, Saint Dane aurait triomphé. Par ma faute, les territoires de la Terre auraient été condamnés. Ce qui me poussait à réévaluer mon statut de Voyageur. Je ne pouvais m'empêcher de penser à l'oncle Press. Il croyait en moi. Il avait dit à tout le monde de me faire confiance. Par ma défaillance, je l'avais trahi. Et maintenant ? Qu'étais-je censé faire ?

– Je suis désolé, Gunny, ai-je dit doucement.

– Pourquoi ?

– Pour vous avoir fait endosser cette responsabilité.

Gunny a regardé son cher hôtel, dont les feux se sont reflétés dans ses yeux bruns.

– Jamais, de toute ma vie, je n'aurais pu imaginer ce que nous avons vécu. Mais maintenant que mes yeux se sont ouverts, que j'ai vu le vrai sens de la vie, franchement, je crois toujours en ce que je t'ai dit. C'était ce qui devait arriver. Notre boulot est de nous assurer que tout se passe conformément à ce qui est écrit. Tu ne m'as pas fait endosser la moindre responsabilité, Bobby.

– Mais j'ai fait une erreur.

Gunny m'a jeté un regard plein de bonté. Non, j'ai *senti* sa bonté.

– Possible. Ou peut-être était-ce mon jour. Peut-être est-ce pour ça que je suis impliqué dans cette histoire : pour réagir comme j'ai réagi à l'aéroport. Mais toi, Pendragon, tu as encore un long chemin à parcourir. Je pense que ton jour viendra.

Nous sommes rentrés et nous sommes souhaités bonne nuit. J'étais crevé et n'avais qu'une seule envie : me jeter sur mon lit. Dans la chambre, j'ai trouvé Spader assis sur le canapé, à m'attendre. Je n'avais aucune envie de m'expliquer avec lui. Pas maintenant. Mais lui voulait s'expliquer.

– J'ai peur, vieux frère, a-t-il dit. On dirait que tout est chamboulé. Comment Gunny a-t-il pu laisser mourir tous ces gens ?

Tout d'abord, je n'ai pas répondu. Moi-même, j'étais furieux, perturbé et un peu effrayé. Spader et moi avions nous-mêmes atteint notre moment de vérité. On avait beau faire une sacrée équipe, une fois confronté à l'inattendu, Spader ne m'avait pas fait confiance. Il me restait à le convaincre que nous avions bien agi.

– Attends jusqu'à demain, ai-je fini par dire. Et je t'expliquerai tout.

Rideau. Je suis allé me coucher. Ma dernière pensée avant de sombrer a été : j'espère ne pas faire de rêves. Ou de cauchemars.

Le lendemain, Spader et moi sommes partis pour le seul endroit où nous trouverions des réponses à nos questions. Sur la Troisième Terre.

Rien à signaler sur le voyage dans le Bronx et à travers le flume. Incroyable de penser que quelque chose d'aussi extraordinaire puisse devenir presque banal. Mais c'est vrai : je m'y étais habitué. On est arrivés sur la Troisième Terre et on s'est changés sans un mot. Au milieu des vêtements, j'ai trouvé le même appareil de communication que Gunny avait utilisé pour contacter Patrick le Voyageur. J'ai appuyé sur le bouton. Il viendrait bientôt nous chercher.

À vrai dire, j'avais un peu peur de ce que nous allions découvrir. L'Histoire avait-elle suivi son cours normal ? En nous assurant de la destruction du *Hindenburg*, avions-nous sauvé les territoires ? Ou avions-nous modifié un autre élément qui aurait permis à Max Rose de perpétuer son réseau d'espionnage ?

À peine avons-nous passé la porte que j'ai eu ma réponse. Le métro était le même ; tout comme l'immense complexe souterrain. Lorsque nous avons pris l'ascenseur pour la surface, j'ai vu à nouveau les collines verdoyantes du Bronx.

Comme vous vous en doutez, ce spectacle a émerveillé Spader. Il avait l'air aussi stupéfait et impressionné que moi la première fois que j'ai découvert cet endroit. Il a commencé à me poser des questions, mais ma réponse a été très nette :

– Tu demanderas à Patrick.

Je n'étais pas d'humeur à jouer les guides touristiques.

Patrick n'a pas tardé à rejoindre le kiosque vert menant au métro. Il a arrêté son véhicule devant nous et m'a jeté un regard interrogateur.

– C'est fait, ai-je dit.

Il a eu un soupir de soulagement.

– Il faut fêter ça ! s'est-il écrié.

Spader et moi sommes montés dans la voiture sans rien dire. Nous n'étions pas d'humeur à faire la fête.

– Emmenez-nous à la bibliothèque, ai-je demandé.

Patrick a dû sentir qu'il y avait un os. Il n'a pas insisté. Nous nous sommes rendus à Manhattan par la même route que la dernière fois. J'ai demandé à Patrick d'expliquer à Spader comment les territoires de la Terre en étaient arrivés là. Il lui a fait le résumé auquel j'avais eu droit. Parfait. Je voulais qu'il sache à quel point la Troisième Terre était un lieu à part.

Une fois arrivés à la bibliothèque, Patrick a expliqué à Spader comment fonctionnait leur ordinateur et ses incroyables capacités mémorielles. Il lui a fait une démonstration en invoquant une image holographique des Beatles chantant *She Loves You*. Ce n'est pas vraiment mon truc, mais c'était sympa de voir jouer des types aussi célèbres.

Comme vous vous en doutez, Spader était totalement ahuri. C'était le moment de voir ce pour quoi nous étions venus.

J'ai demandé à Patrick d'expliquer la variation *Hindenburg*. Patrick lui a d'abord montré l'évolution normale où le dirigeable était détruit. La seule différence par rapport à la dernière fois est qu'on n'y mentionnait pas la mort de Max Rose dans un accident de voiture. Là, il avait mystérieusement disparu le 6 mai, et nul ne l'avait plus jamais revu. Bien sûr, nous savions ce qui lui était arrivé. Max Rose était mort dans les décombres du *Hindenburg*. Mais l'Histoire ne le saurait jamais.

Puis Patrick est passé au scénario alternatif, celui où le *Hindenburg* se posait normalement. Il a dévoilé à Spader le réseau d'espionnage de Max Rose et la bombe atomique que Dani Schmidt inventerait pour aider les nazis à gagner la guerre. Il lui a aussi montré ce que serait devenue la Troisième Terre si le *Hindenburg* était arrivé à bon port.

C'est bizarre, mais ces visions d'horreur m'ont réconforté, parce que je savais que cet avenir ne deviendrait jamais réalité. Je ne me pardonnerais jamais tout à fait la destruction du *Hindenburg*, mais maintenant, je savais que Gunny avait raison. Nous avions bien agi. Nous nous étions contentés de remettre l'Histoire sur ses rails.

C'était ce qui devait arriver.

Durant cette démonstration, Spader n'a pas dit grand-chose. Ça faisait beaucoup à assimiler. Nous sommes sortis de la bibliothèque, tous les deux, et nous sommes assis sur les marches comme Gunny et moi l'avions fait plus tôt. Hier. Il y a une éternité.

– Je suis désolé, vieux frère, a dit Spader. Je ne sais pas quoi dire d'autre. Mais essaie de te mettre à ma place. Quand on était à l'aéroport, je n'avais pas encore vu tout ça. Hobie, si j'avais eu idée de ce qui allait se produire si nous sauvions le *Hindenburg*, je n'aurais jamais agi comme je l'ai fait.

– Si on était restés ensemble, ai-je ajouté, tu *aurais vu* tout ça.

Spader s'est tu. Je pense qu'il a commencé à comprendre à quel point il avait failli tout faire foirer.

– Tu es mon pote, Pendragon, a-t-il ajouté. Et entre potes, on pardonne.

Tout d'abord, je n'ai rien dit. D'une certaine façon, il était plus facile de traiter avec Saint Dane. Avec lui, il y avait le bien et le mal, et pas grand-chose au milieu. Mais là, c'était différent. Spader était un Voyageur, mon compagnon d'armes. Nous étions du même bord. C'est pour ça que j'ai eu tant de mal à dire ce qui s'imposait :

– Spader, je veux que tu rentres chez toi.

– Quoi ?

– Retourne sur Cloral, sur Grallion, ai-je insisté. Redeviens un aquanier.

– Mais maintenant, je suis un Voyageur ! a-t-il protesté. Ma place est ici, avec toi !

– Ton devoir est d'aider les Voyageurs à protéger les territoires, ai-je corrigé. Mais pour ça, il faut qu'on se fasse confiance.

– Mais j'ai confiance en toi, Pendragon, a-t-il insisté avec sincérité.

J'ai inspiré profondément et dit :

– Mais *moi*, je n'ai pas confiance en toi.

Spader a encaissé. Rien d'étonnant à ça. C'était dur à avaler.

– Ce n'est pas ta faute, ai-je continué. Il ne s'agit pas de se venger de Saint Dane, mais de sauver des territoires et de protéger Halla. Je ne crois pas que tu l'aies compris. En attendant, tu es mieux chez toi.

Et voilà. Je lui avais dit le fond de ma pensée. Spader était un type super. Mais il n'y comprenait rien. Je ne prétends pas avoir réponse à tout, mais il y a au moins une chose dont je suis sûr : les

Voyageurs doivent s'entraider. C'était notre seule chance face à Saint Dane. Spader m'avait démontré qu'il n'avait pas cette foi. Et pas qu'une fois. Ensemble, nous pouvions tenir tête à Saint Dane ; séparés, nous étions fichus. La réaction de Gunny au moment critique l'avait confirmé. Et j'en étais sûr au point de tourner le dos à celui qui était devenu mon meilleur ami. Enfin, parmi les Voyageurs.

Spader a baissé les yeux. Je savais qu'il se sentait mal. J'y étais allé fort, mais il devait comprendre qu'il était un Voyageur. Un jour, il retrouverait la place qui était la sienne, et ce jour-là, je voulais qu'il soit près de moi. À présent, sa réaction influerait sur l'avenir de tous les Voyageurs, sur notre combat contre Saint Dane et sur son rôle dans tout ça.

– Retournons au flume, a-t-il dit, et il s'est levé.

En laissant la question en suspens.

Alors que Patrick et nous retournions à la station de métro du Bronx, je ne pouvais rien faire, sinon espérer que Spader commence à comprendre. Mais je n'ai pas insisté. Je ne voulais pas avoir l'air condescendant. Spader devait prendre sa décision tout seul.

Patrick nous a lâchés au kiosque vert et, après l'avoir salué, Spader et moi sommes retournés jusqu'au flume. Toujours sans dire un mot. Je craignais que Spader ne reparte pour son monde sans m'avoir parlé. Pas question. Il fallait crever l'abcès.

Une fois derrière la porte, Spader s'est dirigé vers l'embouchure du flume. S'il avait crié le nom d'un territoire, je l'aurais interpellé.

Mais non : il s'est détourné du flume pour me regarder. Nous sommes restés plantés là, puis il a dit :

– Je suis d'accord avec toi, vieux frère.

– Vraiment ?

– Comme je te l'ai déjà dit, je ne sais combien de temps va durer ce tourne-boule, mais je pense que si quelqu'un peut nous en tirer, c'est bien toi. Si tu veux que je rentre chez moi, alors je repars pour Cloral illico.

J'étais à la fois soulagé et attristé. Ça signifiait que nos chemins allaient se séparer.

– Spader, tu es comme un frère pour moi, ai-je dit.

– Et je ressens la même chose, a-t-il répondu avec un petit sourire. C'est pour ça que je t'écoute et que je t'obéis. Depuis la mort de mon père, je ne pensais qu'à éliminer Saint Dane. Malgré tous mes efforts, je n'ai pas pu l'oublier. Je dois trouver un moyen de faire avec, et si, pour ça, je dois retourner chez moi et prendre le temps d'y réfléchir, c'est ce que je vais faire. Par contre, a-t-il ajouté, je veux que tu me promettes une chose.

– Quoi ?

– Quand tu te retrouveras en plein tourne-boule, et je sais que ça va arriver, viens me chercher.

C'est ce que je voulais entendre. Spader était bien le Voyageur de Cloral. J'étais prêt à abandonner, mais sa mentalité et son intelligence nous avaient sortis de cette impasse. Quels que soient les détours que puisse prendre notre guerre contre Saint Dane, Spader y jouerait un rôle crucial.

– Ça, tu peux en être sûr.

C'était ce qu'il voulait entendre. Nous nous sommes étreints. Je ne voulais pas le laisser partir. Je n'avais aucune envie de me retrouver seul. Surtout maintenant que je commençais à douter de ma capacité à être un Voyageur. Un bref instant, je me suis dit qu'il valait mieux composer avec le caractère imprévisible de Spader que de le laisser partir. Mais je devais être fort.

Il m'a tenu à bout de bras.

– Je serai prêt.

J'ai acquiescé. Spader s'est alors reculé et a regardé dans le tunnel.

– Rentre bien, ai-je dit.

Spader s'est mis face au trou noir et a crié :

– Cloral !

Le tunnel s'est animé, avec l'habituel jeu de lumières et de notes de plus en plus rapprochées. Spader s'est tourné vers moi et m'a souri.

– Hobie-ho, Pendragon.

– Hobie-ho, Spader.

L'instant d'après, il était parti.

Je crois que je ne m'étais jamais senti aussi seul. Enfin, si, une fois, peut-être. Quand je me suis retrouvé devant le terrain vague où s'élevait jadis ma maison.

Toute ma vie, j'ai eu quelqu'un pour m'épauler et me guider dans la bonne direction. D'abord mes parents, puis mes profs. Mes amis aussi, comme vous, Mark et Courtney. Bien sûr, l'oncle Press a joué un rôle très important. Je n'aimais pas toujours qu'on me dise ce que je devais faire, mais c'était bon de savoir que quelqu'un veillait sur moi.

Maintenant, j'avais l'impression d'être sur la corde raide, sauf que je travaillais sans filet. Si je devais passer de l'autre côté, je ne pouvais m'en remettre qu'à moi et à moi seul. J'avais deux solutions : soit je restais là à m'apitoyer sur moi-même, soit j'allais de l'avant.

Je me suis détourné du flume et ai remis mes vêtements de Première Terre. Avant tout, je devais aller informer Gunny de ce qui s'était passé.

– Première Terre ! ai-je crié dans le flume.

Puis j'ai fermé les yeux et ai attendu ces quelques minutes où je n'aurais à me soucier de rien, sinon de me laisser emporter.

## *Journal n° 12*
## *(suite)*

# PREMIÈRE TERRE

Lorsque j'ai passé les grandes portes du Manhattan Tower Hotel, je suis tout de suite tombé sur Gunny. Il se tenait à son poste, revêtu de son uniforme chamarré, comme s'il ne s'était rien passé. Le hall bourdonnait d'activité, et tout le monde lisait une édition spéciale des journaux relatant la catastrophe du *Hindenburg*. Apparemment, chacun avait sa théorie concernant les causes de l'accident.

Bien sûr, ils se trompaient tous.

Gunny et moi avons pris l'ascenseur jusqu'à la chambre du sixième afin de pouvoir discuter en paix.

– Tout va bien, lui ai-je dit à peine entré. La Troisième Terre est exactement telle que nous l'avons laissée.

Gunny a laissé échapper un soupir de soulagement.

– Où est Spader ?

– Il est retourné sur Cloral. Il a besoin de temps pour réfléchir et assimiler ce qui s'est passé.

– Est-ce qu'il a compris ?

– Pour le *Hindenburg*, oui. Mais la question est de savoir si, à l'avenir, on pourra compter sur lui.

– Et alors ?

– Je ne sais pas, ai-je répondu honnêtement. Je l'espère.

Je me suis laissé tomber sur le canapé et ai sombré dans ses coussins moelleux. Soudain, je me sentais crevé. J'aurais pu dormir pendant une semaine. Toute cette tension nerveuse m'avait quitté. Ça faisait longtemps qu'on fonctionnait à l'adrénaline, et maintenant que tout était fini, j'en subissais le contrecoup. Mais mon esprit, lui, n'arrivait pas à trouver le repos.

– Gunny, j'ai peur.

– De quoi ? De Saint Dane ?

J'ai répondu lentement afin de m'exprimer au mieux :

– Plutôt de ce que nous avons dû faire pour l'empêcher de triompher. Laisser exploser le *Hindenburg* était...

Je n'ai pas pu trouver de mots pour décrire l'horreur que je ressentais.

– Je te comprends, a dit Gunny.

– Et j'ai peur de ce qui peut arriver la prochaine fois que Saint Dane décidera de me mettre à l'épreuve, ai-je ajouté. Et si je n'ai pas quelqu'un comme toi pour couvrir mes arrières ? Gunny, il se moquait de ce qu'il allait advenir des territoires de la Terre. Il voulait juste montrer qu'il pouvait nous manipuler – ou plutôt me manipuler *moi* ! Vous savez ce que ça signifie ? Qu'il a gagné. J'étais prêt à renverser cette fusée.

– Mais tu ne l'as pas fait.

– Uniquement parce que vous m'en avez empêché. Saint Dane a eu sa démonstration. Gunny, je ne peux plus continuer !

Il s'est redressé sur sa chaise et a acquiescé lentement. Lorsqu'il a fini par parler, ç'a été d'une voix posée et si assurée que je ne demandais qu'à le croire.

– Aucun d'entre nous n'a demandé à devenir un Voyageur. Je préférerais rester dans mon hôtel et ne jamais avoir entendu parler de Saint Dane. Mais ce n'est pas ce qui s'est passé.

– Oui, ce n'est rien de le dire.

– Quand je perds espoir, je pense à quelque chose qui m'aide à trouver la paix. Peut-être que ça t'aidera aussi.

– Allez-y. Je suis toujours preneur.

– Depuis ce jour où ton oncle m'a dit que j'étais un Voyageur, je n'ai cessé de me demander pourquoi j'ai été choisi *moi*. Et je me pose toujours la question. Pourquoi nous ? On n'a rien d'extraordinaire. Mais plus j'y pense, plus je me dis qu'il doit y avoir autre chose que ça. Je suis sûr que chacun d'entre nous a été choisi pour une raison précise. Comme ce soir. Je crois sincèrement que si j'étais présent sur les lieux, c'était pour agir comme je l'ai fait.

C'est bête, mais ça me donne l'espoir que, peut-être, on est bien qualifiés pour faire ce boulot.

– D'accord, admettons qu'on ait bien été choisis. Mais par qui ?

– Tout à fait ! C'est ça la vraie question. Qui est assez visionnaire pour prédire ce qui va se passer, *comment* ça doit se passer, et peut jouer aux échecs avec quelqu'un comme Saint Dane ? Je n'en ai pas la moindre idée. Mais qui que ce puisse être, il veut faire échouer Saint Dane. Ce qui veut dire qu'il est du côté du bien. Et j'aime l'idée qu'une puissance bénéfique soit de notre côté. (Gunny a souri.) Peut-être que nos arrières sont mieux couverts que tu ne le penses.

Était-ce possible ? Étions-nous les pions d'un jeu qui nous dépassait ? Y avait-il quelqu'un qui nous avait choisis pour être ses soldats dans sa guerre contre Saint Dane ? Si c'était le cas, j'aurais aimé pouvoir en être sûr. Je me sentirais peut-être moins seul.

– Vous êtes quelqu'un d'intelligent, Gunny.

– Pas du tout, m'a-t-il répondu. J'ai pas mal roulé ma bosse, c'est tout. Et je compte bien continuer encore un petit bout de temps.

J'ai roulé sur moi-même, fermé les yeux et me suis endormi. Là, sur le canapé. C'était la première vraie nuit de repos que je m'accordais depuis un bon bout de temps.

Les jours suivants ont été consacrés à la rédaction de ce journal et à faire mes adieux. J'ai tenté de voir Jinx, mais elle avait déjà rendu sa clé de chambre. C'était peut-être mieux ainsi. Si elle me posait des questions à propos du *Hindenburg*, je ne saurais quoi lui dire. Où qu'elle soit, quoi que lui réserve l'avenir, je lui souhaite bonne chance.

J'ai fait mes adieux à mes amis les employés de l'hôtel. Dewey Todd ne tenait pas en place : son père avait construit un autre hôtel à Hollywood, et il quittait New York pour en prendre la direction. Dewey allait avoir un hôtel à lui tout seul. Étonnant, non ? J'espère qu'il est plus doué pour la gestion que pour manœuvrer un ascenseur. Il m'a souhaité bonne chance et dit de venir le voir si je passais par Hollywood.

Dès que j'aurai fini ce dernier journal de la Première Terre, je les donnerai tous à Gunny pour qu'il les fasse relier. J'aimerais pouvoir vous les envoyer à l'aide de mon anneau, mais je crains de ne jamais le revoir. Et pas question d'aller le chercher. J'ai eu ma dose de gangsters.

Demain, je vais prendre le train pour Stony Brook et déposer ces journaux dans un coffre de la National Bank. Comme ça, le moment venu, vous pourrez les récupérer. Ensuite, je ne sais ce que je ferai des prochains.

Par contre, une question demeure : où vais-je aller maintenant ? La réponse logique serait de retourner sur Veelox. Saint Dane a prétendu s'y rendre. Mais peut-être cherche-t-il à me piéger une fois de plus. Et même si c'est le cas, ai-je vraiment le choix ?

En commençant ce journal, je vous ai dit que j'avais atteint mon propre moment de vérité. C'est en partie parce que j'avais vu la somme de destruction que Saint Dane réservait aux territoires de la Terre. C'est quelque chose qui ne s'oublie pas si facilement. Jusque-là, je ne l'avais pas encore assimilé. Maintenant, je suis échaudé.

Mais le plus important restait ce moment où j'ai vu se consumer la mèche de la fusée qui allait détruire le *Hindenburg*. Là, je savais ce que j'avais à faire, mais ne l'avais pas fait.

En y réfléchissant, j'ai remis en cause le comportement de Spader, mais n'avais-je pas commis la même erreur ? Tout comme lui, je m'étais laissé dominer par mes émotions. Au moment même où j'écris ce journal, je continue à me demander si je suis vraiment taillé pour être un Voyageur. Saint Dane m'a envoyé chercher cette fusée pour me prouver quelque chose. Il savait que je ne pourrais laisser s'écraser le *Hindenburg*, ce qui voulait dire qu'il pouvait me manipuler à sa guise.

Cela ne doit pas se reproduire. Les enjeux sont bien trop importants. Je le sais, plus que jamais. S'il y a quelque chose de positif à retirer de mon échec sur la Première Terre, c'est que maintenant, je suis totalement dévoué à ma tâche de Voyageur.

D'une façon ou d'une autre, j'irai jusqu'au bout.

Comme je l'ai écrit plus d'une fois, les amis, j'espère que vous pouvez lire tout ça. Je ne sais pas quand je pourrai vous envoyer un autre journal, ni sur quel territoire je me trouverai à ce moment-là. Tout ce que je peux vous conseiller, c'est de vérifier de temps en temps le contenu de ce coffre pour voir si j'y ai déposé quelque chose. Je ne vais pas cesser d'écrire. Je ne peux pas. Ces journaux m'ont permis de ne pas perdre la raison. Ils me donnent l'impression que vous autres êtes là, avec moi. Donc, en attendant, amusez-vous bien, prenez soin de vous et pensez à moi de temps en temps.

Votre ami,

Bobby

*Fin du journal n° 12*

# Seconde Terre

... *Votre ami, Bobby.*

Courtney reposa le dernier journal et regarda Mark. Depuis cinq heures qu'ils étaient là, dans l'atelier du père de Courtney, ils s'étaient relayés pour lire à voix haute. Ils avaient mangé des chips, des sandwiches et des carottes. Mark avait bu du soda, Courtney se contenta d'eau plate. Ils ne s'étaient arrêtés que pour aller aux toilettes. C'était un marathon, et il venait de se terminer.

Courtney reposa brutalement le journal sur la table devant elle.

– Alors là, j'ai vraiment les boules, annonça-t-elle.

– Oui, m-m-moi aussi, répondit Mark, heureux qu'elle ait été la première à l'admettre. Si Gunny n'était pas intervenu...

– Nous ne serions pas là pour en parler, conclut Courtney.

– Exactement. New York et Stony Brook n'existeraient pas... et nous non plus.

– J'ai peur de regarder dehors, dit Courtney. Et si le monde avait changé ?

– Il est toujours le même, affirma Mark. Les Voyageurs s'en sont assurés.

– Ça devient sérieux, dit Courtney d'une voix proche de la panique. Je veux dire, cette fois-ci, il s'en est fallu de peu.

Tous deux fixèrent les journaux en silence, sans formuler ce qu'ils avaient en tête. Finalement, Mark dit :

– Peut-être pas.

– Qu'est-ce que tu veux dire ? rétorqua Courtney, surprise. C'est bien toi qui a dit que, tôt ou tard, Saint Dane finirait par s'en prendre à notre monde, non ?

– Oui. Dès le départ, je m'inquiétais de ce que la bataille finisse par se prolonger sur la Seconde Terre.

– Et c'est bien ce qui a failli se passer !

– Oui, reprit Mark, pensif, mais tu sais, après avoir lu ce journal, je pense qu'on est peut-être tirés d'affaire.

– Tu rigoles ?

– Réfléchis. Si cette histoire de sauvetage du *Hindenburg*, concoctée par Saint Dane, visait à détruire d'un coup les trois territoires de la Terre, peut-être qu'il ne fera pas d'autre tentative. Je veux dire, il a déjà essayé et échoué.

Courtney lui jeta un regard plein d'espoir.

– Tu penses que, peut-être, il n'y aura pas de moment de vérité pour la Seconde Terre ?

– Non, répondit-il. Je pense que le moment de vérité pour la Seconde et la Troisième Terre était la destruction du *Hindenburg*. Trois d'un coup, quelque chose comme ça. Si ça se trouve, on vient d'éviter une très grosse catastrophe.

Courtney considéra cette possibilité un instant, puis :

– Ce serait sensationnel ! Mais comment pouvons-nous en être sûr ?

– On ne peut pas. C'est bien ça le problème.

Ils laissèrent planer la sentence. Courtney examina un instant Mark, puis dit :

– Tu as l'air un peu déçu.

– Moi ? Qu'est-ce que tu racontes ? Je suis soulagé ! J'espère que j'ai raison !

Mark fourra les journaux dans son sac à dos.

– Je pense qu'à partir de maintenant, on devrait mettre tous ces documents dans le coffre de la banque. C'est bien plus sûr que le bureau dans mon grenier.

– Cool, répondit Courtney. Je passe chez toi demain matin, mettons à 8 heures. On les déposera ensemble.

Une fois de retour chez lui, Mark passa tout droit dans sa chambre pour relire certaines des aventures de Bobby. Il cherchait des éléments capables de corroborer sa théorie concernant la

Seconde Terre. Et plus il en lisait, plus il était sûr que ce territoire n'avait rien à craindre.

Et cela le dérangeait.

Courtney avait raison : Mark était déçu. Non pas qu'il veuille que la Seconde Terre souffre, non, mais il se sentait exclu. Maintenant, Bobby avait une nouvelle vie. Et lorsqu'il parlait de Spader comme de son meilleur ami, eh bien, ça lui faisait de la peine. Depuis leur plus jeune âge, Bobby et lui étaient inséparables. Maintenant, ils étaient aussi éloignés qu'il est possible de l'être.

Bien qu'il ne l'ait jamais avoué à Courtney, Mark avait rêvé du jour où Saint Dane s'en prendrait à la Seconde Terre. Ce jour-là, Bobby reviendrait chez lui, et ils pourraient œuvrer ensemble pour vaincre ce démon. Mais apparemment, cela ne serait pas le cas, jamais. Si Saint Dane ne prenait pas la Seconde Terre pour cible, Bobby n'aurait aucune raison de rentrer chez lui.

Ce soir-là, Mark s'endormit avec l'impression d'avoir perdu sa chance de prendre part à une grande aventure.

Le lendemain matin, Courtney vint sonner à sa porte, et ils fourrèrent les douze journaux de Bobby dans son sac à dos. Ils n'aimaient pas devoir les déplacer, mais c'était la meilleure chose à faire. La salle des coffres de la National Bank était bien plus sûre que le bureau dans le grenier de chez Mark.

Alors qu'ils se dirigeaient vers la banque, Mark prit une décision. Il devait dire à Courtney ce qu'il ressentait. Ils s'étaient jurés de tout se dire, du moins tout ce qui pouvait concerner Bobby et ses journaux. Lorsque Mark lui avait menti à propos d'Andy Mitchell, cela avait donné un beau fiasco [1]. Ensuite, Mark avait promis qu'ils partageraient tout ce qu'il y avait à partager.

Ainsi, en chemin, Mark confia à Courtney qu'il espérait que Saint Dane vienne tout de même sur la Seconde Terre, afin que Bobby et lui puissent l'affronter côte à côte.

Il savait qu'elle comprendrait.

– Non, mais t'es pas un peu taré ? hurla-t-elle.

Il se trompait. Elle ne comprenait pas. Et même pas du tout.

---

1. Voir Pendragon n° 2 : *La Cité perdue de Faar*.

– Mark, ce n'est pas un jeu ! C'est facile de lire ces journaux confortablement installés sur le canapé en mangeant des carottes, mais c'est autre chose d'être soi-même impliqué dans ce combat !

– Je sais...

– C'est comme de regarder des émissions de télé-réalité, reprit Courtney. Ces gens font toutes sortes de trucs délirants comme de sauter du haut de bâtiments, vivre sur une île sans provisions ou manger des cafards. Ça a même l'air facile. Mais c'est parce qu'on peut éteindre la télé et aller se coucher en sachant que, demain, le petit déjeuner sera sur la table. Si Saint Dane débarque ici, on ne pourra pas s'en débarrasser en appuyant sur un bouton.

– Je comprends...

Courtney commençait à s'échauffer.

– Vraiment ? Tu sais ce que je pense ? Tu me rappelles Spader.

– Quoi ? C-c-comment ? se récria Mark, pris de court.

– Spader s'occupe plus de lui-même que de sauver Halla. C'est pour ça que Bobby l'a renvoyé chez lui. Si tu espères vraiment que Saint Dane va débarquer ici pour que tu puisses avoir ta petite aventure, tu penses à toi et pas à la Seconde Terre.

– C'est bon, c'est bon, j'ai compris ! rétorqua Mark. Et de toute façon, je ne peux rien y faire, non ? Je ne vais pas passer un coup de fil à Saint Dane pour l'inviter à déjeuner.

Tous deux se sont regardés et ont éclaté de rire. Cette image était plutôt ridicule.

– Désolé, Mark, reprit Courtney en souriant. Je ne voulais pas te prendre la tête. J'ai peur, c'est tout.

– Moi aussi, mais je voulais te dire ce que je ressens. On s'est promis de tout partager, non ?

– Oui, je comprends. Excuse-moi. Je suis idiote quand je m'y mets. Mais c'est vrai que c'est dur de lire tout ça sans rien pouvoir y faire. C'est comme d'être un remplaçant sur la touche pendant un match de première division.

Mark haussa les épaules. Il voyait très bien ce qu'elle voulait dire. Lui, pendant les matches, il restait même sur les gradins. L'histoire se répétait.

Ils arrivèrent à la banque au moment même de l'ouverture. Courtney fut la première à franchir la porte tournante. Mark allait la suivre, mais s'arrêta net. Il ne savait pas pourquoi, mais il avait un drôle de pressentiment. Quelqu'un les surveillait-il ?

Il regarda autour de lui. Sur l'avenue, plusieurs autres boutiques ouvraient, prêtes à commencer la journée. Certains nettoyaient leurs vitrines, d'autres déployaient leurs auvents colorés. Au centre du carrefour, un agent de police faisait la circulation. Rien d'extraordinaire. Alors d'où venait cette drôle d'impression ? Mark haussa les épaules et entra dans la banque.

Tous deux marchèrent vers le bureau de Mlle Jane Jansen. L'acariâtre directrice était déjà au travail, penchée sur l'écran de son ordinateur... où elle jouait au solitaire.

– On bosse dur ? demanda Courtney.

Gênée, Mlle Jansen éteignit son jeu. Lorsqu'elle vit à qui elle avait affaire, elle prit un air encore plus pincé. Mark se dit que si elle creusait encore un peu plus les joues, elle aspirerait son propre visage.

– En quoi puis-je vous aider ? dit-elle entre des dents serrées.

– Nous voudrions avoir accès à notre coffre, demanda poliment Mark.

– Mais si vous êtes occupée, nous pouvons attendre, ajouta Courtney, sarcastique.

– Je présume que vous n'avez pas apporté votre clé ? demanda Mlle Jansen.

Mark passa la main sous son tee-shirt et ramena la chaîne accrochée autour de son cou. Maintenant, elle comportait deux clés : celle du bureau et celle du coffre.

– Surprise ! s'écria Courtney.

– Suivez-moi.

Mlle Jansen quitta son bureau en faisant tout pour leur faire comprendre qu'ils la dérangeaient.

Mark et Courtney connaissaient la routine. Mlle Jansen les fit passer les grandes portes menant à la salle des coffres.

Une fois devant le leur, elle se retourna :

– Voulez-vous que je vous l'ouvre ? fit-elle d'un ton tranchant indiquant qu'elle n'en avait aucune envie.

– Non, on s'en occupe, répondit Courtney. Vous pouvez retourner à votre jeu.

Mlle Jansen allait rétorquer quelque chose, mais préféra s'abstenir. Après tout, c'était des clients comme les autres. Enfin, presque. Elle les toisa d'un air hautain et tourna les talons.

– J'adore cette bonne femme, fit Courtney en riant.

Pendant qu'elle déverrouillait le coffre, Mark sortit les douze journaux de son sac à dos, puis les déposa dans l'espace réduit. Il y avait encore bien assez de place pour les suivants. Puis il referma le tiroir, claqua la porte et laissa Courtney tourner la clé. Celle-ci retrouva sa place autour du cou de Mark. Les journaux étaient en sécurité.

En sortant de la banque, ils ne prirent pas la peine de saluer Mlle Jane Jansen. Ils ne voulaient pas la déranger dans ses occupations. Ils traversèrent le hall et étaient presque arrivés à la porte lorsque...

– Les enfants ! Un instant !

Mlle Jane Jansen se précipita vers eux, dans un claquement de talons. Ses joues s'étaient empourprées et ses yeux jetaient des éclairs.

– Il faut que vous compreniez quelque chose, dit-elle, furieuse. Vous êtes peut-être des clients de cette banque, mais nous ne sommes pas vos larbins !

Mark et Courtney se regardèrent. Ils n'avaient pas la moindre idée de ce qu'elle voulait dire.

– Ça donne quoi avec le décodeur ? demanda Courtney.

Mlle Jansen tendit un sac de papier brun avec une tache humide au fond.

– Quand vous étiez dans la salle des coffres, quelqu'un nous a demandé de vous remettre ça. Ce n'est pas correct, ça ne rentre pas dans les services fournis par cette banque et ce sac sent très mauvais !

Curieuse, Courtney le lui prit des mains.

– Qui était-ce ? demanda Mark.

– Je n'en sais rien et je ne lui ai pas demandé. Comme je l'ai dit, je ne suis pas coursier.

Courtney déplia avec soin le haut du sac et regarda à l'intérieur. Elle y vit trois récipients, une canette de Sprite et deux autres de thé glacé. Elle montra le tout à Mark, qui s'avéra tout aussi surpris qu'elle. Il y avait aussi un morceau de papier replié. Mark l'en sortit et lut à voix haute :

– Il n'est jamais trop tôt pour des frites de chez Garden Poultry. Retrouvons-nous dans le miniparc.

Mark regarda Courtney et ajouta :

– C'est signé « B ».

Était-ce possible ?

– Nous sommes bien d'accord ? fit Mlle Jansen.

Courtney tira un cornet de frites du sac et le donna à la banquière acariâtre.

– Tout à fait, dit Courtney. Tenez, profitez de la vie.

Et tous deux sortirent de la banque en courant, laissant Mlle Jansen avec un cornet de frites dégoulinantes d'huile. Elle allait les jeter à la poubelle lorsque leur odeur délicieuse finit par gagner ses narines. Elle inspira profondément, regarda autour d'elle pour vérifier que personne ne la surveillait, puis retourna à son bureau en emportant son trophée.

Mark et Courtney jaillirent de la banque et coururent le long de l'avenue vers le miniparc. L'avenue traversait tout le centre de Stony Brook et était bordée de boutiques, de restaurants et de librairies. C'était là que venaient d'habitude traîner les ados du coin, mais il était encore trop tôt.

Le miniparc situé à mi-chemin de l'avenue était un lieu de rencontre très courant. Un jour, un immeuble s'était élevé à cet endroit. Maintenant, il ne restait qu'un espace découvert entre deux bâtiments qu'on avait arrangé avec du gazon, des arbres et des bancs.

Courtney arriva la première et le parcourut des yeux.

L'endroit était presque désert. Il n'y avait qu'une seule personne présente, et ce n'était pas celle qu'ils attendaient. Mark finit par rattraper Courtney et regarda le passant. Ses épaules s'affaissèrent. Ce n'était pas Bobby. Ce type était plus grand et plus âgé. Il portait des cheveux blonds courts et hérissés, et des lunettes de soleil enveloppantes. On aurait dit un skater de New York, pas Bobby Pendragon de Stony Brook. Courtney et Mark s'approchèrent de lui d'un pas prudent.

– C'est vous qui nous avez fait parvenir ce sac ? lui demanda-t-elle.

Le type était affalé là, les coudes sur le banc. Il leur parla sans même prendre la peine de les regarder, avec l'air de se croire très cool.

– Ça doit répondre à ma question.

– Qu... quelle question ? demanda Mark.

– Savoir si quelqu'un finirait par me reconnaître.

Il souleva alors ses lunettes de soleil, dévoilant ses yeux. Il regarda Mark et Courtney, et eut un grand sourire.

– Que racontent les journaux ces temps-ci ?

Pas de doutes, c'était bien Bobby.

# SECONDE TERRE

Mark et Courtney en restèrent sans voix. Bobby bondit sur ses pieds, et tous trois s'embrassèrent aussi fort qu'ils le purent. Personne ne dit rien. Rien ne pouvait exprimer ce qu'ils ressentaient. Finalement, Bobby se recula.

– Ne nous faisons pas remarquer, dit-il avec un petit rire. Ce n'est pas le moment que quelqu'un vienne me demander mes papiers.

– Je te jure, je ne t'ai pas reconnu, fit Courtney avec enthousiasme. Tu es... plus vieux.

– Oui, ben, vous deux aussi. (Il toisa Courtney de la tête aux pieds.) *Beaucoup* plus vieux.

Courtney ne sut si elle devait rougir ou lui décocher un coup de poing dans le bras. Elle fit les deux.

– Aïe ! fit Bobby, puis il sourit. Bon sang, dire que ça fait près d'un an que je ne vous ai pas vus ! Bon anniversaire, Mark.

– Merci, répondit Mark. Voilà un sacré cadeau !

– Pourquoi ces cheveux blonds ? demanda Courtney.

– Je les ai fait teindre chez le coiffeur avant de quitter la Première Terre. Ils m'ont pris pour un dingue. C'est pas vraiment le look 1937. Mais une fois ici, je ne voulais pas qu'on me reconnaisse.

– J'ai des millions de questions à te poser, dit Mark.

– Cet endroit est un peu trop public à mon goût, répondit Bobby. Allons ailleurs.

Ils descendirent l'avenue vers Long Island Sound, où ils savaient trouver un grand parc boisé. Il leur suffisait de se perdre dans les arbres et personne ne les dérangerait. Les trois amis trouvèrent un coin tranquille et à l'ombre, et s'assirent pour un pique-nique improvisé.

– Bon sang, fit Bobby en reprenant une poignée de frites, comme elles m'ont manqué ! Ce sont les meilleures frites au monde. De *tous* les mondes !

Courtney et Mark ne se souciaient guère de festoyer. Pas alors que Bobby en personne se tenait là, devant eux. Ils avaient trop à lui dire pour perdre du temps à mastiquer.

– Comment savais-tu qu'on serait à la banque ? demanda Mark.

– Je me suis dit que si tu avais reçu les journaux samedi, le jour de ton anniversaire, tu voudrais les remettre dans le coffre le plus tôt possible, c'est-à-dire ce matin.

– Bien vu, remarqua Mark, impressionné.

– Oh, simple coup de bol, répondit Bobby, modeste.

– Pourquoi es-tu revenu ? demanda Courtney. D'après ton journal, tu partais pour Veelox.

Bobby ne répondit pas tout de suite. Mark et Courtney eurent l'impression que cette question le gênait.

– C'était ce qui était prévu, répondit-il, pensif, mais, au dernier moment, je n'ai pas pu.

– Saint Dane s'est fait signaler ailleurs ? demanda Courtney.

– Non. Pour tout vous dire, j'ai pensé que j'avais bien besoin de faire un break.

– Personne ne te le reprochera, dit Courtney.

– Mais ce n'est pas tout. J'ai l'impression que plus j'en apprends sur mon statut de Voyageur, plus j'oublie ce que c'est que d'être Bobby Pendragon. Je sens que j'ai changé, et que je change encore. Bon, ça doit forcément arriver, j'imagine, mais ça ne me plaît pas des masses.

Ils se regardèrent tous les trois. C'était vrai. Le temps laissait son empreinte. Mark et Courtney se rappelaient très bien du Bobby qu'ils avaient connu, mais le garçon qui se tenait devant eux ne correspondait plus tout à fait à leurs souvenirs.

– J'avais besoin de reprendre pied dans la réalité, reprit Bobby. Je ne voulais pas oublier qui je suis ni d'où je viens. Je me suis dit que je pourrais peut-être rester ici quelques jours le temps de me remettre la tête à l'endroit. Vous deux, vous savez tout ce qui m'est arrivé. Je voudrais savoir ce que vous devenez *vous*. Ça ne vous gêne pas si je tape l'incruste quelques jours ?

– Tu rigoles ? s'écria Courtney. Ce serait géant !

– Mais risqué, ajouta Mark. Tu es toujours recherché, toi et ta famille.

Bobby éclata de rire.

– Oui, je m'en doute. Mais si vous ne m'avez pas reconnu, je ne vois pas qui le fera.

– Tes parents sont bien en Floride pour la semaine ? demanda Courtney à Mark.

– Ou... oui, répondit-il avec hésitation.

– Ils te laissent tout seul ? ajouta Bobby en souriant.

– Hé, je ne suis plus un gamin ! s'écria Mark, sur la défensive. Ils me font confiance. Et ma tante habite à cent mètres, ajouta-t-il à voix basse.

– Alors tout va bien ! fit Courtney. Bobby peut s'installer chez toi !

– Ça te va ? demanda Bobby.

Mark y réfléchit un instant, puis eut un grand sourire :

– Tu rigoles ? C'est le pied !

Durant la semaine qui suivit, Bobby fit de son mieux pour oublier ses préoccupations de Voyageur. Pendant ces quelques jours de vacances, il ferait comme s'il n'était que Bobby Pendragon.

Ils restèrent le plus clair de leur temps chez Mark. Courtney y rejoignait les garçons, et ils passaient des heures entières à parler de tout et de rien. Ils mirent Bobby au courant des derniers groupes de rock à la mode et de ceux qui s'étaient perdus dans les limbes. Ils louèrent des films, écoutèrent de la musique, regardèrent des émissions télé nulles et échangèrent les derniers ragots du lycée sur qui sortait avec qui.

Courtney parla longuement à Bobby du championnat de base-ball auquel elle avait participé et Mark lui fit une démonstration de son robot-tueur qui avait remporté le premier prix au salon scientifique. Mark dit à Bobby qu'il rêvait d'entrer dans une école d'ingénieurs et, peut-être, de rejoindre le programme spatial.

Ils se rendirent même à la bibliothèque pour y faire des recherches. Bobby voulait savoir ce qu'il était advenu de Jinx Olsen et Winn Farrow. L'établissement disposait d'un milliardième des ressources disponibles dans la bibliothèque de Troisième Terre, mais c'était suffisant. Ils découvrirent que Winn Farrow n'avait pas profité bien longtemps de sa victoire : il s'était fait abattre durant un braquage de banque en juin 1937. Il emporta dans la tombe le secret de la destruction du *Hindenburg*.

Par contre, Jinx Olsen s'en était mieux tirée. À la grande joie de Bobby, il découvrit qu'à l'aube de la Seconde Guerre mondiale, elle s'était engagée dans les Forces aériennes en se faisant passer pour un homme ! Aux commandes d'un bombardier, elle avait effectué plusieurs missions au-dessus de l'Allemagne pour être finalement décorée pour sa conduite héroïque. Jinx avait réalisé son rêve, puis s'était retirée dans le Maine, où elle se maria et eut trois enfants.

Entre-temps, tous trois ne cessaient de manger. Des pizzas, des spaghettis, des plats chinois, des glaces, des hamburgers et encore des hamburgers. Au moins une fois par jour, ils allaient au Garden Poultry se gaver de poulet rôti et de frites.

Ils allèrent nager au Point, où Courtney ne manqua pas de porter le bikini rose que Bobby mentionnait dans son journal, et il lui en fut reconnaissant. Il remarqua aussi qu'elle le remplissait un peu mieux que la dernière fois qu'il l'avait vue, mais il ne dit rien. Ils assistèrent aussi à un des matches de base-ball de Courtney. Elle espérait pouvoir un jour intégrer une fac importante pour y jouer au base-ball et au football, son premier amour. Elle rêvait d'intégrer un jour l'équipe nationale.

Lorsqu'ils se déplaçaient, ils faisaient tout pour que personne ne reconnaisse Bobby. Une fois, une seule, il faillit bien se trahir. Tous trois se rendaient à la plage à vélo, et ils s'arrêtèrent à un feu rouge au même moment que le lieutenant Hirsch, le policier chargé d'enquêter sur la disparition de Bobby. Celui-ci immobilisa sa voiture à leur hauteur.

Mark faillit en faire une crise cardiaque, mais Courtney ne se laissa pas démonter. Elle sourit et lui fit un signe de la main. Comme Bobby ne savait pas de qui il s'agissait, il n'avait aucune raison de s'en faire. Lorsque le feu passa au vert, Hirsch repartit sans un regard en arrière. Mais de toute façon, cela n'aurait rien changé. Bobby était méconnaissable.

Ils durent compresser toute une année de jeux et d'amitié en l'espace d'une semaine. En moyenne, ils ne dormirent guère plus de trois heures par nuit. La seule règle d'or était de ne pas aborder le sujet des Voyageurs. Aucune exception n'était permise. Mark essaya d'en parler une ou deux fois, mais Bobby fit comme s'il n'avait rien entendu. Mark ne se le fit pas répéter et laissa tomber. Ils firent tous comme s'il n'y avait rien de plus important que de décider quel DVD louer ou de deviner si l'équipe des Yankees allait à nouveau écraser les Red Sox. C'était exactement ce dont Bobby avait besoin : une occasion de recharger ses accus et de se sentir à nouveau humain.

Mais au bout de quelques jours, Bobby perdit patience. Certes, il s'amusait bien, mais il savait que cela ne durerait pas. C'est au moment où il atteignait un stade de détente absolue que son esprit fit un retour en arrière. Il avait beau tenter d'oublier, il savait que Saint Dane était là, quelque part, à tramer ses noirs desseins.

Mark perçut ce changement. Il remarqua que, depuis un jour ou deux, Bobby ne parlait plus beaucoup. Parfois, on aurait dit qu'il était à des millions de kilomètres de là. Mark n'osa pas lui poser de questions. Il craignait qu'il ne se referme aussitôt ou, pire, de rompre l'enchantement qui leur avait offert cette merveilleuse semaine. Mark savait que ça ne pouvait pas durer, même s'il le déplorait.

Puis une nuit, dans la chambre de Mark, pendant que Bobby et lui essayaient de dormir, Mark tenta d'aborder le sujet tabou :

– Bobby ? Je voudrais devenir un Acolyte.

Sa demande prit Bobby par surprise.

– Houlà! D'où ça vient, cette idée ?

Cette fois-ci, Bobby ne le réprimanda pas, ce que Mark prit pour un encouragement à continuer :

– Tu sais, les Acolytes. Ces gens qui aident les Voyageurs. Ils habitent les territoires, apportent des vêtements près des flumes et t'aident à t'en sortir...

– Oui, interrompit Bobby, je sais ce qu'ils sont. Mais je ne sais rien d'eux. Je n'en ai jamais vu un seul.

– Mais ils sont là, insista Mark.

– Ouais, ce doit être vrai, répondit Bobby sans grand enthousiasme.

Il était revenu à la réalité. Il ne pouvait plus l'ignorer. Finies les vacances. Il était temps de reprendre le combat. Il inspira profondément, eut une hésitation, puis se remit en mode Voyageur.

– Pourquoi veux-tu devenir un acolyte, Mark ?

– Pour bien des raisons, répondit celui-ci. D'abord, je veux servir à quelque chose. C'est dur de rester là à ne rien faire alors qu'un sale type tente de détruire l'univers et de nuire à mon meilleur ami. Depuis que j'ai lu tes journaux, bien des choses ont changé.

Bobby acquiesça. Il comprenait très bien.

– C'est marrant, fit-il, pensif. Dans deux jours, Courtney et toi entrerez au lycée Davis Gregory High, et tout ce que je voudrais, c'est oublier que je suis un Voyageur pour aller avec vous.

– Mais c'est impossible.

– Oui, en effet.

– Il y a une autre raison, ajouta Mark. (Il laissa passer un silence avant de continuer, parce que c'était un sujet délicat.) Moi, je ne te laisserai pas tomber. Contrairement à Spader.

Bobby fit la grimace.

– Spader ne m'a pas « laissé tomber », rétorqua-t-il. Il a juste perdu de vue le plus important.

Mark réalisa qu'il touchait un point sensible.

– Je le sais, s'empressa-t-il de dire afin de limiter les dégâts. Je veux juste que tu saches que je serai toujours là pour surveiller tes arrières, quoi qu'il arrive.

– Qu'en pense Courtney ?

– On n'en a pas vraiment discuté, mais je suis sûr que si l'occasion se présente, elle sautera dessus illico. Tu la connais.

Bobby eut un petit rire. Oui, il la connaissait.

– Écoute, je vais me renseigner. S'il y a un moyen pour que vous puissiez vous rendre utiles, je vous en avertirai.

Ce qui convenait à Mark. Au moins, il avait un espoir d'assister Bobby dans sa mission. Cette nuit-là, il eut bien du mal à s'endormir, tant son esprit bourdonnait de possibilités.

Bobby aussi souffrit d'insomnie, mais pas pour la même raison. Il savait que son séjour sur la Seconde Terre touchait à sa fin.

Il avait besoin de repartir et de suivre son destin. Demain, il ferait une fois de plus ses adieux à ses amis et se replongerait dans l'action. Ces idées tournoyaient dans son esprit alors qu'il tentait de s'endormir. Mais il était bien dur de tomber dans les bras de Morphée lorsque ses pensées s'entrechoquaient...

*Où est Saint Dane ? Que mijote-t-il ? Et quand je l'aurai retrouvé, serai-je assez fort pour le vaincre ?*

# Seconde Terre

Courtney arriva chez Mark tôt le lendemain matin, prête à passer la journée à la plage. Elle avait préparé des sandwiches au salami et portait le fameux bikini rose sous son short et son tee-shirt. Plus que deux jours avant la fin des vacances, deux jours avant qu'ils n'entrent au lycée Davis Gregory High. Elle savait qu'ensuite, leur vie serait bouleversée une fois de plus. Non seulement ils quitteraient leur collège et son ronron rassurant, mais Bobby s'en irait à nouveau. Il n'y avait rien à y faire. Ces quelques jours semblaient sonner la fin d'une époque. Elle voulait en profiter au maximum.

Mais elle allait tomber de haut.

Elle le sut au moment même où elle entra chez Mark. L'atmosphère n'était plus la même. Les autres fois, elle avait trouvé les garçons en train de jouer au Nintendo, de regarder un match à la télé ou d'écouter de la musique. Aujourd'hui, la maison était silencieuse. Bobby et Mark étaient assis à discuter dans le salon. L'air lui-même semblait lourd. Elle avait l'impression d'être dans un vestiaire avant un match, lorsque tout le monde est tendu.

– Tu vas partir, c'est ça ? demanda-t-elle.

Bobby acquiesça. Courtney se laissa tomber à côté de lui sur le canapé.

– Alors c'est fini. La prochaine fois que nous aurons de tes nouvelles, ce sera dans un journal ?

– Probablement, répondit Bobby.

Il y eut un silence gêné. Ils savaient tous qu'une fois que Bobby aurait passé la porte, plus rien ne serait comme avant. Cette semaine avait été formidable, mais elle touchait à sa fin.

C'est alors que le téléphone se mit à sonner.

– Ce doit être mes parents, dit Mark en allant décrocher. Allô ?

Une voix grave qu'il ne reconnut pas résonna dans l'écouteur :

– Allô. Mark Dimond ?

– Lui-même. Qui est à l'appareil ?

– Tu ne me connais pas, Mark, dit la voix. Je m'appelle Vincent Van Dyke.

– Gunny ? s'écria Mark, surpris.

Bobby sauta sur ses pieds et arracha le combiné des mains de Mark.

– Gunny ?

– Salut, demi-portion. Tu profites de tes vacances ?

– Qu'y a-t-il ? Où êtes-vous ? Tout va bien ?

– Doucement, doucement ! répondit Gunny en riant. Tout va bien. Je suis là, sur la Seconde Terre.

– Oui, je m'en serais douté. Mais où ? Et que faites-vous là ?

– Il faut que je te voie tout de suite, Bobby. Peut-on se retrouver quelque part ? Je peux me déplacer, pas de problème.

Bobby regarda Mark et Courtney :

– Gunny veut me voir. Il peut venir ici ?

– Ben non, répondit Mark. Mes parents seront bientôt de retour.

Bobby se tourna vers Courtney, qui secoua la tête :

– Maman est à la maison, et je ne vois pas comment je lui expliquerais la situation.

Bobby réfléchit à vitesse grand V, puis une idée jaillit dans son esprit :

– Où êtes-vous ?

– À New York, répondit Gunny.

– Alors retenez cette adresse. C'est chez moi, à Stony Brook. Au 2, Linden Place.

Mark et Courtney échangèrent un coup d'œil. Ils savaient très bien où se trouvait le 2, Linden Place. Ils l'avaient même évité toute la semaine. C'était l'ancienne adresse de Bobby. Maintenant, ce n'était plus qu'un terrain vague, vide depuis la mystérieuse disparition de tout ce qui avait un rapport avec Bobby Pendragon [1].

1. Voir Pendragon n° 1: *Le Marchand de peur.*

– Je trouverai, fit Gunny. On s'y rejoint dans une heure.
– Vous êtes sûr que tout va bien ? répéta Bobby.
– À tout à l'heure, répondit-il avant de raccrocher.
– Tu es sûr de ton coup ? demanda Courtney. Je veux dire, ça ne va pas te faire mal d'y retourner ?
Bobby haussa les épaules.
– Je ne peux pas faire comme s'il ne s'était rien passé.
Comme le 2, Linden Place n'était qu'à quelques minutes de marche de chez Mark, il leur restait du temps avant d'aller retrouver Gunny. Ne voulant pas laisser perdre les sandwiches que Courtney avait apportés, ils s'assirent à la table de la cuisine pour les dévorer. Ils firent de leur mieux pour parler de tout et de rien, mais ils avaient l'esprit ailleurs.
Finalement, Bobby se leva et déclara :
– C'est l'heure.
Mark et Courtney ne savaient trop comment réagir. Que voulait-il dire ? Devaient-ils faire leurs adieux ?
– N'oublie pas de nous dire ce que te veut Gunny dans ton prochain journal, dit Mark.
– Pourquoi ? Vous ne venez pas avec moi ?
Mark sentit une bouffée de joie monter en lui.
– Tu en es sûr ? demanda Courtney.
– Sûr et certain, affirma Bobby. Je n'ai rien à vous cacher. Surtout à vous.
Tous trois quittèrent la maison et traversèrent les rues paisibles jusqu'au 2, Linden Place. La dernière fois qu'ils s'y étaient rendus, Bobby espérait retrouver sa famille après son aventure sur Denduron. Mais il avait bien dû admettre, aussi douloureux que ce puisse être, que sa maison avait disparu et qu'il ne pourrait jamais reprendre le cours de sa vie. Tous savaient qu'il lui serait pénible de revenir sur ces lieux.
Le chemin ne prit pas plus de cinq minutes. Pas un mot ne fut échangé lorsque Bobby se retrouva devant le terrain vague. Depuis la dernière fois, les mauvaises herbes avaient envahi le terrain, ce qui créait un sentiment d'abandon encore plus prononcé. Bobby allait y entrer, puis il s'arrêta et resta sur le trottoir. Mark et Courtney échangèrent un regard. Ils avaient vu briller une larme dans l'œil de Bobby.

Ils entendirent un bref coup de klaxon et se retournèrent pour voir une grande et longue limousine noire s'arrêter contre le trottoir. Tous trois échangèrent un regard plein de curiosité. Ils s'attendaient à tout, sauf à ça. Mais lorsque la portière arrière s'ouvrit, Gunny Van Dyke en sortit. Il portait un costume sombre et une cravate qui n'étaient jamais passés de mode depuis 1937.

– Salut, les amis, dit-il avec un grand sourire en se dirigeant vers eux.

Bobby jugea bon de présenter ses amis.

– Gunny, voilà...

– Je sais qui vous êtes, coupa-t-il sans cesser de sourire. Courtney Chetwynde et Mark Dimond. Très honoré de faire votre connaissance.

Ils se serrèrent la main.

– Vous êtes mon héros, fit Courtney, admirative.

– Qui, moi ? répondit Gunny, surpris.

– Hé, il me semble que quelqu'un qui sauve le monde de l'annihilation peut être qualifié de héros.

Gunny éclata de rire.

– On ne vous dérange pas ? demanda Mark. Je veux dire, vous avez à parler boutique et tout ça.

– Non, au contraire, affirma Gunny. Parce que ça vous concerne aussi.

Mark et Courtney se regardèrent. Bizarre. Que pouvait-il avoir à dire qui les concerne aussi ?

– C'est quoi, ça ? demanda Bobby en désignant la limousine. Vous avez gagné au loto ?

– J'aimerais bien ! Sur la Première Terre, peu après votre départ, un type est venu te chercher. Il avait quelque chose d'important à te dire et quelque chose à te remettre. Je lui ai dit que tu étais absent, mais que je pouvais faire la commission.

– Qui était-ce ? demanda Bobby.

– Chaque chose en son temps, fiston. Voilà toute l'histoire. Il n'a pas voulu en démordre. Il tenait à te parler en tête à tête. Quand il m'a enfin révélé de quoi il retournait, j'ai compris pourquoi il insistait. Je lui ai affirmé que je ne savais pas si tu allais revenir et ai promis de te remettre le paquet dès que je te verrais.

– Alors, qu'est-ce que c'est ? pressa Bobby.

– J'y arrive. Je suis retourné au flume pour partir à ta recherche. Mais quand j'ai débarqué sur la Seconde Terre, j'ai eu une idée. Je me suis demandé si ce gars qui tenait tant à te voir en 1937 était toujours dans le coin. J'ai fouiné un brin pour découvrir qu'il était toujours en vie et habitait New York.

– Vous voulez rire ? Il a quel âge ?

– Au moins quatre-vingt-dix ans, à vue de nez. Je suis allé lui rendre visite.

– Il ne s'est pas demandé pourquoi vous n'aviez pas changé d'un poil depuis la dernière fois ? demanda Courtney.

– Je lui ai fait croire que l'homme qu'il avait vu à l'hôtel n'était autre que mon grand-père. J'ai ajouté que grand-père n'avait jamais revu ce groom nommé Pendragon, mais qu'il ne l'avait pas oublié. Il a transmis le paquet à son fils, puis à moi, qui ai enfin réussi à retrouver le petit-fils de ce groom. C'est-à-dire toi, Bobby.

– Il vous a cru ?

– Pourquoi pas ? Ça se tient. En tout cas, c'était moins dur à avaler que la réalité.

– Alors, qui est ce type ? demanda Bobby.

– Demande-le lui toi-même, répondit Gunny en désignant la limousine. C'est sa bagnole.

– Il... Il est là ? fit Bobby, interloqué.

– Va lui parler, conseilla Gunny. Mais n'oublie pas que tu es ton propre petit-fils.

– Heu... ouais.

Bobby fit quelques pas hésitants vers la voiture.

Un chauffeur en livrée noire sauta du siège conducteur, contourna la limousine et ouvrit la portière arrière. Il aida le passager à descendre. Bobby remarqua que ce dernier était vraiment très âgé. On aurait dit un centenaire. Il portait un costume crème avec une cravate d'un jaune vif. Qui que soit ce type, il devait avoir des sous pour se payer une telle voiture et ces vêtements coûteux. Le chauffeur lui tendit une canne pour qu'il puisse s'appuyer. Mais une fois sorti de la limousine, il refusa toute assistance. Il était vieux, certes, mais il avait encore de l'énergie.

Une fois planté sur le trottoir, il se tourna vers Bobby. Lorsque leurs regards se croisèrent, le vieillard se redressa. Bobby vit en lui un homme plein de dignité qui déplorait de se retrouver prisonnier d'un corps affaibli par les ans. Il ne le reconnut pas, mais il ne s'attendait pas à le remettre tout de suite. Et pourtant, alors qu'ils se regardaient dans les yeux, Bobby se dit que, bizarrement, il lui rappelait quelqu'un.

– Comment t'appelles-tu, fiston ? demanda l'homme d'une voix râpeuse, mais ferme.

Bobby se tourna vers Gunny, qui hocha la tête pour l'encourager.

– Bobby Pendragon, répondit-il.

– Comme ton grand-père, reprit le vieil homme. Je m'appelle Peter Nelson, bien que je doute que mon nom te dise quelque chose.

– Vous avez fait un long voyage rien que pour me voir, monsieur Nelson, dit Bobby d'un ton plein de respect. Avez-vous quelque chose à me dire à propos de, heu... mon grand-père ?

Un instant, Nelson détourna son regard. Visiblement, il remontait le temps jusqu'en 1937.

– J'ai réussi au-delà de toute espérance, jeune Pendragon, commença-t-il. Mes affaires, ma famille, et la vie en général, tout m'a souri. Mais mes débuts n'étaient pas si roses. J'ai fait des choses dont je ne suis pas fier et que, encore aujourd'hui, j'ai honte de détailler. Mais le temps a passé et j'ai pu surmonter cette période trouble. Et je le dois à la personne qui m'a ouvert les yeux... Ton grand-père.

Bobby n'y comprenait goutte. Il tenta de se souvenir de ce qu'il avait bien pu faire sur la Première Terre qui puisse avoir un rapport avec cet homme, mais en vain.

– Tu vois, continua le vieillard, ton grand-père m'a sauvé la vie.

Maintenant, Bobby n'y comprenait plus rien.

– Je filais un mauvais coton. Ton grand-père m'a offert une seconde chance.

– Excusez-moi, l'interrompit Bobby. Mon grand-père m'a raconté bien des histoires, mais il ne m'a jamais dit avoir sauvé la vie de quelqu'un.

– Ça ne m'étonne pas. Ça lui ressemble bien. Mais il m'a bien sauvé la vie, pas de doutes là-dessus.

– Comment ?

Cette histoire de fous lui tapait sur les nerfs.

M. Nelson réfléchit un instant, puis dit :

– Je ne sais si je peux tout te raconter, mais j'imagine que maintenant, c'est du passé. Ce jour-là, ton grand-père a sauvé *deux* vies. La mienne et celle d'un homme très puissant du nom de Max Rose. En fait, j'ai essayé de tuer cet homme, mais ton grand-père m'en a empêché. Puis Max Rose a ordonné à ton grand-père de m'abattre, mais il n'a pas obéi. Il tenait ma vie entre ses mains et il me l'a rendue. Je me suis enfui sans regarder en arrière. Passer si près de la mort a changé ma vie. Et tout ça grâce à ton grand-père.

Soudain, Bobby se souvint de tout. Il regarda d'un peu plus près le vieillard et reconnut ce nez mince et ces yeux perçants. Était-ce possible ? Oui, c'était le gangster nerveux. Un million de fois plus âgé, mais c'était bien lui. L'homme qui les avait agressés dans le métro, Spader et lui, et qui les avait pourchassés jusqu'à l'hôtel. Soudain, Bobby revit avec précision le moment où il avait regardé les yeux remplis d'effroi du tueur. Il le braquait avec un revolver et Max Rose lui ordonnait de tirer. Il se souvint de la sensation de la crosse dans sa main. À ce moment-là, il avait bien failli prendre une vie. Mais Bobby avait lâché le revolver et le gangster s'était enfui.

Et maintenant, par un étrange détour du destin, le tueur était là, devant lui, pour le féliciter. Le vieillard leva la main pour serrer celle de Bobby.

– Je voulais le remercier en personne, mais les circonstances ne l'ont pas permis. Tu es ce qui s'en rapproche le plus.

Bobby ne prit pas la main tendue.

– Je me souviens maintenant. Enfin, de ce que m'a raconté mon grand-père. Je peux vous poser une question ?

– Bien sûr, répondit le vieillard en laissant retomber sa main.

– Mon grand-père m'a parlé de votre première rencontre. C'était dans une caverne donnant sur une station de métro du Bronx.

Nelson baissa la tête.

– J'ai tout fait pour oublier ce jour.

– Ouais, eh bien, essayez de vous en rappeler, rétorqua Bobby. Qu'est-ce que vous faisiez là en bas ?

Le vieillard fronça les sourcils, fouillant ses souvenirs.

– Ce dont je me rappelle n'est pas très cohérent. Nous étions trois. Moi, mon coéquipier Tony et un troisième homme. Drôle de pistolet. Assez persuasif, si mes souvenirs sont bons. Il n'a pas fait partie du gang bien longtemps.

Ce devait être Saint Dane.

– Il nous a menés à cette caverne qui s'ouvrait dans le couloir. Il s'est avancé et a dit un mot, un seul. Qu'est-ce que... Ah, oui, quelque chose comme « Clorox »... comme une marque de détergent.

Bobby, lui, savait ce qu'il avait dit. C'était bien Saint Dane, et il avait crié : « Cloral ! »

– Puis il s'est passé quelque chose d'incroyable. Le tunnel s'est illuminé comme une fête foraine. Le type a demandé à Tony de prendre sa mitraillette et de tirer une rafale dans l'ouverture. Tony était un peu fêlé. Il suffisait de lui demander de prendre son flingue pour qu'il défouraille à tout va. Et c'est ce qu'il a fait, en plein dans ces drôles de lumières. Un instant plus tard, elles s'éteignaient. Incompréhensible.

Sauf pour Bobby. C'étaient ces balles tirées dans le flume qui avaient tué l'oncle Press.

– Puis ce type est parti, continua Nelson. Il nous a dit de l'attendre un moment. Si quelqu'un passait par ce tunnel, on devait lui fiche la frousse et lui faire comprendre de ne pas s'approcher de Winn Farrow. Ça répond à ta question ?

– Presque, répondit Bobby. Donc, vous dites que c'est votre complice qui a ouvert le feu dans le tunnel, pas vous ?

– Tout à fait, affirma-t-il. Je m'en souviens très bien. Je ne vois pas en quoi c'est important, mais c'est Tony qui a défouraillé.

Bobby inspira profondément, puis tendit la main.

– Au nom de mon grand-père, j'accepte vos remerciements.

Le vieillard serra la main tendue avec une poigne digne d'un jeune homme. Bobby vit briller une lueur de joie dans ses yeux fripés. Bien sûr, il ne pouvait savoir qu'il se trouvait bien face à celui qui lui avait sauvé la vie et pas son petit-fils.

– Merci, dit Nelson. Merci infiniment.

Il lâcha la main de Bobby et repartait vers sa voiture lorsqu'il se souvint de quelque chose.

– Oh, j'allais oublier. (Il passa la main dans la poche de sa veste et en tira un petit paquet enveloppé dans du papier brun.) Je voulais donner ceci à ton grand-père en gage de ma gratitude. Je suis désolé de ne pas pouvoir le lui remettre en mains propres, mais je suis sûr que tu en feras bon usage.

– Merci, fit poliment Bobby. J'essaierai.

Nelson lui donna le paquet, puis regarda Gunny :

– Je vous ramène en ville, monsieur Van Dyke ?

– Avec plaisir, répondit Gunny. Pouvons-nous rester seuls un instant ?

– Autant que vous voudrez.

Nelson retourna à sa voiture, et le chauffeur l'aida à monter.

Bobby marcha vers les deux autres, qui avaient tout entendu.

– Incroyable ! s'écria Mark.

– Qu'est-ce qu'il t'a donné ? demanda Courtney.

Bobby regarda Gunny, qui arborait un grand sourire.

– Ouvre le paquet, dit-il.

Bobby haussa les épaules et déchira le papier brun.

– Il n'a pas l'air bien vieux, remarqua-t-il.

– Non. Je ne l'ai eu qu'hier.

Bobby éclata de rire. Bien sûr. Hier, Gunny était encore en 1937. Bobby dévoila une petite boîte noire. Il regarda à nouveau Gunny, qui cligna de l'œil. Bobby ouvrit donc la boîte et...

– Oh, crénom ! s'écria Mark.

Courtney éclata de rire.

– Maintenant, déclara Gunny, tu comprends pourquoi j'ai fait tout ce chemin pour que tu le récupères.

Bobby n'en croyait pas ses yeux. Là, dans la boîte, reposait son anneau de Voyageur !

– D'après ce qu'il m'a dit, expliqua Gunny, il l'a pris après que son complice a fait sa chute mortelle. Il s'est dit que le moins qu'il puisse faire était de te le rendre, vu que tu lui avais sauvé la vie et tout ça.

– Excellent ! s'écria Courtney. Les affaires reprennent.

Maintenant, Bobby pouvait leur envoyer ses journaux de la façon habituelle. Il ne put s'empêcher de sourire. D'une certaine façon, tout était résolu. Il tira l'anneau de sa boîte et le passa à son doigt. Aussitôt, il se mit à tressauter. Bobby s'empressa de retirer sa main.

– Qu'y a-t-il ? demanda Mark.

– Il... est activé, répondit Bobby.

– Vraiment ? demanda Courtney. Tu veux dire... qu'il y a une porte non loin d'ici ?

La réponse vint d'elle-même. La pierre grise se mit à luire, puis à étinceler. Un unique rayon de lumière en jaillit pour projeter une image. La tête d'une jeune fille se tint là, devant eux. En fait, « la tête » était une bonne description, vu qu'elle n'avait pas de corps. Ses cheveux blonds étaient ramenés en une queue-de-cheval et elle portait de petites lunettes teintées de jaune.

– Oooh, souffla Courtney.

– Comme tu dis, ajouta Mark.

– Aja Killian, murmura Bobby, époustouflé.

– Comment ? demanda Gunny.

– La voyageuse de Veelox.

– Où étais-tu passé ? demanda l'image d'Aja. Ça fait des lustres que je tente de te contacter.

– Ce serait une longue histoire, répondit Bobby.

– Je m'en fiche, Pendragon, rétorqua Aja. Tu ferais bien de revenir sur Veelox.

– Pourquoi ?

– Ce n'est pas que j'ai commis une erreur, répondit Aja. C'est peut-être une fausse alerte, mais...

– Allez, crache le morceau ! dit Bobby.

– Bon, d'accord ! rétorqua Aja. Il est possible que Saint Dane ait trompé mes systèmes de sécurité. Il est là, sur Veelox.

Bobby eut un sourire.

– Tu veux dire que ton système de sécurité infaillible n'est pas si parfait qu'il en a l'air ?

– Tu viens, oui ou non ? rétorqua Aja.

– J'arrive.

– Ne traîne pas en route, fit-elle d'un ton désagréable.

Son image rentra dans l'anneau et le silence retomba.

– Eh bien, fit Courtney, c'était... étrange.

– Donc, il semblerait que je parte pour Veelox, conclut Bobby (Il se tourna vers Gunny.) Vous voulez venir avec moi ?

– Pas question de rater ça ! répondit-il en souriant. M. Nelson voudra bien nous déposer dans le Bronx.

Bobby se tourna alors vers Mark et Courtney.

– J'ai vécu la plus belle semaine de ma vie, déclara-t-il avec sincérité.

Courtney marcha vers lui et, avant qu'il ait réalisé ce qu'elle allait faire, s'empara de lui pour planter un baiser prolongé sur ses lèvres. Bobby n'allait pas s'en plaindre. Une fois le choc dissipé, il l'entoura de ses bras et la serra contre lui.

C'était encore meilleur que dans ses souvenirs.

Mark et Gunny se détournèrent, gênés.

– D'après vous, les Yankees ont une chance de gagner ? demanda Gunny.

Courtney et Bobby finirent par se séparer. Les yeux de Bobby étaient humides, mais le regard de Courtney était plus tranchant qu'un rasoir.

– J'espère qu'on n'attendra pas un an avant de recommencer, d'accord ?

– Heu... oui, fit Bobby en tentant de ne pas chanceler. D'accord.

Mark et Courtney serrèrent tour à tour Gunny dans leurs bras, puis les deux Voyageurs partirent vers la limousine.

– N'oublie pas ce dont on a parlé, d'accord ? lança Mark.

– T'inquiète, répondit Bobby.

Pendant qu'ils marchaient vers la voiture, Gunny demanda :

– Comment tu te sens, fiston ? Je veux dire... Tu t'es remis, heu... la tête à l'endroit ?

Bobby ne répondit pas tout de suite. Il chercha d'abord les bons termes.

– J'ai l'impression que Saint Dane s'est joué de moi sur la Première Terre. Mais ça ne se reproduira pas.

Gunny eut un petit rire.

– Ce n'est pas drôle, dit Bobby.

Gunny eut un grand sourire.

– Je te jure, tu commences à parler comme ton oncle !

Bobby ne put s'empêcher de sourire, lui aussi. Puis ils montèrent à l'arrière de la grande voiture. Bobby baissa la vitre pour voir une dernière fois ses amis. Lorsque la limousine démarra, il sortit son bras pour les saluer.

Mark et Courtney regardèrent la voiture noire prendre de la vitesse le long de la rue paisible. Bobby agitait toujours le bras.

– De quoi vous parliez, tous les deux ? demanda Courtney.

– Oh, de rien de spécial, répondit Mark avec un sourire rusé. Mais je vais te dire une bonne chose : je suis sûr que nous reverrons Bobby Pendragon plus tôt que tu ne le penses.

Ils regardèrent la limousine à temps pour voir Bobby rentrer son bras. Puis elle tourna sur la grand-rue et disparut de l'horizon.

*À suivre*

À PARAÎTRE EN MARS 2005

Bobby Pendragon n° 4

*Impression réalisée sur CAMERON*
*par BRODARD ET TAUPIN*
*La Flèche*
*en octobre 2004*

Dépôt légal : octobre 2004
N° d'impression : 26023

*Imprimé en France*